钱志慧○编著

豪放词

激荡千古的豪情与慷慨

江苏人民出版社　凤凰含章

图书在版编目（CIP）数据

豪放词 / 钱志慧编著 . -- 南京：江苏人民出版社，
2016.6
（含章文库）

ISBN 978-7-214-17588-5

Ⅰ.①豪… Ⅱ.①钱… Ⅲ.①豪放派 – 词（文学）–
诗歌欣赏 – 中国 Ⅳ.① I207.23

中国版本图书馆 CIP 数据核字（2016）第 084878 号

书　　　名	豪放词	
编　著　者	钱志慧	
责　任　编　辑	张晓薇	
装　帧　设　计	象上设计	
出　版　发　行	凤凰出版传媒股份有限公司	
	江苏人民出版社	
出版社地址	南京市湖南路 1 号 A 楼，邮编：210009	
出版社网址	http://www.jspph.com	
经　　　销	凤凰出版传媒股份有限公司	
印　　　刷	北京旭丰源印刷技术有限公司	
开　　　本	718mm×1000mm　1/16	
印　　　张	20.5	
字　　　数	355 千字	
版　　　次	2016 年 6 月第 1 版　2016 年 6 月第 1 次印刷	
标　准　书　号	ISBN 978-7-214-17588-5	
定　　　价	35.00 元	

（江苏人民出版社图书凡印装错误可向承印厂调换）

目录

目录

目录

豪放词

目录

李 白
（701—762）

字太白，号青莲居士、"谪仙人"，唐代最伟大的浪漫主义诗人，才华横溢，剑术高明。为人热情豪放、放纵不羁，想象力奇绝；喜英雄、任侠，好美酒、功名。诗歌热情奔放、豪迈雄浑，以乐府、歌行及绝句造诣最高，创作了近千首诗作，其浪漫主义风格对后世起到巨大影响，被誉为"诗仙"；词作存世约二十余首，在情感、题材及艺术手法上都具有开创意义。

忆秦娥

箫声咽①，秦娥梦断秦楼月。秦楼月，年年柳色，灞陵②伤别。

乐游原③上清秋节④，咸阳古道⑤音尘⑥绝。音尘绝，西风残照，汉家陵阙⑦。

注

① 咽：形容竹箫吹出的曲调呜呜咽咽，低沉悲哀。

② 灞陵：汉文帝陵墓所在，今位于西安市。

③ 乐游原：又叫"乐游园"，是汉宣帝乐游苑旧址，在唐代作游览之地。

④ 清秋节：即农历九月九日的重阳节。

⑤ 咸阳古道：咸阳，秦朝都城，位于长安西北，是汉唐时期军事和商业要道。唐代人经常用咸阳代指长安，故而这里指的就是长安道。

⑥ 音尘：车马行走时的声音和扬起的尘土，代指消息。

⑦ 陵阙：皇帝的陵墓和宫殿。

【词译】

夜深人静，不知从何处响起了呜呜咽咽的箫声，如泣如诉，惊醒了一位名叫秦娥的女子。苍白的月光透过窗棂洒进房中，秦娥想起梦中与情郎相会的情景，忍不住愁肠百转，再难成眠。自从在灞陵桥边伤心地送他远行，心情就像风中摇摆的杨柳，年复一年，青了再黄，无所凭依，只能望眼欲穿地盼他回转。

可惜往昔的幸福时光一去不返。你看就算重阳节来临，乐游原上也是人影凋零，冷落凄凉。长安道上早没了往来传送消息的车马，以往的热闹场景变得沉寂。当微寒的西风吹过，残阳照在大地，只有那汉朝皇帝的陵墓和宫殿寂寞地守在这里。

【评析】

李白的这首《忆秦娥》虽然非常短小，但在词史上地位显著。古人对其评价很高，将之与李白的另一首《菩萨蛮》（平林漠漠烟如织）并称为"百代词曲之祖"。换句话说，这是词的老祖宗，此后各家流派各种词风各种词作都是从这两首词肇始的。不过这两首词的作者是否确是李白，目前学界尚有争议，姑且先将它们归在诗仙大人名下吧。

该词描写了一名女子思念爱人的凄婉心情，但又不拘泥于儿女情长，反而将之放到了历史兴衰交替的宏大背景中，营造出一种历史消亡的悲壮感。词中的秦娥其实是词人自拟，托秦娥抒情怀，这也是李白诗词创作中常用的艺术手法。王国维在《人间词话》中评价"太白纯以气象取胜。'西风残照，汉家陵阙'，寥寥八字，遂关千古登临之口"，这里的气象指的就是这首词从宏大背景中体现出的一股悲凉之气。据此，有人推测这首词作于晚唐天宝后期，"安史之乱"开始，唐朝已然颓败。

上阕言伤别，是从个体的微观角度来表达词人的忧思之情。"箫声咽，秦娥梦断秦楼月，秦楼月，年年柳色，灞陵伤别"一开始就淋漓尽致地描绘了人物的内心情态。一名女子在梦中与情郎相会，却被箫声惊醒，回忆过去，辗转反侧。实质上，这位秦娥就是词人自己的化身，他执着于追寻某个答案，然而苦思不得，不免心情郁郁。词人到底想追求些什么呢？从词的下阕隐隐约约能看出几分端倪来。"乐游原上清秋节，咸阳古道音尘绝。音尘绝，西风残照，汉家陵阙。"词人笔锋一转，从微观的个体脱离开来，将笔墨泼向宏观的历史。个人的悲欢离合被融入到历史的兴亡更替中去，传达了词人对现实与历史的反思之情，任你曾经多么兴盛繁华，最终都尘归尘土归土，只有残存下来的建筑还留有一点当时的痕迹。将上下阕联系起来理解，可以看出词人想要追寻的或许是一种兴盛的永恒，但这永恒并不存在，反而是最终的消亡才是永恒的。

全词意境高远，风格浑厚，富有哲理，与活跃在晚唐、五代时的"花间词"殊为不同，已开宋词之格调。

戴叔伦

（约732—约789）

字幼公，唐代诗人。出身隐士世家，祖父及父亲都一生隐居而未出仕。"安史之乱"后中进士，曾任新城令、侍御史、抚州刺史等，政绩卓著，是名出色的地方官吏。诗歌题材丰富，以反映社会现实的作品最有意义；诗风清淡，多表现隐逸生活及一种闲适情调，主张"诗家之景，如蓝田日暖，良玉生烟，可望而不可置于眉睫之前"。

调笑令

边草①，边草。边草尽来②兵老。山③南山北雪晴④，千里万里月明。明月，明月，胡笳⑤一声愁绝。

【词译】

边塞草原，一望无际的边塞草原。春来绿草如茵，秋来枯黄凋零，一年一年还有循环往复的时候。可我这个戍边的士兵，却遥遥无期地守在这里，不知道什么时候能回家乡。眼看着从青春少年变成白发老人，仍然还在等待归期。连日的降雪终于在今天晚上停下了，阴山南北覆盖着一层厚厚的白雪。一轮明月挂在空中，千万

注
—————————————————————————————

① 边草：指边塞的草原。

② 来：语气助词，无意义。

③ 山：指阴山，现位于内蒙古自治区中部。

④ 雪晴：意指雪停。

⑤ 胡笳：一种蒙古族的乐器。

里的江山都笼罩在洁白的月光下。可是月亮啊月亮，此刻你的光芒是否也正照在我的家乡？在这边塞的苦寒之地，我只有望着你来寄托思乡之情。不知从哪里传来胡笳的凄凉声调，一声声那么哀切，就好像我思念家乡的心，满是悲凉。

【评析】

戴叔伦的词作仅有这一首《调笑令》留存于世。这是一首反映社会现实的作品，全词以白话式的艺术手法，描写了戍边士兵悲剧的人生遭遇和凄切的思乡之情。唐代中晚期，由于边境战争的不断发生，边塞生活成为诗词创作的常见题材。这首小令与另一首韦应物的同名小令一起，均以边塞生活为主题，深刻反映了当时的社会现实。

全词以边草起兴，"边草，边草。边草尽来兵老"慨叹戍边士兵的命运凄惨，连边草都不如。边草秋去春来，枯干凋零后来年还有重新发芽的时候，而戍边的士兵却从少到老，无人关心，不知道何时能回家，只能遥遥无期地驻守在这里。词人在这里用边草"尽"来衬托兵"老"，充分表达了对戍边士兵的同情之意，暗指当时朝廷对戍边士兵的漠不关心。接下来词人的视线从戍边士兵身上转到了塞外的辽阔风光，"山南山北雪晴，千里万里月明"，这是一幅极其广袤的画卷，但词人将时间点安排在降雪之后，更加突出了边塞的苦寒情境。想象一下，一眼望去，大雪覆盖下的边塞无边无际，万籁俱寂，只有月光照射在冰天雪地之上，反射出凛凛的寒光。在这种场景下，戍边的士兵显得多么渺小可怜，只能望月思乡。望月思乡是唐代诗词中经常出现的意象，大诗人李白就写过"举头望明月，低头思故乡"。这里的"千里万里"除了写边塞的辽阔、月光的普照外，还暗指戍边士兵离家之远，从而更烘托出思乡的凄切之情。结尾"明月，明月，胡笳一声愁绝"直接点题，"明月，明月"再次强调了望月怀乡的中心思想，增添了音乐感。望见明月已经让人思乡之情漫溢，偏偏不知从哪里响起了胡笳的音调，悲凉呜咽不堪听闻。胡笳是胡人的乐器，用在这里，既是烘托"愁绝"的氛围，也点出了"愁绝"的原因，胡人还未臣服，战争还未结束，且不知何时能结束，归期遥遥，看不到希望。

戴叔伦的这首《调笑令》极具艺术感染力，全词以写自然景物为主，通过边草、积雪、明月、胡笳声等烘托出戍边士兵的思乡之情，层层烘托，最终自然凝成"愁绝"二字，余味悠长。词中使用的重叠结构形式，循环往复，节奏鲜明，极有音乐感。

张志和

（732—774）

字子同，号玄真子，别称张龟龄，唐代诗人。三岁能读书，六岁做文章，十六岁时因道术所长成为太学学生。弱冠之年得太子李亨青睐，赐名志和，从此进入官场。十年后，挂冠而去，遍游山水，最后隐居在湖州城西西塞山。774年，前往拜会大书法家颜真卿，同游时不慎落水身亡。诗词多写隐居生活，格调高逸，有五首《渔父词》传世，描写美好的自然山水，抒发洒脱的人生感悟，意蕴深远。

渔歌子

西塞山①前白鹭飞，桃花流水②鳜鱼肥。
青箬笠③，绿蓑衣④，斜风细雨不须归。

【词译】

春雨绵绵，山色迷蒙。西塞山前飞过一群白鹭，轻快优雅地从水面滑过，水纹颤颤，倒映着它们雪白的身影；正是桃花盛开的时节，春潮上涨，斜风吹拂，粉色的花瓣飘落在水面上，随波逐流，赏心悦目；忽然一阵"扑啦啦"的声音打破了这静谧的风景，原来是江中肥美的鳜鱼在跳跃嬉戏，只见它们跃起又落下，欢快极了。

注

① 西塞山：词人隐居地，今位于湖州市西面。
② 桃花流水：桃花盛开的季节正是春水上涨的时候，又称"桃花汛"或"桃花水"。
③ 箬笠：斗笠，以竹篾、箬叶编成。
④ 蓑衣：一种用草或是棕麻编成的雨衣。

江边坐着一位头戴青色斗笠、身穿绿色蓑衣的渔翁，他手持一杆鱼竿，悠闲自在，完全沉浸在这如画美景当中，丝毫不在意不停飘零的细雨。

【评析】

　　张志和是唐代较早作词的诗人，他在与颜真卿同游时所作的五首《渔父词》，特别是其中的这首《渔歌子》，不但一时唱和者众，还影响了后世词人的创作，并且传到了日本，可以说是日本填词历史的发端。全词色彩鲜明，从容自在，好似一幅山水画，非常具有艺术魅力。

　　首两句"西塞山前白鹭飞，桃花流水鳜鱼肥"勾勒出一幅风光秀丽的江南山水画卷，以西塞山、白鹭、桃花、流水、鳜鱼入画，又以山的翠、鹭的白、花的粉、水的绿、鱼的花上色，描绘出色彩艳丽、层次分明的秀美风光，读来感觉渔父生活的地方仿佛就在眼前。西塞山位于今天湖州市吴兴区的西苕溪上，是一座突出在河边的大岩石，登高北可欣赏浩淼的太湖，南可远观莫干山的山色，是一处赏风景的好地方。在词人的笔下，这里白鹭自在飞翔，桃花与绿水相映，是逍遥悠闲的生活所在。前两句从描写风景入手，衬托了渔父的生活环境，为下阕人物渔父的出场铺开了画面。

　　"青箬笠，绿蓑衣，斜风细雨不须归"寥寥几笔就让渔父的形象跃然纸上。"青箬笠，绿蓑衣"色彩感觉非常鲜艳，与上阕描写的生活环境也十分相称。伴随着鲜明的色彩，渔父这一人物也出现在读者的眼中。"斜风细雨不须归"生动地再现了渔父捕鱼时的情态：两岸桃花，鳜鱼肥美，即使是春雨绵绵也挡不住捕鱼的愉快心情。词人以"斜风细雨不须归"结尾，一方面表达了人物的欢快心情，一方面从侧面烘托出环境的秀美，极具感染力。

　　张志和在作此词时已经在自然山水中畅游了十多年，他的那种热爱自由、热爱自然的情怀在这首词中可以轻易地感受到。整首词既静谧悠然，又充满活力，反映了淡泊、高远、超尘脱俗的志向，是一首脍炙人口的佳作。据说苏东坡极其喜爱这首词，曾将此改写成《浣溪纱》，词云："西塞山前白鹭飞，散花洲外片帆微。桃花流水鳜鱼肥。自庇一身青箬笠，相随到处绿蓑衣。斜风细雨不须归。"

韦应物

（737—792）

唐代诗人，因出任过苏州刺史，故世称"韦苏州"。少年时曾为玄宗侍卫，行事放荡。764年至791年先后任洛阳令、江州刺史、苏州刺史等任地方官吏，经常自我反省，勤政爱民。诗歌创作成就最大，多写山水田园，风格清幽闲淡，为山水田园派诗人，与王维、孟浩然、柳宗元并称，是中唐时期艺术造诣较高的诗人。

调笑令

胡马^①，胡马，远放燕支山^②下。跑^③沙跑雪独嘶，东望西望路迷。迷路，迷路，边草无穷日暮。

【词译】

秋去冬来，燕支山下的草原枯黄一片，薄薄的积雪覆盖其上，远远望去是一片荒凉的景象。不知道是谁把一群骏马放逐到这里，马蹄狂奔而过，徒留一阵草屑雪沫在空中飞舞。有一匹马儿没有跟上马群的速度，独自被遗留了下来，它东张张、西望望，却无论如何找不到回去的道路，只好焦灼地用四个蹄子刨着积雪的沙土，不停地哀鸣嘶叫起来。可是天色早已晚了，眼前只有茫茫无垠的原野，哪里还看得清来时的路呢？

注

① 胡马：中国西北地区所产的马。胡在古代泛指我国北方、西北方，出产品种优良的骏马。

② 燕支山：即焉支山，位于河西走廊的甘凉交界处，山下是水草丰美的牧场。

③ 跑：音同"刨"，指马蹄刨地的动作。

【评析】

现存唐代创作时期较早的《调笑令》，一首为戴叔伦的"边草"，一首为韦应物的"胡马"，前者写戍边士兵思乡的"愁绝"之苦，后者则通过胡马表达边塞生活的严酷，两者虽然运用了不同的艺术表现手法，但同为反映社会现实的作品，在思想情感上有异曲同工之妙。这首《调笑令》以胡马为主角，运用象征的艺术手法，表现了戍边士兵迷惘、孤独的心理，寄托了词人对戍边士兵的同情之心。

全词以连亘的群山和无边的大草原为远景，以一群狂放奔腾的骏马为中景，以一匹迷路的胡马为近景，展示了壮阔苍凉的大草原风光，给人一种"胡马啸西风"的悲怆之感，极具艺术感染力。

"胡马，胡马，远放燕支山下"以叠语起首，充满对骏马的慨叹之情。"远放"二字的运用含义深刻，表现了骏马空有千里之能却无处施为，反被远远放逐的悲剧，为全词奠定了悲凉的基调。"跑沙跑雪独嘶，东望西望路迷"运用拟人化的手法描写了一匹失群马儿迷路时的神情姿态，非常传神，将马儿焦虑、着急、迷惘的心理状态生动地表现了出来。词人为何要将一匹马儿写得如此人性化呢? 实质上，词人是以马儿来象征戍边士兵，反映他们在漫长的戍边生涯中彷徨、迷茫的心理，所谓的"路迷"反映的仍是一种想家思归的心情，这与结尾"迷路，迷路，边草无穷日暮"相互烘托，思归而不得归的悲凉之感让人如临其境，感受很深。全词气象壮阔，语言清晰，虽无一字写人，却婉转表达了人的心情，艺术手法的运用别具一格。

不过，正因为象征手法的运用，历来也有不少学者对此词的内涵另有看法。有人认为这首词是讽刺北胡想要侵犯唐朝边境的可笑妄想（这时候胡马象征的就不是戍边士兵，而是胡人了），也有人认为这首词表达的是"人的一生东驰西突好似胡马，最后却不知归宿在何处"的惘然情感。正所谓"仁者见仁，智者见智"，只要前后讲得通，读者不妨也可自我解读一番。

刘禹锡

（772—842）

字梦得，唐代文学家、哲学家，世称刘宾客。北方匈奴后裔，自幼聪明勤奋，二十出头得中进士，历任监察御史、礼部郎中、苏州刺史等职。其人性格刚毅，有豪气。诗文俱佳，与白居易并称"刘白"，与柳宗元并称"刘柳"。诗风简洁明快，直爽豪迈，有"诗豪"之称，山水诗、咏史诗颇受称道。有哲学著作《天论》传世，具有唯物主义思想。

浪淘沙

八月涛声吼地来，头高数丈触山回。
须臾①却入海门②去，卷起沙堆似雪堆。

【词译】

你去看过八月十八的钱塘江大潮吗？江水如海浪般汹涌而来，涛声如万马奔腾，震颤大地，浪头高达数丈，凶猛地向岸边的山石撞去，又被击打回来，发出撼天动地的怒吼，飞溅出来的水花如利箭一般，扎向岸边的人潮。然而，仿佛就在一眨眼的时间，涌动的潮水便退回了江海交汇的地方，迅疾地挤回大海，只留下奔涌时卷起的一座又一座沙堆，在阳光的照耀下闪着凛凛白光，像大雪过后的一个又一个雪堆，静静堆积在江水两岸。

注
----
① 须臾：指很短的时间。
② 海门：江海交汇之处。

【评析】

刘禹锡的这首《浪淘沙》格律有些特殊，有人认为它是诗而不是词，这里稍作解释。"浪淘沙"原为唐代教坊音乐曲调的名字，由刘禹锡、白居易将之改题为词牌名，且当时多以七言绝句入词，此后又为双调（前后各27字），到南唐李煜才开始演变为长短调，也就是我们比较熟悉的"浪淘沙"格律。

刘禹锡共写了九首《浪淘沙》，这是其中的第七首，写的是八月十八钱塘江大潮先涨后落的壮观景象。钱塘江最早见于《山海经》，因流经古钱塘县也就是今天的杭州而得名。钱塘江大潮是世界自然奇观之一，被誉为"天下第一潮"，潮水呼啸而来时犹如万马奔腾，声震天地，场景极为雄壮。

起句"八月涛声吼地来"交代了时间和事件，"吼地来"写潮水奔涌而来的气势，有一种潮水从远处迅速逼近的即视感。"头高数丈触山回"放大视角，从潮水转移到潮头，进一步表现潮水的恢宏之势。"头高数丈"写的是潮水涌至顶点的壮观场面：高涌的潮头强悍无比，卷起数丈之高，狂猛地撞击着岸边的山石，但又极快地被坚硬的岩石反撞回去，浪花瞬时飞溅，这就是"触地回"了。一个"吼地来"，一个"触地回"，倏忽间，潮涨又潮退。到了这里，钱塘江大潮差不多表演结束，接下来的就是谢幕演出了。

"须臾却入海门去"写的是潮水退去的速度之快，词人还未从大潮的汹涌中回过神来，潮水就已经退回到"海门"了。所谓的海门，是由两座山对峙于江口形成的，这里是江海交汇处，两座山左右相对，好似一道门。"须臾"是上一句在时间上的顺延，潮水来得快，退得也快，似乎只是一眨眼的时间。不过，虽然潮退了，但词人的眼前却留下了一幅美妙的画卷，"卷起沙堆似雪堆"既是对潮退之后两岸景象的静态描写，同时也是对潮水凶猛劲头的侧面烘托，正因为潮水的猛烈来袭，才能在短短时间内卷起座座沙堆，为首句"吼地来"做了最好的写照。全词短小有力，语言洗练，结构紧凑，蕴含着鲜活的生命力，豪壮至极。

刘禹锡此人，性格刚毅，傲骨铮铮，可说是诗品与人品俱佳。南宋豪放派词人、诗论家刘克庄称其诗"雄浑老苍，沉着痛快"，称其人"精华老而不竭"，评价甚为贴切。

孙光宪

（901—968）

字孟文，号葆光子，五代时期著名词人。在前蜀、后唐、南平国政权均曾任职。因助宋太祖统一有功而授任黄州刺史，于北宋开宝元年病逝。为人勤奋，在任时辅主有方。词风以婉约缱绻见长，是花间派词人中较有成就的一位，词作大都收在《花间集》中，但相比而言题材更丰富、意境更宽广，有不少反映社会现实的作品。

渔歌子

泛流萤^①，明又灭，夜凉水冷东湾阔。风浩浩^②，笛寥寥^③，万顷金波^④澄澈。

杜若洲^⑤，香郁烈，一声宿雁霜时节。经雪水^⑥，过松江^⑦，尽属侬家^⑧日月。

注

① 流萤：飞行不定的萤火虫。

② 浩浩：浩汤之意，原指水势壮阔的样子，这里喻风势猛烈之貌。

③ 寥寥：少而稀疏。

④ 金波：指洒在水面上的月光。

⑤ 杜若洲：长有杜若的水洲。杜若，一种香草的名字，又叫"杜蘅"。

⑥ 雪水：即雪溪，河流名，位于湖州境内，向东北流入太湖。

⑦ 松江：即吴淞江，流经吴江、苏州、昆山、嘉定、青浦以及上海市区，是太湖最大的支流。

⑧ 侬家：自家。

【词译】

水边的萤火虫提着一盏盏小灯笼，在草丛中飞来飞去，一会儿亮闪闪一会儿熄了光。凉意深重的夜里，想必水也很冷吧，连东湾的水面也显得开阔了许多。夜风猎猎作响，不知道从哪里飘来几声清越的笛音，让人回味。月光洒在无垠的湖面上，波光粼粼，清亮明洁。

在这遍地杜若的小洲上，空气中满是浓烈的香草味道。也许是笛声惊动了夜宿的大雁，只听得一声雁鸣，似乎在说秋天快要过去，冬天就要来了。望月而思，想那雪水，想那松江，沿岸种种风物，万里风光，都是我渔家所有的生活。船桨摇摇，水上的图卷就徐徐展开，怎能不说是逍遥自在，快乐无穷呢。

【评析】

以"渔歌子"为调的词作，最早的就是唐代诗人张志和的那首"西塞山前白鹭飞"了，其格律也被尊为正体。换句话说，张志和就是该词牌的开山祖师，凡是与其词格律不符的《渔歌子》都只能成为变体。孙光宪的这首"泛流萤"便是变体，不过其艺术魅力并不逊于张志和的正体，明代大戏曲家汤显祖有段很精彩的评价，大意就是以《渔歌子》词论高低，孙光宪竟然抢了张志和的位子，实在太狠了点。可见此词的魅力。

起句"泛流萤，明又灭。夜凉水冷东湾阔"从湖边的夜景开始写起。"泛流萤，明又灭"六字画面感十足，极富情趣。寂静的秋夜，萤火点点，忽明忽灭，而词人就立于湖边看萤火虫飞来飞去，颇有一种天真烂漫的感觉。"夜凉水冷"承"泛流萤"而来，点出时节已是深秋。这一句以生动形象的场景描写将读者带入了渔家的秋夜，紧接着，词人从风声、笛声、湖水、月光入手，将夜间太湖的风光全景式呈现在读者面前。"风浩浩，笛寥寥，万顷金波澄澈"气象很大，"浩浩"犹"浩浩汤汤"，本是用来形容水势壮阔，此处用来形容风别有一番味道。试想，眼前是月色笼罩下的太湖，一望无际，此时湖面上有风呼啸，霎时波涌浪翻，水波与月光浑然一处，金光闪闪。面对如斯美景，除了沉醉，哪还会去想其他那些有的没的呢？

上阕是对太湖风光的实景描绘。下阕，词人不但进一步在味道上做了补充，而且充分发挥想象，抒发了"尽数侬家日月"的豪情。"杜若洲，香郁烈"有那么几分屈原屈大夫的滋味。香草是屈原诗中最常出现的意象，也是他洁身自爱的一种自我隐喻。屈原是"采方洲兮杜若""杂杜衡与芳芷"，而在词人笔下，这种名叫杜若的香草更加张扬，浓烈地释放着自己的味道，正当他沉浸在"香郁烈"之中，夜空中传来一声雁鸣将他从沉思中唤醒，"一声宿雁霜时节"，"霜时节"再一次点明了时值深秋。词尾"经霅水，过松江，尽属侬家日月"既是词人对渔家生活的赞美，也是其内心广阔胸怀的外在投射，尤其是"尽属侬家岁月"，何其自信，何其意满！

　　孙光宪是花间派词人当中脂粉之气较淡的一位，词作涉及题材上比较宽泛，颇有一些豪兴舒怀的作品。这首《渔歌子》情景交融，意境高远，从气韵上说，对后来词人的创作有明显的影响。

潘 阆

（？—1009）

字梦空，号逍遥子，北宋文人。为人狂妄放荡，一生颇富传奇色彩。两次参与谋反，事败后假扮僧人脱逃，最后竟然得到宽释，还当了个小官。晚年爱好游山玩水，遍历大江南北，最后死于泗上，即今江苏淮阴一带。擅写诗，风格近于孟郊，也工词，作《忆余杭》多首，得苏东坡欣赏，现仅存《酒泉子》十首。

酒泉子

长①忆观潮，满郭②人争江上望。来疑沧海尽成空。万面鼓声中。

弄潮儿向涛头立。手把红旗旗不湿。别来几向梦中看。梦觉③尚心寒。

【词译】

我到现在还能常常想起在钱塘江观潮时的情景。杭州城内万人空巷，人们争着挤着向钱塘江涌去。潮水涌来的时候，浪高十丈，啸声如雷，仿佛大海都空了，海水全都倾倒而来；潮声狂啸，仿佛一万面鼓同时敲响，声势震天，让人心惊。

弄潮的少年手持大旗，争先恐后迎着潮头而去，灵活的身影在万丈波涛中翻飞出没，手中的红旗却一点儿都没被水打湿。观潮人的心也随着那身影忽上忽下，心惊胆战，就怕那潮水忽然间无情地吞噬所有。这壮观的景象看过就永难忘记，几次

注

① 长：通"常"，经常。

② 郭：外城。

③ 觉：睡醒。

做梦都梦到潮水汹涌而来，铺天盖地，吓得我梦醒了仍觉得惊心动魄，心跳如鼓！

【评析】

　　该词是词人十首《酒泉子》中最知名的一首，描写的是满城观潮的盛景，抒发了弄潮儿大无畏的精神气概。全词笔墨浓厚，夸张有神采，非常具有感染力。

　　全词以"长忆观潮"统领，表明钱塘江大潮给词人留下的深刻印象，刻骨难忘。"满郭人争江上望"刻画了观潮时人山人海的盛况，"争""望"二个动词的运用，生动地表现了人们对潮来的盼望之情，与随后"来疑沧海尽成空。万面鼓声中"一为细致情绪，一为宏大场面，二者相互烘托，传神地再现了观潮时的热闹轰动的场景。这两句运用了比喻和夸张的手法，将钱塘江大潮那种排山倒海的惊天气势刻画得栩栩如生。

　　下阕词人将镜头从大潮上拉开，转而写起了弄潮儿。勇敢的男儿在大潮中搏击风浪，身手不凡，表现出人们在面对自然发难时一种英勇无畏、不怕冒险的精神。"弄潮儿向涛头立，手把红旗旗不湿"两句完全是白描手法，只记述事实并未多加修饰，但却给人一种如临其境、惊险非常的感觉。宋代时，每年至钱塘江观潮是上至达官显贵下至平民百姓的一件大事。周密在《武林旧事》中有很详细的记载，潮来时，善水的少年披散头发，身上刺满花纹，手持大旗争先恐后迎着潮头而上，翻转腾挪，旗帜却一点没被潮水打湿。直到今天，"弄潮儿"仍旧象征着勇敢进取的人物形象。惊险过后，词人笔锋一转，回到了现实世界。"别来几向梦中看。梦觉尚心寒"一句与首句"长忆观潮"首尾呼应，浑然一体。词人虽然离开了杭州，但钱塘江大潮带给他的惊险刺激却难以忘怀，以至于连做了好几个梦，梦见潮水的汹涌狂奔而来，梦醒之后心里还急跳如鼓，后怕不止，从侧面表现出了钱塘江大潮的壮观景象。

　　这首咏潮词是潘阆的代表作品，其也因咏潮而得名。除去诗词之外，潘阆更为著名的是其狂妄放荡的性格特征。他两度参与谋反，事败后假扮僧人逃亡，结果在某个寺庙的墙上不安分地写了两句诗："散拽禅师来蹴鞠，乱拖游女上秋千"，气得寺中僧人将他赶了出去。不过潘阆运气不错，生在宋朝，宋朝是一个对文人非常宽容的朝代，宋太祖赵匡胤留下训诫："不得杀士大夫及上书言事者"，因此词人才能最后获释为官，逍遥山水。

柳 永

（约984—约1053）

字耆卿，北宋著名词人，婉约词代表人物。原名三变，字景庄，因排行第七，又称柳七。出身官宦世家，屡次参加科举不中，于是一心填词。直到五十上下才考中进士，历任余杭县令、泗州判官等职。作词造诣极高，是首位对宋词语言、格律、艺术手法等进行全面革新的词人。倡导慢词，将民间俗语移植到文词创作中，对宋词的发展产生了重要影响，有《乐章集》存世。

望海潮

东南形胜①，三吴②都会，钱塘③自古繁华。烟柳画桥，风帘④翠幕⑤，参差十万人家。云树⑥绕堤沙，怒涛卷霜雪，天堑⑦无涯。市列珠玑⑧，户盈罗绮，竞豪奢。

注
① 形胜：指地理位置优越。

② 三吴：即吴兴（今位于湖州境内）、吴郡（今苏州）、会稽（今绍兴）三郡，这里泛指江苏南部及浙江部分地区。

③ 钱塘：今杭州市。

④ 风帘：挡风的帘子。

⑤ 翠幕：翠绿色的帷幕。

⑥ 云树：树木如云，树很多之意。

⑦ 天堑：天然形成的隔断交通的沟壑，多指长江。这里指钱塘江。

⑧ 珠玑：珠宝，珠玉，这里指珍贵的商品。

重湖①叠巘②清嘉③，有三秋④桂子，十里荷花。羌管弄⑤晴，菱歌泛夜⑥，嬉嬉钓叟莲娃。千骑拥高牙⑦，乘醉听箫鼓，吟赏烟霞⑧。异日图⑨将好景，归去凤池⑩夸。

【词译】

自古以来，杭州城就十分繁华。它地理位置优越，是人文荟萃之地。城里大约有十万户人家，房前挡风的帘子、窗子翠绿的帷幕，与远处云气缭绕的柳树、彩绘装饰的桥梁交相辉映。无数高大的树木围绕着钱塘江的沙堤，江水波涛汹涌，卷起白色的浪花，好似霜降雪飞。这宽广的江面一望无边，如一道天然屏障护卫着城池，让这里富庶无比，你看市集上到处是珍贵稀有的商品，每家每户都充盈着绫罗绸缎。大家竞相攀比豪华。

杭州城的风光也十分秀美。崇山叠嶂环绕着的西湖清丽脱俗。秋天桂花满城飘香，夏季西湖遍开荷花，美不胜收。钓鱼的老翁、采莲的姑娘哪个不是乐乐呵呵？白天里欢快地吹奏羌笛，夜晚划着小船采菱歌唱。这么美好的景色，吸引了晚归的地方长官，只见他被随从簇拥着，饮酒取乐，在微醉中欣赏歌舞音乐，称赞这美丽的山水风光，想着一定要把美景画作图卷，待他日高升向朝中之人好好夸耀一番。

注

① 重湖：指西湖。西湖以白堤为界，分里、外湖，故也称重湖。

② 叠巘：层层叠叠的山峰。巘，音"掩"，指大山上的小山。

③ 清嘉：清秀佳丽。

④ 三秋：秋季第三月，即农历九月。

⑤ 弄：吹奏。

⑥ 菱歌泛夜：夜归的采菱舟上歌声荡漾。

⑦ 高牙：高高矗立的牙旗。牙旗，将军的旗帜，旗杆装饰象牙。这里代指高官孙何。

⑧ 烟霞：这里泛指山水等自然风光。

⑨ 图：作动词，绘图之意。

⑩ 凤池：凤凰池，指皇宫中的池沼，这里代指朝廷。

【评析】

"望海潮"是柳永独创之调，就词中内容来看，应是从"杭州是观潮之地"中取意的。说起来，这首词的创作背景有些令人心酸。柳永一生不得志，屡次科考不中，但还是有心想要入仕，只好走一走偏门。这首词其实是柳永为拜见当时杭州太守孙何而作，颇多恭维之语，希望孙何能提携他一把，可惜未能如愿。但该词却传唱甚广，是流传千古的名篇。

这首《望海潮》一改词人惯常的婉约柔美之风，纵横捭阖，浓墨重彩地描绘了杭州城的繁华景象和美丽风光。"东南形胜，三吴都会，钱塘自古繁华"是上阕的总起句，以俯瞰视角勾勒出杭州城全貌。"东南形胜"点明大方向，"三吴都会"点明具体位置，又是"形胜"又是"都会"，这到底是什么地方呢？"钱塘自古繁华"揭开了最终答案。那么，钱塘有多繁华呢？词人在随后进行了具体描写，"烟柳画桥，风帘翠幕，参差十万人家"是写人烟鼎盛，楼阁重叠，环境美好，正是一派人间天堂的景象；"云树绕沙堤，怒涛卷霜雪，天堑无涯"是词人将视线从城中民居移开，转向天堑钱塘江。这里既是实景描写，将钱塘江波浪汹涌、绿树环绕的画面呈现在读者眼前，同时也是对"钱塘自古繁华"的注释，因钱塘江形成的天然屏障让城池能安全无虞。这里一个"绕"字一个"卷"字极有情态，前者尽显长堤蜿蜒，后者画出波涛怒吼。但这些都是外部条件，还不能完全证明钱塘的繁华，于是词人再次将目光投向了城里。"市列珠玑，户盈罗绮，竞豪奢"，街市上遍布珠宝，家家户户绫罗绸缎，这才是藏富于民的繁华富庶。

下阕词人抓住了杭州的地标特征，详细描绘了西湖的人文风光。首句"重湖叠巘清嘉，有三秋桂子，十里荷花"写的是西湖不同季节的美。"清嘉"是题眼，在青峰如簇的群山环绕下，西湖显得尤为清秀，秋飘桂花香，夏有荷花长，迤逦风光，让人向往。"三秋桂子，十里荷花"高度凝练，非常具有诱惑力。据说金朝皇帝完颜亮就是因为思慕"三秋桂子，十里荷花"的美景才想要发兵侵宋的，可见此句的魅力。有景还得有人，"羌管弄晴，菱歌泛夜，嬉嬉钓叟莲娃"描绘的就是西湖上老百姓欢快劳动的情景，渲染出一种热情、快乐的生活氛围。最后这几句是整首《望海潮》的目的所在，词人借对地方长官饮酒赏景、歌咏杭州场景的描绘，好好恭维了一番杭州太守孙何。"千骑拥高牙，乘醉听箫鼓，吟赏烟霞"塑造了一位风流威武的地方官形象，而"异日图将好景，归去凤池夸"则是很明显的恭维之语，寓回京高升之意。虽然这首《望海潮》创作目的不那么光彩，但丝毫无损该词本身所具有的艺术感染力，全词感情丰沛饱满，语言色彩浓烈，沉雄清劲，奇丽自然，自有一股豪放之气。

满江红

　　暮雨初收，长川^①静、征帆夜落。临岛屿、蓼烟疏淡，苇风萧索。几许渔人飞短艇，尽载灯火归村落。遣行客、当此念回程，伤漂泊。

　　桐江好，烟漠漠。波似染，山如削。绕严陵滩^②畔，鹭飞鱼跃。游宦^③区区成底事^④？平生况有云泉约^⑤。归去来^⑥、一曲仲宣^⑦吟，从军乐^⑧。

【词译】

　　傍晚的天空渐渐飘起了小雨，等雨停的时候，已是将要入夜时分。旅船停在富春江边，江水平静，波澜不兴。我站在船头远眺，对面的岛屿笼罩着轻烟，凉风从

注

① 长川：指下阕中的桐江，即钱塘江中游富春江，位于浙江省桐庐县北。

② 严陵：位于桐江江畔。

③ 游宦：即宦游，古代士人为谋取一官半职，离开家乡拜谒权贵、广交朋友的一种旅游。

④ 成底事：成何事，意指一事无成。

⑤ 云泉约：指退隐林间的约定。云泉，代指自然山水。

⑥ 归去来：出自陶渊明《归去来辞》，意指辞官归去，躬耕种田。

⑦ 仲宣：指东汉末年文学家王粲，字仲宣，写有《从军行》五首，主要抒发行军之苦和羁旅之思。

⑧ 从军乐：乐，音"悦"，指王粲的《从军行》。

蓼花芦苇中穿过，带来些微寒意。江上渔舟像鱼儿般飞窜，争相赶着回家去，那舟上星星点点的灯火极速掠过，好似流光一般。想到他们回去举家欢乐，我不由十分伤感，漂泊在外的日子有苦难说，还是家中的生活让人快乐。

夜晚在想念家乡中度过。第二天一早，旅船沿着富春江缓缓前行。江面上缭绕着一层薄雾，江水碧绿好似染过一般，两岸群山巍峨，峭壁悬崖。船经过严陵滩的时候，一群白鹭飞了过来，偶尔还看见鱼儿在水面上跳跃起舞。辛辛苦苦，最后到外地当个小官算个什么事呢？不如畅游山水，多看看富春江般的美丽景色，更何况我本来就想要归隐山林。回去吧，回去耕田也好，这般在外羁旅漂泊实在是悲苦！

【评析】

"满江红"是柳永首创的调名，多为舒怀之作。1034年，柳永暮年及第，被授予睦州团练推官一职，在赴任途中作下此词。全词意境辽阔，以景带情，抒发了词人厌倦了多年来辗转求官，不如归隐山林的愤懑之情。羁旅漂泊主题在柳永留存词作中占有相当的比例，由于他长年辗转各地、浪迹江湖，为谋一官半职四处宦游拜谒，切身感受到其中的各种心酸苦闷，这些词也写得十分深沉感人，有不少佳作存世。

上阕记叙写景。"暮雨初收，长川静、征帆夜落"交代了此词的事由背景，词人在赴任途中经过富春江，正赶上傍晚，于是停船过夜。词人在船头远眺，这才有了下文风光人情的描写。"临岛屿、蓼烟疏淡，苇风萧素"是词人所见所感，生动传神地展现了暮色下江中小岛静静蹲踞的样子。"蓼""苇"两种植物点明了时间是深秋季节。然而很快这种平静就被飞快行驶的渔舟打破了。"几许渔人飞短艇，尽载灯火归村落"，气氛由静转动，夜色已黑，目力难及，只见江上点点灯火如流光划过，于是词人猜测说"几许渔人"，因为实在看不出有多少。在渔人急忙"归村落"的场景中，词人不由得联想到了自己，萌生了"遣行客、当此念回程"的想法，思归之情溢于言表。然而他此时官命在身，身不由己，只能自我感伤，"伤漂泊"之中已经隐约可见词人厌倦羁旅生涯的内心想法。

一夜就在词人这种伤感的情绪中过去了。第二天一早，旅船继续前行，词人得以看到富春江的早景。"桐江好"是总领句，好在哪里词人随后有让人如临其境的描写。"烟漠漠"写江山晨雾，"波似染"写江水澄澈，"山如削"写沿岸景色，比喻手法用得简练巧妙，十分传神。江景大好，此时词人心情还是比较愉悦的。但是随着旅船经行严陵滩畔，虽然有"鹭飞鱼跃"，词人却因眼前的美景想到自己的一生，"游宦区区何底事"，以前那样到处宦游谋官到底是为了什么？这是词人由眼前景色联想的感叹，这种闲适自在的生活才是他真正想要的，此意可从"平生况有云泉约"一句看出。愈到后来，这样的心情愈加强烈，结尾"归去来，一曲仲宣吟，从军乐"是词人心声的呐喊，情感的宣泄，饱蘸着对羁旅漂泊的怨怼和对归隐田园的渴望。不过也有人认为，虽然柳永在词中流露出厌倦之意，但鉴于他一生都在为出仕奋斗，这词的意味就与其个性、经历有些不符了。因此，这里的"归去来，一曲仲宣吟，从军乐"并非指的是忍受不了行役之苦，要学陶渊明归隐田园，而是字面上吟诗的意思。因为当时柳永担任的团练推官一职是负责地方军训和防御的，算得上是半个军人，吟上一曲《从军行》也是理所当然。有兴趣的读者不妨做些研究。

总之，柳永是北宋前期最有成就的词人，同代词人叶梦得称"杨柳岸边，凡有井水饮处，即能歌柳词"，可见柳词的风靡程度。不过，多数人印象中的柳词，多是与勾栏瓦肆、伶人妓女脱不了干系，故而才有"柳郎中词，只好十七八女孩儿，执红牙拍板，唱'杨柳岸，晓风残月'"的说法。实际上，柳永此人，胸中颇有抱负，暮年后为官也颇有政绩，只是年轻时一直怀才不遇，只好到处漂泊，渐渐也就放荡不羁，多流连烟花之地。但也正因为他与下层民众的亲密接触，才写下了许多极具生活气息的词，将许多民间语言引入词中，自成风格。

范仲淹

（989—1052）

字希文，北宋名臣。自幼饱读诗书，忠心报国。对外，曾以龙图阁直学士的身份挂帅戍边，敌人不敢进犯，有"小范老子"之称；对内，发起了庆历革新运动，为王安石的"熙宁变法"奠定了基础。其词作存世仅五首，却跳出了早期宋词喜写艳情的题材框架，风格沉挚真切，直接影响了宋代豪放词和爱国词的创作。去世后谥号"文正"，人称范文正公。

渔家傲

塞下秋来风景异，衡阳雁去①无留意。四面边声②连角③起，千嶂④里，长烟⑤落日孤城闭。

浊酒一杯家万里，燕然未勒⑥归无计。羌管⑦悠悠霜满地，人不寐，将军白发征夫泪。

注

① 衡阳雁去：即"雁去衡阳"，大雁从这里飞去衡阳。

② 边声：边塞特有的声音，如马鸣、羌笛、号角等声音。

③ 角：古代军中使用的一种乐器。

④ 嶂：如屏障一般耸立的山峰。

⑤ 长烟：直而高的烟。

⑥ 燕然未勒：意指没有打败敌人。燕然，山名，今位于蒙古境内；勒，在石上刻字，出自《后汉书》，东汉大将窦宪追击匈奴直至燕然山，在石上刻字记功而返。

⑦ 羌管：即羌笛。

【词译】

边塞的秋日风景轻易就引起了我的愁绪，狂风呼啸，战马嘶鸣，号角声声里，就连大雁也毫不留恋地离开了这里。群山环绕，落日的余晖斜映着直上的轻烟，孤零零的城池紧闭着城门，不知道何时才能为胜利而开。

一想到万里之外的家乡我就忍不住愁思泉涌，不得不小酌几杯才能慰藉这思乡之情。但戍卫边塞是我的使命，纵然操劳到头发都白了，也要和西夏人战斗到底，不把他们打得落花流水决计不会回去。夜色降临，霜寒露重，听着悠悠响起的羌笛，我想战士们大概也无法安睡吧，也许早就流下了思乡的泪水。

【评析】

从1038年起，西夏人连年侵宋，宋军边防疏漏，毫无战斗力，结果是一败再败。1040年，范仲淹挂帅戍边，赴任延州。这首词便是他在延州率军抗敌时所作，真实地反映了边塞的军旅生活，上阕摹景，下阕抒情，苍凉悲壮，真切感人。

起句"塞下秋来风景异"，点明了时间、地点及内容。大雁、边声、落日、孤城……这一个个意象生动地组合出了一幅荒凉、萧瑟的场景。将军背手而立，衣襟在狂风下猎猎作响，眼神中充满对战争的忧思，他所看到的风景自然也弥漫着苍凉之意。"长烟落日"颇有王维"大漠孤烟直，长河落日圆"的神韵，写出了塞外辽阔壮丽的风光。

看到延州这般满目苍凉，将军不由得想起了自己的家乡，思绪涌动。将军在下阕自抒胸怀，虽然忍不住饮酒解愁，但却并未忘记自己的使命，心中所想仍然是如何打败西夏人，但却苦于想不出好的对策。"燕然未勒归无计"表达的情感可说是非常复杂，既充满战胜敌人的决心，又隐隐透露着"巧妇难为无米之炊"的无奈。这种复杂的思绪融入乡愁，让将军不由得以己度人，在深夜里猜测起戍边战士的心理。

全词近于白描，读来让人不觉在脑中勾勒出一幅荒凉的边塞景象，将军思念家乡、忧思战争的形象也跃然纸上。与上阕景物描写相比，下阕的"将军白发征夫泪"一句直抒心意，尤显悲壮。

范仲淹的这首《渔家傲》在宋词史上具有划时代的意义。早期宋词多为风格柔靡的艳情之作，很少有人用词来真实地反映边塞生活，更没有这样苍凉悲壮、气魄宏大的作品，它是宋词词风转变的开端。此后出现的以苏轼、辛弃疾为代表的豪放派词人也多多少少受到了这首词的影响，可说是豪放词的开山之作。

欧阳修

（1007—1072）

字永叔，号醉翁、六一居士，北宋著名政治家、文学家。是北宋文坛的领袖人物，领导了诗文革新运动；散文成就极高，与韩愈、柳宗元、苏轼并称为"千古文章四大家"，为"唐宋八大家"之一。对词作也有所革新，扩大了题材，是宋代词史向民歌学习的第一人。辞世后谥号"文忠"，世称欧阳文忠公。

朝中措·送刘仲原甫出守维扬

平山①栏槛倚晴空，山色有无中。手种堂前垂柳，别来②几度春风？

文章太守③，挥毫万字，一饮千钟。行乐直须④年少，尊⑤前看取衰翁。

【词译】

还记得我在扬州当太守的时候，最爱的便是到平山堂远眺舒怀，晴朗的天空下，远处的青山蒸腾起轻烟般的雾气，迷迷蒙蒙似有还无。堂前的垂柳是我亲手种下的，

注

① 平山：指平山堂，欧阳修在扬州任太守时所建。

② 别来：分别以来。当时词人离开扬州已经八年，故地重游，所以说是"别来"。

③ 文章太守：指刘原甫。

④ 直须：应当。

⑤ 尊：通"樽"，酒杯。

如今大概早已根深树壮、枝繁叶茂。我说原甫老兄，你才华横溢，性情豪迈。写起文章来思如泉涌，长篇大论一蹴而就；喝起美酒来千杯不醉，酒逢知己只多不少。趁年华还在的时候，你可要"人生得意须尽欢"啊，你看看我这个老头子就知道了，不过七八年时间，就老成这样了，即使想要潇洒，也有心无力了。

【评析】

1056 年，欧阳修的朋友刘敞（字原甫）出任扬州太守。八年前，欧阳修自己也曾在扬州担任过此职，期间还建造了文人雅士云集的平山堂。因此，在饯别刘敞的宴席上，欧阳修作了这首别具一格的送别词。之所以称它为"别具一格的送别词"，是因为整首词里没有惯常送别词的离愁别绪，反而是塑造了一名儒雅潇洒的"文章太守"形象，表现了词人豁达豪放的性格。

上阕"平山栏槛倚晴空，山色有无中。手种堂前垂柳，别来几度春风"几经转换视角，层次非常丰富。"平山栏槛倚晴空"是词人仰观平山堂之感。平山堂高踞山石之上，"倚晴空"三字将平山堂凌空矗立、奇高无比的态势生动地勾勒出来，有一种破空而来的气派，开篇即极为奇雄。"山色有无中"直接从唐代诗人王维《汉江临眺》中的"江流天地外，山色有无中"取意，描述了词人从平山堂向外远眺看到的情景。因平山堂地势高，从堂中望去，远方的青山历历在目，似乎与堂齐平，平山堂也因此而得名。接着，词人的目光从远方回到近处，落在了堂前垂柳之上。这里是一处细节描写，"手种"看似随意，实则充满了词人对扬州生活的怀念之情，既然是亲手种植的垂柳，又怎么会不时时牵挂呢？此外，"柳""留"谐音，在传统文学中，垂柳经常是表达思念之情的象征，如早在《诗经·小雅》就有"昔我往矣，杨柳依依"这样的诗句。不过，虽然词人怀念过去，但并不为此愁思满腹、怨得怨失，反而是以"别来几度春风"结尾，让人感觉生机勃勃、欣欣向荣。

下阕"文章太守，挥毫万字，一饮千钟。行乐直须年少，尊前看取衰翁"是全词的中心所在。"文章太守，挥毫万字，一饮千钟"属于点题之笔，写的是送别对象刘原甫，简单几笔就勾勒出一名性格豪爽、才华横溢的太守形象。《宋史　刘敞传》记载说，刘敞曾坐在马上起草诏书，才思敏捷，一挥而就。词人对他很是钦佩，所以称他为"文章太守"。"挥毫万字，一饮千钟"进一步刻画刘敞的人物形象，豪迈之感尽显。最后两句"行乐直须年少，尊前看取衰翁"既是词人对朋友的劝慰，也是对自己年老的自怜，感叹时光易逝，必须要及时行乐。从字面上看，及时行乐的思想有些消极，但是如果深入一点理解，由于词人不管在政治上，还是文学上、思想上，成就都极高，想来是属于那种认真工作而不是贪图享乐的人，所以这里的"行乐"除了字面上的意思之外，应该还带有及时立业之意。

欧阳修与苏轼是亦师亦友的关系，他这首《朝中措》对苏轼有着直接的影响，是豪放词的开路之作。

张 昇

（992—1077）

字杲卿，北宋文人。进士及第后，从小小的地方主簿做起，最后以太子太师的头衔退休，为官正直，才能突出。为子至孝，曾弃官侍母。八十六岁辞世，称得上是长寿之人。现仅存词两首，行文冷峻，格调悲凉，有一种历经人间世事、看尽天下兴亡的沧桑感。

离亭燕

一带①江山如画，风物②向秋潇洒。水浸③碧天何处断？翠色④冷光⑤相射⑥。蓼屿荻花洲⑦，掩映竹篱茅舍。

云际客帆高挂，烟外酒旗低亚⑧。多少六朝兴废事，尽入渔樵⑨闲话。怅望倚层楼，寒日无言西下。

注

① 一带：指金陵（今南京）一带。

② 风物：风光景物。

③ 浸：浸湿，这里是指水天融为一体的情景。

④ 翠色：一作"霁色"，指雨后青翠的景色。

⑤ 冷光：水波反射出的光芒。

⑥ 相射：相互辉映。

⑦ 蓼屿荻花洲：一作"蓼岸荻花洲"。蓼屿：长满蓼花的小岛；荻花洲：长满荻草的水中沙地。

⑧ 低亚：低挂。

⑨ 渔樵：渔夫、樵夫，代指老百姓。

【词译】

秋日的金陵，风光美得好似一幅画。山水草木天然雕饰着金秋的颜色。我站在高处向远方眺望，只见那青翠山色倒映在波光粼粼的江面，水天一色不知道何处才是尽头。远处的江中小岛遍布蓼花荻草，隐隐约约能看见围绕着竹篱笆的小茅屋。

江水尽头的客船依然高高竖着桅帆，烟雾缭绕的岸边酒旗依然在风中低低招展。这六朝古都景色依旧，但那些兴盛、衰败的过往却早就随着时间淡化，渐渐变成了老百姓茶余饭后的谈资。想到这里我不觉有些怅惘，孤独的斜阳好似那些难以留住的时光，默默就落下了天际。

【评析】

此为一首怀古词，写于词人辞官归隐、寓居金陵期间，是宋代怀古词中创作较早的一首。全词借写景发幽情，疏朗高远中见沧桑悲凉之意；借怀古隐现实，低沉笔调中现无可奈何之思。

"一带江山如画。风物向秋潇洒。"起句干净利落，笔触硬朗，寥寥数笔便将金陵一带的风光勾出了一幅鸟瞰图。"风物向秋潇洒"运用了拟人手法，赋予了风光景物人类的神态，感觉整个景色都活了起来。后四句是对金陵秋日风光的具体描写，"水浸碧天何处断？翠色冷光相射"从远近两个视角细致摹写了水面的景色，远处水天相融，难分难断，近处山色与水光交映，明丽妍秀。这里一个"浸"字一个"射"字用得精妙，前者表现了江水的广阔无际，把天也"浸"了进去，后者使得整幅画面充满动感，动静相对，别有风味。紧接着，词人将目光从江水移至江中的小岛，"蓼屿荻花洲，掩映竹篱茅舍"。这里虽是写景，但实际上是把人引入了词中，既为后文"渔樵"铺垫，也让词中有了烟火之气。

下阕人间烟火的氛围越发浓厚。"云际客帆高挂。烟外酒旗低亚"两句同样是一远一近，将人的活动场所烘托而出，有了人，自然就有了情，有了思想，于是"多少六朝兴废事，尽入渔樵闲话"的感慨油然而生。词人辞官归隐时已是七十古来稀的年纪，近五十年的官场生涯令他看尽沧桑变化，再如何轰轰烈烈最终都被时间的车轮碾压，成为后来人的谈资。这两句可说是全词的中心思想所在。但他毕竟为官多年，在任时尽职尽责，算是一名好官，因而即使辞官归隐，仍然心怀天下，忧国忧民。结尾"怅望倚层楼，寒日无言西下"隐隐透着词人的忧思，"寒日无言西下"虽是写景，实质上是影射社会现实。彼时北宋早已繁华不再，由盛而衰，运势犹如寒日，即将陨落西下。这里颇有一种李白"西风残照，汉家陵阙"的韵味。

　　张昇此人，不管是以文官身份还是以词人身份都不甚有名，但在宋史上却是一名"文节俱高"的传统文人形象。他的词作虽然存世不多，但却与范仲淹的词一样，是宋代词坛从婉约词向豪放词过渡的代表作品之一。

王安石

（1021—1086）

字介甫，号半山、临川先生，别称王荆公，北宋著名思想家、文学家、政治家。官至宰相，主导了有名的"熙宁变法"，有"通儒"之称；文学成就极高，为"唐宋八大家"之一，诗歌含蓄深沉、神韵高远，自成王荆公体，词作多咏怀抒情，风格沉郁豪纵、淡远空阔，现存世约二十余首。

桂枝香·金陵怀古

登临送目①，正故国晚秋，天气初肃②。千里澄江似练③，翠峰如簇。归帆去棹④残阳里，背西风，酒旗斜矗⑤。彩舟云淡，星河鹭起，画图难足。

念往昔，繁华竞逐⑥，叹门外楼头⑦，悲恨相续。千古凭高⑧对

注

① 送目：远目，望远之意。

② 天气初肃：天气刚开始萧肃。肃，肃杀，形容草木枯落，天寒气爽。

③ 练：白色的绢。

④ 归帆去棹：来往的船只。棹，原指船上一种划船的工具，这里代指船。

⑤ 矗：直立。

⑥ 竞逐：竞相追逐效仿。

⑦ 门外楼头：指南朝时陈朝的亡国惨剧。语出杜牧《台城曲》："门外韩擒虎，楼头张丽华。"韩擒虎是隋朝开国大将，统兵伐陈，他已带兵来到金陵朱雀门（南门）外，陈后主还在和宠妃张丽华于结绮阁上寻欢作乐。门，指朱雀门；楼，指结绮阁。

⑧ 凭高：登高。

此，谩嗟荣辱^①。六朝旧事随流水，但寒烟衰草凝绿。至今商女^②，时时犹唱，后庭遗曲^③。

【词译】

我在晚秋之际登高远眺金陵，天空高远，空气中微微透着寒意。奔腾不息的长江浪花翻滚，好似一条白练；沿岸山峰苍翠，拔地参天，好像箭头般簇拥在一起。江上来来往往的船只沐浴着夕阳的光辉，岸边酒家门前斜插的酒旗在风中飘扬。远远望去，画船似在云中出没，白鹭似在银河起舞，再好的画家也画不出这美丽的景色。

遥想当年，金陵作为都城是多么繁华兴盛，只可惜最后六朝在这里一个接一个相继灭亡。自古以来，不知有多少人在此登高怀古，空叹历代的繁荣与衰亡。如今，六朝旧事早就如流水般消逝了，只剩下秋草萧瑟，然而可悲的是，歌女们却还时时唱着那首《玉树后庭花》，早就忘记当时亡国的仇恨了。

【评析】

作为历史上有名的六朝古都，历经风云变幻的金陵是古代文人凭吊怀古最喜爱的去处。王安石的这首《桂枝香》是北宋早期广为知名的创作。全词写景壮丽开阔，写情发人深省，在风格上摆脱了五代而来的艳靡之气，为此后豪放词的发端打开了窗口。

上阕以"登临送目"统领，描写了词人登高远望的景象，澄江千里，翠峰如簇，展开了一个广阔的背景。在广阔之下，词人进一步写彩舟、白鹭、酒旗，大中有小，有浓有淡，犹如一幅水墨画肆意将眼前的景致渲染开来。"千里澄江如练"借用了南朝诗人谢朓《晚登三山还望京邑》中的"余霞散成绮，澄江静如练"。写实过后，词人展开了丰富的想象，"彩舟云淡，星河鹭起，画图难足"，将落日下江天景色互融，场景愈加开阔。但在写景中，词人并未表达创作这首

注

① 谩嗟荣辱：空叹繁荣与衰败。

② 商女：酒楼茶肆卖艺的歌女。

③ 后庭遗曲：指歌曲《玉树后庭花》，传为南朝陈后主陈叔宝所作。

词真正的目的，在开篇以"故""秋""肃"几个字眼奠定了全词的基调。

下阕是全词的中心思想所在。词人在登临远眺中，不觉想起金陵曾经的繁荣辉煌时光，想起一个又一个王朝在这里灭亡，心中既充满感慨又满是担忧。"念往昔，繁华竞逐，叹门外楼头，悲恨相续"，这里一念一叹，将词人的思想情感展露无遗。"门外楼头"出自唐代诗人杜牧的《台城曲》诗："门外韩擒虎，楼头张丽华"，虽然仅有四字，却含义深远，既将陈朝亡国时的景象情景再现，又表达了词人对陈后主的嘲讽哀叹，"悲恨相续"进一步表现出词人对其后的统治者"恨铁不成钢"的无奈和悲叹。"千古凭高对此，谩嗟荣辱"一句表达的情感较为复杂，有两层意思：一是词人感叹任何历史都会消逝在时间的长河中，最终成为后人茶余饭后的谈资；二是批判当时的文人，空叹兴亡，没有做出什么实际行动。相较而言，王安石自身是一名比较有想法的政治家，否则也就不会有后来的王安石变法了。这里其实是隐晦地表现了词人自己的大志和抱负。结尾"至今商女，时时犹唱，后庭遗曲"同是化用的杜牧诗"商女不知亡国恨，隔江犹唱后庭花"，隐隐约约流露出对当朝统治者的担忧之情。

王安石这首怀古词，从立意上看，应该是多少受到早前张昇《离亭燕》的影响，一为"六朝旧事随流水"，一为"多少六朝兴废事，尽入渔樵闲话"。不过从思想高度看，王安石显然更高一等。

苏 轼
（1037—1101）

字子瞻，号东坡居士，北宋大文豪，唐宋八大家之一，达·芬奇式的全才人物。诗、词、散文代表了北宋文学最高水平，书法、绘画流传千古，在农田水利、教育、音乐、医药、数学、金石、美学、烹饪等领域也建树颇高。豪放词派开创人，词风慷慨激昂、豪迈雄壮、大气磅礴，具有宽广深切的人生忧患意识。后人敬称"诗神""词圣""坡仙"。

江城子·密州出猎

老夫聊①发少年狂②，左牵黄，右擎苍③，锦帽貂裘，千骑卷平岗④。为报倾城随太守，亲射虎，看孙郎。

酒酣胸胆尚开张⑤，鬓微霜，又何妨。持节⑥云中⑦，何日遣冯唐？会⑧挽雕弓如满月，西北望，射天狼⑨。

注

① 聊：姑且。

② 狂：豪情。

③ 左牵黄，右擎苍：左手牵着黄狗，右臂托着苍鹰，意指围猎时勇猛地追捕猎物。

④ 千骑卷平岗：意指狩猎队伍打马冲锋，尘土飞扬间马蹄风一般卷过山冈。千骑，形容随从狩猎队伍之多。

⑤ 酒酣胸胆尚开张：意指酒酣之际，胸怀开阔，兴致大发。尚，更。

⑥ 持节：拿着传令兵符，意指身负重大使命。节，古代兵符。

⑦ 云中：汉代郡名，现今内蒙古自治区托克托县一带。

⑧ 会：将要。

⑨ 天狼：天狼星。这里暗指侵袭北宋的西夏。

【词译】

左手牵着黄狗，右臂擎着苍鹰，老夫我姑且一展少年时狩猎的豪情，打起马鞭追赶四散奔逃的猎物。侍从们骑马狂奔，头戴锦帽身穿貂裘，马蹄踏过尘土飞扬，风一般卷过山岗，好一派意气风发的模样！满城的人都愿随我出城狩猎，深情厚谊令我这个太守无以为报，只好亲自射杀猛虎一只，比一比那当年时常乘马射虎的孙权！

猎后畅饮，酒酣沉醉之际，胸怀之间依旧开阔无比，报国之情滔滔万丈，即便鬓发已隐隐泛白，又有什么关系呢？虽然我这个太守当得逍遥自在，但心里仍然苦苦等待有一天朝廷会派来使者，像汉文帝派遣冯唐到云中赦免魏尚的罪一样，给我新的机会。到那一天，我一定要拉紧弓弦，奋勇杀敌，将西北边境上的西夏敌军一扫而光！

【评析】

要说宋词的正宗，当是柳三变式的浅斟低唱。但这一首出猎词，满怀豪情壮志，挟带着大碗喝酒大块吃肉的豪爽之气，如一股劲风吹过北宋词坛，由此开创了豪放词派，并直接影响了后来的爱国词创作。词人自己也颇为自得，曾致信友人称此词"虽无柳七郎风味，亦自是一家……令东州壮士抵掌顿足而歌之，吹笛击鼓以为节，颇壮观也。"全词以一"狂"字点题，上阕叙事，下阕抒情，活用典故，大气磅礴，气势逼人。

上阕"老夫聊发少年狂，左牵黄，右擎苍，锦帽貂裘，千骑卷平岗"几句一气呵成，畅快淋漓，出猎时人马沸腾、风驰电掣的热烈场面扑面而来，读来感受十分强烈。"锦帽貂裘，千骑卷平岗"暗含深意，锦帽貂裘是西汉精锐部队羽林军的标志性装扮，这里一方面展现了随侍儿郎们神采飞扬、勇猛向前的精神风貌，另一面表达了词人渴望朝廷重整军伍，与西夏敌军血战到底进而击溃他们的心愿。"为报倾城随太守，亲射虎，看孙郎"一句，以东吴文韬武略的孙权自比，说全城的人都跟着他去出猎，字里行间既有得全城百姓爱戴追随的小得意，又有以身报国报民的壮志豪情。这里使用的是"孙权乘马射虎"的典故，典出《三国志·吴志·孙权传》。

狩猎归来，词人豪性大发，与手下共同畅饮美酒，酒醉之际，想要建功立业、报效家国的情怀一览无遗，"酒酣胸胆尚开张，鬓微霜，又何妨"。其实这时词人年不过四十，相比写实，"鬓微霜"所表达的恐怕更多是词人慨叹年华似水，渴望早日施展抱负。"持节云中，何日遣冯唐"同样是运用典故，《汉书》《史记》中均有记载，说的是汉文帝时，云中太守魏尚获罪被削职，中郎署长冯唐在文帝前为魏尚辩解，文帝随后便派他去云中赦免魏尚。当时苏轼因与王安石政见不合，于是自请外调京城，先至杭州，后到密州。这首词作于 1075 年前后，正是苏轼在密州任职之时。因而他以魏尚自居，渴望朝廷重新重用，让他得以挥斥方遒，一展抱负。当然，词人的这一志向并非是为一己之私，也并非是为了建功立业，而是为了保家卫国，打败侵略北宋边境的西夏人，这在结句"会挽雕弓如满月，西北望，射天狼"中有着清楚明白的体现。

水调歌头

丙辰中秋，欢饮达旦，大醉。作此篇，兼怀子由。

明月几时有？把酒①问青天。不知天上宫阙②，今夕是何年③。我欲乘风归去④，又恐琼楼玉宇⑤，高处不胜⑥寒。起舞弄清影⑦，何似在人间！

转朱阁⑧，低绮户⑨，照无眠⑩。不应有恨，何事长向别时圆？

注

① 把酒：端起酒杯。

② 宫阙：宫殿。

③ 今夕是何年：古人认为天上和人间的时光流逝不同，有"天上一日地上千年"之说，故而词人有如此疑问。

④ 乘风归去：驾着风回到天上去。

⑤ 琼楼玉宇：白玉建成的楼阁。

⑥ 不胜：忍受不住。

⑦ 起舞弄清影：舞动时影子也跟着一起动。

⑧ 朱阁：朱红色的楼阁。

⑨ 绮户：刻有纹饰的门窗。

⑩ 无眠：代指睡不着的人。

人有悲欢离合，月有阴晴圆缺，此事古难全，但愿人长久，千里共
婵娟①。

【词译】

月光如水的夜里，我自斟自饮，早已是酒不醉人人自醉。端着酒杯问一声青天，
月亮是何时挂到天穹之上的？也不知道天宫今晚是哪一年。我想要乘着清风回到天
宫，又害怕受不住那高处玉砌的楼宇所散发的冷寒之意，哪里比得上我如今在人间
月下起舞，又与影子嬉戏的自在！

转过朱红色的楼阁，低低挂在雕花的窗户上，月光清冷地照在我这个丝毫没有
睡意的人身上。说起来，月亮对人间应是没有什么恨意的吧，为什么却总在人们离
别的时候才圆满呢？思来想去，人间有悲欢离合，月亮有阴晴圆缺，怕是自古以来
就难以周全的。只希望天下人皆平安健康，即使相隔千里万里，也能共享这美好的
月光。

【评析】

这是苏轼一首非常有代表性的词，超然旷达，将月亮与人事类比，传达出强烈
的哲学意味。全词语言空灵，境界高远，风格旷达，字里行间氤氲着人生哲理，读
来令人回味无穷。"人有悲欢离合，月有阴晴圆缺，此事古难全"乃千古名句。

该词同样创作于 1075 年前后，苏轼于密州任职期间。当时苏轼与当权的王安石
政见不合，自请外调，辗转各地为官，与胞弟苏辙已有七年未见。虽然词人是自请
外调，但政途失意，难免心怀失落之情，抑郁难平。中秋原是团圆夜，词人却与亲
人山重水远，酒醉之际，心绪翻腾，不吐不快，成就了这首千古名篇。

上阕写中秋赏月，饮酒怀思。开篇"明月几时月，把酒问青天。不知天上宫
阙？今夕是何年"奇峰迭起，有屈原屈大夫《天问》的浪漫奇想之意，既引发读者
想象，又起到启下的作用。其暗含的人生意识、宇宙意识与唐朝诗人张若虚"江畔
何人初见月，江月何年初照人"有异曲同工之妙。"我欲乘风归去，又恐琼楼玉宇，

注

① 婵娟：月宫里的嫦娥，代指月亮。

高处不胜寒。"这几句字面上看是词人以天上的神仙自喻，想要回到天宫去探索宇宙的秘密，又担心受不住天上的冷清。其实结合词人当时的处境，这几句可以理解为词人期望能回京尽忠又不满现实人事纷杂。"起舞弄清影"解释了"何似在人间"的原因。虽然心情有些矛盾，但词人最终还是坚定信念，留在人间，即便郁郁不得志，也要好好生活，表现出开阔的心胸和高远的志向。"起舞弄清影"有一种高冷的自得其乐。

下阕写望月怀人，抒发了对人生世事无常的感慨。月光萦绕，照着满腹心事的词人。望着满月，想起远方的亲人，不觉埋怨起月亮："不应有恨，何事长向别时圆？"但词人本质上仍是非常开朗乐观的，念头一转，自己为月亮开脱起来："人有悲欢离合，月有阴晴圆缺，此事古难全。"人生不如意者十之八九，这里表达了词人潇洒、豁达的人生态度，并且由自己想到旁人，真情实意祝福大家"但愿人长久，千里共婵娟"，这种情感早已是超越个体，成为一种普世观照。"但愿人长久"突破了时间的桎梏，"千里共婵娟"则挣脱了空间的限制，这种超越时空的人生态度正是词人自身豁达乐观的写照。全词想象奇绝，景象雄阔，格调高远，是苏词旷达风格的典型代表作。

定风波

三月七日，沙湖道中遇雨。雨具先去，同行皆狼狈，余独不觉，已而遂晴，故作此词。

莫听穿林打叶声①，何妨吟啸且徐行。竹杖芒鞋②轻胜马，谁怕？一蓑烟雨任平生③。

注

① 穿林打叶声：大雨穿过树林落在树叶上的声音。

② 芒鞋：草鞋。

③ 一蓑烟雨任平生：穿着蓑衣在雨中过一辈子又何妨？蓑，蓑衣，古时用草做成的雨衣。

料峭①春风吹酒醒，微冷，山头斜照②却相迎。回首向来③萧瑟④处，归去，也无风雨也无晴。

【词译】

忽然就下雨了，豆大的雨点打在林中的树叶上，发出"啪嗒啪嗒"的声音。同行的人都忙着躲雨，我却在雨中自得其乐，一边吟咏啸唱一边悠悠然走我的路。手里一根竹杖，脚上一双草鞋，心里泰然得感觉走起来比马车还要轻快，还怕什么风雨？我还有这一身蓑衣，就算是风吹雨打，也照样能安然过完我这一生。

一路行来，迎面而来的春风带着微微的寒意，将我那点儿微醺的醉意吹得一点不剩。正感觉有点冷的时候，倏忽间雨却停住了，山头挂着的斜阳送来暖意。我不禁回头看一眼方才遇到风雨的林子，笑一笑重新踏上回程，管他是风雨还是晴天，我心安处就是我的归途。

【评析】

人在落难的时候，往往最能看清楚炎凉世态。有些人可能会一蹶不振，而有些人则会获得心灵的升华。1079 年，苏轼被扣之以"文字毁谤君相"的罪名被捕入狱，史称"乌台诗案"，这是历史上有名的"文字狱"之一。而事实上，苏轼无非是写了几首小诗讽刺一下时政，说到底还是政治斗争的牺牲品。出狱后，苏轼被贬到黄州当一个没有实权的小官，生计困难，不得不带领全家垦荒种田。这首词所表现的即是他去看顾荒地途中遇雨的场景和情感，是时为元丰五年（1082）三月七日。

全词表现了一种"宠辱不惊"的人生态度，劝慰世人不论是处于顺境还是处于逆境，都要以一颗平常心待之。这是词人在经历了人生磨难之后精神的超越和悟道。

上阕写的是途中遇雨，"莫听穿林打叶声，何妨吟啸且徐行"一句，前者以

注

① 料峭：轻微寒冷的样子。

② 斜照：指偏西的阳光。

③ 向来：方才。

④ 萧瑟：指上文穿林打叶声。

"穿""打"字眼描述雨势之大，后者以"吟啸""徐行"展现词人从容之态，两相对比更显出词人悠闲平静的心态。"竹杖芒鞋轻胜马，谁怕？一蓑烟雨任平生"是词人思想的具化。事实上，竹杖芒鞋肯定比不过骑马，凭着一身蓑衣也不可能在雨中过上一辈子。这里并非是写实之语，而写的是词人的心态，是"此心安处是吾乡"。"竹杖""芒鞋"是苏轼诗词中经常出现的意象，用以表达平民生活，"竹杖芒鞋"也是苏轼自身典型的平民形象塑造。

下阕开始，词人笔锋一转，瞬间雨停风住，阳光从山头重又照射大地。从"莫听穿林打叶声"到"山头斜照却相迎"，不得不让词人感叹天气的变化无常，进而联想到世间万事，莫不如此，最后发出了"归去，也无风雨也无晴"的感慨。联系上下阕，词中传达出的是一种寒冷中有温暖，挫折中有希望的人生辩证法：福祸总是相伴相依，看明白这点就不会因一时的人生境遇沾沾自喜或是颓丧消沉，而是学会用一颗平常心对待，用一种积极的人生态度去对待。词人便是如此对待一生的。

浣溪沙·游蕲水清泉寺

游蕲水清泉寺，寺临兰溪，溪水西流。

山下兰芽短浸①溪，松间沙路净无泥，潇潇②暮雨子规③啼。
谁道人生无再少④？门前流水尚能西！休将白发唱黄鸡⑤。

注

① 浸：泡在水中。

② 潇潇：形容下雨的声音。

③ 子规：布谷鸟。

④ 无再少：再也不能回到少年时代。

⑤ 唱黄鸡：意指感慨时间流逝。因鸡鸣可以报晓，表示时间的流逝。

【词译】

　　和友人同去蕲水清泉寺游览，寺旁有一条潺潺西流的兰溪。山下的溪水旁生着一片绿意茸茸的兰草，短小的幼芽浸在溪水中轻轻摇摆，甚是可爱。我和友人在松林间干净的沙路上漫步，不知不觉天色就晚了，还下起了绵绵细雨，布谷鸟"咕咕咕"叫个不停。

　　有些人老了总喜欢哀叹："再回不到少年时代了！"我的心里却从没有这样的想法。面对这山间的好景致，我深呼吸一口气，顿觉心旷神怡！谁说韶光逝去不复返？你看这寺门前的流水，不论日日夜夜只知向西流淌，即使年纪大了，只要不白白浪费时间，何必总去哀叹年华老去呢！

【评析】

　　这首小令是词人因"乌台诗案"被贬至黄州时所作。全词短小明快，表达了热爱生活、乐观奋发的人生态度。其实，当时词人不但被连续贬官，还生了一场病，正是各种不如意的时候，但从这首词中却并没有表现出一蹶不振的灰色情绪，反而迸发出一种"老骥伏枥，志在千里"的激情，可见词人乐观豁达、积极向上的胸襟。

　　上阕描写了词人和友人在暮春时分游览清泉寺所见到的景致，亦借景抒发了自身处境的一点悲凉之意。"山下兰芽短浸溪"是对词前小序中提到的"兰溪"因何得名的解释。"浸"字写兰草在水中的样子，力度感颇强，表现出春天兰草生长的活力。词人边漫步边观景，"松间沙路净无泥"说的是沙路，实质上仍然是在烘托兰溪这处景致的幽静。该句化用自白居易《三月三日被禊洛滨》中的"沙路润无泥"。"潇潇暮雨子规啼"是值得玩味的一句。传统文学中，"暮雨""子规"这样的字眼通常是与凄切悲凉联系在一起的。词人其他景致不写，偏偏要以这两个意象入词，其实还是对自己目前的处境有那么一丝怨怼的。

　　不过"坡仙"毕竟是"坡仙"，虽然心有怨言，但仍挡不住他意气风发的精神面貌。在下阕中，词人以流水自比，发出了"休将白发唱黄鸡"的疾呼。词人在起首问道"谁道人生无再少"？接着又自答"门前溪水尚能西"。这两句传达出的是词人不服老的进取心态。事实上，清泉寺作为一个游春踏青的景点，定然是有很多人前往游览的，为何其他人在看到兰溪时就没有这种感慨呢？说到底，这还是词人自身的精神特质决定的。由于其自身达观、奋发的人生态度，面对溪水西去，他看到的才是"尚能西"而不是"一去不复返"。所以，词人在结尾大呼一声："休将白发唱黄鸡"，无厘头一点来说，就是叽叽歪歪个啥，有这感叹时光易逝的工夫，还不如赶紧干点正事去！白居易写过一首叫"醉歌"的诗，里面有"黄鸡催晓丑时鸣，白日催年酉前没"一句，就是唉声叹气年纪大了的意思，这里词人是反用其意。

满江红·寄鄂州朱使君寿昌

江汉西来①，高楼②下、葡萄深碧。犹自带、岷峨雪浪③，锦江④春色。君是南山⑤遗爱⑥守，我为剑外⑦思归客。对此间、风物⑧岂无情，殷勤说。

江表传⑨，君休读。狂处士⑩，真堪惜。空洲对鹦鹉⑪，苇花萧瑟。不独笑书生争底事，曹公黄祖俱飘忽⑫。愿使君⑬、还赋谪仙⑭

注

① 江汉西来：以鄂州为参照，长江从西南来，汉水从西北来，故统称西来。

② 高楼：词尾有"追黄鹤"一语，此处应为黄鹤楼。

③ 岷峨雪浪：意指岷山、峨眉山的积雪溶化后流入长江。

④ 锦江：流入长江的岷江的支流，位于四川境内。

⑤ 南山：指陕西终南山。

⑥ 遗爱：古时地方官离任时，人们用"遗爱"称颂其政绩突出。

⑦ 剑外：即剑门山以外，四川的别称。词人的家乡在四川，故称自己为"剑外思归客"。

⑧ 风物：指风光景物。

⑨ 江表传：书名，已佚失。

⑩ 狂处士：指汉末的祢衡，为人狂妄，曾击鼓骂曹，最终被江夏太守黄祖所杀。处士，指有才能但不屑于做官的人。

⑪ 空洲对鹦鹉：祢衡写过一篇《鹦鹉赋》，因其死后葬于一沙洲上，后人便称此洲为鹦鹉洲。

⑫ 飘忽：飘然逝去，意指世事无常。

⑬ 使君：指朱寿昌。

⑭ 谪仙：指李白。

诗,追黄鹤^①。

【词译】

　　长江和汉水从西面奔腾而来,于此处交汇。从高高矗立的黄鹤楼远望,到处是一片碧色水光。波光闪动间,仿佛还能看见高山上积雪化成的清澈涓流,将春天的气息注入水中。看吧,锦江之上处处草长莺飞,春意融融。你在终南山为官时曾经收获到百姓的赞扬,而我却只能在这里期待何时能东山再起。面对这风光景物,思来想去,我有一肚子话想要和你说。

　　不要去读什么《江表传》,你看有"狂处士"之名的祢衡,死于非命的遭遇多么让人可惜,现在只剩下几株萧索的苇花在鹦鹉洲上与他的坟茔相对。哎,一介书生何苦纠缠于那些官场之事,如今连害了他的曹操和黄祖也早就化为尘埃了。我亲爱的朋友,希望你不要去理睬那些功名利禄,在文学造诣上取得更高的成就,就像诗仙李白当年一样,写下流传千古的名篇。

【评析】

　　古代文人的来往书信,现在读来都是一篇篇文学佳作。这首词便是苏轼在贬居黄州期间寄给时任鄂州太守的好友朱寿昌的一封信。全词意境辽阔,情谊拳拳,好似在对好友轻声诉说,既有对朋友的深切关心,又有对生活的自我超脱,还带着那么一点儿小郁闷,充满丰沛的情感和生活的哲理,令人回味。

　　词人开篇即是大手笔,"江汉西来,高楼下、葡萄深碧。犹自带,岷峨雪浪,锦江春色"寥寥几句,就勾勒出江水奔腾浩荡、黄鹤楼巍然矗立的雄伟景色,抓住了当地最具特色的胜景,气势雄奇,似江水潮涌而来。"葡萄深碧"化用自唐代诗人李白的《襄阳歌》中"遥看汉水鸭头绿,恰似葡萄初酦醅"的诗意,"诗仙"大人将水的绿色比作葡萄初酿的酒色,"坡仙"化用其意,直接以葡萄入词,并且还很喜欢,他在《南乡子》词中又用了一次:"认得岷峨春雪浪,初来,万顷葡萄涨渌醅。"好

注

① 追黄鹤:崔颢写了一首名诗《黄鹤楼》,李白读后大为欣赏,后来写了《登金陵凤凰台》等诗,据说是有意与崔颢比美。词人借这个故事激励友人写出好诗。

吧，"岷峨雪浪"也很得他的欢心。前面都是写景，"君是南山遗爱守，我为剑外思归客"两句写人，一句写对方一句写自己，这是要开始交谈的节奏。这两句其实挺值得玩味。好友在鄂州当太守，词人自己却被贬至黄州当了一个无足轻重的小官，两相对比透露出那么一点儿郁闷的意味，所谓"思归"，言下之意是：唉，你现在可真不错，我就惨了点，不知道啥时候能回京城呢。最后"对此间、风物岂无情，殷勤说"从"风物"过渡到"说"，既总结了上阕，又开启了下阕。

词人究竟想和好友说什么呢？在下阕中，词人谈古论今，举例子摆事实，谆谆叮嘱友人：千万不要搅和到政治中去，但愿你平平安安多写点好文章。这里词人主要举了两个人物作为例子，一是汉末时的狂士祢衡，一是唐代大诗人李白。起句"江表传，君休读"非常直爽干脆，引出了后面汉末三国时期的故事。"狂处士，真堪惜。空洲对鹦鹉，苇花萧瑟"几句表达了词人自己的认识，感慨那些功名利禄在历史的长河中最终都会化为过眼烟云，"曹公黄祖俱飘忽"，就算你一时猖狂又如何，最后也不过是化作尘土。这里表达了词人豁达、超脱的人生态度。此外，考虑到词人自身也曾被诬陷而下狱，"不独笑书生争底事，曹公黄祖俱飘忽"两句可能还暗含影射之意。一想到什么都是浮云，只有文章才能流传千古，词人最后谆谆劝勉友人说："愿使君、还赋谪仙诗，追黄鹤。"希望好友以李白为目标，多写好诗，最终攀上文学的高峰。

念奴娇·赤壁怀古

大江东去^①，浪淘^②尽，千古风流人物。故垒^③西边，人道是，

注

① 大江：指长江。

② 淘：冲刷。

③ 故垒：旧营垒。

三国周郎①赤壁。乱石穿空，惊涛拍岸②，卷起千堆雪③。江山如画，一时多少豪杰。

遥想公瑾当年，小乔④初嫁了，雄姿英发。羽扇纶巾⑤，谈笑间，樯橹⑥灰飞烟灭。故国⑦神游，多情应笑我，早生华发⑧。人生如梦，一尊⑨还酹⑩江月。

【词译】

滚滚长江水，永远不停息地向东奔流。千百年以来，不知有多少杰出的人物消逝在时间的大浪之中。我听说旧营垒的西面就是三国时周瑜大破曹军的赤壁战场，那里乱石陡峭好似要刺破天空，水流湍急恰如巨浪重重拍打在岸上，汹涌四溅的浪花堆积得像雪一样。这大好河山，曾经孕育过多少的英雄豪杰啊！

遥想当年的周瑜是多么英姿勃发，娶了倾国倾城的小乔为妻，又在赤壁之战中大败曹军，正是"春风得意马蹄疾"。周瑜年纪轻轻就大有作为，而我这样的年纪却无处施展抱负，想到这里不免有些伤感。人们若是见我如此，只怕要笑我多情，连头发都愁得白了。算了，人生仿如一场梦，我不如以酒酹月，好好过完这平淡的一生吧。

注

① 周郎：指三国时东吴名将周瑜，字公瑾。

② 惊涛拍岸：一作"惊涛裂岸"。

③ 雪：比喻浪花。

④ 小乔：三国时乔玄有两个女儿，称为大小乔。大女儿嫁与孙策，小女儿嫁与周瑜。

⑤ 羽扇纶巾：头戴纶巾，手拿羽扇，为古代儒将的装束。这里形容周瑜胸有成竹、从容不迫的气度。纶巾，古代一种头巾。

⑥ 樯橹：代指曹操的水军战船。樯是挂帆桅杆，橹是划船的桨。一作"强虏"，强暴的敌人。

⑦ 故国：旧地，指赤壁古战场。

⑧ 华发：花白的头发。

⑨ 尊：通"樽"，酒杯。

⑩ 酹：祭奠之意，古人祭奠时以酒水浇于地上。这里是词人以酒酹月的意思。

【评析】

这首词作于 1082 年。是时，苏轼因"乌台诗案"被贬至黄州，当一个低微无权的小官，已是蛰居了两年。所谓"乌台诗案"，实质上就是文字狱。因苏轼以诗文讽刺新法，结果被新派党人罗列罪名遭捕，若不是宋太祖赵匡胤定下的不杀文人士大夫的遗训，只怕词坛史上将失去许多千古名作。心情郁闷之下，词人经常到黄州城外的赤壁游览，写下了《赤壁赋》《后赤壁赋》《念奴娇·赤壁怀古》等作品，其中以《念奴娇》这首词最为知名，是一首流传千古的绝唱。

全词描写了壮丽的山河景象，借对三国时英雄人物周瑜的怀念，抒发了词人的崇敬之情以及对人生的感慨之情，表现了词人豁达的人生态度。全词意境雄壮，语言奇伟，感情深沉，是苏轼豪放词中的代表性作品。

上阕写词人游览赤壁时看到的壮阔景观，表现出词人"纵浪大化中"的思想认识。开篇"大江东去，浪淘尽，千古风流人物"意境就十分深远广阔，由眼前的江水奔涌联想到滚滚历史洪流，无垠的时空下，人类是多么渺小，又何必汲汲于一时的功名？"故垒西边，人道是，三国周郎赤壁"，这一句可认为是全词的词眼，上下阕几乎都是围绕"周郎"而写，是怀古主题的切入之语。说到周瑜，历史上的周瑜并不是《三国演义》中那个小心眼的形象，而是一名英俊潇洒、儒雅风流、胸襟开阔、文才武略的少年英雄。这里的"人道是"即听别人说的意思，三国时的赤壁古战场到底在哪里，历史上争议很大，即便现在也没有定论，故而词人只说"人道是"，表明其不肯定之意。"乱石穿空，惊涛拍岸，卷起千堆雪"写江水浪急涛强的壮观景象，"穿""拍""卷"三个动词用得十分传神，动感十足，有破空之势。末尾"江山如画，一时多少豪杰"为承上启下之句，既是对前文景色的总结，又为下文周瑜出场做了铺垫。

下阕主要描写了词人心目中的周瑜形象，感情较为复杂。"遥想公瑾当年，小乔初嫁了，雄姿英发。羽扇纶巾，谈笑间樯橹灰飞烟灭"几句高度概括了周瑜这一人物形象，字里行间都流露出词人对周瑜的赞赏和崇敬之情，"谈笑间樯橹灰飞烟灭"将赤壁之战中周瑜指挥若定、淡定从容的豪迈气概表现得入木三分。但是，在激赏周瑜之下，词人的内心情感却是十分复杂的。面对周瑜的年轻有为，年已四十有五的苏轼难免情绪低落，"故国神游，多情应笑我，早生华发"实质是自嘲之语，言下之意是我已经一大把年纪了，功名无成，只能在周郎当年功成名就的地方长吁短叹，何其悲哀。不过，苏轼本人胸襟极为广阔，是一个热爱生活、积极进取、富有乐观精神的人。贬居黄州期间，苏轼全家生活可谓十分潦倒，但他却并不颓丧，反而亲自带领家人开荒种田，贴补生计，这对曾经高居人上的文人雅士来说可并非是件容易的事。在词人宏大的宇宙观和历史观下，周瑜最终也被时间的大浪"淘尽"了，如此一想，词人也就释然了，最后发出了"人生如梦，一尊还酹江月"的感叹。虽说有那么一点逃避现实的意思，但并不妨碍整首词纵横时空，雄阔奔放的豪迈之气。

临江仙·夜归临皋

夜饮东坡^①醒复醉，归来仿佛三更。家童鼻息已雷鸣。敲门都不应，倚杖听江声^②。

长恨此身非我有^③，何时忘却营营^④！夜阑^⑤风静縠纹^⑥平。小舟从此逝，江海寄馀生。

【词译】

今夜在东坡饮酒，大醉，倒头就睡。酒醒后，又继续畅饮，醉而复睡。如此几番之下，回到家中时好像已是三更时分了。家中的看门小童早就呼呼大睡，鼾声如

注
———————————————————————————————
① 东坡：苏轼贬居期间在友人马正卿帮助下垦辟之地，其上修筑草屋五间，名之雪堂，为游息之所。
② 听江声：苏轼寓居的临皋，今位于湖北省黄冈市长江边，因而能听到江声。
③ 长恨此身非我有：化用自《庄子·知北游》：舜问乎丞曰："道何得而有乎？"曰："汝身非汝有也，汝何得有夫道？"舜曰："吾身非吾有也孰有之哉？"曰："是天地之委形也。"
④ 营营：形容奔走钻营，汲汲于名利。
⑤ 夜阑：夜深之意。阑，晚。
⑥ 縠纹：绉纱似的皱纹，常用于比喻水的波纹。縠，音"胡"，绉纱类的织品。

雷，任我如何敲门也没有丝毫反应。无奈之中，我只好拄杖立在门边，万籁俱寂，只听见江水滚滚奔涌的声音，令我思绪翻腾。

　　想来我半生都在宦海中沉浮，早就是身不由己，不知道什么时候才能将功名利禄抛之脑后，逍遥自在地生活？夜深风静，奔流的江水似乎也已渐渐平息，我真想就此乘上小船，从这浊世间消逝，驶向无边无际的江海之间，自由地过我余下的人生。

【评析】

　　贬居黄州的几年间，苏轼的思想产生了巨大的改变。政治上的连番打击以及对世事无常的亲历感受促使他不断思考人生的意义，这些思想完整地反映到他的词作当中，最终形成了他出世与入世交织、理性与感性兼具的形象特质。这首《临江仙》表现的即是他感于浊世烦恼，想要脱离现实社会的遐想。

　　上阕叙事。"夜饮东坡醒复醉，归来仿佛三更"除了交代词人为何会晚归的原因外，"醒复醉"与"仿佛"则表现出词人纵情豪饮的狂放之态。后三句"家童鼻息已雷鸣。敲门都不应，倚杖听江声"非常有画面感，语言极其朴素、平实，"雷鸣"与"不应"之间还有那么一点调侃的味道。于是，词人就被关在了门外，但他却并未着恼，反而"倚杖听江声"，自娱自乐起来。这几句虽朴实，但从中仍可看出词人遇到困境时从容以待的性情特质。此外，"雷鸣"与"江声"共同反衬出深夜的静寂，为词人下阕中感情的抒发做了环境上的铺垫。

　　下阕抒情。在幽静的深夜里，词人思绪翻涌，不由发出一声慨叹："长恨此身非我有，何时忘却营营。"这两句表达了全词的中心思想，是词人对自己当下生活的观照和感悟，即一切终究归于虚无的思想认识，他想要摆脱这世间的一切却又无从摆脱，种种无奈、困惑、伤感都凝结在这两句词当中。"夜阑风静縠纹平"，此句写景，或者说是想象中的景，毕竟在古代缺乏灯火的夜里，要想看见江上的细纹还是有难度的。其实这一句是为后文"小舟从此逝，江海寄馀生"做铺垫。面对静谧的自然，想到复杂的人世，词人不由产生远离尘世、与自然融为一体的遐想，从而获得身心的解脱和灵魂的宁静。全词情景交融，意境清旷，写出了词人贬居黄州期间的真性情，极有韵味。据说第二天这首词传开之后，还惊动了当时的黄州太守，以为词人真的驾舟而去，急忙派人寻找，结果词人正在家中酣睡，也是"鼻息已雷鸣"。

　　其实，虽然苏轼常有超脱尘世的想法，但他本质上是一个十分热爱生活且乐观积极的人。贬居黄州期间，苏轼生计困难，故而带领全家在城东开垦了一块坡地，名之曰"东坡"，开玩笑地自称为"东坡居士"，哪想到"东坡居士"将来会名垂千古呢！

水调歌头·快哉亭作

落日绣帘卷，亭下水连空。知君为我新作，窗户湿青红①。长记平山堂②上，欹枕③江南烟雨，杳杳没孤鸿。认得醉翁④语，"山色有无中"⑤。

一千顷，都镜净，倒碧峰⑥。忽然浪起，掀舞一叶白头翁⑦。堪笑兰台公子⑧，未解庄生⑨天籁⑩，刚道⑪有雌雄。一点浩然气，千里快哉风⑫。

注
----

① 窗户湿青红：指窗户新上油漆，颜色鲜润。

② 平山堂：位于扬州，由欧阳修所建。

③ 欹枕：倚靠着枕头，类似于半躺半坐的姿势。

④ 醉翁：指欧阳修，醉翁是其别号。

⑤ 山色有无中：出自欧阳修《朝中措》"平山栏槛倚晴空，山色有无中"句。

⑥ 倒碧峰：碧绿的山峰倒映在水中。

⑦ 一叶白头翁：指驾着小船的老渔夫。

⑧ 兰台公子：指战国时楚国的辞赋家宋玉，相传曾作兰台令。

⑨ 庄生：指庄子。

⑩ 天籁：发于自然的声音，此处指风声。

⑪ 刚道：硬说。

⑫ 一点浩然气，千里快哉风：指心中有浩然之气，就能感受到快哉之风。

【词译】

夕阳西下，卷起绣帘，快哉亭外风景正好，恰如"落霞与孤鹜齐飞，秋水共长天一色"。窗棂上青色与红色的油漆鲜润犹新，啊哈，我猜这亭子是为我新建的吧。从这里远眺出去，群山邈邈，我不禁想起以前在平山堂的时候，半倚着靠枕欣赏江南烟雨，有孤雁在空中遥遥飞过。而此刻，我才更加明了欧阳先生"山色有无中"的韵味。

一望无际的江水好像明镜一般，倒映着两岸翠绿的群山。谁料忽然间狂风大作，水面猛地掀起了滔天巨浪，一名老渔夫却驾着小舟随波逐浪，在风浪中起舞。想来作《风赋》的宋玉，是不曾理解庄子"风乃自然之声"的想法的，否则也不会硬要区分什么雌风、雄风了。其实，一个人只要胸襟广阔，淡定从容，就能尽情体会到大风袭卷千里的快意！

【评析】

苏轼辞世前两月，曾作了一首叫作"自题金山画像"的诗，诗中言道："心似已灰之木，身如不系之舟。问余平生功业，黄州惠州儋州。"黄州、惠州、儋州都是他曾被贬居的地方。贬居期间，苏轼创作了许多作品，尤以黄州期间为盛。这首《临江仙》即创作于此。词题中的快哉亭是由友人张怀民（又叫张梦得，字偓佺）所建，位于黄州的江边，苏轼为其取名"快哉亭"。张怀民也是被贬之人，与苏轼意气相投，两人过从甚密。这首词描写了快哉亭四周的壮丽景色，抒发了词人洒脱浩然的气概，是其豪放词的代表作之一。

开头写夕阳之下水天相接的辽阔景色，"落日绣帘卷，亭下水连空"，笔触寥寥，但一片空阔高旷的景象已跃然纸上，与后文"孤鸿"的意象连起来看，有一种唐代诗人王勃"落霞与孤鹜齐飞，秋水共长天一色"的意味。"知君为我新作，窗户湿青红"两句交代了快哉亭的由来。当然，这亭子并不是专为词人而建的，词人这里是玩笑之语，也从侧面说明了与张偓佺关系的亲密。一个"湿"字用得十分传神，色泽有鲜润之感。"长记平山堂上，敧枕江南烟雨，杳杳没孤鸿"表面是写记忆之景，实则是写眼前之景。词人将记忆中从平山堂远望的江南景色与眼前从快哉亭看到的山水风光相融，以景写景，别有特色。"认得醉翁语，'山色有无中'"承接上文，与"江南烟雨"呼应。"长记"五句中出现的人物是北宋文学家欧阳修。欧阳修年长苏轼三十岁，与其亦师亦友，苏轼十分尊敬他。

如果说上阕的景色是静谧优美的，那么词人下阕展现的则是风云突变、巨浪滔天的惊人场面。"一千顷，都镜净，倒碧峰"写江面广阔，水波不兴，为紧接而来的奇诡转变进行铺垫。"忽然浪起，掀舞一叶白头翁"，画面突然变幻，突来一阵狂风，掀起滔天巨浪。这里白头翁的出场是词人自身性情的投射。白头翁毫不畏惧风浪，反而逐浪起舞，隐隐有一种闲情雅致的姿态。这与词人在困境之下仍能积极乐观的人生态度有极为相似之处。词人看着白头翁与风浪的搏击之态，感受着狂风吹过的快意，自然而然想起了曾经读过的《风赋》，发出了"堪笑兰台公子，未解庄生天籁，刚道有雌雄"的评论。宋玉的《风赋》有这么一段记载，大意为有风吹过，楚襄王感叹说"快哉此风"，而宋玉却逢迎楚襄王，称吹着楚襄王的风是"雄风"，吹着普通人的风则是"雌风"。苏轼对此十分不屑，虽然"快哉亭"的名字就是取自"快哉此风"这句话，但他认为风是自然的产物，不应有雌、雄之分，更不存在什么高人一等的风，反而是人的精神境界是有高下之分的，只要具有浩然之气，就能体会到千里雄风的快意。"一点浩然气，千里快哉风"是全词的中心，表现了词人身处逆境，却泰山崩于前而色不变的大将风度，具有积极的现实意义。

八声甘州·寄参寥子

　　有情风万里卷潮来，无情送潮归。问钱塘江①上，西兴②浦口，几度斜晖？不用思量今古，俯仰昔人非③。谁似东坡老，白首忘机④。

　　记取西湖西畔，正春山好处，空翠烟霏。算诗人相得⑤，如我

注

① 钱塘江：浙江省最大河流，经杭州湾注入东海。钱塘江潮被誉为"天下第一潮"。

② 西兴：即今浙江省萧山市西兴镇，位于钱塘江渡口，隔岸与杭州相望。

③ 俯仰昔人非：出自王羲之《兰亭集序》："俯仰之间，已为陈迹。"

④ 忘机：道家用语，意为消除机巧之心，常用以指甘于淡泊，与世无争。

⑤ 相得：相交，相知。

与君稀①。约它年、东还海道，愿谢公②雅志③莫相违。西州④路，不应回首，为我沾衣。

【词译】

　　风有情的时候，将潮水从万里之外卷来；一旦情意消失，就无情地将潮水送了回去。阳光有情的时候，普照着钱塘江与西兴渡口；一旦情意消失，就无情地落下天际让黑暗降临。不必去想什么过去现在，一俯一仰之间这世界早就物是人非了。你看我如今也白发苍苍了，早就忘记了年轻时的豪情壮志，只想与世无争地过一生。

　　记得我们同游西湖的时候，正是春日里山色最美的时候，青翠的山峰云遮雾绕。算起来诗人当中还属你我之间"君子相交淡如水"，这样的友情实在是稀少而珍贵。所以，我在这里和你约定，一定不会像东晋时的谢安那样，违背自己退隐的愿望，最后病死在西州，让关心他的人回忆往事时泪湿衣袖。

【评析】

　　在被贬数年后，苏轼终于到杭州过了一段比较愉快的日子，并在杭州西湖筑了一道长堤，成为西湖十景之一。杭州还有一位与苏轼相交甚笃的僧人道潜，即词题中所提到的参寥子。道潜是北宋有名的诗僧，早在苏轼首次自请出京至杭州任通判时两人就已相识，他还专门去黄州看过贬居中的苏轼，还因受苏轼牵连而被迫还俗过。两人的交情可见一斑。1091 年，苏轼被调往京城将要离开杭州时，寄了这首词给他。 全词围绕两人的友情而写，以万物的无情衬两人的友情，表现了词人甘于淡泊、与世无争的思想。

　　"有情风万里卷潮来，无情送潮归。问钱塘江上，西兴浦口，几度斜晖"几句，

注

① 稀：稀微。

② 谢公：指东晋政治家、军事家谢安。

③ 雅志：平素的志愿。

④ 西州：古城名，位于今江苏南京，东晋时作为扬州刺史治所。

是词人以钱塘江潮与天上日轮的倏忽变幻来比喻世事无常的变化。一个"卷"字气势不凡，传神地再现了潮水的动态，气势不凡。虽然开头以"有情"入词，实则这几句都在写"无情"。风无情，送潮归；日轮无情，升了又落。词人从自然现象的变化中发现，并没有什么是永恒不变的，人也是如此，故而得出了"不用思量今古，俯仰昔人非"的结论，意即不需要再去过多思量什么过去现在，因为俯仰间就已物是人非了。年轻时的雄心壮志到年老时也已被风刀霜剑消磨得差不多了，词人现在只想隐退于山水间，与世无争地度过余生，亦即"谁似东坡老，白首忘机"。"忘机"是道家用语，出自《列子·黄帝》，说海上有一个人喜欢鸥鸟，每天坐船到海上，鸥鸟就飞下来和他一起玩。有一天他父亲对他说："我听说鸥鸟都跟着你玩，你捉一只来给我玩玩"，于是他就有了捉鸟的"机心"，但鸥鸟却再也不下来了。

下阕开始，词人浓墨重彩地描写了与参寥子的友情，但表达的核心思想仍然是"忘机"。首三句"记取西湖西畔，正春山好处，空翠烟霏"是词人通过叙述事实来表现两人之间的亲密友情：携肩同游，饱览美景，赋诗作对，把酒言欢。在上阕中，词人已看透世间是无情的，故而对两人多年的友情倍加珍惜，直接发出了"算诗人相得，如我与君稀"的感叹。从"诗人"的称呼中，可以看出词人与参寥子的友情是建立在"诗"这一共同语言基础上的，正所谓"千金易得，知音难求"。"约它年、东还海道，愿谢公雅志莫相违。西州路，不应回首，为我沾衣"借用了东晋时文学家、军事家谢安的故事，在写二人友情的同时，进一步表达了词人坚定的隐退思想。据《晋书·谢安传》记载，谢安东山再起后，仍然不忘隐退，但最终却未能如愿，病死于西州门。谢安在世时对他的外甥羊昙很好，谢安死后，羊昙很伤心，再也不从西州门经过。有一次，他醉酒后无意中经过西州门，不禁想起往事，痛哭失声。词人用这一典故表达了双重意思：一是坚定的隐退之心，二是与参寥子的友情之深。正因友情之深厚，词人才担心自己若是像谢安一样，参寥子必然十分伤心。一个担心，一个伤心，其中的深情厚谊不难想象。这种内心真实情感的表达十分感人，具有极高的艺术感染力。

从选取的数首词中，我们可以看出苏词创作的一个重要手法，即"以诗入词"。所谓"以诗入词"，就是将诗的表现手法运用到词中，我们所见到的词题、词序以及丰富的典故均是这一手法的具体运用。苏轼一生，政途坎坷，但诗词书画成就极高。现存词作有三百四十多首，婉约词格调高远，豪放词慷慨豪迈，在我国词史上占有特殊地位。

黄庭坚

（1045—1105）

字鲁直，号山谷道人，北宋名家，诗歌与书法堪称双绝。与张耒、晁补之、秦观一起游学于苏轼门下，并称"苏门四学士"，开创了崇尚杜甫诗风的江西诗派；书法独树一格，与苏轼、米芾、蔡襄并称书法"宋四家"。也擅写词，早年词风婉约香艳，晚年因机遇转变词风疏宕潇洒。由于在诗歌方面素养极高，不知不觉影响到写词，形成了独特的"诗化词"风格。

念奴娇

八月十七日，同诸生步自永安城楼，过张宽夫园待月。偶有名酒，因以金荷酌众客。客有孙彦立，善吹笛。援笔作乐府长短句，文不加点。

断虹①霁雨②，净秋空、山染修眉新绿③。桂影④扶疏⑤，谁便道、今夕清辉不足？万里青天，姮娥⑥何处，驾此一轮玉⑦。寒光零乱，为谁偏照醽醁⑧？

注

① 断虹：被云遮蔽了一部分的彩虹。

② 霁雨：指雨停。

③ 山染修眉新绿：比喻雨后群山的黛绿色好似美人修长眉毛的色泽。

④ 桂影：桂树的影子，这里指传说中月宫中的桂树。

⑤ 扶疏：形容树木枝繁叶茂的样子。

⑥ 姮娥：嫦娥，汉时为避汉文帝刘恒讳而改称。

⑦ 一轮玉：指温润光辉的月亮。

⑧ 醽醁：音"陵录"，酒名。湖南衡阳县东有酃（音"陵"）湖，湖水湛绿，取之酿酒，酒味甘醇，名醽醁。

年少从我追游，玩凉幽径，绕张园森木。共倒金荷^①，家万里、难得尊前相属。老子^②平生，江南江北，最爱临风笛^③。孙郎^④微笑，坐来^⑤声喷^⑥霜竹^⑦。

【词译】

雨停后天气晴朗，碧空如洗，白云飘浮在一道彩虹之上，远处的青山如美人长眉，黛色尽染。夜幕降临，月轮挂上天空。月宫中的桂树仍然繁茂，谁说今夜的月光不是皎洁而明亮？长空万里，不知道嫦娥是在哪里驾着这月轮，遨游太空，给人间洒下遍地清光，映照这甘醇的美酒。

一群年轻人伴我闲游。晚风送爽，我们沿着幽静的小路走进林木深深的张园，把酒言欢。我举杯道："让我们将面前的酒杯斟满，虽然离家万里难免思归，但此时共饮畅谈的时刻实在是难得。想我这一生，大江南北四处漂泊，最喜爱的便是听风中的笛声了。"孙郎听罢，大为欢喜，马上吹出了更加美妙的笛声。

【评析】

黄庭坚曾任《神宗实录》的主修官。1094年，也就是宋哲宗绍圣年间，朝中有党派诬陷其所录不实，横加盘问。但黄庭坚并不屈服，坚持自己所录皆为事实，故连续被贬，最后到了地处西南的戎州（今四川宜宾）。四川的学子都很仰慕他，常与他把酒言欢，谈经论道。这首词便是元符二年（1099）八月十七日，黄庭坚与一群年轻人赏月、饮酒、听笛后写下的，笔力雄健，表达了词人身处逆境时坚定豁达、

注

① 金荷：金质莲花杯。

② 老子：老夫，词人自指。

③ 临风笛：一作"临风曲"。

④ 孙郎：指序中提及的孙彦立。

⑤ 坐来：马上。

⑥ 声喷：吹奏出声。

⑦ 霜竹：指笛子。

乐观豪迈的人生态度。

开头写秋日高旷的远景，"断虹霁雨，净秋空、山染修眉新绿"展现出一幅雨后初晴、天高地远、碧空如洗的澄净景色。东晋葛洪在《西京杂记》中称赞卓文君貌美，有"眉色如望远山"之语，此处词人反将远山比作眉色，故而有"山染修眉新绿"一说，将雨后群山青翠欲滴的鲜活渲染得十分传神。"染"字的运用尤其有美人临镜缓缓画眉的优雅情态。这几句写的是白日之景，亦即序中所言"待月"，接下来才是所赏之月景。"桂影扶疏，谁便道、今夕清辉不足？"以反问写月光明亮皎洁，"万里青天，姮娥何处，驾此一轮玉"以反问写月亮温润圆满，"寒光零乱，为谁偏照醽醁"以反问写月下饮酒言欢，词人连用三个反问，感情色彩十分浓烈，实则尽写当夜月色之美以及词人自得其乐的心情。"驾此一轮玉"是极为大气磅礴的想象。一般来说，在传统文学的意象中，太阳是强健、热情、开朗的象征，而月亮则是柔弱、伤感、凄切的象征。但此词中，嫦娥一改过去独倚月宫自悲切的形象，居然豪气冲天驾着一轮明月，在太空中兴高采烈地横冲直撞。此处可见词人胸襟之博大。

下阕写一群人游园、饮酒、赏笛的情景。"年少从我追游，晚凉幽径，绕张园森木"写词人和一群年轻人在张园赏景游玩，句式散淡，有洒脱之感。"共倒金荷，家万里、难得尊前相属"微露思乡之情，此时中秋刚过，月色尚好，望月时不免仍有怀人之思。但这也就是刹那间的伤感，词人很快豪兴大发，与学子们把酒畅谈，沉浸在美好的现实情境里。"老子平生，江南江北，最爱临风笛"是全词感情最为激昂之处，词人直抒胸怀，说自己这一生天南海北，四处行走，但最爱的还是听一首临风吹的笛声，表现出词人在危难中仍不改初心，虽身处逆境但却毫不颓丧的乐观心情。尤其是"老子"自称，极为豪爽。"孙郎微笑，坐来声喷霜竹"，于是，吹笛的孙郎知道词人爱听笛曲后，立时涌出高山流水遇知音之感，笛声吹得更为动听了。

全词感情浓烈，荡气回肠，字里行间勃发出一股傲然豪气。宋代胡仔在《渔隐丛话后集》中记载，说黄庭坚自己对这首词也很满意，自称"可继东坡赤壁之歌"。两人都是饱受政治风雨之苦，但都韧而不折，反而在困境中愈加坚强，演绎出了多彩的人生。

水调歌头·游览

　　瑶草①一何碧，春入武陵溪②。溪上桃花无数，花上有黄鹂。我欲穿花寻路，直入白云深处，浩气展虹霓。只恐花深里，红露湿人衣。

　　坐玉石，欹③玉枕。拂金徽④。谪仙⑤何处，无人伴我白螺杯。我为灵芝仙草，不为朱唇丹脸，长啸亦何为。醉舞下山去，明月逐人归。

【词译】

　　远远望去，一大片的仙草像碧玉一样翠绿可爱。来到这春天里的世外桃源，听溪水淙淙，看桃花在风中招摇，更别提那婉转歌唱的黄鹂鸟，怎不让人神清气爽、心情舒畅？我想要穿过花丛寻一条小路，一直走向白云深处，吐尽胸中浩然之气化作虹霓，又怕花丛深处的露水沾湿衣襟。

　　坐在玉石上，靠着玉枕，悠然抚琴。可惜李白早已仙去，还有谁能像他一样潇

注

① 瑶草：意指仙草。

② 武陵溪：武陵，湖南省常德市的古称，东晋大文豪陶渊明《桃花源记》中寻访桃花源的
　渔夫为武陵人，武陵溪此处即代指世外桃源。

③ 欹：通"倚"，倚靠。

④ 拂金徽：徽，古琴用于标记音位的记号，金徽是华丽的说法，代指古琴。拂金徽，意即
　弹琴。

⑤ 谪仙：唐代诗人李白有诗仙雅号，同时好酒，"谪仙"一句是倾慕李白飘逸的风采，感
　叹无人把酒，缺少知音。

洒飘逸，陪我把酒言欢呢？纵然没有知音，我仍宁愿爱这山谷中寂静的灵芝仙草，而不喜那美艳招摇的溪上桃花，更不必为那得不到的功名利禄而长吁短叹。一想到此，下山时情不自禁手舞足蹈起来，夜空中一轮明净的月亮伴我归去。

【评析】

此为一首充满仙气的豪放词。词人通过笔下的仙草、溪水、桃花、黄鹂、白云，描写了一个仿若仙境的世外桃源，又以抚琴、饮酒、醉舞，塑造了一名飘逸旷达、超尘脱俗的世外高人形象。全词用字凝练，注重细节，有杜诗凝练、朴素的风范，但字里行间又满怀词人心绪，极好地运用了托物言志表现手法，表达了词人不满现实，不愿与俗世同流的意愿和理想。

上阕起首"瑶草一何碧"一句，采用比兴手法，将仙草比作翠玉，古人常言君子如玉，此处词人含蓄表达了自身的人格特质。"春入武陵溪"承上启下，巧妙使用了陶渊明《桃花源记》的典故，用意不言自明，只因对现实不满，故而将心志寄托于幻想中的世外桃源。"我欲穿花寻路"开始，词人渐抒胸臆，想要寻找一条施展抱负的路径，但又"只恐花深里，红露湿人衣"。前后对比反映了词人入世与出世情绪交织的矛盾心理，既想要一展宏图，又厌弃俗世的尔虞我诈，同时还有一点心有不甘。"红露湿人衣"脱胎于唐代诗人王维《山中》一诗的"空翠湿人衣"，用在这里颇有意味。

如果说上阕词人还有些犹豫不决，及至下阕开始，词人就明明白白表达了内心的愿望："我为灵芝仙草，不为朱唇丹脸。"在这一基础上，词人坐玉石，倚玉枕，饮酒弹琴，以此表现他飘逸、潇洒，仙风道骨般的形象，从而进一步传达其淡泊明志、志行高洁的人格特点。"谪仙何处，无人伴我白螺杯"一句表现了词人现实中缺乏知音的寂寞之情，只好将早已仙去的唐代诗人李白引为知己，曲折表达了对现实的不满。全词以"醉舞下山去，明月逐人归"收尾，极具画面感，一名自得其乐、洒脱旷达的人物形象跃然纸上。

青少年期的黄庭坚可说是一名风流才子，春风得意，时常有醇酒美人相伴，彼时其词作多写儿女情长、闺中乐事，为艳歌小曲，如"香帏深卧醉人家。媚语娇声妊姹"。然而他人如其字，为官正直刚硬，晚年受政党派别所累，连续被贬，生活环境和心境都发生了巨大的改变，因此艳歌小曲失去了生活基础，反而因被贬产生的愤慨和抑郁使得词作内容与词风均发生了转变，多抒发胸中不平之意，深沉蕴藉，流畅奔放。此篇虽为游记之作，但据其意，应为被贬时期所作。

定风波·次高左藏使君韵

万里黔中①一漏天②，屋居终日似乘船。及至重阳天也霁③，催醉，鬼门关④外蜀江前。

莫笑老翁犹气岸⑤，君看，几人黄菊上华颠⑥？戏马台⑦南追两谢⑧，驰射，风流犹拍古人肩。

【词译】

黔中最近雨下过不停，好似天上破了个大洞。我整天闷在家中，看屋外水流遍地，感觉好像住在船上一样。好不容易等到今日天气放晴，又恰好是重阳佳节，怎能不肆意畅饮一番？蜀江之畔，石门关外，与三两好友饮酒欢笑，真是不胜快哉！

酒酣之际，乘兴将黄色菊花插上鬓发，惹得在座朋友笑作一片。莫笑莫笑，虽然老翁我年岁已大，但一颗心却未老，你看座上有谁像我一样，白发上簪黄花？看我文能吟诗赋对，堪比戏马台前作诗的谢瞻和谢灵运；武能纵横驰骋，骑马射箭，豪迈之气直追古代英雄人物。噫，年老又何妨！

注

① 黔中：今四川彭水一带。

② 漏天：天漏了，指雨下个不停。

③ 霁：此处指雨止天晴。

④ 鬼门关：指今重庆市奉节县东面的石门关。

⑤ 气岸：气度岸然。

⑥ 华颠：白头。

⑦ 戏马台：位于今江苏徐州城南，为项羽所建，又名掠马台。

⑧ 两谢：指谢瞻和谢灵运。

【评析】

这首词是黄庭坚被贬至黔州期间所作。该词展现了词人在黔中的艰苦生活，通过对重阳节聚会饮酒的记述，抒发了词人老当益壮、精神勃发的乐观精神。

"万里黔中一漏天，屋居终日似乘船"，开头两句写黔中气候条件的恶劣，大雨不停，遍地是水，词人只能整天被困在家中，心里郁闷得很。"一漏天"和"似乘船"的比喻，生动形象地表现出了阴雨连绵、水漫金山的情形，词人深以为苦。不过他倒不是因为环境差而苦，而是因为无法和志同道合的朋友相聚而苦。这不，一等到雨停天晴，他就迫不及待地跑去和朋友们约会了。"及至重阳天也霁，催醉，鬼门关外蜀江前"写到了重阳节这天，雨终于停住，天气放晴，词人与友人登高畅饮。两个虚词"及至"与"也"用得非常巧妙，有一种出乎意料、喜上加喜之感。于是，词人的心情也变得大好，痛快地喝了一场，"催醉"之"催"字用得很有趣味，词人仿佛小孩子在赖皮，不是我自己要喝醉的，是这样那样的原因让我喝醉的，很有一种天真烂漫之感。最后"鬼门关外蜀江前"点出了重阳欢聚的地点，"鬼门关"就是蜀江前的石门关，江岸两侧高山对峙，形成门户。词人毫不在意地以鬼门关入词，充分体现了他无所畏惧、毫不屈服的个人品格。

及至下阕，词人不服老的精神直接凸显出来。"莫笑老翁犹气岸，君看，几人黄菊上华颠"写出了词人一种傲然自负的心理。唐宋时期人们重阳节就有在头上插菊花的风俗，不过老头子头上插朵花估计是不大妥当的，故而词人有"几人黄菊上华颠"之说。当然，词人自己是头上簪花的，否则也不会用"莫笑""君看"这样的口吻了。谈到簪花，这里说一点题外话。2011年有一版《新水浒传》的电视剧，里面男人个个簪花，一时引起众人热议。其实，这版电视剧在这方面倒是挺符合《水浒传》原著的，原著里燕青就是"鬓边长插四季花"，阮小五"鬓边插朵石榴花"，杨雄"鬓边爱插芙蓉花"等等，不过真实的宋朝生活中，簪花主要流行在上流社会里，更像是身份地位的象征，并且是出现在典礼、节庆等较为重要的场合。言归正传。最后三句"戏马台南追两谢，驰射，风流犹拍古人肩"气概非凡，词人对自己的豪迈气度信心十足，认为不输给过往的风流人物。"戏马台南追两谢"用了谢瞻和谢灵运的典故。东晋时期，大都督刘裕将要出征北伐，九月九日和同僚在戏马台赋诗为乐，谢瞻和谢灵运各自写了一首诗。

全词充满自信，抒发了词人虽身处危难，但毫不屈服、乐观向上的人生态度，字里行间处处透出一股豪迈之气。

晁补之

（1053—1110）

字无咎，号归来子，北宋著名文学家，与黄庭坚、秦观、张耒并称"苏门四学士"。生性聪敏，十七岁时以《七述》得苏轼大赞，二十六岁中进士。书画、诗词、散文俱佳。诗以乐府诗见长，具有浓郁的民歌味道；词风近似苏轼，但悲戚味更甚；散文擅长描绘山林景物，风格近似柳宗元。主要作品有《鸡肋集》《晁氏琴趣外篇》等。

摸鱼儿·东皋寓居

买陂塘①、旋栽杨柳，依稀淮岸江浦。东皋②嘉雨③新痕涨，沙觜④鹭来鸥聚。堪爱处，最好是、一川夜月光流渚⑤。无人独舞。任翠幄⑥张天，柔茵⑦藉地，酒尽未能去。

青绫被⑧，莫忆金闺⑨故步。儒冠曾把身误。弓刀千骑成何事？荒

注

① 陂塘：池塘。陂，音"杯"。

② 东皋：东山，词人晚年曾回家乡巨野（今位于山东境内）东山修筑归来园。

③ 嘉雨：好雨。

④ 沙觜：即沙嘴，指从陆地突入水中、前端尖尖的沙滩。

⑤ 渚：水中的小岛。

⑥ 翠幄：绿色的帷帐，这里代指杨柳枝。

⑦ 柔茵：柔软的绿茵，代指草地。

⑧ 青绫被：青绫做成的被子，汉代时朝廷给予值夜班的尚书郎使用。

⑨ 金闺：汉朝官门的名称。这里代指朝廷。

了邵平^①瓜圃。君试觑^②，满青镜^③、星星鬓影^④今如许。功名浪语^⑤。便似得班超^⑥，封侯万里，归计恐迟暮^⑦。

【词译】

从京城回到家乡，我买到一个大池塘，立即在塘边种上数行杨柳，看上去好似淮河沿岸、长江两边，景色十分美好。一场好雨过后，池水上涨，伸向池塘中心的沙滩上聚集着一群鸥鹭，白白的一团煞为可爱。杨柳如烟，遮住了天空；绿草如茵，好似铺了毯子。我一个人在岸边自斟自饮，兴致高昂，酒喝光了还不想离开。等夜色降临，月光如水，池塘光影流动，那才是最美丽的景色呢！

我现在早已不去想以前的官宦生涯了，就算锦屋华被、随从众多又有什么用呢？寒窗苦读，好不容易走上仕途，最终却一事无成，反而耽误了我享受田园生活的乐趣。如今我两鬓已斑白，再谋求什么功名都是空话，就算像汉代的班超一样封侯又如何呢？等到想回来的时候就已经太晚了。

【评析】

相比黄庭坚和秦观，"苏门四学士"中的晁补之和张耒估计读者都不太熟悉。其实晁补之非常有才，记性好又聪明，刚懂事的时候就会写文章了，诗、词、文俱佳，书法绘画水平也高，同代诗人陈师道曾赞他为"今代王摩诘"，王摩诘就是被苏东坡评为"诗中有画、画中有诗"的唐代著名画家诗人王维。而且，晁补之在担任地方官时政绩突出，很为老百姓爱戴，是一名比较有作为的官吏。

注

① 邵平：秦朝官员，秦灭后以种瓜为生。

② 觑：看。

③ 青镜：镜子。古代镜子多以青铜制成，故称青镜。

④ 星星鬓影：鬓发花白的样子。

⑤ 浪语：指空话。

⑥ 班超：汉朝人，因立大功而获封侯，在外征战三十多年，七十多岁才得以回京。

⑦ 迟暮：晚年，这里是指晚了的意思。

1108 年起，晁补之因政局变化连续被贬，最后回到了家乡，修筑了一座归来园。这首《摸鱼儿》就是他寓居归来园时所作，是他的代表作品。全词通过描写田园风光，抒发心中所想，表现了词人对官宦生涯的厌倦，对田园生活的向往。

上阕写景，描写了田园之美。"买陂塘、旋栽杨柳，依稀淮岸江浦"交代了风光景物的由来。"东皋嘉雨新痕涨，沙觜鹭来鸥聚"截取了池塘雨后的一个画面，"鹭来鸥聚"为静谧的空间增添了鲜活生命力。池塘可爱之处很多，词人最爱的是什么呢？"堪爱处，最好是、一川夜月光流渚"，原来词人最喜爱的是池塘晚间月色映照下的景象。"无人独舞"营造出一种空旷辽远之感。"任翠幄张天，柔茵藉地，酒尽未能去"，在这独有的天地之间，词人身下是柔软的绿茵，面前是如烟的杨柳，再来上一壶好酒，正所谓是"酒不醉人人自醉"，传神地表现出了词人对田园风光的喜爱之情，衬托了他远离尘埃、逍遥自在的精神追求。

下阕写情，抒发了隐世之感。"青绫被，莫忆金闺故步。儒冠曾把身误。弓刀千骑成何事？荒了邵平瓜圃"几句表现了词人对在宦海中浮沉的厌倦之意，认为在长年的官宦生涯中，自己一事无成，反而耽误了对田园生活的追求。"青绫被"是古时一种青绫做成的被褥，一般只有贵族才能享用，这里用来代指当官所获得的物质享受。"金闺"是汉代宫门金马门的别称，这里代指朝廷。除了物质享受，当官还要有官威，"弓刀千骑成何事"，就算有很多人簇拥、官威再大又怎样，最终词人发出了"儒冠曾把身误""荒了邵平瓜圃"的感慨。

"君试觑，满青镜、星星鬓影今如许。功名浪语。便似得班超，封侯万里，归计恐迟暮"，最后几句是词人对年华虚度的伤叹，想到自己已经两鬓花白了，再谈什么功名都是一句空话，就算是像班超一样封侯又如何呢？到头来还不是一场空。

晁补之写这首词已经五十多岁了，经历了跌宕起伏的宦海生涯，又遭遇连番被贬的打击，对官途产生一种心灰意冷之感，"儒冠曾把身误会""弓刀千骑成何事"都是词人的切身感受，读来颇为辛酸无奈。既然仕途已然毫无期待，词人只好将人生追求寄托于田园生活，做一名逍遥自在的隐士。

贺 铸

（1052—1125）

字方回，北宋词人。自称是唐代诗人贺知章后人，因贺知章住在庆湖，故自号庆湖遗老，实为宋太祖赵匡胤首任妻子贺皇后的族孙。形貌奇特，身高七尺，面色青黑，眉头高耸，人称"贺鬼头"；性格奇特，为人豪爽，有时颠狂，文武双全，身负侠客风范；词风奇特，极尽幽怨之能事，有"贺三愁"之称，然而也有豪迈雄壮之作，对南宋词人辛弃疾多有影响。

行路难

缚虎手①，悬河口②，车如鸡栖马如狗③。白纶巾④，扑黄尘⑤，不知我辈可是蓬蒿人⑥？衰兰送客咸阳道，天若有情天亦老⑦。作雷颠，不论钱，谁问旗亭⑧美酒斗十千？

酌大斗，更为寿，青鬓长青古无有。笑嫣然，舞翩然，当垆⑨秦

注

① 缚虎手：指徒手打虎。

② 悬河口：即口若悬河，形容人会说。

③ 车如鸡栖马如狗：车盖如鸡笼，马跑起来似狗。词人自嘲之语。

④ 纶巾：古代一种头巾，一般为青色。据传是诸葛亮所创，后来被视为儒将的装束。

⑤ 扑黄尘：意指在风尘中奔走。

⑥ 蓬蒿人：蓬、蒿皆为杂草，意为草野间人，即现代的"草根"之意。

⑦ 衰兰送客咸阳道，天若有情天亦老：出自李贺《金铜仙人辞汉歌》。

⑧ 旗亭：此处指酒楼。

⑨ 当垆：指卖酒。

女十五语如弦。遗音能记秋风曲^①，事去千年犹恨促。揽流光，系扶桑^②，争奈^③愁来一日却为长。

【词译】

我徒手能打虎，我说话似河悬，我乘的马车像鸡笼，我骑的骏马像饿狗。我戴着白头巾，我奔走在红尘里，不知道像我这样的人，是不是就只能在草野间飘零？天有情的话也会老的吧，就像一路送我远行的路边兰花，愁得掉光了花瓣。哎，我若癫狂似雷滚，谁管它酒楼里一杯美酒要卖万钱？不如从天明畅饮到黄昏。

来来来，酒要满上一大杯，干干干，祝我们建康又长寿。古往今来多少年，谁能青丝常在不老去？美人转眼成媪姬。卖酒的秦女正值青春，笑起来甜甜，舞起来翩翩，说起话来好似美妙的琴弦，哪会想到时间恰如白驹过隙？就好似那首《秋风辞》，千年过后还在恨着人生苦短。我想抓住时光，我想留下太阳，奈何一天一天过去不停留。唉，愁啊愁，愁起来一天还比一天更难过。

【评析】

贺铸虽以词人知名，但性格更近于侠士，为人耿直豪爽，喜欢谈论政事，不愿迎合权贵，因而一生郁郁不得志，在政途上没有什么大的作为。不过由于性格使然，虽然贺铸心里倍感落魄，却并不消沉，反而多有雄健之气。这首《行路难》就是这样一首作品，反映了词人怀才不遇、报国无门的愤郁不平和失意无奈，又难得带有一种自嘲式的诙谐幽默，极有意味。

"缚虎手，悬河口，车如鸡栖马如狗"以夸张手法及强烈的反差塑造了一位落魄的能人形象。"缚虎手，悬河口"，前者为勇士，后者为谋士，合起来指代文武双全的人才。这样的人才原本应该是高头大马，意气风发。但这位能人却是"车如鸡

注

① 秋风：指汉武帝刘彻的《秋风辞》。

② 扶桑：神话中的神树，是太阳升起的地方。

③ 争奈：怎奈。

栖马如狗"，何其穷困潦倒。"白纶巾，扑黄尘，不知我辈可是蓬蒿人"几句是词人正面描写自己的仕途生涯。白色衣物是古代平民，即无官职或未出仕的人所穿，这里的白纶巾是同样的喻意。黄尘指京城的尘土，"扑黄尘"代指在京城的奔波之态。这几句是说词人以平民之身进京，在京城中四处奔波，不知道能否功成名就。"不知我辈可是蓬蒿人"化用自大诗人李白的《南陵别儿童入京》"仰天大笑出门去，我辈岂是蓬蒿人"之意，但心情与李白截然不同，带有一点志忑之意。"衰兰送客咸阳道，天若有情天亦老"直接取自唐代诗人李贺《金铜仙人辞汉歌》原句，紧承前文"扑黄尘"奔波之意，写词人功名未成的惆怅与自怜之情。万般无奈之下，词人最终只能以歌酒打发时间，"作雷颠，不论钱，谁问旗亭美酒斗十千"，纵情狂态之下，怀才不遇的悲愤之情难平。

下阕"酌大斗，更为寿，青鬓长青古无有"承上阕词尾"谁问旗亭美酒斗十千"而来，沉醉于歌酒之际，词人痛感人生短暂，光阴易逝。"笑嫣然，舞翩然，当垆秦女十五语如弦"几句用以反衬人生短促，青春年少时尽管纵情欢愉，"当垆秦女十五"是从乐府诗《羽林郎》"胡姬年十五，春日正当垆"化出。然而，青春年少又是转瞬即逝的，故而词人有"遗音能记秋风曲，事去千年犹恨促"的感叹。汉武帝刘彻《秋风辞》末尾说："少壮几时兮奈老何。"词人以此与眼前的情景相比，深感年华易老，韶光易逝，于是产生了留住时光的想法，"揽流光，系扶桑"两句是浪漫主义式的奇想，词人想要抓住太阳，将它系在扶桑树上，如此太阳永远不落，好似时光也被留住。到这里，词人表达的皆是忧人生苦短，叹光阴虚度之意，但词尾忽然笔锋一转，说"争奈愁来一日却为长"，极有意思。前面词人还在忧叹人生苦短，为何到这里却在发愁一天都长得难过呢？其实这与人们常说的"一日不见如隔三秋"有异曲同工之妙，用来形容急切心情下度日如年的感受。因而，这里反映的仍然是词人期待建功立业而苦求不得、只能虚度光阴的郁闷心情，是正意反写。

贺铸非常擅于化用前人诗句或隐括前人诗意，自认"吾笔端驱使李商隐、温庭筠常奔命不暇"。贺词的这一艺术特色在这首《行路难》中表现得较为突出。

六州歌头

　　少年侠气，交结五都①雄。肝胆洞，毛发耸。立谈中，死生同。一诺千金重。推翘勇，矜豪纵。轻盖②拥，联飞鞚③，斗城④东。轰饮酒垆，春色浮寒瓮，吸海垂虹⑤。闲呼鹰嗾⑥犬，白羽摘雕弓，狡穴俄空。乐匆匆。

　　似黄粱梦，辞丹凤；明月共，漾孤蓬。官冗从⑦，怀倥偬⑧；落尘笼，簿书丛。鹖弁⑨如云众，供粗用，忽奇功。笳鼓⑩动，渔阳⑪弄，思悲翁。不请长缨，系取天骄种，剑吼西风。恨登山临水，手寄七弦桐⑫，目送归鸿。

注

① 五都：泛指各大城市。

② 盖：车盖，代指车。

③ 飞鞚：飞马的络头。飞，指飞驰的马。鞚，音"控"，指有嚼口的马络头。

④ 斗城：汉长安故城，今位于西安市北。这里代指北宋都城汴京。斗，音"抖"。

⑤ 吸海垂虹：像鲸鱼那样喝进海水，像彩虹那样垂入海中深饮。这里用来比喻狂饮之态。

⑥ 嗾：音"叟"，指使狗的声音。

⑦ 冗从：官名，指散职侍从官。

⑧ 倥偬：指事务急迫繁忙。倥偬，音"孔总"。

⑨ 鹖弁：鹖冠，古代一种武冠。这里代指武官。鹖弁，音"鹤变"。

⑩ 笳鼓：笳声与鼓声，代指军乐。

⑪ 渔阳：地名，唐代安禄山起兵叛乱之地。这里代指北宋边境异族入侵的战争。

⑫ 七弦桐：即七弦琴。桐木是制琴的最佳木料，因而以桐代琴。

【词译】

少年时我一身侠气，最喜结交五湖四海的英雄豪杰。我们凛然正气，肝胆照人，路遇不平一声吼；交谈中英雄惜英雄，立刻许下生死与共的誓言，答应别人的事必然会做到。我们推崇出众的勇敢，豪气满身傲视他人。出行的时候，车马簇拥，辔头相联，人声鼎沸，何其壮观！到酒楼去喝酒，豪放不羁，一坛喝完又开一坛，坛中美酒浮现出美丽的春色，瞬间就大口喝干。有时候我们带着鹰犬出城去打猎，拉开弓弦，射出白羽箭，顷刻间便荡平了狡兔的巢穴。当时哪里想到欢乐的日子竟会如此短暂呢！

离开京城以后，以前的那些日子就好像黄粱一梦，我一个人乘着小船赶路，只有一轮明月陪伴着我。我当了一名散职侍从的小官，每日里忙于琐事，心情十分苦闷，繁杂的文书工作好似笼子般紧紧束缚着我。唉，像我这般的武官有千千万万，却都被支使着干一些文书的杂事，浪费一身武艺，不能上阵杀敌。眼看着战乱纷纷，我却请缨无门，无法上战场杀敌，更不能擒获敌军主帅，想到此处，不由心生悲愤，就连我腰间的长剑也好似在秋风中悲鸣。无奈呀，惆怅之下，我也只能寄情山水，看大雁远飞，抚琴聊以自慰。

【评析】

1088 年，西夏屡屡侵犯北宋边境。贺铸当时在和州，也就是今天安徽和县一带，当一名地方上的小官，眼看宋朝日益衰亡，对外敌的进犯除了求和毫无办法，心中十分愤慨，可又报国无门，悲愤之余写下了这首激情迸发的爱国主义词作《六州歌头》，是其豪放风格的代表性作品。

上阕是词人对少年时期侠客式生活的不舍回忆，以"少年侠气，交结五都雄"总领。接下来词人从两个层面表现了少年侠客的"侠气"：一是"肝胆洞，毛发耸。立谈中，死生同。一诺千金重。推翘勇，矜豪纵"几句，是写侠气在少年们性格上的体现。他们重情重义，打抱不平，意气相投，一诺千金，无所畏惧，豪放不羁，是互相信赖彼此的生死之交。这些都是具有代表性的侠客特征。二是"轻盖拥，联飞鞚，斗城东。轰饮酒垆，春色浮寒瓮，吸海垂虹。闲呼鹰嗾犬，白羽摘雕弓，狡穴俄空"几句，是写侠气在少年们日常行动中的体现。他们出行的时候驾车骑马，呼朋唤友；他们喝酒的时候豪兴大发，又多又快；他们打猎的时候羽箭齐发，武艺高强。这些描写生动传神，极富生活韵味。只是少年时的快乐生活非常短暂，即便词人是在回忆往事，依然发出了"乐匆匆"的感叹，将之前的描写少年生活时的浓重笔墨一笔勾销，转而回到现实的苦闷之中。

下阕"似黄粱梦，辞丹凤；明月共，漾孤蓬"紧承上阕词尾"乐匆匆"，词人孤身离开京城，被指派到地方当一名小官。"官冗从，怀倥偬；落尘笼，簿书丛"几句写词人目前的现实境况，整日里忙于繁琐小事，被文书工作所缚，像是被关在笼中的鸟。这与词人豪纵的个性特征是极为不符的，词人感觉十分苦闷，并由此想到不知道还有多少像他一样的武官毫无用武之地，故而说是"鹖弁如云众，供粗用，忽奇功"。这里反映了词人对北宋统治重文轻武，浪费人才的不满。原本这些武官应该上战场杀敌才是，现在却只能干些打杂的小事，等到"笳鼓动，渔阳弄"的时候，词人只能"思悲翁"。"不请长缨，系取天骄种，剑吼西风"，眼看着西夏屡屡侵犯边境，词人报国无门，想上战场杀敌而不能，腰间空仗一柄长剑，心中怎能不悲不愤？词尾"恨登山临水，手寄七弦桐，目送归鸿"是词人悲愤之下的无奈举动，其中寄托的哀情十分深远。

这首《六州歌头》塑造了一名一心想要报国却请缨无门的侠士形象，是宋词中较早出现的具有爱国主义色彩的作品，全词风格苍凉悲壮，情感飞扬，是两宋词坛过渡时期的一首重要作品。

李清照

（1084—1155）

号易安居士，生活于两宋之交，女词人。出生于书香门第，其父李格非为当时的著名学者，出嫁后与丈夫赵明诚共同致力于搜集整理书画金石。金兵入侵时遭战祸之苦，流离南方，丈夫去世后再嫁非人，境况凄凉。词风柔婉奇丽，是婉约派代表人物。前期多描写优裕的悠闲生活，后期则多悲叹身世飘零之苦。有后人辑本《漱玉词》存世。

渔家傲

天接云涛连晓雾，星河^①欲转千帆舞。仿佛梦魂归帝所^②。闻天语^③，殷勤问我归何处。

我报路长嗟^④日暮，学诗谩^⑤有惊人句。九万里风鹏^⑥正举。风休住，蓬舟^⑦吹取三山^⑧去！

注

① 星河：银河。

② 帝所：天地居住的地方。

③ 天语：天帝说的话。

④ 嗟：感慨之意。

⑤ 谩：徒、空。

⑥ 鹏：大鹏鸟，古代神话传说中的鸟名。

⑦ 蓬舟：像蓬蒿一样被风吹动的船。

⑧ 三山：传说中的三座仙山，分别为蓬莱、方丈、瀛洲。

【词译】

天边云雾缭绕，厚厚的云朵与海上的波涛一起翻滚起伏，银河仿佛在不停流转，只见无数白帆竞相追赶，场面不知道有多壮观！我四处张看，仿佛感觉到在梦里来到了天帝住的地方，依稀听到天地在情深意切地问道："你要到哪里去？不如在这里小住几日。"我无奈苦笑，回答说天色已晚，路途漫长。空有一身诗名，却不知道哪里是前方。忽然之间狂风乍起，大鹏鸟随风振翅，直冲九万里青天。见此我不由心中一喜，风啊，你可千万不要停，直接将我这小船吹向海上的仙山，吹向神仙的所在吧！

【评析】

读者所熟悉的李清照，大概多是"寻寻觅觅，冷冷清清，凄凄惨惨戚戚"的形象，整日里伤春悲秋，愁云惨淡。实际上，李清照胆魄颇为雄壮，早在少女时期就非常关注国家命运，写出"夏商有鉴当深戒，简策昭情今具在"来告诫当朝统治者。至于南渡之后写的那首凭吊项羽的《绝句》"生当作人杰，死亦为鬼雄。至今思项羽，不肯过江东"更是脍炙人口，流传甚广，是一首极具豪气的作品。

这首《渔家傲》同样是李清照南渡之后的作品，主要描写了梦中云遮雾绕、斗转星移的天宫景象，借与天帝之间的问答表现了自己高远的追求。整首词想象奇伟，气象磅礴，极富浪漫主义色彩，与她惯常的风格十分不同。

起句"天接云涛连晓雾，星河欲转千帆舞"描绘了一幅海天相接、云蒸雾绕、千帆竞舞的壮阔场景。这也是词人曾在海上航行、历经风高浪急后的亲身感受。南渡以前，李清照属于"大门不出二门不迈"的千金小姐，词中所表现的内容多是女儿情怀及闲暇生活。但南渡之后，她颠沛流离，四十多岁的时候丈夫去世，之后再嫁非人，遭遇家庭暴力，最后好不容易离了婚，可说是历经生活艰辛。天、云、雾、星河、千帆本身就是给人壮丽之感的意象，又以"接""连""转""舞"四个动词衔接相连，动静结合，犹如电影胶片般展现在读者眼前。"星河欲转"是从波涛汹涌的海上仰望星空，乘船颠簸之下视线也不停颠倒旋转，词人将这种在海上遭遇大风浪的感受表达得十分真实传神。两句描写虚虚实实，实实虚虚，极有想象力。"仿佛梦魂归帝所。闻天语，殷勤问我归何处"点出此为梦境，并以"殷勤问我归何处"贯接下阕。

下阕"我报路长嗟日暮，学诗谩有惊人句"是对上阕词尾"殷勤问我"的回答。

从这两句开始，词人激昂的内心情感得以喷发。"路长""日暮"是词人感叹晚年漂泊无依之苦，同时化用了屈原《离骚》中"路曼曼其修远兮，吾将上下而求索"以及"欲少留此灵琐兮，日忽忽其将暮"的诗意，表达了自己不畏孤苦，仍将坚持追求理想。"学诗谩有惊才句"则表达了词人空负一身才华却屡遭不幸的苦闷之情，"谩"字感情色彩很浓烈，既流露出对现实的强烈不满，又暗示了对南宋统治的失望。尽管如此，词人却并未就此颓丧沉沦，"九万里风鹏正举。风休住，蓬舟吹取三山去"，磅礴之气尽显。"九万里风鹏正举"既为词人在梦中所见之象，也是词人内心激昂情感的外放，亦即"未来还未可知，何不放手一搏"之意，与"风休住，蓬舟吹取三山去"共同展现出词人一往无前的豪迈气概。在这里，词人对天帝的问语做出了回答，海上仙山是其归处，表现了词人高洁的理想追求。

这首词意境博大，气象磅礴，近代思想家梁启超评价说："此绝似苏辛派，不类《漱玉集》中语"，可说是李清照性格中豪雄一面的写照。

叶梦得
（1077—1148）

字少蕴，宋代词人。出身文人世家，二十岁中进士，历任翰林学士、户部尚书等职。晚年隐居湖州弁山玲珑山石林，自号石林居士。早期词作以传统题材为主，词风婉约清丽；北宋灭亡后，伴随着环境的巨变，词作多抒发家仇国恨，词风慷慨激昂，颇有苏轼遗风，是北宋末年至南宋前半期词风变革中一名先锋式人物。著有《石林燕语》《石林词》《石林诗话》等。

水调歌头

九月望日，与客习射西园，余偶病不能射。

霜降碧天静，秋事促西风①。寒声隐地②初听，中夜入梧桐。起瞰③高城回望，寥落关河千里，一醉与君同。叠鼓④闹清晓，飞骑引雕弓。

岁将晚，客争笑，问衰翁：平生豪气安在？走马为谁雄？何似当筵虎士⑤，挥手弦声响处，双雁落遥空。老矣真堪愧，回首望云中⑥。

注

① 秋事促西风：按意思解，实为"西风促秋事"，指西风一起，秋事就迫在眉睫了。秋事，秋天里的事务，如秋收、做棉衣等。

② 隐地：形容声音震动大地。隐，通"殷"。唐代诗人杜甫《泰州杂诗》之四："秋听殷地发，风散入云悲。"

③ 瞰：俯瞰。

④ 叠鼓：小而急地击鼓。

⑤ 虎士：勇士之意。

⑥ 回首望云中：回看射雁之处，隐喻北望中原之意。

【词译】

霜降后便一日冷过一日，人们要赶紧忙秋收、制寒衣这些要事了。寒风吹动大地，深夜里响起梧桐枝叶哗啦啦的响声。我登上城墙俯望中原大地，黑暗中但觉山河寥落，一片萧索。想当年汴京何等繁华兴盛，如今却落入异族之手。什么时候才能收复河山呢？想到此不禁心情悲愤，与客人同饮而醉。拂晓时分，外面军鼓急敲，演武场上马蹄飞踏，将士们搭弓射箭，响起阵阵叫好声。

酒酣之际，客人笑问我这个垂暮老头："你平生的豪迈气概去哪儿了？以前飞马奔驰的雄姿不就是为了保家卫国么？现在你可比不上这些筵席上的勇士了，他们拉弓射箭，一声弦响就射下两只大雁。"我听了不由倍感羞愧，我早已年老力衰，再不能贡献什么了，只愿有一天将士们能收复中原河山，如此我便心满意足了。

【评析】

这是叶梦得晚年的一首代表性作品，大约写于 1138 年。当时北宋已灭亡，赵氏皇族逃往南方，建都临安，是为南宋。南宋皇朝偏安一隅，一意向金国求和，放弃了大片国土。1138 年左右，叶梦得在建康（今南京）任太守，九月十五与客人在西园骑马习射，谁知不幸染病，于病中写下这首词。全词洋溢着浓厚的爱国主义感情，笔调悲壮，塑造了一位"烈士暮年，壮心不已"的爱国太守形象。

上阕前四句交代时间背景，"霜降碧天静"点明已是深秋时节，在天气一日冷过一日的时候，词人心中想到的是"秋事促西风"，表现了其身为建康太守对前方将士的关注之情，因为秋收、制寒衣等秋事是很重要的后勤。"寒声隐地初听，中夜入梧桐"进一步表明天气寒冷，秋风凛冽。在这大风之夜，词人抱病登上城墙，"起瞰高城回望，寥落关河千里，一醉与君同"。这几句鲜明地表现了词人对国土沦丧的沉痛、哀伤以及无奈相互交织的复杂情感。然而，虽然现实令人失望，但词人仍然对未来抱有希望，这可从"叠鼓闹清晓，飞骑引雕弓"中看出，词意至此忽而扬起，写清早军士们在演武场习射的场景，非常具有活力。

下阕借客人之口写习射的勇士正当盛年，武艺高强，从而反衬出词人自己年老体衰，再无能力保家卫国的痛苦心情。"岁将晚，客争笑，问衰翁：平生豪气安在？走马为谁雄？何似当筵虎士，挥手弦声响处，双雁落遥空"，词人因病不能习射，故而与客人同在一边观看军士们的骑射情况。军士们个个年轻力壮，争相比武，不禁引起词人对往事的记忆，借客人之口慨叹自己已是迟暮之年，往昔的豪气也已消失不在，对"当筵勇士""挥手弦声响处，双雁落遥空"的骁勇颇多羡慕，抒发了词人渴望为国效力的雄心壮志。只可惜，现实情况已经不允许了，"老矣真堪愧，回首望云中"，词人倍感羞愧，但依然对收复中原心存壮志，将希望寄托于更多的爱国志士身上。

全词感情深沉，塑造了一名忧国、爱国的暮年太守形象，虽然年已垂老，但一腔爱国热血并未冷却，依然深切关注着国家的命运。读来既萦绕着痛惜山河破碎的悲切，又满溢着爱国激情的豪迈，多种情感交织之下隐藏的是词人一颗赤诚的爱国之心。

八声甘州·寿阳楼八公山作

故都①迷岸草，望长淮②、依然绕孤城③。想乌衣④年少⑤，芝兰秀发⑥，戈戟云横⑦。坐看骄兵⑧南渡，沸浪骇奔鲸⑨。转盼⑩东流水，一顾功成。

注

① 故都：指寿阳城，即寿春（今安徽寿县），为楚国故都。

② 长淮：淮河。

③ 孤城：指寿阳城。

④ 乌衣：指乌衣巷，故址在现今的南京市，是晋代王、谢等名门所在之地。唐代诗人刘禹锡有《乌衣巷》诗云："旧时王谢堂前燕，飞入寻常百姓家。"

⑤ 年少：代指谢家青年一辈。

⑥ 芝兰秀发：语出《世说新语·言语》："谢太傅问诸子侄：'子弟亦何预人事，而正欲使其佳？'诸人莫有言者。车骑答曰：'譬如芝兰玉树，欲使其生于阶庭耳。'"后世用来比喻年轻有为的子弟。

⑦ 戈戟云横：指晋军的武器多得像云一样横列。

⑧ 骄兵：指符坚的前秦军队。

⑨ 奔鲸：奔跑的鲸鱼，比喻符坚军队溃散而逃的样子。

⑩ 转盼：转眼间。

千载八公山①下，尚断崖草木②，遥拥峥嵘③。漫云涛吞吐，无处问豪英。信劳生④、空成今古，笑我来、何事怆⑤遗情⑥？东山老⑦，可堪岁晚，独听桓筝⑧。

【词译】

　　远远望去，淮河依然环绕着楚国旧都寿春城，只是两岸野草丛生，一片衰败。想当年乌衣巷里，谢家子弟意气风发，率领数万晋军，手拿兵器，黑压压一片，多么壮观。符坚率军攻晋，谢安坐镇家中，运筹帷幄，以七万晋军大败符坚十五万军队，敌军争先恐后溃散而逃。转眼之间，谢安就建立起大功，官拜太保。

　　近千年过去了，八公山的断崖草木一如当年，簇拥着高峻的山峰。山头云涛聚了又散，昔日的英雄却不知道去往何处了。人生劳碌，到最后无非是一场空，可笑我还在这里思念往事，感伤不已。想想当年的谢安，最后还是逃不过被猜忌疏远的命运，空有桓伊为他抱不平。

【评析】

　　383 年，谢安以七万晋军在淝水大败符坚十五万前秦军，是历史上以少胜多的知名战役之一。1133 年，叶梦得登寿阳城楼和八公山远望，想到这一段历史往事，于是写下了这篇词作。全词虽以描写东晋人物谢安大起大落的政途为主，实则词人早

注

① 八公山：位于寿阳北面，淝水经此流入淮河，东晋时谢安、谢玄曾在此大败符坚。

② 草木：草木皆兵之意。《晋书·符坚载记》中符坚有"北望八公山上，草木皆类人形"之语。

③ 峥嵘：形容山的高峻突兀。

④ 劳生：劳碌的人生。

⑤ 怆：悲伤。

⑥ 遗情：指思念往事。

⑦ 东山老：指谢安，他曾隐退于东山。

⑧ 桓筝：出自《晋书·桓伊传》，桓伊善弹筝，曾边弹边唱《怨歌》，以讽谏晋武帝猜忌谢安，不予重用，谢安听后泪流不止。

将自己与谢安融为一体，字字句句在写自己，抒发了自己已是暮年但功业无成的伤感之情。

上阕主要回忆谢安巅峰时的事迹。"故都迷岸草，望长淮、依然绕孤城"写词人登高所望的景象。人世间已经几番变化，但淮河却"依然绕孤城"，变与不变之间尽显历史的沧桑。"故""迷""孤"等字的运用，营造出一种苍凉悲壮之感，为全词奠定感情基调。"想乌衣年少，芝兰秀发，戈戟云横"几句是总括谢家子弟的杰出有为和意气风发之态。"戈戟云横"为双关语，明喻晋军兵器齐整如云，暗里是称赞谢家子弟领兵有方，腹有韬略。词人的怀古情思由一个"想"字引领，层次结构十分清晰。"坐看骄兵南渡，沸浪骇奔鲸。转盼东流水，一顾功成"着重描写的是谢安领军大败苻坚的事迹。"坐看"既取自历史事实，又充分表现出谢安的淡定从容。"沸浪骇奔鲸"则形象地写出了苻坚军队狼狈逃窜的景象。"转盼""一顾"与"坐看"呼应，皆是表达谢安镇静沉着的从容姿态。淝水之战过后，谢安官拜太保，达到了政治生涯的巅峰，因此词人谓之为"功成"。

下阕主要抒发词人的怀古之情。"千载八公山下，尚断崖草木，遥拥峥嵘"承上阕"功成"，意为千年过去了八公山的景物并没有多大的变化，风吹过而草木萧索，仍似当年"草木皆兵"的模样。然而，"漫云涛吞吐，无处问豪英"，景物依旧，当年的英雄人物却再也找不到了。这里词人隐约透露出对南宋朝廷的不满和失望。南宋建国后，偏安一隅，朝政由主和派把持，而词人则是坚定的主战派，自然屡遭排挤。面对这个大败异族入侵的战场旧址，想到当朝一味求和的举动，词人的心情自然十分愤慨。但转念一想，词人又感觉世事皆如浮云，最终都是一切成空，发出了"信劳生、空成今古，笑我来、何事怆遗情"的感叹。这其实是词人的自嘲之语，并不是说"空成今古"词人就不想为国效力，而是报国无门下的无奈之叹。词尾"东山老，可堪岁晚，独听桓筝"引用了一段历史典故。谢安晚年时因功高遭到晋武帝猜忌，有一天，晋武帝召桓伊宴饮，谢安在旁陪坐。桓伊擅筝，弹筝而歌"为君既不易，为臣良独难。忠信事不显，乃有见疑患。周旦佐文武，《金縢》功不刊。推心辅王政，二叔反流言"，谢安听后泪流不止，晋武帝则面有愧色。这里的"独听"值得玩味，因典故中谢安并非"独听"，怕是词人对自身处境的映射之语。

点绛唇·绍兴乙卯登绝顶小亭

缥缈①危亭②，笑谈独在千峰上。与谁同赏。万里横烟浪③。

老去情怀，犹作天涯想④。空惆怅。少年豪放。莫学衰翁⑤样。

【词译】

高陡的山峰上云遮雾绕，隐隐约约浮现着一座小小的亭子。我登上山峰，来到这峰顶的绝顶亭，看万里高空风起云涌，烟涛如大海中的波浪滚滚而来，可叹我独自在这高峰上抒发情怀，竟无人和我共同欣赏。虽然我已是衰老之年，但仍然日日梦想着收复万里山河，可惜是心有余而力不足，只能无奈地在此惆怅。你们这些少年人啊，要胸怀豪壮，心有梦想，在青春正好的时候去施展抱负，可不要学我这个老头子，老了之后空留遗憾。

【评析】

这首小令写于 1135 年。当时词人已年近六十，辞别官场隐居于吴兴弁山（今浙江湖州境内），在登弁山绝顶亭时有感而发，写下此词。

起句"缥缈危亭，笑谈独在千峰上"点明词题，并以"独"字奠定全词基调。"缥缈"紧扣题中"绝顶小亭"，因小亭高居弁山山顶，故而远望上去隐隐约约，好

注

① 缥缈：隐隐约约，若有若无的样子。

② 危亭：很高的亭子，即词题中的绝顶亭，位于今浙江湖州弁山峰顶。

③ 烟浪：烟云涌动好似波浪。

④ 天涯想：指收复河山的梦想。

⑤ 衰翁：衰老之人，这里为词人自指。

似浮在云海之中。危亭即高亭之意，唐代大诗人李白有诗云："危楼高百尺，手可摘星辰"。词人登上小亭之后，因身居最高处，所以能俯瞰全峰，故而是"笑谈独在千峰上"，此间"独"字意味甚多，既是实写词人独自登亭，亦是虚写词人作为主战派被主和派排挤的孤独之感。这一感受在下两句"与谁同赏。万里横烟浪"尤其明显。这两句为倒装句，说的是万里云涛，无人共赏，字面上是描写词人眼前景象，实则是抒发大片国土沦丧，却找不到人一起去把土地收回的无奈悲愤之感。"与谁同赏"是"独"的进一步表达，是词人发自心底的喟叹。

"老去情怀，犹作天涯想"说的是词人虽然已经老了，但胸怀的壮志不灭，亦即为词人想要收复万里河山的梦想。这一句充分表露了词人的爱国主义情怀，"犹作"尤其强调了这一情怀。但是此时词人早已去官隐居，闲居在弁山，不知道何时才能再次为国效力，只能独自在绝顶亭中长吁短叹，不觉发出"空惆怅"之语。词人那种求而不得的孤独和无奈都从这一个"空"字中传达出来。不过，尽管如此，词人的爱国热情并未消减，虽然自己已经老了，但是还有后辈子孙，因此写下"少年豪放。莫学衰翁样"之语，意在激励年轻人要胸怀大志，抓紧时间施展抱负，不要像他那样"空惆怅"。这也表现了词人对年轻人有一天能收复国土的期待。这首小词非常短小，但其中表达的情感却十分曲折回旋，跌宕起伏，不逊于那些长调。

叶梦得早年出于被称为"六贼之首"的权相蔡京门下，一直为后人诟病。但观其一生，他的人格颇为正直，且是坚定的主战派，拥有一颗赤诚的爱国之心。

岳 飞
（1103—1142）

字鹏举，南宋抗金名将。传说他出生的时候家里飞来了一只类似天鹅的大鸟，因此父母为他取名飞，字鹏举。天生神力，少年时即心性坚定，身负气节。从军后展现出卓越的军事才能，多次率领"岳家军"大败金军，所向披靡，金军哀叹"撼山易，撼岳家军难"。文武双全，书法、诗文造诣极高，现存词三首。

满江红

怒发冲冠①，凭栏处、潇潇②雨歇。抬望眼，仰天长啸，壮怀激烈。三十功名尘与土③，八千里路云和月④。莫等闲⑤、白了少年头，空悲切！

靖康耻⑥，犹未雪。臣子恨，何时灭！驾长车，踏破贺兰山⑦缺。壮志饥餐胡虏肉，笑谈渴饮匈奴血。待从头、收拾旧山河，朝天阙⑧。

注

① 怒发冲冠：愤怒得头发都竖起来冲破了帽子。冠，帽子。

② 潇潇：形容雨下得又急又猛的样子。

③ 三十功名尘与土：三十年来建立了一些功名，但如同尘土。

④ 八千里路云和月：南征北战路途遥远，每每是披星戴月。

⑤ 等闲：白白浪费时间的样子。

⑥ 靖康耻：北宋末年靖康年间，金军攻破汴京，掳走宋徽宗、宋钦宗父子及赵氏皇族、后宫妃嫔、朝臣贵卿共三千余人，是历史上的一次著名事件。

⑦ 贺兰山：山名，位于今宁夏回族自治区与内蒙古自治区交界处。

⑧ 朝天阙：朝见皇帝。天阙，宫殿前建筑，代指皇帝生活的地方。

【词译】

骤雨初歇，凭栏远眺，一想到好不容易收复的河山重又落入敌手我就燃起满腹愤怒，直烧得发丝根根竖起，将帽子都顶飞出去。抬头仰望苍天，禁不住长啸一声，心中充满激烈的报国之情。我这三十年来南征北战，日日披星戴月，不知经历多少风云，虽然也建立了一点功名，但却微小得如同尘土。时光易逝，好男儿当为国建功立业，怎能白白将青春消磨，等年老时徒留伤悲！靖康年间敌人破城的耻辱一天未雪洗，我身为国家臣子的愤恨就一天难泯灭！我要驾着战车踏平贺兰山，打得敌人落花流水，永远不敢再侵犯国家。打仗饿了就吃敌人的肉，渴了就喝敌人的血，等到我重新收复旧日山河的一天，再向国家报告胜利的消息！

【评析】

所有以"满江红"为词牌的词作中，再没有哪一首比岳飞这阕更有名了。上至六旬老人，下至垂髫少年，恐怕是无人不知无人不晓。这首《满江红》与"精忠报国"的故事一起，织就了岳飞沙场杀敌、为国尽忠的抗金英雄形象。

这首词创作的时间研究者之间并未统一，一种看法是其第一次北伐的 1134 年前后，一种看法是其第二次北伐的 1136 年前后，还有一种看法是其入狱前不久。

起句"怒发冲冠，凭栏处、潇潇雨歇。抬望眼，仰天长啸，壮怀激烈"如银瓶乍裂，满腔情感汹涌而发，起势突兀，破空而来。这里需稍稍了解一下当时的政治背景。靖康之乱过后，北宋灭亡，赵氏皇族赵构建立南宋政权，是为宋高宗。可惜的是后来的宋高宗以秦桧为亲信，一心向金人求和，根本不支持岳飞抗战，不断从中作梗，最后以"莫须有"的罪名将岳飞杀害。这时的岳飞，虽胸怀保家卫国的志向，但面对金兵侵袭和当权者的不抵抗政策，却既愤怒又无奈，只能回望前尘，"三十功名尘与土，八千里路云和月。莫等闲、白了少年头，空悲切"，用文字表达自己渴望再上沙场的雄心壮志。

词的下阕抒发了词人对侵国敌军的深仇大恨，表达了自己渴望收复山河的赤诚之心。"靖康耻，犹未雪。臣子恨，何时灭"短促有力，将词人心中的愤慨急泻而出，为了这一天的到来，词人英勇无畏，情愿带兵破敌，"驾长车，踏破贺兰山缺"。战争是艰难的，经常是缺衣少食，词人却想到"壮志饥餐胡虏肉，笑谈渴饮匈奴血"，既有不畏艰难的大将之风，又充满苦中作乐的达观精神。"待从头、收拾旧山河，朝天阙"则表现出了词人必胜的信心和决心。

全词雄壮激昂，充满奋发图强的浩然正气，生动刻画了一名忧国忧民、渴望杀敌建功的英雄形象，是南宋爱国词中的翘楚之作，也是岳飞一生的真实写照。岳飞一生，几乎都是在战场上度过的，冲锋陷阵，领军有方，是南宋时不可多得的大将。可惜生不逢时，偏遇上宋高宗这样偏安的皇帝，再加上他性格耿直，不懂揣摩皇帝的心思，年仅三十九岁就被害死。以他的军事才能，如果遇上汉武帝刘彻这样的君主，不知会演绎出怎样的人生传奇。

朱敦儒
（1081—1159）

字希真，宋代词人，号岩壑，又称伊水老人、洛川先生等。早年行事清狂，词风艳丽；出仕后站在主战派一方，后多忧国愤慨之作；晚年隐居故乡洛阳，作品则多充满"人生一场大梦"式的颓废思想。常以"梅花"自许，有"词俊"之名，与"诗俊"陈与义等并称为"洛中八俊"。有词集《樵歌》存世。

鹧鸪天·西都作

我是清都山水郎①，天教分付与疏狂②。曾批给雨支风券③，累上留云借月章④。

诗万首，酒千觞⑤。几曾着眼看侯王？玉龙金阙慵归去⑥，且插梅花醉洛阳。

【词译】

我在天上掌管山水，天帝赋予我狂放不羁的性格，潇洒来去，自由自在。我曾经多次批过召风布雨的手令，也多次向天帝递交奏章，只为了留下云朵把月亮借走。

注

① 清都上水郎：指天上掌管山水的官员。清都，与红尘相对，谓仙境。

② 疏狂：豪放，不受拘束。

③ 给雨支风券：支配风雨的手令。

④ 章：奏章。

⑤ 觞：音"商"，古代一种酒器。

⑥ 玉龙金阙慵归去：懒得留在玉宇琼楼之中，意指不愿在朝廷为官。

我活得逍遥又惬意，高兴作诗的时候一挥而就，一万首又算得了什么？高兴喝酒的时候大口畅饮，一千杯也不能令我醉倒。那些个王侯将相，我从来不放在眼里，就连在天宫做官，我也是懒得去，只想发间插一枝梅花，醉倒在洛阳城的花丛里。

【评析】

朱敦儒出身于富裕家庭，年轻时候以清高自许，常年隐居在家乡洛阳。这首词即作于词人早年隐居洛阳时期，因北宋时以洛阳为西京，时人称之为西都，故词题为"西都作"。全词想象奇特，词情飞扬，表现了词人早期醉心于山水，淡泊名利的情怀。

上阕主要写词人纵情山水的生活。词人自比为天上仙官，极其狂放且富有浪漫主义色彩。首句"我是清都山水郎，天教分付与疏狂"直抒胸臆，表明自己热爱山水且性格狂放。据《宋史·文苑传》记载，北宋末年朝廷召朱敦儒出仕，他十分不愿意，回答说："麋鹿之性，自乐闲旷，爵禄非所愿也"，其所表达的生活理想与这两句词意足可相互映证。简单来说，词人借此向世人表明：我热爱山水是天生的，我豪放不羁也是天生的，充分显示了词人坦荡直爽的性格特征。"曾批给雨支风券，累上留云借月章"两句是词人的想象，浪漫感十足，诙谐地解释了"清都山水郎"的工作内容，"给雨支风""留云借月"都是远离尘世的神仙行为，流露出他热爱自然且要超脱俗世的向往。

下阕主要表达了词人不为权贵折腰的精神。"诗万首，酒千觞"既是词人对自己爱好诗酒的实写，又是词人对自己性格特质的再强调。传统文学中，"诗酒"是文武双全的象征，代表着有才华而狂放不羁的英雄豪杰。"几曾着眼看侯王"则直接表达了词人对功名利禄的不屑，以及不愿为权贵折腰的高贵品质。此句从反面衬托了词人对自然山水的热爱，只要能与山水相伴，其他的一切都是浮云。词尾"玉龙金阙慵归去，且插梅花醉洛阳"将词人淡泊名利的精神特质和醉心山水的人生态度继续向前推了一步，一个"慵"字十分传神地再现了词人懒得去官场做官的心理活动，有一种深深的鄙视之情，最后用"且插梅花醉洛阳"来表达自己的逍遥生活。梅花是高洁的象征，北宋文人也喜爱在发间插花，这里充分表现了词人高洁的品质和狂放的性格。

这首《鹧鸪天》虽然短小，但结构严谨，语言清丽，想象奇特，充分展现了朱敦儒前半生的人生态度和志向抱负，是其早期写清狂生活的代表作品。

水龙吟

放船千里凌波去，略为吴山^①留顾。云屯水府^②，涛随神女，九江^③东注。北客翩然，壮心偏感，年华将暮。念伊、嵩^④旧隐，巢、由^⑤故友，南柯梦^⑥，遽^⑦如许！

回首妖氛^⑧未扫，问人间、英雄何处？奇谋报国，可怜无用，尘昏白羽^⑨。铁锁横江，锦帆冲浪，孙郎^⑩良苦。但愁敲桂棹，悲吟梁父^⑪，泪流如雨。

【词译】

站在船头远望，一片江水茫茫无边无际，乘船避祸之时哪还顾得上欣赏这里的

注

① 吴山：吴为今江苏南部古称，这里泛指苏南群山。

② 水府：传说中水神居住的府邸。

③ 九江：指长江的分支。

④ 伊、嵩：伊，伊阙，今河南洛阳龙门。这里两岸香山、龙门山对峙，伊水中流，远望如天然门阙，故称伊阙；嵩，嵩山，位于河南西部，五岳之中岳。

⑤ 巢、由：巢，巢父；由，许由，都是尧舜时代的隐士高人。

⑥ 南柯梦：出自唐代小说家李公佐《南柯记》，比喻一场空欢喜。

⑦ 遽：急促、仓促。

⑧ 妖氛：代指侵宋金兵的气焰。

⑨ 尘昏白羽：尘土令白羽箭昏暗，代指战局不利。

⑩ 孙郎：指三国时吴主孙皓。

⑪ 梁父：梁父吟，曲名，传说是诸葛亮所作，比喻虽功业无成但常怀大志。

青山葱翠？天际云层低垂，江面波涛汹涌，江水不停向东奔流，奔向大海。面对此景，我这个辗转离开中原的人虽然洒脱，但也深觉世事变幻无常，年华似水东流。想当年我隐居洛阳山间，交往许多像巢父、许由一样的好友，孰料道遥的时光好似南柯一梦，如此短暂！

回望中原大地，金兵气焰正盛，哪里还能见到抗金英雄的身影？即使是三国时诸葛亮，为报国屡出奇谋，可惜最终也无法挽回蜀国败亡的命运；东吴皇帝孙皓面对司马炎大军以铁索横江，妄图凭借长江天险拒敌，最后还不是被晋军所破。时势所致，又能奈何？我只有敲着船桨，悲伤地唱着《梁父吟》，任泪水流淌如雨。

【评析】

1126 年，金兵挥戈南下；1127 年，北宋都城汴京沦陷，皇帝被俘，北宋灭亡。赵氏皇族南渡建立政权，史称南宋。南宋朝廷向金国称臣纳贡，苟安一隅，主战的爱国将士们空有报国之心，却无用武之地，处境悲惨。这首词便是写于这一背景之下，表达了词人目睹山河破碎，报国无门的慷慨悲怆之情。

"放船千里凌波去，略为吴山留顾"，起句气象开阔，描写了船行江中，江水茫茫无际、两岸群山环绕的景象。"略"字言词人无心欣赏山景，为下文感慨身世埋下伏笔。"云屯水府，涛随神女，九江东注"几句继续写景，各个角度不同。词人视线由天际云涛至江面波涛再至水天交接处，空间感极为辽阔。"北客翩然，壮心偏感，年华将暮。念伊、嵩旧隐，巢、由故友，南柯梦，遽如许"几句为词人感怀身世之语，亦是对早年道遥自在的隐居生活的怀念。"壮心偏感，年华将暮"是词人悲叹年华逝去，恐难再踏上中原，结合下文，表达了词人担心自己年已垂暮，等不到收复家园时日的深切忧虑，反映了他的爱国精神，这在下阕表现得更为明显。

"回首妖氛未扫，问人间、英雄何处"正面描写金兵入侵的景象，并发出了渴求抗金英雄出现的呼唤。"问人间"一语，隐含词人对南宋朝廷的诘问，批判其屈辱的外交政策，致使爱国将士空有雄心，却无用武之地。接下来用三国时诸葛亮的典故，"奇谋报国，可怜无用，尘昏白羽"，说诸葛亮虽然奇谋报国，最终却功败垂成；"铁锁横江，锦帆冲浪，孙郎良苦"，接着又用吴主孙皓以铁索横江，想要凭借天险拒敌而失败的故事，表达对南宋朝廷背靠长江、安于一隅的担忧。不但如此，这两段典故还暗藏着词人对历史车轮滚滚向前难以阻挡的认识，反映了词人高远的思想境界。正因为时势不可阻挡，词人才倍感无奈和伤悲，"但愁敲桂棹，悲吟梁父，泪流如雨"，一腔爱国之情化为如雨泪水。全词融家国与个人为一体，感情真挚沉郁，风格悲壮苍凉，充分表达了词人爱国、忧国、伤国的思想感情。

好事近

摇首出红尘，醒醉更无时节①。活计②绿蓑青笠，惯披霜冲雪。
晚来风定钓丝闲，上下是新月。千里水天一色，看孤鸿明灭。

【词译】

　　远离了纷纷攘攘的世俗生活，我过着自由自在的渔夫生活，是醒是醉也完全由着自己的心意，完全不用分什么时候。每日里身披蓑衣头戴斗笠，撑着小船在河川间往来捕鱼为生，从不惧刮风下雨，也早已习惯了冰霜飞雪。

　　遇上宁静无风的夜晚，我就悠闲持杆在河边垂钓。天上水里各有一弯新月，一片澄澈。远远望去，辽阔的夜空与无边的水面好似融成了一体，只有一只大雁孤独远飞，身影在空中忽隐忽现。

【评析】

　　南渡之后，朱敦儒被举荐出仕，历任右迪功郎、两浙东路提点刑狱等职。1149年，朱敦儒因发表主战言论而被朝廷免职，因而退居嘉禾（今浙江嘉兴），过着一种自由自在的隐居生活。期间，朱敦儒创作了六首渔父词，此为其中一首。

　　起句"摇首出红尘，醒醉更无时节"为全词统领，表明词人放弃官场生活，转而过着一种醒醉随意的自由生活。"红尘"古时原指繁华的都市、纷扰的生活，借喻

注

① 时节：时光，时候。

② 活计：生计，谋生的手段。

名利之路，这里则代指官场生活。"摇首"极为形象，表明了词人对"红尘"的不屑态度。不过，词人毕竟不能不食人间烟火，"活计绿蓑青笠，惯披霜冲雪"两句就是对谋生方式的说明，勾勒出一位以捕鱼为生的渔夫形象。当然，这位渔夫形象其实是词人晚年生活的写照。这里所说的写照当然不是说词人真的去做了一名渔夫，而是借渔夫形象来表现他安闲自在的隐士生活。据南宋文学家周密所著《澄怀录》记载，大诗人陆游曾和朋友一起拜访过朱敦儒，朱敦儒以小舟迎客，家中悬挂着琴、筑等乐器，屋檐下挂着从未见过的禽鸟，篮子里装满水果和下酒菜用以奉客。可见词人晚年生活并不潦倒，自然也不太可能真的以捕鱼为生。

下阕词人以写景作结。"晚来风定钓丝闲，上下是新月"写渔夫悠闲自在的生活，他在无风的夜晚边悠然垂钓，边欣赏上下两弯新月。"晚来风定"既是写景，也是词人对自身人生境遇的写照，表现出对官场风浪的厌倦。"千里水天一色，看孤鸿明灭"依旧是写景。远远望去，水天相接，融为一体，只有一只孤雁隐约而飞。下阕简单几句就勾勒出一幅恬淡辽远的画面，充分展现了词人的艺术功底。全词语言质朴自然，意境高远疏淡，词人化身为一位绿蓑青笠的渔夫，充分反映了他对自由自在生活的热爱。

朱敦儒是少数几位能将一生情感及思想变化完整地通过词作反映出来的词人之一，早年他隐居洛阳，狂放不羁，期间词作多描写山水风光及豪放之态；出仕之后，目睹山河破碎，期间词作多表现其忧国及痛惜之情。后来他因主战为秦桧所忌，被免职罢官，却又在近古稀之年被秦桧笼络，重新出仕，晚节不保，词作多人生如梦式的虚无思想。总体而言，他的词自成一家，在词坛上占据着一定的地位。

张元幹

（1091—约1161）

字仲宗，号芦川居士、真隐山人，宋代爱国词人。出身书香门第，从小聪敏好学。近而立之年入仕，历任开德府教授、朝议大夫等职，追随抗金名臣李纲左右，为秦桧迫害。能诗，擅词，工文，著有《芦川词》《芦川归来集》。词风慷慨悲凉，洋溢着爱国激情，与张孝祥并称南宋初期的"词坛双璧"，前承苏轼，后启辛弃疾，是两宋词坛过渡时期的一位重要词人。

贺新郎·送胡邦衡待制赴新州

我梦绕神州①路。怅秋风、连营画角②，故宫③离黍④。底事昆仑倾砥柱⑤，九地黄流乱注⑥？聚万落千村狐兔⑦。天意从来高难问，况人情老易悲难诉！更南浦⑧，送君去。

注

① 神州：即中国，此处代指中原大地。

② 画角：古代乐器，形如竹筒，以竹木或皮革制成，外加彩绘。发音哀厉高亢，古代军中常用来报警或振士气。

③ 故宫：指沦亡的汴京皇宫。

④ 离黍：《诗经·王风》有诗名《黍离》，是周朝大夫缅怀周王朝所作，后世引"离黍"而慨叹亡国之悲。

⑤ 昆仑倾砥柱：传说昆仑山有天柱支撑，柱倒则山塌。

⑥ 九地黄流乱注：传说黄河中有砥柱镇水，柱崩则河水泛滥。

⑦ 狐兔：出自南北朝诗人范云《渡黄河》"不睹行人迹，但见狐兔兴"，形容村落荒凉萧条的样子。

⑧ 南浦：本意为南面水边，后多引为送别之地。

凉生岸柳催残暑。耿①斜河②、疏星淡月，断云微度。万里江山知何处？回首对床夜语。雁不到③、书成谁与④？目尽青天怀今古，肯儿曹⑤恩怨相尔汝⑥？举大白⑦，听金缕⑧。

【词译】

我一直梦想着收复中原大地。秋风萧瑟中，耳听得军营里阵阵号角吹响，可叹却不能驱敌复国，故都汴京早已是一片荒凉。为何昆仑山天柱倾塌，黄河水四处泛滥，致使中原大地水患成灾，人民痛苦不堪？又为何战乱频发，该奋战时却一路退让，导致万千村落荒无人烟，却被狐兔占据？天高已是难问，更何况人情寡淡，如今，就连你也要远去了，我还有谁可以诉说心中的悲怆呢。

我在水畔送你远行，岸边柳树成荫，让暑气中生出一丝凉意。远望着载着你的船帆消失在天际，银河的光芒洒落大地，月亮穿梭在云中隐隐约约，几颗星星闪着亮光。你这一去与我相隔万里，再想要像以前一样促膝而谈是不可能了。山水重重，音信难通，我写给你的信也不知道该寄到何处去。只不过正值多事之秋，恐怕别后我们也没有什么心思互诉愁绪了，就让我此时举杯，以这一首《金缕曲》表达对你的情谊吧。

【评析】

这是一首送别词。词题中的胡邦衡即胡铨，字邦衡。代制为南宋时官名。1142

注

① 耿：光明。

② 斜河：指银河。

③ 雁不到：大雁飞不到，代指书信难通。

④ 谁与：与谁，寄给谁之意。

⑤ 儿曹：儿辈。

⑥ 恩怨相尔汝：出自唐代诗人韩愈《听颖师弹琴》"昵昵儿女语，恩怨相尔汝"，指儿女亲昵之语。

⑦ 大白：即酒杯。

⑧ 金缕：指"金缕曲"，又名"贺新郎"，即指此词。

年，时任枢密院编修官的胡铨因过去反对议和、斥责秦桧的言论遭迫害，被贬新州（今广东新兴县），途经福州之时，张元幹写了这首《贺新郎》为其送行，并因此激怒秦桧，被逮捕入狱，除名削籍，贬为平民。全词慷慨悲壮，既有对国破因何难收的诘问，又有对知己难求的怅惘，融国家命运与个人命运于一体，充分表现出词人的爱国情操。

起首"梦绕神州路。怅秋风、连营画角，故宫离黍"四句写词人复国之想及中原沦陷之状。"梦绕"一句在理解上可实可虚，无论是真实的梦境还是飘渺的神思，从中都可看出词人对恢复山河的渴求。"怅"字引领中原之状，"连营画角"与"故宫离黍"的对比反映了收复山河无望下词人的悲怆无奈。"底事昆仑倾砥柱，九地黄流乱注？聚万落千村狐兔"三句以对陷落原因的质问继续描写中原之状，并以黄河泛滥比喻其惨状，成千上万的村落荒无人烟，一片萧条。然而究竟是为何呢？"天意从来高难问，况人情老易悲难诉"，词人虽心中明了，但却并不能直说。此处"天意"有影射皇帝之意，含蓄表达了词人对朝廷求和不战政策的不满；"老易悲难诉"则表达了词人对同为主张抗金却遭排挤的胡铨离去的悲伤之情。这两句化自唐代诗人杜甫《暮春江陵送马大卿公恩命追赴阙下》的"天意高难问，人情老易悲"。上阕最后以"更南浦，送君去"结尾，点明送别这一词题。

"凉生岸柳催残暑。耿斜河、疏星淡月，断云微度"为写景过渡，胡铨离去后，词人仍然伫立在水边，直到夜幕降临。"凉生岸柳""疏星淡月"等等皆传递出词人的怅惘之情。"万里江山知何处？回首对床夜语。雁不到、书成谁与"直接抒发出词人对胡铨的深情厚谊，想到离别后千山万水，音信难通，像以前一样对床夜谈是不可能了，痛惜之情难以言诉。然而，词人虽然痛惜，但却并未颓废，反而笔锋一转，说"目尽青天怀今古，肯儿曹恩怨相尔汝"。用现代话来说，就是国家前途未卜，还没到我们唧唧歪歪诉衷肠的时候，还是赶紧干大事去吧。这两句一为词人勉励自己要以国家大局为重，二则是词人借豪迈之举转移送别的悲痛。只可惜收复山河不知道要到哪天，与胡铨再相见也不知道要到哪天，词人最终只能以"举大白，听金缕"来排解忧愤了。

虽因词受累，但张元幹的这首《贺新郎》传唱甚广，就连民间的垂髫儿童都能唱上几句，在当时很有影响。

贺新郎·寄李伯纪丞相

曳杖危楼去。斗①垂天、沧波万顷，月流烟渚。扫尽浮云风不定，未放扁舟夜渡。宿雁落、寒芦深处。怅望关河空吊影，正人间、鼻息鸣鼍鼓②。谁伴我，醉中舞？

十年一梦扬州路。倚高寒、愁生故国，气吞骄虏③。要斩楼兰三尺剑，遗恨琵琶旧语④。谩⑤暗涩⑥、铜华⑦尘土。唤取谪仙⑧平章⑨看，过苕溪、尚许垂纶⑩否？风浩荡，欲飞举。

【词译】

拄着手杖，登上高楼。天上北斗星低垂，一闪一闪俯瞰着大地；楼下万顷江水，在夜色里泛着青色波光；月光笼罩着江中烟雾迷漫的小岛。江风呼啸，天边的浮云早被吹得不见踪影；江水翻涌，更无人在夜里乘舟渡江，只有过夜的鸿雁陆续飞落

注

① 斗：指北斗星。

② 鼍鼓：用鼍皮蒙制的鼓，鼓声亦如鼍鸣。鼍，音"驼"，即扬子鳄。

③ 骄虏：代指金兵。

④ 琵琶旧语：代指汉代王昭君的琵琶曲《昭君怨》。

⑤ 谩：徒，空。

⑥ 暗涩：形容宝剑上布满铜锈。

⑦ 铜华：铜花，指铜锈。

⑧ 谪仙：这里指代李纲，即词题中的李伯纪。

⑨ 平章：宋时官名，位及宰相或之上，即词题中所言丞相。

⑩ 垂纶：即垂钓。纶，垂钓用的丝线。

在寒风吹动的芦苇深处。我放眼远眺，却看不清破碎的山河是何模样，不由心生惆怅，只能在此空吊形影。正是夜深时候，世间的人们早就鼾声如雷，还有谁能陪我趁着醉意起舞呢？

十年前扬州被焚仿佛还在眼前，如今收复失地似乎也只是我的梦想。倚在高楼之上，但觉寒意阵阵袭来，心里为失陷的国土忧愁，恨不得一口气吞下骄横的金兵。丞相啊，千万别让手中宝剑白白生锈，像尘土般毫无用处，要用那三尺长剑斩下金兵统领的头颅，而不是像王昭君出塞般留下悔恨。不知道丞相大人如何看待那些垂钓隐居的人？总之我不会借此逃避现实。大风起兮云飞扬，我定要凭风飞举，气冲云霄！

【评析】

李纲，字伯纪，南宋初期抗金名臣。1127 年，高宗赵构即位建立南宋，起用李纲为宰相。李纲坚决抗金，张元幹追随左右。但高宗执意求和，李纲频遭主和派打击排挤，仅 75 天就被罢相，随即主战派屡遭迫害，仁人志士只好退隐山林。1138 年，秦桧等谋划向金国求和纳贡，李纲激烈反对，张元幹得知后写了这首《贺新郎》表达支持之意。

上阕写词人登高览景，发众睡独醒之感慨。"曳杖危楼去"为总起句，交代事由。"斗垂天、沧波万顷，月流烟渚。扫尽浮云风不定，未放扁舟夜渡。宿雁落、寒芦深处"几句皆为写景。空间层次极为多变，从天际、江水至江中小岛，又从江风、江面至岸边芦苇，意境辽阔深远，好似一幅水墨画。"怅望关河空吊影，正人间、鼻息鸣鼍鼓。谁伴我，醉中舞"几句抒发词人心中感慨。"怅"字奠定情感基调，一"怅"万里河山破碎，收复无望；二"怅"众人皆睡我独醒，喻求和之辈只顾眼前苟安，只有自己还想着重拾山河；三"怅"仁人志士遭遇迫害，四处散落，无人诉说心中壮志。"谁伴我，醉中舞"运用东晋将领祖逖与其好友刘琨一起闻鸡起舞的典故，喻指词人与李纲志同道合，但却天各一方。

下阕转入寄李纲的题旨，表达了对朝廷议和的不满以及期望李纲重振士气的拳拳心意。"十年一梦扬州路"化用自杜牧"十年一觉扬州梦"，指的是十年前即 1128 年金兵进犯扬州（当时为南宋行都），南宋小朝廷匆匆逃离，昔日的繁华行都转眼成为一片焦土。这一句犹言词人十年来时时梦想收复扬州之意。"倚高寒、愁生故国，气吞骄虏"承上阕"危楼去"，远眺山河破碎的中原大地，词人心生愁绪，但雄心不灭，仍旧想"气吞骄虏"。"要斩楼兰三尺剑，遗恨琵琶旧语。谩暗涩、铜华尘土"几句则是勉励李纲重振士气，坚决将抗金进行到底。"要斩楼兰"句出自西汉傅介子出使西域斩杀楼兰王的典故，"琵琶旧语"则出自汉代昭君出塞的故事，昭君善弹琵琶，有乐曲《琵琶怨》，谓对金求和将遗恨千古。"谩暗涩、铜华尘土"两句一则劝慰李纲莫要消沉，空仗长剑；二则以蒙锈宝剑暗喻被排挤迫害的爱国将士。"唤取谪仙平章看，过苕溪、尚许垂纶否"三句用一个设问，看似在问李纲对垂钓隐居的看法，实则是为词末"风浩荡，欲飞举"做铺垫。"谪仙"是唐代大诗人李白的别称，用在这里表达了词人对李纲的尊崇之情。在词人看来，即便是局面已经十分不利，但退隐并非是仁人志士应走之路，而应该面对狂风，胸怀壮志，直上九天。词人借此表达了坚持主战的决心，对李纲表达了最大的支持。这也是全词的主旨所在。

石州慢·己酉秋吴兴舟中作

雨急云飞，惊散暮鸦，微弄凉月。谁家疏柳低迷^①，几点流萤明灭。夜帆风驶，满湖烟水苍茫，菰蒲零乱秋声咽^②。梦断酒醒时，倚危樯^③清绝。

心折^④。长庚^⑤光怒，群盗纵横，逆胡^⑥猖獗。欲挽天河^⑦，一洗

注

① 低迷：迷离，迷蒙，迷糊不清。

② 菰蒲零乱秋声咽：秋风吹着杂乱的茭白和蒲柳，发出悲戚的声音。菰，即"茭白"；蒲，蒲柳，即水杨。

③ 危樯：指船上高高的桅杆。

④ 心折：心折断了，比喻伤心欲绝。

⑤ 长庚：金星的别称。

⑥ 逆胡：指侵宋的金兵。金为女真族所建，古时泛称北方游牧民族为胡人。

⑦ 天河：指银河。

中原膏血。两宫①何处？塞垣②只隔长江，唾壶空击悲歌缺。万里想龙沙③，泣孤臣④吴越⑤。

【词译】

夜来天气突变，陡然下起一阵急雨，惊散了一群栖聚的乌鸦；雨过后风吹云动，清冷的月光穿破云层照在湖面上。秋风吹着小船行驶在烟波浩渺之中，岸边掠过几棵模糊不清的柳树，有萤火虫星星点点在其间起舞，零乱的茭白和蒲柳在风中发出瑟瑟的声响。我从醉梦中醒来，靠着高高的桅杆，哀叹眼前这凄清的景象。

真是伤心欲绝啊！天上主兵戈的太白金星发出怒光，金兵在我中原大地烧杀抢掠，胡作非为。我真想引银河之水，尽灭金兵，洗清中原大地的斑斑血迹！不过隔着一条长江，却无法收回自己的国土，两位陛下还被囚禁在万里之外的北方，怎不能让我此时此地呜咽悲泣？

【评析】

1129年，即词题中的己酉年，金兵南下围攻行都扬州，南宋小朝廷狼狈南渡，逃往临安（今浙江杭州），长江以北皆沦陷敌手。张元幹也不得不南行避祸，于吴兴（今浙江湖州）乘舟时作此词。全词哀戚悲凉，反映了词人对当时金兵侵宋朝廷无用一再脱逃的愤怒和无奈之情。

上阕写悲凉之景，景由心生，景乃词人悲凉心境的反射。"雨急云飞，惊散暮鸦，微弄凉月"写急雨过后，月光照在湖面的景象，为下文词人所见埋下伏笔。此情此景与词人逃避战火得到暂时的宁静相互映衬。"谁家疏柳低迷，几点流萤明灭。夜帆风驶，满湖烟水苍茫，菰蒲零乱秋声咽"，月光下，词人模糊可见湖面景

注

① 两宫：指宋徽宗和宋钦宗，靖康之乱时被金兵掳走。

② 塞垣：边界。

③ 龙沙：沙漠，指北方塞外，因宋徽宗、宋钦宗被囚禁在此处，故称"龙沙"。

④ 孤臣：作者自称。

⑤ 吴越：古代国名，在今江苏、浙江一带。这里泛指南方。

象，"低迷""明灭""苍茫""零乱""咽"等语，皆是悲凉意象，反复凸显此词的感情基调。"几点流萤明灭"应是受孙光宪"泛流萤，明又灭"的影响。"梦断酒醒时，倚危樯清绝"两句为倒叙，词人应是醉醒过后在船上看到以上的景象，"清绝"言景象凄清至极。

下阕抒哀戚之意，由景生情，情乃山河俱毁下词人的悲愤之意。"心折"二字领"长庚光怒，群盗纵横，逆胡猖獗"几句，词人眼睁睁看着金兵侵犯国土，烧杀抢掠胡作非为，中原大地满目疮痍景象，而自己报国无门，朝廷一味仓惶逃窜，内忧外患之下，一颗爱国之心伤心欲绝，悲愤中吼出"欲挽天河，一洗中原膏血"的心声，一心想的是击退金兵，收复失地。"长庚"乃金星别称，古人认为金星主兵戈之事；"欲挽天河"化用自唐代诗人杜甫《洗兵马》句："安得壮士挽天河，净洗甲兵长不用。""两宫何处？塞垣只隔长江，唾壶空击悲歌缺"尽发词人抗金不成的悲愤之感。"两宫何处"犹言靖康之耻。1127年即靖康年间，金兵攻破北宋都城汴京（今河南开封），掳走宋徽宗、宋钦宗两帝及一干皇族朝臣。之后，南宋建立，屈辱求和，与金隔江而治。词人想到前耻未雪，朝廷却偏安长江之南，毫无复国之心，心中悲愤无可发泄，只好"唾壶空击悲歌缺"。"唾壶"出自东晋王敦典故。王敦酒后用铁如意击打唾壶，边打边歌曹操《龟虽寿》中的诗句的"老骥伏枥，志在千里。烈士暮年，壮心不已"，借此抒发壮志难酬之慨，唾壶壶口每每被打得都是缺口。这里指代词人抗金之志难酬，一腔悲愤难忍。最后以"万里想龙沙，泣孤臣吴越"总结全词，亦为全词题旨。词人怀抱收复失地的理想，但身为"孤臣"，即被排挤的孤立之臣，自然无法实现理想，只有为国泣下，感情色彩极为愤慨。

水调歌头·追和

举手钓鳌客^①，削迹^②种瓜侯^③。重来吴会^④，三伏^⑤行见五湖^⑥秋。耳畔风波摇荡，身外功名飘忽，何路射旄头^⑦？孤负^⑧男儿志，怅望故园愁。

梦中原，挥老泪，遍南州^⑨。元龙湖海豪气，百尺卧高楼。短发霜粘两鬓，清夜^⑩盆倾一雨，喜听瓦鸣沟^⑪。犹有壮心在，付与百川流。

【词译】

我曾经胸怀壮志，一心想要收复中原，如今却销声匿迹，隐居在田园中间。暑

注

① 钓鳌客：比喻举止豪迈或志向远大。传说渤海之东有五座山，虽海潮漂浮不定，天帝令十五只巨鳌轮番用头顶住五座山使之不动。而龙伯之国有位巨人，几步跨到五山，一次就钓起六只巨鳌。

② 削迹：消踪匿迹，隐居之意。

③ 种瓜侯：指秦朝东陵侯邵平，秦亡后隐居城东种瓜为生。

④ 吴会：指吴县一带，位于今江苏苏州市内。

⑤ 三伏：初伏、中伏和末伏的统称，为一年中最热的时节。

⑥ 五湖：指太湖。

⑦ 旄头：星名，即昴星，古代认为是胡星。这里代指金兵。

⑧ 孤负：即辜负。

⑨ 南州：即南方。

⑩ 清夜：清静的夜晚。

⑪ 瓦沟鸣：即瓦鸣沟，急雨打在屋顶瓦沟上的声音。

气将消的时节重游吴县，应该能欣赏到太湖美丽的秋日风光吧。但觉耳边摇荡着风波之声，功名飘忽，迟迟未成，不知何日才能击退金兵。可叹我已是垂老之年，辜负了年轻时的远大志向，只能惆怅得远望故土暗生愁绪。

我无时无刻不牵挂着饱受金兵侵袭的中原大地，在长江之南老泪纵横。我如陈元龙般怀有天下之志，志高只在百尺楼之上。虽说我发已稀疏，头生银丝，最喜听的仍是静夜里倾盆大雨打在屋顶瓦沟的哗啦脆响，气势十足。可叹我雄心壮志犹在，却施展无门，只能将它付与流水，任其白白东流！

【评析】

张元幹因胡铨案被捕入狱，出狱后已是一介平民，只有浪迹江湖。这首《水调歌头》作于其去官二十年后重游吴县之时，当时他已是一名年近古稀的老人，全词塑造了一位江湖浪子形象，描写了远望中原故土时的惆怅心境，表达了词人"老骥伏枥，志在千里"而空有抱负无处施展的复杂心情。

起句"举手钓鳌客，削迹种瓜侯"写词人不羁的江湖生活。"钓鳌客""种瓜侯"皆用古人典故，借古人自比，表明自己的隐居状态。在这一大背景下，词人在夏天将尽之时重游吴会，想一览太湖的秋日风光，即"重来吴会，三伏行见五湖秋"。不过，词人从始至终都没有忘却收复山河的梦想，对南宋小朝廷苟存现实充满愤激之情，故而有"耳畔风波摇荡，身外功名飘忽，何路射旄头"的慨叹。"功名"一词非是人们惯常以为的功名利禄，就南宋爱国词人而言，"功名"专指收复中原之事。金兵一日不退，功名一日不成，因此词人言"孤负男儿志，怅望故园愁"，反映了壮志未酬下远望故土时的复杂心境。

"梦中原，挥老泪，遍南州"运用了夸张的艺术手法。"梦中原"而"挥老泪"是词人对中原未复的悲叹，但"挥老泪"而"遍南州"是不可能的。但这一夸张却恰到好处，形象地表现了词人无时无刻不牵挂中原的爱国情操。"元龙湖海豪气，百尺卧高楼"均为用典。东汉末年谋士许汜拜访陈登（字元龙），许汜只说一些田地房舍话题，陈登根本不搭理他，自己在高床而卧，任客人坐在下床。许汜就对刘备说："陈元龙湖海之士，豪气不除。"刘备知道以后就说："你只谈一下天地房舍的小事，胸无大志，元龙当然不理你。要是我，肯定去百尺楼上高卧，让你睡在地下！"两句皆为表达词人心怀天下，壮志未酬之意。下三句"短发霜粘两鬓，清夜盆倾一雨，喜听瓦鸣沟"仍言老有壮心之意，词人虽白发鬓鬓，但却喜听气势十足且轰响如兵戈之声的倾盆大雨声。词末"犹有壮心在，付与百川流"言词人空有壮心，却无处施展，只能任其白白消磨，其间的无奈与悲愤令人玩味。

作为一名爱国词人，张元幹的词作紧贴现实，慷慨激昂，境界极为开阔。明末文学家毛晋评论其词"长于悲愤"，尤以两篇《贺新郎》为最。

周紫芝

（1082—1155）

字少隐，号竹坡居士，南宋文人。出身贫寒，读书勤奋，六十岁中进士，历任枢密院编修、右司员外郎等职，晚年隐居庐山。与李之仪、吕好问及秦桧等人交好，曾作诗逢迎秦桧。擅写诗，语言自然流畅；也擅写词，风格清丽，极少刻意雕琢的痕迹。作品存世颇丰，有《太仓稊米集》《竹坡诗话》《竹坡词》等。

临江仙·送光州曾使君

记得武陵①相见日，六年往事堪惊。回头双鬓已星星②。谁知江上酒，还与故人倾。

铁马红旗寒日暮，使君③犹寄边城。只愁飞诏下青冥④。不应⑤霜塞晚，横槊⑥看诗成。

【词译】

还记得武陵与你相会时那些快乐美好的时光，终日赋诗作对、把酒高歌，哪知如今再见面已经过去六年岁月了。这六年里，你我各自在人海中浮沉，饱经风雨，

注
① 武陵：地名，今位于湖南省常德市中部。
② 星星：形容头发花白的样子。
③ 使君：汉唐以来，称州郡的长官为使君。这里指此题中的曾使君。
④ 青冥：青天。
⑤ 不应：不顾。
⑥ 槊：古代的一种兵器，形似矛。

相对时惊觉彼此的鬓发早已花白。只是相聚的时光如此短暂，今天又在江边为你送行，斟上一杯好酒，祝你一路顺风直到光州。

我虽未见过你纵马驰骋的英姿，但也能想象寒冷的傍晚，你率领军士们金戈铁马，踏尘飞奔的雄壮景象。别人都苦于边城难留，你却担心朝廷下旨把你调离。夜色降临，你丝毫不顾边塞寒霜满地，反而豪性大发，又是赋诗又是舞槊，正是一名守边护防的好男儿、真英雄！

【评析】

送别词中，周紫芝的这首《临江仙》很有一些特色，离愁惜别表现得较少，反而是英雄豪气笔墨浓厚，赞美了曾使君到达光州后文韬武略的生活，充分表达了词人对友人的深切情意及殷切期待。

上阕写惜惜送别的场景，却别出心裁地从六年前的往事写起。"记得武陵相见日，六年往事堪惊"两句虽短，但沧桑悲凉感甚浓。开头的"记得"将词人的思绪带回到六年前的记忆当中，但词人并未对往事进行过多描述，只是以"相见日"概括，虽然简洁，但其中包含的种种意味引人联想。相见之时两人做了什么，是何心情，有无约定，是怎样快乐……这些都在"相见日"中得以体会。从那次相聚后，词人与友人就分开了，"六年往事堪惊"，一个"堪惊"又令人浮想联翩。六年中，两人经历了些什么，为何是"堪惊"？一句话就将人生各种伤痛悲苦、岁月风霜全部囊括，到最后都是不堪回首。"回头双鬓已星星"改换了空间，词人从过去回到了现实。六年后两人再见，都已经是头发花白，其中生活的艰辛不言而喻。好不容易再见面，词人自然想与友人抵足而谈，各诉心事，谁知道却又要匆匆作别。"谁知江上酒，还与故人倾"，"谁知"和"还与"的前后呼应，传神地表达出了词人对友人的离别毫无心理准备却只能与他依依惜别的心情。

下阕塑造了一位金戈铁马、文韬武略的边城地方官形象，既是词人对友人的赞美，也是词人对友人的期待。"铁马红旗寒日暮，使君犹寄边城"描绘了一幅雄壮辽阔的画面：冬天的傍晚，边城寒冷而萧索，只听得一阵马蹄踏过，红旗飘扬，兵士们个个意气高昂。使君单枪匹马冲在最前，何其英豪！一般来说，写到边塞生活，多数词人笔下流淌的是征戍之苦，盼望归去。但这一首却很不相同，在词人的想象中，友人无比热爱雄壮的军旅生活，根本不想回去，"只愁飞诏下青冥"。为什么不愿回去呢？词人在最后表达了友人的豪情壮志："不应霜塞晚，横槊看诗成。"横槊看诗，出自曹操父子的典故。唐朝诗人元稹曾赞叹"曹氏父子鞍马间为文，往往横槊赋诗"，后世多用来称赞人的文武双全。实际上，整个下阕都是词人的想象，他借这一英雄形象的塑造，表达了期待友人在边城施展才华、建功立业的拳拳情意。

韩元吉

（1118—1187）

字无咎，南宋词人。出身名门，因之入仕，历任吏部尚书、礼部尚书等职，获封颍川郡公。晚年隐退于信州南涧（今江西上饶市内），自号南涧翁。与陆游、辛弃疾、陈亮等爱国志士交好，词风雄壮浑厚，陆游赞其"落笔天成，不事雕镂。如先秦书，气充立足"，现存词八十余首。

霜天晓角·题采石蛾眉亭

倚天①绝壁，直下江千尺。天际两蛾凝黛②，愁与恨③，几时极④！

暮潮风正急，酒阑⑤闻塞笛⑥。试问谪仙⑦何处？青山外⑧，远烟碧。

【词译】

蛾眉亭高高立在陡峭的绝壁之上，背倚万里高空，距离江面有千尺之遥。远望天际，长江两岸的远山好似美人的两弯黛眉，愁眉深锁，仿佛有无穷的哀怨，不知

注

① 倚天：一作"倚空"。

② 两蛾凝黛：把长江两岸相对的山比作美人的黛青色蛾眉。

③ 愁与恨：言美人蛾眉深锁时哀怨的样子。

④ 极：穷尽，消失。

⑤ 酒阑：谓酒筵将尽。

⑥ 塞笛：边塞的笛声。

⑦ 谪仙：指代唐朝大诗人李白。

⑧ 青山外：李白墓位于当涂东南青山西麓，此处以青山外代李白归处。

道什么时候才能消除！

　　傍晚时分，江上疾风阵阵，潮水波涛翻涌。酒筵将尽之际，风中隐约传来哀厉的笛声。想问一声诗仙李白现在何处？也只能到到远方烟雨朦胧的青山之外去寻找了。

【评析】

　　此词可能为1164年闰十一月韩元吉以新鄱阳太守的身份赴镇江看望母亲，途经采石矶时所作。当时金兵南侵，宋朝廷应战无力，唯有筹谋求和。同年十二月，宋金签《隆兴和议》，割让秦州及商州。此词即作于金兵侵宋后、辱国条约签订前。

　　词题中的蛾眉亭位于安徽当涂，依牛渚山而立，因前有东、西梁山隔江相对如蛾眉而得名。牛渚山山势险要，其山麓突入长江之处名采石矶，是古代南来北往的重要渡口，为兵家必争之地。蛾眉亭便是建在采石矶之上。这首小令即写词人登蛾眉亭所见所感，含蓄表达了词人对国之将亡的无尽遗恨。

　　开篇"倚天绝壁，直下江千尺"气势陡出，以天空与江水为参照，描写蛾眉亭的高绝之态。前者为仰视，词人立于蛾眉亭，仰观牛渚山悬崖峭壁，好似倚着万里高空；后者为俯望，写蛾眉亭凌空居于江面之上，事实上采石矶不过百十米之高，这里是夸张之语。"天际两蛾凝黛，愁与恨，几时极"，随后词人改变视线，抬头远眺，远方烟水朦胧，两座梁山隔江相望，好似美人两弯深锁蛾眉。词人见了，心中愁绪顿生，只觉这眉间怨恨无穷无尽。这几句虽说是写景，实质上是词人一腔忧国忧民之情难以排解的反映，是词人将自己的主观感受依附到客观物体之上。韩元吉作此词时，南宋屡遭金兵侵袭，应战失败后正谋划着向金求和。韩元吉虽一贯主张收复中原，但面对朝廷抵抗无力的局面，其心中无奈、忧愁及愤恨之情可想而知。"几时极"则表达了"愁与恨"的深度和广度，诉说着词人的茫茫思绪。

　　下阕"暮潮风正急，酒阑闻塞笛"交代时间及事件，借景物描写暗示国事的紧急形势。"暮潮风正急"言傍晚时分风起潮涌，实则暗喻南宋王朝正处于风雨飘摇之中，这在"酒阑闻塞笛"句中有直接描述。词人在酒筵将尽之时，听到的竟然是边塞里的笛声，一方面暗喻战争随时爆发，另一方面表达对胜利的渴求。因为三年前（1161年）抗金名将虞允文曾在这里大败过金军。这里的"塞笛"应为想象，不过将之作为实写也未尝不可，因为采石矶本身就是军事要塞。紧接着词人念头一转，想到了诗仙李白。"试问谪仙何处？青山外，远烟碧"既是实写，也是虚写。李白胸怀政治抱负，但并未实现，晚年长居当涂，死后葬于当涂东南青山下；但这里词人实际上是借描写一种烟雨朦胧、虚无缥缈的场景来表达自身茫然无绪的思想感情，即在当时的政治环境下，词人对抗金复国的一种苍茫无望的心情。

这首《霜天晓角》词虽短小，但蕴含的思想情感极为厚重广漠，被认为是词坛上最佳的一篇题蛾眉亭之作。

袁去华

（生卒年不详）

字宣卿，宋代爱国词人。进士及第，曾担任善化（今湖南长沙）和石首（今湖北境内）知县。擅写歌词，曾经得张孝祥称赞。著有《适斋类稿》《袁宣卿词》《文献通考》。现存词九十余首，其中描写离情别绪的作品词风哀婉凄凉，表现壮志难酬的作品则词风慷慨悲壮。

水调歌头 · 定王台

雄跨洞庭野，楚望①古湘州。何王台殿，危基百尺自西刘②。尚想霓裳③千骑，依约入云歌吹，屈指几经秋。叹息繁华地，兴废两悠悠。

登临处，乔木老，大江流。书生报国无地，空白九分头。一夜寒生关塞，万里云埋陵阙，耿耿④恨难休。徙倚⑤霜风里，落日伴人愁。

【词译】

定王台高踞洞庭湖畔，正处在楚地望郡湘州界内。台殿高达百尺，气势雄壮，是西汉定王刘发所建。想当年这里一派繁华模样：旌旗如云，上百上千的随侍簇拥

注

① 楚望：指湘州是楚地有名望的郡邑。

② 西刘：指建造定王台的汉景帝之子定王刘发。

③ 霓裳：借指云雾、云气。裳，音"长"，有光明之意。

④ 耿耿：形容有心事，心中不能安宁。

⑤ 徙倚：徘徊，来回地走。

着定王纵情取乐，丝弦管竹奏出美妙音乐，婉转的歌声响彻云霄，谁料到不过几年，也是风光不再，一片荒芜。可叹繁华鼎盛，不过是过眼烟云，转瞬即逝。

我登上高台远望，但见满目树木朽老，江水东流不息。想我不过一名书生，空有报国之心却无处施展，眼睁睁看光阴流逝，白发渐染。一夜之间边塞生乱，金兵的铁蹄践踏中原大地，连皇室祖宗的陵阙都沦亡在敌军的兵戈之下，一想起来我就满腹恨意，难以平息。无奈啊，我在萧索的秋风中徘徊在定王台上，望着渐渐西沉的太阳生起愁绪。

【评析】

定王台位于今湖南长沙市东，相传是汉景帝之子长沙定王刘发所建，用以寄托对母亲的思念之情。这首词便是词人登定王台后所作，通过描写登定王台的所见所感所想，反映了词人忧国忧民的爱国之心。

上阕怀古。开篇"雄跨洞庭野，楚望古湘州"交代了定王台的位置：前者为地理环境，凌空横跨于洞庭湖畔，遥望万里洞庭旷野；后者为历史环境，所处地区为自古以来楚地的名望郡邑。两者纵横时间与空间，为定王台展开了一个极为广阔深远的时空背景。"何王台殿，危基百尺自西刘"交代了定王台的来历，是汉景帝之子长沙定王所建。西汉"文景之治"后期，社会变得稳定富裕，国家繁荣昌盛，是以词人有"尚想霓裳千骑，依约入云歌吹"的联想。随侍如云，歌入云霄，这两句写的皆为当时的繁华景象。但是随着时间流逝，那些繁华之象恰如过眼云烟，到了词人登临台殿之时，定王台早就是荒烟蔓草了，因而发出"屈指几经秋。叹息繁华地，兴废两悠悠"的感慨，正所谓历史风云变幻，朝代兴废更迭。

下阕伤今。"登临处，乔木老，大江流"写词人登上定王台看到的景象，"乔木老，大江流"承上阕"兴废"之意，犹言时间不会为谁停留，岁月短暂，人生易老。有了这样的情感基调，随后的"书生报国无地，空白九分头"自然而然就水到渠成。这两句抒发了词人身为文人书生，空有一腔热血却报国无门的愤慨之情，最后只能眼睁睁看着年华老去，白白浪费时光。"一夜寒生关塞，万里云埋陵阙"两句说的应是北宋末年金兵入侵之事。赵氏皇陵位于开封以西，北宋灭亡后，金兵占领长江以北地区，北宋都城与皇陵皆沦陷，故称"埋陵阙"。北宋亡后，南宋小朝廷建立，但面对金兵步步退让，以上贡纳岁和对金称臣换得苟且偷生。词人胸怀抗金理想，面对随时有覆国危险却抵抗无力的南宋王朝，心中既担忧又愤恨，且是"耿耿恨难休"。"难休"两字形象表明了词人绵绵不绝的忧国之情。词末"徙倚霜风里，落日伴人愁"两句，将读者从词人的思绪中重新带回现实场景，再次回到定王台这一词题。萧索的秋风和西沉的落日更让他愁上加愁。

全词气象雄浑，慷慨悲壮，是一首怀古情与爱国情兼具的豪放风词作。

陆 游

（1125—1210）

字务观，号放翁，南宋爱国诗人。生于名门世家，自幼聪慧过人，年逾三十方入仕，曾任敕令所删定官、隆兴府通判等职。毕生坚持抗金，年近五十而投身军旅。诗词文成就俱高，一生著作丰富，以诗歌为最，存诗九万三千多首，为文学史上存诗最多的诗人。词作存世一百四十余首，风格多样。但作为"辛派词人"的中坚人物，最具代表性的应为书写壮志未酬、饱含爱国深情的词作，词风雄浑奔放，慷慨悲凉。

秋波媚·七月十六日晚登高兴亭望长安南山

秋到边城^①角声^②哀，烽火^③照高台^④。悲歌击筑^⑤，凭高酹^⑥酒，此兴悠哉。

多情谁似南山月，特地暮云开。灞桥^⑦烟柳，曲江^⑧池馆，应待人来。

注

① 边城：指南宋抗金前线南郑（今陕西辖内），当时词人正在南郑任上。

② 角声：画角之声，古时军中吹角声以为昏明之节。

③ 烽火：古时军中重要通讯手段，于高处建烽火台，以不同燃火放烟方式表示有无敌情。这里指无敌情的平安烽火。

④ 高台：指词题中的高兴亭，位于南郑内城西北，正对当时沦陷的长安（今西安城的旧称）南山。

⑤ 筑：古代一种乐器。

⑥ 酹：音"类"，把酒洒在地上表示祭奠或起誓。

⑦ 灞桥：位于今陕西西安城东。唐代时在桥上设驿站，送别亲友多在这里分手，折柳赠别。

⑧ 曲江：位于今陕西西安东南。唐代为皇家园林所在地。

【词译】

萧瑟的秋风吹遍了边城，落日西沉，军营里吹响了哀厉的画角之声。夜幕下，平安烽火熊熊燃起，明亮的火光映照着高兴亭。我在亭上击筑高歌，将杯中美酒洒下高台，发誓要收复沦陷的国土。无限的兴致由此而发。

看那南山山头挂着的明月，还有谁像她那么多情，特意为我推开层层叠叠的暮云。遥望南山之下，仿佛看见那灞桥边依依而立的如烟翠柳，还有那曲江池畔美丽的亭台楼阁。此时此刻它们应该是静静沐浴在月光之下，只等着我们去收复失地，重回故土吧。

【评析】

1171 年，年近五十的陆游投笔从戎，加入四川宣抚使王炎麾下担任干办公事，驻军南郑。南郑位于今陕西西南边陲，是当时南宋抗金前线的军事重镇。七月十六晚，陆游登上南郑内城上的高兴亭，凭亭远眺时为金国占领区的长安，收复国土的豪情壮志油然而发，写下这首饱含爱国感情与乐观精神的小令。

开篇"秋到边城角声哀，烽火照高台"传神地描绘出一种悲壮雄浑的战争氛围。萧瑟的秋风下，落日西沉，军营里吹响哀厉的号角声，烽火的光焰映照在高台之上。词人简练地用"秋""边城""角声""烽火"等特征景物勾勒出了边陲要塞的苍凉景象。在这一广阔的背景之下，词人夜登高台，"悲歌击筑，凭高醉酒，此兴悠哉"。"悲歌击筑"典出西汉司马迁《史记·刺客列传》，战国时荆轲受托于燕太子丹，入秦刺杀嬴政，众人送别于易水，高渐离击筑，荆轲歌"风萧萧兮易水寒，壮士一去兮不复还"而去。词人用这一典故表明了自己誓死要收复国土的决心。有了这一决心，词人于是"凭高醉酒"，以酒祭奠为国捐躯的将士，更重要的是词人想以此预祝战争胜利，这种乐观精神在南宋爱国词人当中并不多见，因而才会有"此兴悠哉"之语。上阕由"哀"到"悲"再到"兴"，反映了词人的复国壮志和乐观主义精神。

下阕以大胆的想象和拟人化的手法描写长安之景，抒发了词人对胜利的渴望之情。"多情谁似南山月，特地暮云开"以拟人手法摹写月亮，颇具浪漫情调。南山位于长安城南，夜空月亮低垂，好似挂在南山山头。词人远眺之下，头脑之中涌动起浪漫因子，觉得"多情"的月亮正为他"特地"将暮云推开，好让月光更亮地照在长安城上。皎洁的光辉之下，词人展开了大胆的想象，豪迈地抒发了"灞桥烟柳，曲江池馆，应待人来"的志向。灞桥和曲江皆为长安城极具代表性的景观胜地，词人借此指代整个长安，亦即长安正在月光下静静等待宋朝大军的到来，充分表现了词人对抗金战争前景的信心。一个"应"字尤显信心之强，气概之豪。

全词结构清晰，语言精练，情感转换自然，浪漫奔放，是南宋爱国词作当中少有的一首充满抗金胜利信心的乐观主义作品。

汉宫春·初自南郑来成都作

羽箭①雕弓②，忆呼鹰③古垒④，截虎平川⑤。吹笳暮归野帐⑥，雪压青毡。淋漓醉墨⑦，看龙蛇⑧飞落蛮笺⑨。人误许⑩、诗情将略⑪，一时才气超然。

何事又作南来，看重阳药市⑫，元夕灯山⑬？花时万人乐处，敧

注

① 羽箭：尾部缀鸟羽的箭。

② 雕弓：刻绘花纹的弓。

③ 呼鹰、截虎：皆指行猎之事。

④ 古垒：古代的堡垒。

⑤ 平川：平地。

⑥ 野帐、青毡：皆指用于野外的帐幕。

⑦ 淋漓醉墨：趁着醉意挥毫，写得淋漓尽致的样子。

⑧ 龙蛇：形容书法笔势的蜿蜒盘曲。

⑨ 蛮笺：指古代四川产的彩色笺纸。

⑩ 许：赞许、称许。

⑪ 诗情将略：作诗的才能和用兵的谋略，意指文武双全。

⑫ 重阳药市：南宋时成都每年九月九日重阳节有专门买卖中草药的"药市"。

⑬ 灯山：指把无数的花灯叠加成山形。

帽垂鞭^①。闻歌感旧，尚时时流涕尊^②前。君记取、封侯事在。功名不信由天^③。

【词译】

我是多么怀念在南郑时的军旅生活啊！身背弓箭，呼鹰逐猎，跑马于古垒与平地之间，豪气大发之下能一箭射死老虎。等到傍晚时分，吹着胡笳回到驻帐之地，但见皑皑白雪覆盖在青毡帐上。夜间在帐中豪饮，趁着酒兴笔走龙蛇，挥毫不止，任淋漓尽致地浸染在彩笺之上，得众人谬赞文武双全，一时间自觉才气超然。

谁料到军中生活如此短暂，如今离开了南郑，来到这市井繁华的成都。九月九日重阳药市，元宵之灯堆积如山，众人只管在花丛之中取乐，骑马缓行，帽子歪斜，哪有一点复国的壮志雄心？每每听到城中响起的歌舞之声，我总会想到万里之外艰苦的边关，不由举着酒杯流下眼泪。但我相信，收复国土不是由天意决定的，只要坚持抗金大业，总有成功的那一天！

【评析】

陆游1171年在南郑渡过的军旅生活不到一年，十分短暂，却给他留下了难以磨灭的记忆，在其后半生的诗词作品中多有反映。由于朝廷放弃了北伐复国计划，陆游从南郑撤回，于1172年就任成都府路安抚司参议官一职。这首词即作于陆游成都任上，上阕回忆了令他难忘的军旅生活，下阕描写了他在成都所见行乐景象，通过上下阕之间的对比，表达了词人对人们沉迷于眼前安乐生活的担忧以及自己对收复河山的坚定信念。

上阕为南郑生活的回忆。"羽箭雕弓，忆呼鹰古垒，截虎平川"，开篇即气场十足，描写了一幅马踏飞尘，追逐行猎的场景。词人身背弓箭，手擎苍鹰，与将士们

注

① 敧帽垂鞭：帽子歪戴着，骑马缓行不用鞭打，形容闲散逍遥。敧帽，指歪戴着帽子；敧，歪戴。

② 尊：通"樽"，古代盛酒的器具。

③ 不信由天：不相信要由天意决定。

策马在古垒与平川之间飞奔，遇猛虎则搭弓射箭，何其豪迈，何其雄壮！等到了傍晚，词人一行则吹笳而归，回到军营当中。"吹笳暮归野帐，雪压青毡"两句写出了边关军营的艰苦生活环境，大雪纷飞，青毡制成的军帐想必寒冷非常。但词人却不以为苦，反而"淋漓醉墨，看龙蛇飞落蛮笺"，一名豪情勃发的文武双全爱国志士形象跃然纸上。词人对自己的这一形象显然也颇为自负，因而说是"人误许、诗情将略，一时才气超然"。所谓"误许"虽是自谦之词，不过结合当时主战派被排挤迫害的政治环境看，"误许"两字隐约有对南宋朝廷只知一味求和，从而埋没人才的指责。上阕笔意雄健，气势豪迈，感情悲壮，形式与内容融合得十分自然。

下阕则为词人在成都的所见所感。"何事又作南来，看重阳药市，元夕灯山？花时万人乐处，敧帽垂鞭"，这几句鲜明地传达出词人一种不甘与愤慨的心情。南宋朝廷不肯抗金，词人被迫离开南郑来到成都，一腔爱国壮志付诸东流，又目睹成都市井麻醉般的安乐生活，与南郑边塞将士们的艰苦生活一对比，自然生成许多不甘与愤慨。事实上，不管是"重阳药市"，还是"元夕灯山"，或者是"花时万人乐处"都只不过是成都百姓按照惯常的习俗在过日子罢了，词人对这些景象产生的不甘与愤慨其实都是对朝廷拒不抗金的投射罢了。"闻歌感旧，尚时时流涕尊前"，有了前文的两相对比，词人自然要为那些在边塞为国捐躯以及那些空有一腔爱国热血的将士们伤心流泪了。但是，词人是心性十分坚定之人，他并没有一味悲伤消沉，而是相信只要爱国将士们坚持下去，抗金大业总有成功胜利的那一天。"君记取、封侯事在"是以历史上那些成功击退异族侵略的事迹勉励自己，其中最知名的当属西汉班超弃文从武，痛击西域异族最后万里封侯之事。全词以"功名不信由天"结尾，表达了词人坚定的抗金信心和人定胜天的思想。所谓"功名"，在南宋爱国词人笔下专指抗金收复国土之事。

夜游宫·记梦寄师伯浑

雪晓①清笳②乱起，梦游处，不知何地。铁骑无声望似水③。想关河④：雁门⑤西，青海⑥际。

睡觉⑦寒灯里，漏声⑧断，月斜窗纸。自许封侯在万里⑨。有谁知，鬓虽残⑩，心未死。

【词译】

雪花飞舞的早晨，忽然听见四面八方有清冷的笳声响起。梦境里，我不知到了什么地方，竟好像回到了边关要塞，披着铁甲的将士们骑着战马轻快地疾行，泛着寒意的铁衣滚滚向前好似一片流水。看着眼前的场景，我不由想到了那被金人占领的雁门关和青海边境！

注

① 雪晓：下雪的早晨。

② 清笳：清冷的笳声。笳，古代北方民族的一种乐器，类似笛子。

③ 铁骑无声望似水：披着铁甲的骑兵悄然无声急行军，远望像一片流水。

④ 关河：边关、河防，即后文所说的雁门关和青海湖。

⑤ 雁门：雁门关，位于今山西省代县以北的雁门山上，是长城上的重要关隘。

⑥ 青海：青海湖，今青海省境内，为古代边防重点。

⑦ 睡觉：睡醒。觉，音"绝"。

⑧ 漏声：滴漏之声。古时以漏壶计时，铜制有孔，可以滴水或漏沙，有刻度标志计算时间。漏声停止，则一夜将尽。

⑨ 自许封侯在万里：用西汉班超"万里封侯"典故，这里是效仿班超之意。

⑩ 鬓虽残：谓衰老。

梦醒之时，残夜将尽，一盏灯火在寒风中晃动不停。铜漏的声音已经停了，晓月斜斜映照着窗纸，眼看天就要亮了。我看着晨光渐起，心中也变得亮堂起来，虽然时光无情地让我花白了头发，但我一腔报国之火从未熄灭，相信总有一天将士们能赶走金兵，收复中原失地！

【评析】

　　这是一首陆游寄送给友人师伯浑的书信词。1173 年，陆游自成都适犍为（今属四川乐山市），途经眉山与师伯浑相识，两人一见如故，陆游曾为其《师伯浑文集》作序。眉山别后两人仍常有诗书酬答往来，这首《夜游宫》即是词人寄送给师伯浑以倾吐心声之作。全词通过对边关梦境的描写，表达了词人时刻不忘收复失地及坚定的报国信念。

　　上片写梦境。"雪晓清笳乱起，梦游处，不知何地。铁骑无声望似水"写词人在梦中的所见所闻。"雪""笳""铁骑"都是极具代表特征的边关事物，传神地渲染了边塞风光和战争氛围。大雪纷飞，胡笳阵阵，整齐的骑兵无声行军前进，一种肃穆、苍茫的气氛浸透在字里行间，将读者吸引到词的意境中去。"铁骑无声望似水"运用了比喻的手法，极其形象。如此场景，自然让词人联想到了关防边境之地。"想关河：雁门西，青海际"，除了是对前文"不知何地"的自答之外，更多地表现了词人对国土沦陷的愤恨，雁门与青海皆是泛指被金人占领还未收复的北方领土。这也是为何词人"梦游"一说的由来。

　　下阕写词人收复故土的坚定决心。"睡觉寒灯里，漏声断，月斜窗纸"几句写词人梦醒之后的孤寂之感。这种孤寂之感承上阕而来，衬托了词人因坚持抗金而遭排挤不得重用的愁苦心境，梦境与现实的落差让他倍感孤寂。反过来说，词人之所以感觉环境孤寂，归根到底还是由他的心境决定的。但即使在遭遇了这样的现实打击，词人仍然不改抗金的信念，"自许封侯在万里"典出西汉班超逐西域驱胡虏进而封侯之事，反映了词人对收复失地的矢志不移。"有谁知，鬓虽残，心未死"以向友人倾诉的口吻表明了词人"烈士暮年，壮心不已"的爱国之志，既是对词题"寄师伯浑"的照应，同时表达了视对方为知音的挚友情谊，整个词情也一改失落凄凉之感，变得高扬激昂起来，可说是先抑后扬手法的高超运用。

诉衷情

当年万里觅封侯,匹马戍①梁州②。关河③梦断④何处?尘暗旧貂裘⑤。
胡⑥未灭,鬓先秋⑦,泪空流。此生谁料,心在天山⑧,身老沧州⑨。

【词译】

　　想当年我为了实现心中收复失地的抱负,一人一马只身奔赴万里之外的边关,驻守在抗金前线南郑。但如今我却只能在梦中回忆那峥嵘的边关岁月了,做梦做得多了,醒来的时候经常想不起来我到底身在何处,曾经在行军打仗时穿着的旧貂裘也早就落满了灰尘,变得黯淡无光。

　　还没有击败金兵,还没有收复中原,而我却已经是白发苍苍了。一想到此,我就心情沉重,忍不住流下滚滚热泪。然而又有什么用呢?谁能预料我这一生,本想要一心一意战斗在抗金前线,最后却隐居在家乡的河川边白白老去!

注

① 戍:防守。

② 梁州:古代九州之一,大致为陕西、四川、甘肃、青海一带。三国时始有行政区划意义的梁州,治所在陕西汉中南郑,即陆游从军时驻守之地。

③ 关河:关塞、河防,此处泛指汉中前线险要的地方。

④ 梦断:即梦醒。

⑤ 尘暗旧貂裘:倒装句,指貂皮裘上落满灰尘,使得颜色变得黯淡无光。

⑥ 胡:古代泛指西北少数民族。这里指金兵。

⑦ 鬓先秋:鬓发花白之意。

⑧ 天山:山名,位于今新疆。这里指南宋西北抗金前线。

⑨ 沧州:靠近水的地方,古时常用来泛指隐士居住之地。这里指词人的家乡绍兴。

【评析】

　　这首词是陆游晚年隐居在家乡山阴（今浙江绍兴）所作。词中回忆了陆游在抗金前线南郑渡过的一段最值得怀念的军旅岁月。通过过去与现在的对比，表达了词人请缨无路、报国无门的悲怆之情。全词风格苍凉悲壮，感情真挚沉郁，十分感人。

　　开篇两句"当年万里觅封侯，匹马戍梁州"写词人当年投笔从戎，只身奔赴边关的豪爽英姿，表现了他激昂的爱国热情。"当年"指的是1171年，词人受四川宣抚使王炎所邀，前往边陲要塞南郑，加入抗金前线，度过了一段令他难忘的军旅岁月。这也成为了他后半生词作中反复出现的咏叹题材。"万里觅封侯"取西汉班超事迹，写自己如班超一般的雄心壮志，"觅"字用得极为传神，将词人那种顾盼自雄的神态描写得栩栩如生。只可惜这段军中岁月只有短短八个月，同年十月，南宋朝廷否定了收复失地计划，调王炎回京，词人也只能黯然离开了南郑，从此告别了军中生活，故而有"关河梦断何处？尘暗旧貂裘"之叹。离开南郑之后，词人辗转于各地任上，只能在梦中实现自己的抗金大志。一个"暗"字生动表现了词人眼睁睁看着岁月流逝的无奈心情。

　　下阕开始，词人进一步描写现实与理想的落差，表达了词人壮志未酬、年已垂老的悲凉之情。"胡未灭，鬓先秋，泪空流"短促有力，勾勒出词人在仕途上不得志的一生，其中的悲愤、痛惜和无奈让人感同身受。一个"空"字说尽了词人内心对失地未收的失望和痛苦，同时表达出词人对南宋小朝廷苟且偷安的一种"哀其不幸怒其不争"的复杂感情。"此生谁料，心在天山，身老沧州"三句是全词的总结，也是词人对自己一生的总结。世事无常且难料，词人一生都在自己的理想抱负与憋屈的现实之间纠结，"心在天山，身老沧州"两句的前后对比，十分鲜明地反映出他面对理想与现实时的矛盾心理，而这种矛盾正是他一颗爱国之心的明证。

　　从选取的几首词中可以看出，陆游爱国词的一大特色就是对比手法的运用，如过去与现在的对比，梦境与现实的对比等，对比前后的巨大反差生成了悲愤苍凉之情。除了慷慨悲歌的爱国词，陆游也有真挚婉约的爱情词以及寄寓人生感受的咏怀词，风格较为多样。

　　陆游的一生是爱国的一生，他于1210年辞世，临终留下绝笔《示儿》作为遗嘱："死去元知万事空，但悲不见九州同。王师北定中原日，家祭无忘告乃翁。"

王 质
（1135—1189）

> 字景文，号雪山，南宋经学家、文学家、诗人。少时聪敏好学，二十三岁入太学，二十五岁进士及第。因主张抗金遭主和派排挤，退出仕途，隐居家乡。博通经史，才华横溢，性格耿直，为张孝祥、虞允文等器重。善诗、工词、能文，且是著名的《诗经》研究专家。诗词风格皆奔放豪迈，词作喜用口语。主要著作有《诗总闻》（《诗经》研究著作）、《雪山集》（1775 年被收入《四库全书》）等。

定风波·赠将

问讯①山东窦长卿②，苍苍云外且垂纶③。流水落花都莫问，等取，榆林④沙月静边尘⑤。

江面不如杯面阔，卷起，五湖烟浪入清尊。醉倒投床君且睡，却怕，挑灯看剑忽伤神。

【词译】

你是远在山东守护边防的将士，我是隐居故乡的垂钓老翁。虽然云海苍茫，你我相距万里，但却阻挡不了我对你的真心问候。虽然对你那些过往我都想知道，但

注
- ① 问讯：问候之意。
- ② 窦长卿：即词题中所赠之将，词人友人。
- ③ 垂纶：垂钓。纶，垂钓用的丝线。
- ④ 榆林：今陕西省最北部，紧靠沙漠，曾是北宋防御西夏的边防重镇，南宋时为金国占领。此处应是代指山东地区的抗金前线。
- ⑤ 边尘：边关的尘土，代指战争。

最想听到的还是边境战争已停的消息，月亮静静照在沙漠之上，人们生活安宁平静。

酒中有乾坤，壶里有日月。想来在你眼中，长江的江面大概比不上酒杯的杯面来得宽广，五湖四海的烟水浪涛都尽在这小小的杯中翻卷。要是喝醉了你就上床去睡吧，但我却担心你念念不忘边防之事，即使醉中都要挑灯看剑，恐怕是没法好好地安睡了。

【评析】

在南宋爱国词人当中，王质这个名字读者大概不是很熟悉。这是因为王质的主要成就不在词，而在《诗经》研究、诗歌以及散文、游记等文学创作方面。相比较而言，他的词就没那么知名了。但实际上，他的词自成风格，以口语为特色，豪迈奔放，有东坡词的遗风。这首《定风波》是他写给时任边防守将的友人窦长卿的，通过对友人醉中不忘忧国的形象塑造，反映了词人赤诚的爱国之心。

上阕写词人对友人及边关的牵挂之情。"问讯山东窦长卿，苍苍云外且垂纶"两句切"赠将"词题，以一种拉家常式的口语化方式开篇。前一句交代友人方位，后一句交代自己的状态。"苍苍云外"言两人距离之遥远，词人自三十岁起就绝意仕途，退隐山林，故说自己是"且垂纶"。虽然相隔万里，但仍互通书信，词人更作词问候，充分表现了两人之间深厚的友谊，颇有"千里送鹅毛，礼轻情意重"的味道。问候什么呢？"流水落花都莫问，等取，榆林沙月静边尘。"古代文学中常以"落花流水"形容时间的流逝，这里指的是两人分别后的时光。事实上，词人对久别的友人有很多话想问，但却说"都莫问"，只想知道一件事情，即"等取，榆林沙月静边尘"。词人对"流水落花"的全部否定，都只为了想听到边关战争停止的消息，他对边防安全的关心之情可见一斑。

下阕通过对友人守边形象的塑造，侧面表达了词人的爱国之心。"江面不如杯面阔，卷起，五湖烟浪入清尊"笔法奇特，以小容大，形象地表现了友人雄阔的胸怀。守边是极艰苦的，战事紧张而又荒凉苦寒，能让人放松一下的恐怕也就是一壶好酒了。友人虽因战事被困在此地，但却从一杯清酒中欣赏"五湖烟浪"，襟怀之博大令人动容。"醉倒投床君且睡，却怕，挑灯看剑忽伤神"几句则是称颂友人时刻不忘自己保卫疆土的使命，即使在醉中都不忘挑灯看剑，为军防部署沉思伤神。前写胸怀之广，后写爱国之深，一位气概豪迈、一心报国的边关将军形象栩栩如生，跃然纸上。"却怕"两字则写出了词人对友人的担忧牵挂之情，反映了两人之间真切深重的友情。

　　全词短小精炼，语言朴素自然，充分展现了词人喜用口语的风格特征。词中所营造的典型环境随着大词人辛弃疾"醉里挑灯看剑，梦回吹角连营"一词的流传而广为人知。

张孝祥

（1132—1170）

字安国，号于湖居士，南宋爱国词人、书法家。二十二岁高中状元，走上仕途，历任秘书郎、中书舍人等职。为人正直，入朝第一年就上书为岳飞辩冤。三十八岁时英年早逝。词作存世量较多，《全宋词》录有二百二十三首，词风爽朗豪迈，上承苏轼，下启辛弃疾，是南宋词坛豪放派的代表人物之一。

念奴娇·过洞庭

洞庭①青草②，近中秋，更无一点风色。玉鉴③琼④田三万顷，著我扁舟一叶。素月分辉，银河⑤共影，表里俱澄澈。怡然心会，妙处难与君说。

应念岭海⑥经年⑦，孤光自照，肝胆⑧皆冰雪。短发萧骚⑨襟袖

注

① 洞庭：指湖南岳阳洞庭湖。

② 青草：湖名，与洞庭湖相连，青草在南，洞庭在北。

③ 玉鉴：一作"玉界"。

④ 琼：美玉。

⑤ 银河：一作"明河"。

⑥ 岭海：一作"岭表"，指五岭以南的两广地区，词人曾在广西为官。

⑦ 经年：经过一年。

⑧ 肝胆：一作"肝肺"。

⑨ 萧骚：一作"萧疏"，指稀疏的样子。

冷，稳泛沧浪^①空阔。尽挹^②西江^③，细斟北斗，万象^④为宾客。扣舷独啸^⑤，不知今夕何夕。

【词译】

临近中秋的月夜，洞庭湖与青草湖连成一片，碧色万里，静谧无风。三万顷湖水有如美玉，波光温润，载着我这一叶小舟在玉的世界里徜徉。洁白的月亮与灿烂的银河交相辉映，湖面上下一片明亮澄净。万籁俱寂，我能感受到这世界的空灵，却只能意会难以言说。望着这轮孤光自照的明月啊，想起我在岭海的那些日日夜夜，纵然无人赏识，但依然光明磊落，内心像冰雪一样纯洁。如今我虽然发已稀疏，身上衣单，但静静地泛舟在这浩淼的沧溟之上，怎能不兴致勃发，豪情满腹？我要尽取这滚滚西江水，细细斟进北斗星做的酒杯，邀请万象星辰来当我的宾客，与我把酒言欢，不醉不还！轻轻敲击着船舷，我高兴得独自高歌一曲，哪还管得了今晚是什么时候！

【评析】

这首词作于 1166 年，当时词人本在广西为官，却遭受谗言诬陷，被撤去职位。在过洞庭湖北归的途中，写下这首名篇。全词笔势雄浑，境界空阔，想象奇诡，通篇情景交融，抒发了词人高洁的志向和洒脱的胸襟，自有一股豪迈气概。

上阕主要写景，但景中带情。从"洞庭青草"起到"表里俱澄澈"，突出描写了洞庭湖月光笼罩下的玉宇澄清的景象，将湖水比作玉田，三万顷虚指表现了词人营造的世界之大。几句当中，有两处用词值得揣摩，一是"风色"，风应是无色的，这里的"风"有"风云"的意味，"更无一点风色"强调的是空中万里无云，地上静谧无风，词人所在的世界一片澄明静寂，因而词人感受良多，"怡然心会，妙处难与君说"；

注

① 沧浪：一作"沧溟"，指苍色的水。

② 挹：一作"吸"。

③ 西江：即长江。长江与洞庭湖连通，中上游在洞庭以西，故称西江。

④ 万象：万物。

⑤ 啸：一作"笑"。

二是"著"字的运用。著是附着、安置的意思，然而有过乘船经验的人都知道，船是浮在水面上的，是流动的，如何说是附着、安置？这里可以这么理解，一是前文将湖水比作"玉鉴琼田"，在美玉铺成的田野上，小舟自然只能是安放其上；二是词人用"三万顷"安置一叶小舟，两相对比，有力地表现出了其宽广、豪放的胸襟。

下阕主要抒情，且极具想象力。"应念领海经年，孤光自照，肝胆皆冰雪"一句是词人望月怀远，对自己在岭海为官期间经历的自我剖析和表白：在岭海为官期间，所作所为是光明磊落、坦坦荡荡的。"肝胆皆冰雪"是词人的自我评价，结合词的创作背景，这里还有问心无愧的意思。"孤光自照"一句，除了自比为月亮，尚有一些愤慨意味，隐藏着对朝廷不分青红皂白的不平。不过词人很快就释然了，"短发萧骚襟袖冷"，虽然免官之后难免失落，但词人拿得起放得下，仍然能"稳泛沧浪空阔"，表现出一种无与伦比的豪迈气概。"尽挹西江，细斟北斗，万象为宾客"几句气魄非常，极具想象。虽然落魄，但词人竟有邀请星辰万象做客的想法，甚至已经想好了怎么招待客人，以江水为佳酿，以北斗星为酒杯，其中展现的自信、自负远非一般人所能拥有。结句"扣舷独啸，不知今夕何夕"，词人沉浸在自然、自我的双重境界里，自得其乐，忘却了世间的烦恼。苏轼《赤壁赋》有"扣舷而歌之"一句，《念奴娇·中秋》中又有"起舞徘徊风露下，今夕不知何夕"一句。张孝祥是苏轼的忠实粉丝，每作诗文，都会问一句"比东坡如何"。这首词所表现出的超然气度与苏轼名篇《水调歌头（明月几时有）》展现的不相上下。

水调歌头·泛湘江

濯①足夜滩急，晞②发北风凉。吴山楚泽行遍，只欠到潇湘。买得扁舟归去，此事天公付我，六月下沧浪。蝉蜕尘埃外，蝶梦水云乡③。

注

① 濯：清洗。

② 晞：晒干。

③ 水云乡：指高人隐居的地方。

制荷衣，纫兰佩，把琼芳。湘妃起舞一笑，抚瑟^①奏清商^②。唤起九歌忠愤，拂拭三闾^③文字，还与日争光。莫遣儿辈觉，此乐未渠央^④。

【词译】

　　江上的生活别有味道。晚上在水中洗脚，江浪急急打在脚上；早晨站在船头晒头发，有微凉的北风吹过。老夫一辈子跋山涉水、走南闯北，还真没到过潇湘这个地方，幸好天公作美，让我买到了一艘船回去，得以在这六月里泛舟在湘江之上。天高水阔，我感觉自己好像蝉一样蜕尽污浊之气，超然物外，远离尘世，不知道今夕何夕。

　　我穿上荷花做成的衣服，带上兰草串成的佩带，手中拿着美玉一般的香草，连江中女神见了我也不由得会心一笑，轻抚琴弦，弹奏出美妙的音乐。乐声悠扬，不由让我想起了屈原作《九歌》时的忠诚与悲愤，他虽然已离去，却留下了"与日争光"的传世名篇。沉醉在想象的世界中，我轻轻地不发出一丝声响，免得子女们发现我还未睡，因为夜还长，我还想多享受一番这样的乐趣呢。

【评析】

　　这首词很有意思。前文已经提到过，1166年张孝祥被诬陷而去官，从广西北归，途径湖南一带。他在过洞庭湖时写了《念奴娇》，在经湘江时写下了这首《水调歌头》，从时间上推断，后者的创作时间可能早于前者。古代交通不甚发达，长途出行时多选择水道，行船行上几个月是常事。恰好湘江又与汨罗江相通，于是词人在行船途中，面对湘江风浪，想起自己的遭遇，想起屈原自沉汨罗江，激发了他惺惺相惜的情感，并从屈原的经历和辞赋中取文或取意，写下这首带有楚辞

注
────────────────────────
① 瑟：古代一种像琴的乐器，存世的有25根弦和16根弦两种。
② 清商：清商乐，是三国、两晋、南北朝时兴起的一种汉族传统音乐。
③ 三闾：战国楚所设官职，屈原曾任此职，这里代指屈原。
④ 未渠央：即未遽央，夜还未尽之意。央，尽。

风味的词作。

　　起句"濯足夜滩急，晞发北风凉"即是对屈原作品的再运用。"濯足"出自《楚辞·渔父》："沧浪之水浊兮，可以濯吾足"，"晞发"出自《楚辞·少司命》："晞女（通汝）发兮阳之阿"。传统文学史上这种"朝晞发晚濯足"的意象是品性高洁的象征。这两句用在这里，既交代了词人船上生活的情况，又曲折地表达了词人高洁的情操。"吴山楚泽行遍，只欠到潇湘。买得扁舟归去，此事天公付我，六月下沧浪"表现了词人极为乐观的精神。实际上，词人是被罢官之后不得不北归，但他却将此次磨难当成了"有幸到潇湘"的机遇，豁达的襟怀可见一斑。"蝉蜕尘埃外，蝶梦水云乡"两句用典，前一句出自《史记·屈原贾生列传》："蝉蜕于浊秽，以浮游尘埃之外"，后一句出自庄周梦蝶的典故。两句都是赞扬品性高洁的人"出淤泥而不染"，不与俗世同流合污的精神品格。除了赞美屈原以外，这里词人也有自喻的意思。

　　下阕开头三句"制荷衣，纫兰佩，把琼芳"全部出自屈原的作品，分别是《楚辞·离骚》中的"制芰荷以为衣兮，集芙蓉以为裳"和"扈江离与僻芷兮，纫秋兰以为佩"以及《九歌·东皇太一》中的"瑶席兮玉瑱，盍将把兮琼芳"。这几句以及后文的"湘妃起舞一笑，抚瑟奏清商"既可理解为词人对屈原作品的再现，也可理解为词人以屈原自比的想象。后两句同样化用了屈原《湘君》《湘夫人》两文。湘妃是湘水的女神，传说舜的两个妃子娥皇和女英在跟着舜出征的途中溺亡于湘水，化为水中之神。"唤起九歌忠愤，拂拭三闾文字，还与日争光"是对屈原忠贞爱国的品德及其传世名篇的赞美，大意就是屈原大夫永垂不朽，屈原大夫的作品永垂不朽。激越的感情过后，词人又重新回到了现实，并将此种神游当成无穷的乐趣。"莫遣儿辈觉，此乐未渠央"用的是王羲之的典故。《晋书·王羲之传》中说王羲之与谢安闲聊，谢安抱怨年纪大了很容易到伤感，王羲之对他说："年在桑榆，自然至此。顷正赖丝竹陶写，恒恐儿辈觉，损其欢乐之趣。"意思是说，年纪大了自然就这样，我现在只能靠音乐陶冶情操，又常怕儿女们发现，破坏了乐趣。

　　全词巧用屈原作品，将现实与虚幻紧密结合，极具浪漫主义风格。词中虽以赞美屈原忠愤的品格为主，但实质上是词人对自身遭遇不平的呐喊，以及不愿与浊世同流合污高洁情怀的体现。

辛弃疾

（1140—1207）

> 字幼安，号稼轩，南宋抗金名将、爱国词人。出生于金国占领的北方，因在起义军中的杰出表现为南宋朝廷所用。性格豪迈耿直，一生执着于北伐抗金，曾献抗金大计《美芹十论》。词作充满强烈的爱国激情和战斗精神，风格慷慨豪迈，以善用典故著称。南宋后期爱国词派领军人物，人称"词中之龙"，与苏轼并称"苏辛"。现存词六百多首，有词集《稼轩长短句》。

水龙吟·登建康赏心亭

楚天①千里清秋②，水随天去秋无际。遥岑③远目，献愁供恨，玉簪螺髻④。落日楼头⑤，断鸿⑥声里，江南游子⑦。把吴钩⑧看了，阑干拍遍，无人会，登临意。

休说鲈鱼堪脍，尽西风，季鹰归未⑨？求田问舍，怕应羞见，

注

① 楚天：楚国（今长江中下游一带）的天空，泛指南方的天空。

② 清秋：明净爽朗的秋天。

③ 遥岑：指远处陡峭的小山。

④ 玉簪螺髻：玉做的簪子，像海螺形状的发髻，比喻远方形态各异的群山。

⑤ 楼头：楼上。

⑥ 断鸿：失群的孤雁。

⑦ 江南游子：词人自指。

⑧ 吴钩：古代吴地制造的一种宝刀。这里应是以吴钩自喻，空有才华，但是不得重用。

⑨ 鲈鱼堪脍，尽西风，季鹰归未：用西晋张翰典。张翰，字季鹰。《世说新语》记载：张翰在洛阳做官，秋天时想到了家乡莼菜羹和鲈鱼脍的美味，于是立刻辞官回乡去了。后世以莼鲈之思指代对家乡的思念之情。

刘郎才气。可惜流年^⑦，忧愁风雨^②，树犹如此^③！倩^④何人唤取，红巾翠袖^⑤，揾^⑥英雄泪！

【词译】

登上赏心亭极目远望，辽远的天空明净爽朗，一望无际的江水与天空连成一片，好似建康的秋天也变得广袤无垠。远处的山岭姿态各异，像女子装饰在头发上的玉簪和螺髻，我却无心欣赏，反而由此想到那沦陷的大片山河国土，顿时生出无尽的忧愁和愤恨。西沉的落日照在亭阁之上，空中传来失群孤雁的哀鸣，我这个流落江南的游子一遍遍看着腰间的宝刀，拍打着阁上的栏杆，只可惜却没有人能理解我此刻的心情。

别说什么鲈鱼能够烹成美味佳肴，秋风已起，不知张季鹰回来没有？恐怕他就像那只知买房买地的许汜一样，惭愧得不敢去见才气出众的刘备吧。我不会像张季鹰和许汜般没有雄心壮志，我只担心在风雨中飘摇的国家，可惜年华如流水一般逝去，就像桓温说的"树已经那么老了，更何况人呢"？眼看着时光虚度，我该叫谁去请那些酒宴上的歌女，来为我擦干这失意的泪水呢！

【评析】

1161年，金国统治下的北方汉人爆发起义，辛弃疾不但参加了起义军，而且表现神勇，被任命为江阴签判，开始了在南宋朝廷的仕途生涯。他一心想抗金

注

① 流年：如水般流逝的年华。

② 风雨：这里指南宋朝廷飘摇的国势。

③ 树犹如此：用东晋桓温典。《世说新语》记载：桓温北征经过金城，看见自己以前种下的柳树，柳树长得很粗，于是感叹说："木犹如此，人何以堪！"另，北周诗人庾信《枯树赋》有"树犹如此，人何以堪"句。

④ 倩：音"罄"，请托之意。

⑤ 红巾翠袖：皆为女子装束，代指女子。

⑥ 揾：音"问"，擦拭之意。

北伐，收复失地，然而朝廷却对此并无热情，理想与现实的落差令他深感痛苦。1164年，辛弃疾江阴签判任满离职，在随后的三年间到吴楚一带四处漫游。这首词便是期间他登建康（今江苏南京）赏心亭所写下的。赏心亭位于建康城西，亭下即为秦淮河，是赏景胜地。全词情景交融，激昂而悲愤，反映了词人深感岁月虚度，壮志难酬、报国无门的苦闷之情，表现出词人深重的爱国主义情怀。

上阕写景，进而从景中生发"愁恨"之情。开篇"楚天千里清秋，水随天去秋无际"气象辽阔，描写了词人在亭上第一眼所见的长空千里水天相融的壮观景象，在这一望无际的背景下，远方的群山就显得非常醒目。"遥岑远目，献愁供恨，玉簪螺髻"，尽管山岭的形态各异，像玉簪像螺髻，但词人眼里却看不到它们的美态，而是透过它们看到了更遥远的北方，想到被金人占领的土地，从而生发出无穷的"愁恨"之情。愁的是收复失地无望，恨的是空有才华却无用武之地。由此，词情也由壮阔转向细腻，"落日楼头，断鸿声里，江南游子"，愁恨交加的心境之下，周围的景物也染上了情绪，成为词人飘零身世的象征。他把南宋看作归宿，然而一味苟安的朝廷却把他看作异类，不予重用，使他成为"游子"。凡此种种，让词人内心倍觉压抑和痛苦，因而词人发出"把吴钩看了，阑干拍遍，无人会，登临意"的感叹，表现了词人对自己空有壮志，朝廷却弃置不用的悲愤之情。

下阕连用三个典故，充分反映了词人的远大志向。"休说鲈鱼堪脍，尽西风，季鹰归未"用西晋张翰典故，"求田问舍，怕应羞见，刘郎才气"用东汉许汜典故，"可惜流年，忧愁风雨，树犹如此"用东晋桓温典故，一层层表达出词人因年华逝去，唯恐难以再为国效力的忧虑。第一层以张翰自比，言秋风起又到了回家乡的时候，但自己的家乡在金兵占领的北方，而南宋无意北伐，如何能回得去？第二层以许汜自比，意为虽然思念家乡，但他既不会像张翰一样功名未成就回去，也不会像许汜一样只知"求田问舍"，而是抱着收复失地的雄心壮志，要堂堂正正回到家乡去。第三层则以桓温自比，忧愁于时光的流逝，只恐自己再这么闲置下去，国事飘摇，收复中原的理想怕是不能实现了。想到夙愿难偿，自己却年年老去，词人不由悲从中来，流下泪水。"倩何人唤取，红巾翠袖，揾英雄泪"，这是词人因在现实中缺少知音，得不到慰藉的自伤之语，与上阕结尾"无人会，登临意"遥相呼应。

菩萨蛮·书江西造口壁

郁孤台^①下清江^②水，中间多少行人泪。西北望长安^③，可怜无数山^④。

青山遮不住，毕竟东流去。江晚正愁余^⑤，山深闻鹧鸪^⑥。

【词译】

高高矗立的郁孤台下，清江的江水日夜不停奔流，谁能想到水中洒下了多少旅人的泪水，他们为了逃避战火而背井离乡，到处漂泊。我想望一望西北的长安城，却只能看见一座又一座的青山，层层遮蔽住我望向长安的视线。

然而，青山纵然巍峨叠嶂，但它们又怎么能阻挡得了江水的奔流呢？江水毕竟总是要向东流入大海的，没有什么能挡得住这自然的规律。只是落日西沉，我看着台下的江水渐渐染上夜色，心中不免涌起满腹愁绪，连深山里传来的鹧鸪叫声，听上去都仿佛是在哀鸣。

【评析】

这首《菩萨蛮》是辛弃疾为江西造口所题。造口，又名皂口，位于江西万安

注

① 郁孤台：位于今江西省赣州城区西北部贺兰山顶，以山势高阜、郁然孤峙得名。

② 清江：赣江与袁江合流处旧称清江。

③ 长安：今陕西省西安市，为汉唐时都城。

④ 无数山：泛指很多山。

⑤ 愁余：使我发愁。余，我。

⑥ 鹧鸪：鸟名，叫声嘶哑，听起来像"行不得也哥哥"，在传统文学中是哀怨的象征。

县南面，据史籍记载，汴京沦陷后，金兵掳走宋徽宗、宋钦宗二帝及大批皇族成员，唯独宋哲宗废后孟氏幸免，后高宗建立南宋，尊孟氏为隆佑太后。1129 年，金兵南侵，高宗一行逃亡浙西。金兵追击隆佑太后直到造口。因而辛弃疾在途经造口（约在 1175—1176 年间）时有感而发，写下这首词。

上阕以眼前景物写历史记忆，抒发失地收复无望的悲痛。起首"郁孤台下清江水，中间多少行人泪"两句，以郁孤台与清江水写情，字里行间可见一股激愤悲痛之情。词人途经造口，想起了当年金兵追击隆佑太后之耻，而这一耻辱至今未雪，心中如何能不愤慨？郁孤台郁然孤峙，劈空而至，好似词人的满腔激愤磅礴而来，而清江水则直写隆佑太后渡江之事，痛心于当年宋朝子民罹难逃亡，纵笔写出"中间多少行人泪"。在词人心里，这一江流水不知道是融入了多少行人的眼泪，短短七字，言尽了在强悍金兵与软弱朝廷之下挣扎求生的广大百姓的凄苦悲伤之情。"西北望长安，可怜无数山"，词人由隆佑被金兵追击之耻想到北方失地，因而抬眼遥望为金兵占领的长安，但视线却被群山阻拦。"无数山"在这里是实写，也是虚指，谓朝廷之中阻碍北伐抗金的种种势力也。

下阕"青山遮不住，毕竟东流去"承上阕"无数山"之意，即青山虽能遮住词人望向长安的视线，但却阻挡不了向东奔流的江水。这两句感情色彩十分浓厚，反映出词人坚持抗金收复失地的执着信念。所谓百川东入海，此为词人隐喻统一国土是最终的方向，那些阻碍统一的阴暗势力是挡不住时代潮流的。"遮不住""毕竟"笔力雄劲，充分表现了词人的信心。"江晚正愁余，山深闻鹧鸪"两句重又将词境拉回现实，亦即时事不容乐观，词人心中压抑忧愁。词情也由扬转抑，表现出词人深刻的忧国之情。"愁余"出自《九歌·湘夫人》"目渺渺兮愁予"，言看不见而哀怨之貌，用在这里尤显沉郁苦闷，如此心境之下，听到深山旦�̀传来的鹧鸪叫声自然也变得愁绪满满。词尾"山深"与开篇郁孤台相互呼应，营造出一个完整的词境氛围。

词牌"菩萨蛮"善于表现深沉而起伏的情感，历来名作最多。辛弃疾的这首巧用比兴手法，意近而神远，词境深远辽阔，是同调中的翘楚之作。

水调歌头·舟次扬州和人韵

落日塞尘起①，胡骑猎清秋②。汉家组练③十万，列舰耸层楼。谁道投鞭飞渡④，忆昔鸣髇血污，风雨佛狸愁⑤。季子⑥正年少，匹马黑貂裘。

今老矣，搔白首，过扬州。倦游⑦欲去江上，手种桔千头。二客⑧东南名胜⑨，万卷诗书事业，尝试与君谋：莫射南山虎，直觅富民侯。

注

① 塞尘起：边塞的尘土飞扬，意谓边塞发生了战争。

② 胡骑猎清秋：金兵在秋天发动了战争。古代北方的敌人经常于秋高马肥之时南侵。胡，古代对北方少数民族的泛称，这里胡骑代指金兵。猎，猎杀，借指发动战争。

③ 组练：组甲、被练，皆指将士的衣甲服装，后世以此借指精锐的部队或军士的武装军容。

④ 投鞭飞渡：用前秦苻坚典。《晋书》记载：苻坚举兵南侵东晋，曾自夸说："以吾之众旅，投鞭于江，足断其流。"结果大败。这里借指1161年，金主完颜亮南侵时的嚣张气焰，并暗示其最终败绩。

⑤ 忆昔鸣髇血污，风雨佛狸愁：指1161年金主完颜亮南侵失败为部下所杀之事。鸣髇，古代一种响箭，髇，音"嚣"。据《史记·匈奴传》记载，匈奴头曼单于是被其太子以响箭射杀的；血污，指死于非命；佛狸，后魏太武帝拓跋焘小字佛狸，曾率兵南侵，这里借指金主完颜亮。拂，此处音"必"。

⑥ 季子：战国时苏秦，字季子，以合纵策游说诸侯，佩六国相印。这里词人以苏秦自比。

⑦ 倦游：倦于宦游，即厌倦了做官之意。

⑧ 二客：二位客人，指东南一带的名士杨济翁、周显先两人，亦即词题中"和人韵"中"人"所指。

⑨ 名胜：名流。

【词译】

日落时分，边塞爆发一场大战，烟尘四起。金兵妄图在秋高马肥之时大举进犯我宋朝国土，我威武的十万大军奋起迎敌，战舰如高楼般整齐地耸立在江面之上。谁说金兵投鞭江中就能阻断江水，想当年被我军大败于采石矶，金主完颜亮奔逃于乱军之间，射向他的响箭沾满血污，最终死在亲信之手。而我那时正青春年少，像苏秦一样单枪匹马奔波在边关战场，就连身上穿着的貂裘都被尘土染成了黑色。

如今我已经老了，却功名未成，搔着白发又从扬州这里经过。我早已厌倦了沉浮不定的官场，只想去江边种种桔子，在田园间度过余生。你们两位都是东南一带的名流，胸藏万卷诗书，事业前程万里，就让我试着为你们谋划一下将来吧：千万不要从武，像李广那样闲居在南山射虎，去从文才是上策，好当一个"富民侯"。

【评析】

1178 年夏秋之交，辛弃疾从临安大理寺少卿调任湖北转运副使，上任途中经过扬州，与友人杨济翁、周显先二人以词作酬答唱和，创作了这首《水调歌头》。词的上阕追忆了词人年轻时抗金作战的英雄经历，下阕则抒发了壮志难酬的忧愤，充满了对政治现实的失望和谴责之情。

词人的抗金生涯始于 1161 年完颜亮南侵之时，因此全词也由此写起。"落日塞尘起，胡骑猎清秋"两句说的就是完颜亮南侵之事。前者先营造尘烟四起的战争气氛，后者交代事情缘由。一个"猎"字力透纸背，传递出金兵的嚣张气焰，鲜明地表现出一种敌强我弱的战事状态。"汉家组练十万，列舰耸层楼"则叙述我军抗金部队坚守长江迎敌之态，"组练""列舰""耸层楼"等皆为表现威武军容，充分表达了我军必胜的信心。前四句通过对两方军队的生动描写，烘托出战争一触即发的紧张感。当然，这场战争最后以金兵失败而告终，故词人连用三个典故，"谁道投鞭飞渡，忆昔鸣髇血污，风雨佛狸愁"，以此来写完颜亮南侵失败被亲信所杀之事。所谓乱世当中出英雄，金兵内乱正是宋军收复河山的大好时机，词人当时正是二十出头的年纪，不但参与了后方的起义军，而且纵横沙场，多有斩获。"季子正年少，匹马黑貂裘"两句正是词人这一时期英雄形象的写照。

下阕开始，词人回到了十七年后的今天。"今老矣，搔白首，过扬州"三句交代此词的创作背景，"老矣"与"白首"皆是抒发英雄迟暮之感，与上阕年少雄心形成鲜明对比，颇为苍凉。"搔白首"隐用唐代诗人杜甫《梦李白》"出门搔白首，若负平生志”诗意。“倦游欲去江上，手种桔千头”为词人不得重用的愤慨之言，意谓自己厌倦了做官，想要归隐山林。这两句运用了三国时吴国丹阳太守李衡的典故。李衡在龙阳县氾洲种柑橘，死前对儿子说，我留有“千头木奴”，足够你用了。这种风趣自嘲的说法，实质上反映了词人报国无门的无奈与悲愤之感。接下来的“二客东南名胜”五句，是词人劝慰友人之语。杨济翁、周显先皆是主张抗金之人，与当朝求和的主流格格不入，自然也颇有愁情。杨济翁在词中写道：“忽醒然，成感慨，望神州。可怜报国无路，空白一分头。都把平生意气，只做如今憔悴，岁晚若为谋？”针对这种情况，词人劝到：“莫射南山虎，直觅富民侯”。前一句用汉代将军李广典故，后一句用汉武帝刘彻晚年后悔征战而封丞相为富民侯之事，意即劝友人从武没有出路，只管从文之意。两句实为愤激之语，是词人对当朝重文轻武，放着军事人才不用的不满和愤懑。

整首词上阕雄壮豪放，下阕却词情陡降，感情色彩浓烈，两者之间巨大的落差有力地表现了词人对当时政局的无奈与气愤，有一种“英雄无用武之地”的悲怆之情。

水龙吟·甲辰岁寿韩南涧尚书

渡江天马[①]南来，几人真是经纶[②]手？长安父老，新亭风景[③]，

注

① 渡江天马：指晋王室南渡建立东晋之事，因晋代皇帝姓司马，故云天马。这里是借指宋王室南渡建立南宋。

② 经纶：原指整理丝线，引申为筹划直立国家大事。

③ 新亭风景：新亭，位于今江苏南京，为三国时吴所建。《世说新语》记载，东晋建立之初，有一日南渡而来的士大夫常聚在新亭饮酒，面对中原沦丧，尚书周顗眕感叹说：“风景不殊，举目有河山之异。”大家都相视流泪。这里借指南宋子民对河山沦陷的感慨。

可怜依旧。夷甫^①诸人，神州沉陆^②，几曾回首！算平戎万里^③，功名本是，真儒事，公知否？

况有文章山斗^④，对桐阴^⑤、满庭清昼。当年堕地，而今试看，风云奔走。绿野^⑥风烟，平泉^⑦林木，东山^⑧歌酒。待他年，整顿乾坤事了^⑨，为先生寿。

【词译】

自宋王室南渡以来，有几人能称得上是治理国家的好手？生活在金兵统治下的父老乡亲盼望着朝廷能出兵北伐，解救他们于水火；南渡的仁人志士莫不慨叹中原沦丧，山河破碎，半壁江山至今还沦落敌手。而那些喜欢空谈的当权者们面对国土沦丧，哪里想到要把失地收回，重回故土？算起来我这些年为国征战，为收复失地而万里奔波，这才是读书人真正的事业。韩兄啊，你可明白我的心事？

你写的文章才高八斗，人们将你视为文中泰斗。你身在名门，几世尊贵，院中植满梧桐，枝叶茂密成荫，正是一个清幽静谧的好地方。你生来就怀有大志，虽然现在辞官在家，但只要遇到明主就能叱咤风云，大显身手。如今你隐居山林，寄情草木，纵情于歌舞诗酒，但总有一日你会东山再起，收复失地，完成国土统一的大业。到那时，我再来为你把酒祝寿！

注

① 夷甫：西晋宰相王衍，字夷甫，他喜欢清谈而不理国事。

② 沉陆：即陆沉，意谓中原沦丧。

③ 平戎万里：平定中原之意。戎，指金兵。

④ 山斗：泰斗，北斗。

⑤ 桐阴：韩元吉旧宅多种梧桐树，世称桐木韩家。

⑥ 绿野：唐宰相裴度退居洛阳，住所称绿野堂。

⑦ 平泉：唐宰相李德裕在洛阳的住所称平泉庄。

⑧ 东山：东晋谢安曾寓居东山。东山，在今浙江上虞县。

⑨ 整顿乾坤事了：意指收复失地，统一国家。

【评析】

　　词题中的韩南涧即爱国词人韩元吉，他曾任吏部尚书一职，退休后闲居江西上饶。而 1181 年，辛弃疾被弹劾后也退隐于此地，两人过从甚密。1184 年，正逢韩元吉六十六岁大寿，辛弃疾以此词为其祝寿。

　　上阕以议论为主，分析失地难收的原因，表达自己抗金的坚定决心。开篇两句"渡江天马南来，几人真是经纶手"为全词统领句，后面的议论抒情皆是由此而发。起句以东晋借喻南宋，两者建立的环境极其相似，用得十分契合。宋朝南渡之后，朝中缺乏筹划国家大事的能手，以致抗金北伐迟迟不能成功。这两句可说是词人对当朝政治的一个总结性评论。"长安父老，新亭风景，可怜依旧"几句，以历史典故写现实，表达了广大百姓及爱国人士对收复国土的渴望，紧接着又以"夷甫诸人，神州沉陆，几曾回首"写现实中只求苟安的朝廷当权者，斥责他们耻辱偷生，不思复国。但词人却从没有忘记收复中原的统一大业，并以此与韩元吉共勉，故而真切地说出"算平戎万里，功名本是，真儒事，公知否"。

　　下阕则多为祝寿之语，毕竟这是一首祝寿词。"况有文章山斗，对桐阴、满庭清昼"是称赞韩元吉的才华与家世。韩元吉出身于世家望族，才华横溢，其政事文章被同代人称为"一代冠冕"，因此词人说他生来就有大志，正应该在这风云际会之时大展身手，即"当年堕地，而今试看，风云奔走"之意。只不过此时韩元吉赋闲在家，故而词人连用"绿野""平泉""东山"三个典故，将其与历史上三位著名的宰相相比，来表现他潇洒闲适的致仕生活。三句一气呵成，自然清丽，充分体现了词人善于用典的功力。当然，以词人的性格任何时候都不会忘记收复中原的志向，故而以"待他年，整顿乾坤事了，为先生寿"为全词结尾，与韩元吉相共勉，同时与上阕"功名本是，真儒事，公知否"相呼应，爱国情怀表露无遗。

　　这虽然是一首祝寿词，但其中充满了词人对当朝主权者苟且求安的愤怒之情及对自己与韩元吉这样的爱国志士不被重用的无奈之感，全词倾向于悲壮苍凉的风格。

清平乐·独宿博山王氏庵

绕床饥鼠，蝙蝠翻灯舞①。屋上松风听急雨，破纸窗间自语②。

平生塞北③江南，归来华发苍颜④。布被秋宵梦觉⑤，眼前万里
江山。

【词译】

饥肠辘辘的老鼠绕着床的四周窜来跳去，不知打哪儿来的蝙蝠围着油灯上下
翻飞。外面狂风大作，暴雨倾盆。呼啸的风声夹杂着阵阵松涛吹过，狂暴的雨珠
接连不断地敲打着屋顶。窗纸早就被风雨撕裂成几片，哗啦啦响个不停，好像在
自言自语。

想我这一生，奔波于塞北江南，征战于边关沙场，到如今离开官场归隐山林之
时，早已是满头白发，容颜苍老。单薄的布被哪里能挡住秋夜里的阵阵寒风，我在
秋夜里醒来的时候，眼前看见的仿佛还是梦中的万里江山。

【评析】

1181 年，辛弃疾遭弹劾去官，此后长年闲居于信州（今江西上饶），且常到附
近名胜之地寻山问水。有一年秋天，他到博山（位于今江西广丰县）游览，晚间

注

① 翻灯舞：绕着灯翻飞。

② 破纸窗间自语：指窗纸破损，在风中瑟瑟作响，好像在自言自语。

③ 塞北：塞外北方，这里指代中原地区。

④ 华发苍颜：头发花白，容颜苍老。

⑤ 秋宵梦觉：秋夜里梦醒。

投宿在山脚下一户王姓家中。这里只有几间破落的茅草屋，环境十分荒凉。辛弃疾于半夜触景生情，写下了这首寓意很深的小令。

上阕四句，皆为环境描写，营造出秋夜里一种萧瑟孤寂的氛围。屋里是老鼠绕着床窜来窜去，蝙蝠围着油灯上下翻飞；屋外是疾风骤雨，松涛怒吼，倾盆大雨似要将房顶击穿。而词人在这破败的茅草屋里独自拥薄被而卧，就好比波涛汹涌的大海中一叶孤舟，何其凄凉。"饥鼠"一词尤显茅屋久无人烟，破败至极。风雨之中，窗纸早被撕裂，发出哗哗的响声。这里的"自语"为荒凉的环境增添了一丝人气，词人以一种风趣的拟人化手法为自己找到了一名伙伴。但这也仅仅是词人的想象罢了，在这样的情境中，他的心情自然也是萧条孤寂得很，在半夜中独自醒来，想起了自己曾经的过往。

"平生塞北江南，归来华发苍颜"，前后两句形成鲜明的对比，传递出词人英雄迟暮而壮志未酬的苍凉情感。词人在南归之前，曾两次深入金国都城燕京刺探军情，故有"塞北江南"之说。可惜词人在南归之后不得重用，一腔抗金大志如流水般白白东流，1181年更被弹劾去官，亦为词中"归来"所指。"布被秋宵梦觉，眼前万里江山"，年轻时纵横沙场怀揣一腔报国热血，如今已是满头白发、容颜苍老，而曾经的雄心壮志却未能实现，只能在梦中看一看万里江山，就算是梦醒了，眼前依稀是日思夜想的河山，此中悲凉意味催人泪下。

这首《清平乐》与辛弃疾惯常的爱国词风格大为不同，少了一些英雄豪迈气概，多了一些孤寂凄凉之感。全词语言简朴，近似白描，但表达的感情十分浓烈，充分反映了词人无法实现统一大志的悲戚之情，具有极强的艺术感染力。

八声甘州

夜读《李广传》，不能寐。因念晁楚老、杨民瞻约同居山间，戏用李广事，赋以寄之。

故将军、饮罢夜归来，长亭解雕鞍①。恨灞陵醉尉，匆匆未识，桃李无言。射虎山横一骑，裂石响惊弦。落魄②封侯事，岁晚田间。

谁向桑麻杜曲③，要短衣匹马，移住南山。看风流慷慨，谈笑过残年。汉开边、功名万里，甚当时、健者也曾闲。纱窗外、斜风细雨，一阵轻寒。

【词译】

汉代将军李广罢职期间，有一次和友人到田间去喝酒，夜里骑马而归。到灞陵亭的时候，一名喝醉的亭尉呵斥他不许过亭，将他扣留在亭下。虽然这个亭尉可能不认识李广，但李将军名满天下，亭尉怎会不知道他的名号？李广闲居南山的时候，单身匹马去打猎，误把草丛中的石头当成老虎，一箭射裂了石头，可惜他空有一腔英雄豪气却无处施展，迟迟不能封侯，到了晚年过上了耕田种菜的生活。

谁高兴到杜曲去种桑植麻？我是不会去的。我要穿一身短衣，骑一匹快马，到南山去学李广打猎射虎。我要慷慨激昂，风流潇洒，在笑谈间度过我的晚年。当初汉代开拓边疆，多少人驰骋沙场，为国建功立业。即使在那个时候，都还有李广这样的英雄人物被闲置着不得重用。想到这里的时候，纱窗外正好下起了小雨，冷风斜斜吹

注

① 解雕鞍：意谓下马。雕鞍，雕刻精美的马鞍。
② 落魄：一作"落托"。
③ 杜曲：地名，位于今陕西西安市内。

来，让我感到一阵轻微的寒意。

【评析】

　　这首词作于辛弃疾受弹劾罢官，闲居于江西上饶期间，可说是一篇《李广传》的读后感。辛弃疾南归之后，在仕途上虽有些建树，但却不是他所希望的抗金复国之事。由于他的理念与朝廷格格不入，再加上他性格刚正，为朝中主权派所忌，壮年时即被削职，人生遭遇与汉代名将李广颇有相似。这首《八声甘州》实是借"李广难封"之事抒发词人激愤之情，词序中"戏用李广事"乃自嘲之语。

　　全词结构分明，上阕写李广的不平遭遇，下阕抒词人读史之感慨，体现出词人深沉的思想境界。"故将军"至"裂石响惊弦"八句截取了李广生平两个典型事迹，前六句表现其郁郁不得志，后二句表现其身负奇才、英雄豪气。两个事例皆出自《史记·李将军列传》：李广"尝夜从一骑出，从人田间饮，还至灞陵亭，灞陵尉醉，呵止广，广骑曰：'故李将军。'尉曰：'今将军尚不得行，何乃故也。'止广宿亭下。"又"广出猎，见草中石，以为虎而射之，中石没镞，视之，石也"。前一事例词人以一"恨"字表达了自己激烈的情感，即对人才不受重用反被欺压的愤慨。"桃李无言"则化用了《史记》著者司马迁对李广的评价，即"桃李无言，下自成蹊"之意。最后两句"落魄封侯事，岁晚田间"是词人感叹如李广这般的英雄人物，最后也是无用武之地，只能在田间老去。

　　下阕开始，词人以李广自比，抒发了宁可闲居也要坚持理想的决心。"谁向桑麻杜曲，要短衣匹马，移住南山。看风流慷慨，谈笑过残年"五句化用了唐代诗人杜甫《曲江三章章五句》中"自断此生休问天，杜曲幸有桑麻田，故将移住南山边。短衣匹马随李广，看射猛虎终残年"。但是，显然词人并不想像杜甫一样归隐田间不问世事，而是"看风流慷慨，谈笑过残年"，心境不似杜甫那般偏激，反而有一种豪迈潇洒之意。词人追随李广的志向，最终仍是在为抗金大业在做准备。"汉开边、功名万里，甚当时、健者也曾闲"四句说的是汉代在开疆拓土之下，尚有李广这样的英雄不被重用，潜台词是"更何况今天呢"。这是词人借古论今之语，其实是对自身不平遭遇的自我排解。最后三句"纱窗外、斜风细雨，一阵轻寒"将词境从词人的思绪拉回到现实环境中来。"一阵轻寒"寓意深刻，意味悠长，一则说夜深寒意侵袭，点明词序中所提的"夜读"一事，二则以"轻寒"喻南宋朝廷的政治现实，承上文"甚当时"之意，谓与强大的汉朝相比，弱小的南宋朝廷更是岌岌可危，却不愿重用军事人才，国势堪忧，充分表现了词人的爱国情怀。

沁园春·再到期思卜筑

一水西来，千丈晴虹，十里翠屏。喜草堂经岁[1]，重来杜老[2]，斜川[3]好景，不负渊明[4]。老鹤高飞，一枝投宿，长笑蜗牛戴屋行。平章[5]了，待十分佳处，著[6]个茅亭。

青山意气峥嵘[7]。似为我归来妩媚[8]生。解[9]频[10]教花鸟，前歌后舞，更催云水，暮送朝迎。酒圣诗豪，可能无势，我乃而今驾驭卿[11]。清溪上，被山灵[12]却笑，白发归耕。

注

① 经岁：经过一年，这里泛指几年后。

② 杜老：指杜甫，这里是词人自指。

③ 斜川：古地名，今江西都昌县境内。晋代陶渊明曾游览此地，作《斜川诗》并序。这里是用斜川比期思。

④ 渊明：指陶渊明。

⑤ 平章：平正彰明，引申为品评之意。

⑥ 著：建造。

⑦ 峥嵘：形容山的高峻突兀。

⑧ 妩媚：形容女子姿容美好，这里是形容青山清丽秀美。

⑨ 解：理解。

⑩ 频：频繁，不断。

⑪ 卿：你，这里借指自然。

⑫ 山灵：山神。

【词译】

　　一弯溪水从西边蜿蜒而来，晴空万里无云，只一条千丈长虹横贯西东，青山绵延，好似一扇扇翠绿的屏风矗立。令我欢喜的是，草堂经过几年的修建已经竣工了。我再次来到这里，欣赏着如斜川般美丽的风景，不枉我学陶渊明一样归隐。我像是一只老鹤在高空飞翔，只需一根树枝就能栖息，看到那些像蜗牛背负屋子到处爬行的人便感到十分可笑。期思景色秀美，待我好好规划一番，找一处最佳的地方建个茅亭。

　　青山巍峨险峻，生机焕然，望上去十分秀丽可爱，好似在欢迎我的归来。它仿佛能理解我的心事，频频教花儿鸟儿在我前后跳舞唱歌，更是催着云朵和流水早上迎接我来游玩，晚上又送我回去。我饮酒千杯不醉，作诗万首不倦，我虽没有权势，但我仍然能统率你们这些花鸟云水。我站在清溪之上，山神看见我，取笑说："你不过是个罢职回家种田的白发老头罢了！"

【评析】

　　1194 年，辛弃疾年五十四，再次被弹劾罢官闲居，动工开建期思（今江西铅山县横板村）瓢泉庄园。次年，瓢泉山庄落成，辛弃疾回到上饶后写了这首《沁园春》。全词充满欣喜之情，表现了词人面对归隐生活的一种潇洒豪放的态度，和他之前饱含忧愤的爱国词风格殊为不同。词题中"卜筑"即选地盖房之意，古人营建新居前有请卜者看风水的习俗。

　　开篇三句"一水西来，千丈晴虹，十里翠屏"写期思的秀美风光，亦暗中交代了词人为何要到这里来营造新居。青山环绕，溪水潺潺，晴空万里，长虹横贯。也有解读者认为"千丈晴虹"是形容山间瀑布如白虹般从晴天垂下，似乎也颇有道理。总之不管是实写长虹还是虚指瀑布，其间均是气势十足，雄奇壮逸。接下来四句以一"喜"字引领，词人以杜甫、陶潜自比，充分表达了其对回归田园的欣喜之情，从中看不出官场失意的愁情，可见此时词人的心态已然改变。"老鹤高飞，一枝投宿，长笑蜗牛戴屋行"以老鹤与蜗牛的对比，表明词人决意放开世俗所累，逍遥自在地生活。"蜗牛戴屋行"是对那些不肯放下身外之物所累之人的绝佳比喻。最后"平章了，待十分佳处，著个茅亭"点明词题，正面交代筑屋之事。

　　下阕以"青山意气峥嵘"引领。词人将青山拟人化了，想象他指挥着花鸟云水早上迎接词人的到来，晚上恭送词人离去。"似为我归来妩媚生。解频教花鸟，前歌后舞，更催云水，暮送朝迎"四句极具想象力，充满一种得意自信之情，将词人旷达的性格表现得淋漓尽致，并由此转笔至"可能无势，我乃而今驾驭卿"之豪迈与狂放。此两句出自陶渊明《晋故征西大将军长史孟府君传》：东晋时孟嘉为桓温都下长史，好游山水，至暮方归。桓温曾对他说："人不可无势，我乃驾驭卿。"这里是词人借用，意谓自己要主宰山水。不过，词人的平生抱负自然不是主宰山水，故而词尾自嘲曰"清溪上，被山灵却笑，白发归耕"，言下之意为自己一事无成，晚来之时落到个归耕的地步，隐含失落之情。全词到此，词情也由之前的明快开朗转为失意寥落，形成了出人意料的跌宕之感。

　　这首《沁园春》多用比喻和拟人手法，赋予自然之物以人格与感情，写得很有趣味，是辛词中较为少见的欢快之作。

水龙吟·过南剑双溪楼

　　举头西北浮云①，倚天万里须长剑。人言此地，夜深长见，斗牛②光焰。我觉山高，潭空水冷，月明星淡。待③燃犀④下看，凭栏却怕，风雷怒，鱼龙惨⑤。

注
① 西北浮云：西北的天空被云层遮蔽，喻中原山河被金兵占领。

② 斗牛：斗宿、牛宿，星名。

③ 待：想要，打算。

④ 燃犀：点燃犀牛角用以照明。

⑤ 鱼龙惨：意为怪物凶残。鱼龙，古代一种水中怪物，这里借指朝中阻碍抗战的小人。
　　惨，凶残。

峡束①沧江②对起，过危楼，欲飞还敛③。元龙④老矣！不妨高卧，冰壶凉簟⑤。千古兴亡，百年悲笑，一时登览。问何人又卸⑥，片帆沙岸，系斜阳缆⑦。

【词译】

　　在双溪楼上远望，但见浮云层叠，遮蔽了西北的天空。要想肃清这万里长空，还是得要手仗长剑啊。人们说这里夜深的时候，常常能看见天上斗宿和牛宿发出的星光。我却觉得这里山峰高耸，潭水冰凉，明月映照得星光惨淡，原本是要打算点燃犀牛角下到潭边探看，却又害怕天上风雷狂暴，水中怪物凶残。

　　两边的溪水在楼下交汇，奔涌着向前却又被高山阻拦，溅起点点浪花，似要飞过高楼最终却在空中消散。我已经老了，心有余却力不足了，倒不如了无挂碍地卧睡家中，即使凉水冷席也心下安然。哪知道登上这双溪楼，我又想起了千古兴亡之事，想到自己一生不过百年，又何必太计较悲伤欢笑呢？斜阳下，不知是什么人又一次卸下了白帆，将船系靠在沙岸旁边？

【评析】

　　词题中的南剑即今福建省南平市延平区一带，双溪楼则位于南平市延福门双溪合流处。辛弃疾曾在1194年罢官前出任过福建提点刑狱和福建安抚使。这首《水龙吟》大约就是在这期间所创作的。全词多用隐喻及对比手法，寓意深刻，表

注

① 束：夹峙。

② 沧江：苍色的江水，这里应是指双溪楼（位于今福建南平）下的闽江，沙溪与建溪于此处汇合。

③ 欲飞还敛：形容水流向前奔涌被高山阻挡而放缓的样子。

④ 元龙：三国时名士程登，字元龙，有"高卧百尺楼"的典故。这里是词人自比。

⑤ 冰壶凉簟：喝冷水，睡凉席。簟，音"垫"，竹席。

⑥ 卸：卸下，解脱。

⑦ 缆：缆绳，系船的绳子。

现出词人志不能伸的慷慨悲情以及一腔爱国的幽愤之情。

开篇"举头西北浮云，倚天万里须长剑"直抒心意，将词人想要仗剑除妖的雄心表现得寒意逼人。"西北浮云"虽是写词人于楼上所见，实则隐喻沦陷于金兵之手的中原土地，因而后一句"倚天万里须长剑"就不难理解了。倚天剑乃是三国时曹操佩剑，传说是以屈原弟子宋玉《大言赋》中的名句"长剑耿耿倚天外"命名。大诗人李白也曾写过豪气十足的"安得倚天剑，跨海斩长鲸"诗句。有如此珠玉在前，词人想要以武力驱逐金兵的心思也就十分明显了。"人言此地，夜深长见，斗牛光焰。我觉山高，潭空水冷，月明星淡"六句运用对比手法，描写了词人登楼时与他人截然不同的感受，而造成这种感受的原因，即下文"待燃犀下看，凭栏却怕，风雷怒，鱼龙惨"所含之意。人们常说境由心生，实际上词人之前种种清冷感受皆是自身心情所致。虽然词人有一腔报国之心，但朝廷却只想苟安，主和派更是对他排挤陷害，导致英雄无用武之地。"风雷怒，鱼龙惨"实是隐喻那些阻碍抗金大业、收复国土的主和派小人。

因上阕所受到的重重阻碍，词人在下阕抒发了自己想要退隐闲居的思想。"峡束沧江对起，过危楼，欲飞还敛"写景，抓住了双溪楼高山夹峙、两溪交汇的地理位置，写出其险峻高耸的特征。"元龙老矣！不妨高卧，冰壶凉簟"写词人俭朴的退隐生活，从中可见词人对年华逝去的无奈以及被迫隐退的悲凉。"千古兴亡，百年悲笑，一时登览"三句契登临词主旨，为怀古论今之意，虽已退隐，但词人心中所想仍是国事，故而感叹"千古兴亡"与"百年悲笑"，流露出"多少六朝兴废事，尽入渔樵闲话"的伤感之情。词尾"问何人又卸，片帆沙岸，系斜阳缆"三句可作两层意思解：一为词人自指，意谓卸下种种负累之事，悠闲过自己的隐退生活；二则是与开篇对比，意谓中原百姓尚深陷于水深火热之中，而这里的人们却早已忘却国破之痛，生活在安逸当中。从词意来看，这两种解法都说得通，但从词人的人生经历来看，爱国热情遭遇多番打击，心灰意冷之下一时想不通也是极为可能的事。

破阵子·为陈同甫赋壮词以寄之

　　醉里挑灯①看剑，梦回吹角连营②。八百里分麾下炙③，五十弦翻塞外声④。沙场秋点兵⑤。

　　马作的卢飞快，弓如霹雳⑥弦惊。了却君王天下事⑦，赢得生前身后⑧名。可怜⑨白发生。

【词译】

　　饮了几杯薄酒，我将油灯挑亮，就着火光细看寒意逼人的长剑，不觉想起了梦中曾多次忆起的征战场面：成片的军营里四面响起高亮的号角声，部下们烤着分给

注
_____

① 挑灯：挑亮灯芯。

② 吹角连营：成片的军营里不断响起号角声。

③ 八百里分麾下炙：把牛肉分给部下烤着吃。八百里，牛名。《世说新语》记载说西晋富豪王恺有一头珍贵的牛叫八百里驳；麾下，部下之意，麾指古代军中的旗子；炙，烤。

④ 五十弦翻塞外声：各种乐器演奏出慷慨悲壮的战歌。五十弦，原指瑟，这里泛指各种乐器；翻，演奏；塞外声，指慷慨悲壮的战歌。

⑤ 沙场秋点兵：秋天于战场检阅军队。沙场，战场；秋，古代点兵用武多在秋天；点兵，检阅军队。

⑥ 霹雳：形容弓弦射箭的响声像疾雷一样巨大。

⑦ 了却君王天下事：指完成国家统一的大业。了却，了结，完成。君王天下事，指恢复中原。

⑧ 身后：死后。

⑨ 可怜：可惜。

他们的牛肉，大快朵颐，军乐演奏着慷慨激昂的战歌，为他们鼓舞士气。这是在秋天里点兵出战的壮观景象。

战马像的卢一样飞奔，弓箭像惊雷一样离弦。我曾如这般纵横战场，一心只想收复中原，完成国家统一大业，不论是生前还是死后都能留一个为民爱国的好名声。可惜我现在已是满头白发，心中壮志却并未实现，只能在这里为你写一首壮词，希望你不改抗金之心，直到我们理想实现的那一天。

【评析】

这首《破阵子》可说是辛弃疾一首极其知名的代表作品。词题中的陈同甫，名亮，字同甫，与辛弃疾志同道合，结为至交。1188 年，辛弃疾罢官闲居上饶期间，陈亮从浙江专程前来拜访，两人于鹅湖促膝长谈，分别后辛弃疾创作了这首词。

起首"醉里挑灯看剑，梦回吹角连营"两句，以一名征战沙场的将军形象开篇，自然地引起读者揣摩：这名将军因何而醉，又因何而挑灯看剑。及至读完全词，到"可怜白发生"方才恍然大悟，原来是壮志未酬之下的无奈与悲怆。"梦回"一句领后文"八百里分麾下炙，五十弦翻塞外声。沙场秋点兵"句。这两字可作两解，一是词人在醉中回忆起自己年轻时候征战沙场的军旅生活，二是基于现实的失望，词人只能在梦中想象点兵抗金的场景。"八百里分麾下炙，五十弦翻塞外声"是千古传诵的名句，运用了对仗的手法，充满雄健的力量，将士们激昂的情绪和高涨的士气描写得分外生动传神。"沙场秋点兵"既是对上文秣兵厉马场景的总结，又是对即将到来的战争的一个预示，内容层次十分丰富。

一般来说，词分上下片，也叫上下阕。下阕的起头称为"过片"，意即上下阕之间的过渡句，既要与上阕有联系，又要改换词意，起一个新的段落。不过辛词中这点常有突破。"沙场秋点兵"过后直贯"马作的卢飞快，弓如霹雳弦惊"，突出表现了将军冲锋陷阵的矫健身姿，由面到点，多层次描写出征战场面的激烈。的卢马是刘备的坐骑，在《三国演义》里，刘备曾在荆州遇险，骑马逃跑，前面一条几十米宽的溪流挡住了去路，幸亏的卢马一跃而起，跳了过去，使他得以逃生。词中，将军的战马飞奔，弓弦紧绷，为的是"了却君王天下事，赢得生前身后名"。有的读者要说了："噫，不就是为了功名利禄嘛！"这里要特别注意，南宋爱国词作中的"功名"一般指的就是收复中原统一国家之事。因此，这里所说的其实是词人毕生的理想，即北伐抗金，收复河山。但是，理想是丰满的，现实却是骨感的。由于南宋朝廷苟且求安，或者说朝廷不擅用人，词人南归后一直是英雄无用武之地，除了出任了几年地方官外，二十多年的时间基本是闲居乡间，这也是词尾"可怜白发生"感慨的缘由。

这首词虽然风格豪放雄健，但表达的情感却是悲壮凄凉的，词人报国无门，只能借酒消愁，醉中梦回沙场，而志同道合的挚友却在千里之外，无人诉说之下只有写词寄情，梁启超评价说"无限感慨，哀同甫亦自哀也"，殊为贴切。

永遇乐·京口北固亭怀古

千古江山，英雄无觅，孙仲谋①处。舞榭歌台②，风流③总被，雨打风吹去。斜阳草树，寻常巷陌④，人道寄奴⑤曾住。想当年，金戈铁马⑥，气吞万里如虎⑦。

注

① 孙仲谋：三国时吴王孙权，字仲谋，曾建都京口。自幼文武双全，其兄孙策遇刺身亡后，孙权以十八岁之龄继位为江东之主，后建立吴国。

② 舞榭歌台：建立在高台上的敞屋，一般用作歌舞场所。这里代指孙权故宫。

③ 风流：流风遗韵。

④ 寻常巷陌：狭窄的街道。寻常，古代长度计量单位，八尺为寻，两寻为常，形容狭窄，引申为平常；巷陌，街巷的通称。

⑤ 寄奴：南朝宋武帝刘裕的小名，字德舆，东晋军事家、政治家，曾两度北伐，收复洛阳、长安等地，功勋卓著，后篡晋自立，建立南朝宋政权。

⑥ 金戈铁马：金属制成德长枪和披着铁甲的战马，借指精锐的军队。

⑦ 气吞万里如虎：即指刘裕北伐收复失地之事。

元嘉草草①，封狼居胥②，赢得③仓皇北顾④。四十三年⑤，望中犹记，烽火扬州路⑥。可堪⑦回首，佛狸祠⑧下，一片神鸦社鼓⑨。凭谁问，廉颇老矣，尚能饭否⑩？

【词译】

历经千年的沧桑变化，如今的天地间再也找不到孙权这样的英雄人物了。当年他建造的亭台楼阁还在，但其间的吴韵流风却早已随着时光的流逝而不复存在了。平常的街巷里有树有草，在夕阳斜照下笼罩着凡间烟火，但人们却说那里曾是刘裕住过的地方。想当年，他亲率大军北伐，收复失地洛阳、长安，气势何其威猛！

可惜啊，他的儿子刘义隆却好大喜功，轻率地决定北伐，结果却被对手拓跋焘

注

① 元嘉草草：元嘉是刘裕之子刘义隆的年号；草草，轻率之意。刘义隆好大喜功，仓促北伐，遭到北魏拓跋焘的重创。

② 封狼居胥：汉武帝时，年仅二十四岁的骠骑将军霍去病远征匈奴，大胜，乘胜追击匈奴至狼居胥山（位于今蒙古国境内），于是"封狼居胥山，禅于姑衍"，即祭山以庆祝胜利。南朝时刘义隆命王玄谟北伐，王玄谟积极进言，刘义隆听了之后说："闻王玄谟陈说，使人有封狼居胥意。"最终却北伐失败。

③ 赢得：落得。

④ 仓皇北顾：形容刘义隆北伐失败遭北魏大举南侵的狼狈场面，刘义隆还亲自登高向北观望形势。

⑤ 四十三年：词人1162年南来归宋至1205年作此词共四十三年。

⑥ 烽火扬州路：意指当年金兵南下侵犯扬州，军民奋起抗击的情景。

⑦ 堪：忍受。

⑧ 佛狸祠：北魏皇帝拓跋焘小名佛狸，他曾反击刘义隆北伐大军，并大举南下，在长江北岸瓜步山建立行宫，即后来的佛狸祠。

⑨ 神鸦社鼓：神鸦，祠里吃供品的乌鸦；社鼓，祭祀时的敲鼓声。

⑩ 凭谁问，廉颇老矣，尚能饭否：用战国时赵国名将廉颇典故，详见《史记·廉颇蔺相如列传》。

反击重创，狼狈地亲自登高观望北面形势。而我呢，回到南方已经四十三年了，每次望着中原的方向，记起的都是当年扬州的抗金烽火。真是不堪回首啊，你看当年拓跋焘建造的行宫，如今竟然成了人们对他顶礼膜拜的场所，早就忘记了当年入侵的仇恨。像我这样的老将也早被忘记了，还有谁会想起来问一声，廉颇老了，饭量还好吗？

【评析】

明代文学家杨慎认为这首《永遇乐》是辛弃疾写得最好的一首词。从这首词中，可以明显得看出辛弃疾词作的两大特征：一是好用典故，二是以词作论。这首词作于1205年，当时年已六十五岁的辛弃疾出任镇江知府一职，对当朝的政治局面十分担忧，登临京口（镇江的古称）北固亭，写下了这篇流传千古的佳作。

京口是三国时孙权设置的重镇，一度成为吴国都城，也是南朝刘裕生长的地方。词人登亭远眺，自然就想起了历史上的那些风云变幻。上阕分别写这两位人物的事迹，其间夹杂着抒情议论，表现了词人对英雄豪杰的敬仰和怀念之情。"千古江山，英雄无觅，孙仲谋处。舞榭歌台，风流总被，雨打风吹去"写吴国开国皇帝孙权，说的是千年后，像孙权这样打败曹操保卫了国家的英雄已经找不到了，不但这样的人找不到，就连那时豪气干云的遗风也找不到丝毫痕迹了。"斜阳草树，寻常巷陌，人道寄奴曾住。想当年，金戈铁马，气吞万里如虎"写南朝宋开国皇帝刘裕，赞扬他两度北伐，消灭异族，收复失地的功勋。前六句由人物写到遗迹，后六句由遗迹写到人物，"风流总被，雨打风吹去""人道寄奴曾住"几句议论，则表达了词人对英雄不再的惋惜以及对时光更迭的无奈之情。

到了下阕，词人的议论与情感变得更为鲜明而强烈。"元嘉草草，封狼居胥，赢得仓皇北顾"三句，表面上是写刘裕之子刘义隆仓促北伐失利之事，实则是影射当时南宋朝廷混乱的政治局面。当时，外戚韩侂胄专权，借北伐的名义笼络人心，铲除异己，政局十分混乱。词人对此情况十分担忧，故而想借这一历史教训警醒当权者，然而并没有用。次年，韩侂胄贸然北伐，结果遭到惨败。"四十三年，望中犹记，烽火扬州路"，词人从历史人物转到自己的身世遭遇，回想起年少时在敌后起义抗金，北方人民抗击异族的烽火绵延不断，人人奋力争先，而如今自己已经老了，却一事无成，壮志难酬，隐约可见对南宋朝廷昏聩无能的指责。"可堪回首，佛狸祠下，一片神鸦社鼓"是说现在的人早就忘记了当年拓跋焘南侵的仇恨，反而对他顶礼膜拜起来。实质上，词人是以此影射当朝，谓当年金国大举南侵，战火连连，而不过四十多年，北方的人们就已经忘记曾经遭受的耻辱了，反而安于金人的统治，要是再不去收复中原，只怕人心都要向着金国了。想到这里，词人顿觉曾经抗金的腥风血雨不堪回首起来。"可堪"这里是反用，意为岂堪、不堪。最后词人以廉颇自比，表达了自己为国效力的能力和决心，同时也暗含忧虑。《史记·廉颇蔺相如列传》记载，廉颇被免职后，赵王想重新启用他，就派人去看他的身体情况。廉颇一饭斗米、肉十斤，披甲上马，以示可用。但廉颇的仇敌郭开贿赂了使者，结果使者就回报说："廉颇将军虽老，尚善饭，然与臣坐，顷之三遗矢矣"，就是说他吃个饭要上三趟厕所。赵王就不用他了。这个典故用得极为契合形势，不久词人就遭排挤，被迫离职，满怀忧愤地回到了瓢泉庄园。全词情调悲凉，充满对山河的热爱，对国家的忧虑，洋溢着爱国主义激情。

念奴娇·登建康赏心亭呈史留守致道

我来吊古，上危楼①，赢得闲愁千斛②。虎踞龙蟠③何处是？只有兴亡④满目。柳外斜阳，水边归鸟，陇上⑤吹乔木。片帆西去，一声谁喷霜竹⑥？

注

① 危楼：高楼，这里指赏心亭。赏心亭位于建康（今江苏南京）下水门上，下临秦淮河，是当时的游览胜地。

② 斛：古代计量单位，一斛为十斗。

③ 虎踞龙蟠：形容建康地势雄伟险要。

④ 兴亡：指以建康为都城的朝代兴废更迭。

⑤ 陇上：田埂上。

⑥ 喷霜竹：吹竹笛。霜竹，秋霜打过的竹子，代指竹笛。

却忆安石①风流，东山②岁晚，泪落哀筝曲。儿辈功名都付与，长日惟消棋局。宝镜难寻，碧云将暮，谁劝杯中绿？江头风怒，朝来波浪翻屋。

【词译】

我本是登上赏心楼来凭吊古迹，哪知道只落得满腔闲愁。说什么建康是虎踞龙蟠的帝王之都，我满眼看见的只有六朝兴亡更迭留下的这些遗迹。夕阳斜斜照着如烟的杨柳，鸟儿从水边飞回树上的巢窝，田野里的树木在风中狂舞。一艘孤零零的小船向西驶向秦淮河的尽头，不知是谁吹奏起一曲笛音，尽是悲凉之意。

想来如谢安这般才华出众的人物，到了晚年仍不免落得个功高遭忌的下场，听到桓伊为他抚的筝曲而潸然泪下。他把为国建功立业的使命都交给了下一辈，自己整日以下棋来消磨时间。宝镜难寻，天色已晚，报国无门的我只能借酒浇愁，遥望秦淮河，但见风高浪急，只怕到了明天汹涌的波涛就要把房屋推翻了。

【评析】

辛弃疾似乎很偏爱赏心亭，先后写过三首登赏心亭的词作，一为约于1167年创作的《水龙吟·登建康赏心亭》，一为约于1168年创作的这首《念奴娇》，一为约于1174年创作的《菩萨蛮·金陵赏心亭为叶丞相赋》。词题中的"史留守致道"指的是时任建康府行宫留守的史正志（字致道），他与《菩萨蛮》词题中提到的叶丞相叶衡均为坚定的主战派，辛弃疾对他们十分钦佩，故而作词以赠。

起首"我来吊古，上危楼，赢得闲愁千斛"开门见山，直入主题，奠定全词感情基调，即一个"愁"字。词人登高览胜，远望前朝遗迹，心生无限感慨。"千斛"是形容愁情极多，"闲"字则表现出词人不得重用的无奈之情。因何而闲？因报国无路、身受排挤而闲。"虎踞龙蟠何处是？只有兴亡满目"两句用设问手法，明知故问，自问自答，实际上是强调建康如今的败落景象，隐见词人对南宋朝廷的不满和指责。

注

① 安石：东晋著名政治家谢安，字安石。

② 东山：谢安早年曾隐居会稽郡（今浙江绍兴、宁波一带）的东山。

"虎踞龙蟠"是南京的专享词汇，出自大军事家诸葛亮之口，称之为"钟山龙蟠，石城虎踞，真帝王之都也"。接下来"柳外斜阳，水边归鸟，陇上吹乔木。片帆西去，一声谁喷霜竹"几句皆是建康败落的具体细节。词人以斜阳、片帆、霜竹等意象渲染出一种凄楚悲凉的氛围，与开篇"愁"字遥相呼应，表现出词人的忧愁心境。上阕主以写景，辅以抒情，多层次地表达了词人因吊古而生的愁情。

下阕词人弃景写人，以谢安自比，表现出志不得伸的愁苦以及对国势渐衰的忧虑。"却忆安石风流，东山岁晚，泪落哀筝曲。儿辈功名都付与，长日惟消棋局"，寥寥几句就概括了谢安传奇的一生，显示出词人高超的作词功底。前两句写谢安早年隐居东山，与王羲之、支道临等名士名僧交游，十分潇洒；中间一句写谢安淝水之战后功高遭忌，不受重用；后两句写谢安主动交权避祸，出走京城。其实，这是词人借谢安自比。词人南归之前统领义军抗金，曾大有作为；南归之后却受主和派排挤，不得重用，有将近二十多年的时间闲居乡间，空有报国之心，却无请缨之路，心中悲愤可想而知。

"宝镜难寻，碧云将暮，谁劝杯中绿"转回现实场景，即词人在亭上借酒消愁。"宝镜难寻，碧云将暮"两句皆为暗喻，前者以宝镜自比，意谓自己是千里马却无伯乐赏识，表现的依然是词人不得重用抗金无路的苦闷；后者以碧云自比，意谓自己正值最好的年华，却只能每日虚度，再这样下去人就老了，表现出词人时不我待，渴望收复失地的急切以及被迫虚度年华的悲凉。最后两句"江头风怒，朝来波浪翻屋"继续描写实景，但含义十分深刻，表达了词人对当时南宋朝廷拒不北伐，一味软弱求和而导致时局恶化的深切忧虑。

南乡子·登京口北固亭有怀

何处望神州^①？满眼风光北固楼。千古兴亡^②多少事？悠悠^③。不尽长江滚滚流^④。

年少万兜鍪^⑤，坐断^⑥东南^⑦战未休。天下英雄谁敌手^⑧？曹刘^⑨。生子当如孙仲谋^⑩。

【词译】

登上北固亭远望，山高水长，满眼都是中原的雄伟风光，让我神思飞扬。千年以来，沧海桑田，多少朝代兴衰更迭的往事，都已经埋没在久远的时间之河里，好似那没有尽头的长江之水，后浪推前浪，日日夜夜奔流不息。

想当年孙权年纪轻轻就统领千万大军，占据东南一带，为保卫自己的国家而战，从

注

① 神州：神州大地，这里代指中原地区。

② 千古兴亡：指朝代更迭，国家兴衰。

③ 悠悠：形容长久、悠远的样子。

④ 不尽长江滚滚流：化用唐代诗人杜甫《登高》中"无边落木萧萧下，不尽长江滚滚来"诗意。

⑤ 兜鍪：原指头盔，代指士兵。鍪，音"谋"。

⑥ 坐断：坐镇、占据。

⑦ 东南：三国时吴国地处东南方。

⑧ 敌手：旗鼓相当的对手。

⑨ 曹刘：指曹操和刘备。

⑩ 生子当如孙仲谋：引曹操语。

未向屈服。放眼天下，也就只有曹操、刘备和他旗鼓相当，是难分上下的对手。他是这样的雄才大略，意气风发，难怪曹操要感叹说："生儿子就应该生个像孙权这样的奇才！"

【评析】

这首《南乡子》与《永遇乐·京口北固亭怀古》当为辛弃疾同一时期的作品，约创作于 1204 年至 1205 年的镇江任上。镇江，古称京口，历来是长江下游的军事重镇。三国时吴主孙权治此，称为"京城"，及至迁都建业（今江苏南京），改称"京口"。辛弃疾在镇江任职期间，常登北固亭（位于今镇江北固山上，三面环水，下临长江）远望，发思古之幽情，抒伤今之悲愤。

全词境界高远，气概豪放，连用三个自问自答的艺术手法，借对历史上英雄人物的称颂讽刺南宋朝廷昏聩无能，连番沦丧国土，饱含一种爱国主义的悲情。

上阕开篇以"何处望神州？满眼风光北固楼"点题。词人先从远景写起，实则是运用了一种虚写的手法。这里的"神州"代指词人毕生心心念念的中原地区，即便词人眼力再好也是望不到中原的风光的，只不过词人心里想的是中原，眼中所看到的仿佛也变成中原了。接着词人收回远望的视线，看见了亭下滚滚奔流的长江水，想到千年来镇江这里也不知经历了多少朝代更迭，而曾经那些兴盛或是衰亡都已经了无痕迹，随着无尽的长江水滚滚东流了，不禁生出"千古兴亡多少事？悠悠。不尽长江滚滚流"的感慨。

下阕词人笔锋一转，从吊古转而写起历史上的孙权，称赞他是一名英雄人物。"年少万兜鍪，坐断东南战未休"说的是孙权年仅十八岁起就执掌江东，统领万军，并为守卫和拓展领土而与敌人作殊死战斗，从不屈服；"天下英雄谁敌手？曹刘"则赞扬孙权雄才大略，只有曹操和刘备才能当他的对手。这两句略有夸张之嫌，单从个人的谋略、治国、军事等素质来看，曹操大概更胜一筹。词人在这里美化孙权，不过是对当时南宋朝廷缺乏能人主事的慨叹，这在词尾"生子当如孙仲谋"表现得尤为明显。据《三国志》记载，曹操率领大军南下与孙权对垒，看见吴军雄壮威武，孙权英姿勃发，叹着气说："生子当如孙仲谋，刘景升（刘表）儿子若豚犬耳！"曹操对与他争霸天下的孙权推崇备至，对向他投降的刘琮（刘表的儿子）却十分不屑，说他像猪狗一样。词人借曹操的一褒一贬，实际上是讽刺当朝那些对金求和、出让国土的主和派。这种话里有话、意在言外的写法巧妙有力，意味悠长。

辛弃疾南归后，一生不得重用，志不得伸的愁苦郁结于心，将一腔报国雄心都赋予了词作当中，据传他临终前还在大声疾呼"杀贼！杀贼！"，当得上是一位爱国英雄。

陈　亮

（1143—1194）

　　字同甫，号龙川，南宋词人、思想家。出生于一个没落的地主家庭，少年时即显出非凡的才气和志向，是坚定的主战派，曾以平民身份连上五篇陈说国事的文章，即历史上著名的《中兴五论》。因党派之争，曾两次被诬下狱。年五十中状元，次年即病逝。与辛弃疾交好，词风豪放。著有《龙川文集》《龙川词》。

水调歌头·送章德茂大卿使虏

　　不见南师①久，谩说北群空②。当场只手③，毕竟还我④万夫雄。自笑堂堂汉使，得似⑤洋洋河水，依旧只流东？且复穹庐⑥拜，会向藁街⑦逢！

　　尧之都⑧，舜之壤⑨，禹之封⑩。于中应有，一个半个耻臣戎⑪！

注

① 南师：南方的军队，这里指南宋军队。

② 北群空：借用唐代韩愈《送温处士赴河阳军序》中"伯乐一过冀北之野而马群遂空"之意，谓没有人才。

③ 只手：只身，单身。

④ 我：这里指词题中出使金国的章德茂。

⑤ 得似：哪能像。

⑥ 穹庐：代指金廷，因北方少数民族居住在圆顶毡房，故称。

⑦ 藁街：汉代长安城南门内给少数民族居住的地方。藁，音"搞"。

⑧ 都：都城。

⑨ 壤：土地。

⑩ 封：分封，这里指分封的疆域。

⑪ 耻臣戎：以向金国投降为耻。臣，臣服；戎，古代对西部少数民族的称呼，这里借指金人。

万里腥膻^①如许^②，千古英灵安在，磅礴^③几时通？胡运^④何须问，赫日^⑤自当中！

【词译】

金国这些人，长时间没见到我们宋军出师北伐，不要以为我们就朝中无人了。你这次只身出使金廷，一定要让他们见识一下什么叫"一夫当关万夫莫敌"的豪气。你可是堂堂朝中大臣，哪能像河水东流一样，年年去金廷给他们的主子祝寿？这次暂且忍耐去上一去，等将来国力强盛，势必要举兵北伐，将金主活捉回来！

在这块尧、舜、禹相传而立的北方大地上，一定孕育着耻于向金人称臣的爱国志士。如今让金人肆意践踏着中原土地，怎么能对得起那些为国捐躯的先烈？我相信，总有一天会有更多的浩然正气生起，将金人彻底从中原驱逐出去。金国的命运无须再问，我们正如日中天，胜利必将属于我们。

【评析】

1164 年底，南宋与金签订了《隆兴和议》，将两国关系定为"叔侄"，金为叔，南宋为侄，屈辱至极。此后每年双方皇帝生辰，都互派使节到贺示好。基于地位不平等的事实，实际上都是南宋在示好。1185 年底，章森（字德茂）以大理少卿试户部尚书的身份前往金国祝贺金主完颜雍生辰，陈亮写了这首《水调歌头》为他送行。词题中的"大卿"是对章德茂官衔的尊称。虽然出使之事对章德茂来说是一大耻辱，但陈亮却别出一格，将这首送别词写得气势磅礴，充满正气，传递出一种不甘受辱誓要雪耻的爱国主义豪情。

上阕词人以章德茂出使金国事为中心，表达了有朝一日要击败金兵一雪前耻的决心。开头"不见南师久，谩说北群空"，词人就以犀利的笔锋直指金国统治者，

注
<hr>
① 腥膻：因金人饮食以牛羊肉、奶为主，气味腥膻，故以此代称金人。

② 如许：如此。

③ 磅礴：形容气势浩大的样子。

④ 胡运：胡人的命运，代指金国的命运。

⑤ 赫日：红日。赫，红色，引申为光明之意。这里是说宋王朝的国运正如日中天。

警告他不要以为南宋久不出兵北伐，朝中就没有人才了。"谩说北群空"反用韩愈"伯乐一过冀北之野而马群遂空"之意，"谩"即莫、不要之意。有了这一铺垫，后面称赞章德茂的"当场只手，毕竟还我万夫雄"两句就水到渠成了。这既是对章德茂的勉励，也是对前文"谩说"的回应，意谓章德茂就是有万夫不挡之勇的人才。"自笑堂堂汉使，得似洋洋河水，依旧只流东"三句隐约可见词人对南宋朝廷求和政策的不满。由于"隆兴和议"的签订，南宋不仅对金称"侄"，变得低人一等，而且须年年上贡，刻意讨好。词人身为主战派，对此自然十分反对，但他却无力改变现实，只好先暂退一步，"且复穹庐拜"，待他日再图大计，"会向藁街逢"。"藁街"句运用了汉代将领陈汤的典故，《汉书》载，陈汤斩北匈奴郅支单于后奏请汉元帝，将郅支单于的头颅悬挂在少数民族聚居的藁街，以显示汉朝对"明犯强汉者，虽远必诛"的决心，词人借此表达自己的抗金信念。

下阕"尧之都，舜之壤，禹之封"三句，皆为赞扬孕育了灿烂华夏文明的神州大地，词中以此指代沦陷于金国统治的北方地区。面对这样一片历史悠久的土地，词人相信"于中应有，一个半个耻臣戎"，意谓"在这片土地上，总会有那么一个半个耻于向金人称臣的人吧"。"一个半个"语，从中可见词人对广大北方百姓陷于金人统治而南宋朝廷却浑然不顾的痛心和斥责。"万里腥膻如许"谓金人统治的中原地区惨遭践踏，已经到了万里尽染鲜血的地步，而朝廷却苟安一方，毫无收复河山之心，词人对此激愤难平，发出了"千古英灵安在，磅礴几时通"的追问。追问的对象是谁呢？自然是当朝那些主和派，在词人心目中，这些人是千古罪人，是没有面目去见祖先的。最后"胡运何须问，赫日自当中"两句总结全词，充分表达了词人对抗金大业的决心和信心。

全词通篇以议论的手法写成，一改送别词惯有的离情别绪，反而言辞激昂，充满振奋人心的力量，独具爱国激情。

念奴娇·登多景楼

　　危楼①还望，叹此意、今古几人曾会？鬼设神施②，浑③认作、天限南疆北界。一水④横陈，连冈三面，做出争雄势。六朝何事，只成门户私计⑤？

　　因笑王谢诸人⑥，登高怀远，也学英雄涕⑦。凭却⑧长江，管不到、河洛腥膻无际⑨。正好长驱⑩，不须反顾⑪，寻取中流誓⑫。小儿破贼⑬，势成宁问强对！

注

① 危楼：高楼，指词题中的多景楼，位于今江苏镇江北固山上，北临长江。

② 鬼设神施：形容镇江的地势险要，如鬼斧神工一般。

③ 浑：全，都。

④ 一水：指长江。

⑤ 门户私计：指主和派的私人利益。门户，引申为派别；私计，个人的计划和打算。

⑥ 王谢诸人：王、谢是东晋的豪门世家。这里代指东晋的上层人物。

⑦ 也学英雄涕：引东晋初南渡士大夫"新亭对泣"典故。涕，眼泪。

⑧ 凭却：凭借。

⑨ 河洛腥膻无际：形容中原地区惨遭金人蹂躏的凄惨情景。河洛，指以河南洛阳为中心的中原腹地，这里泛指中原地区；腥膻：腥而膻的味道，代指以牛羊肉、奶为主食的金兵。

⑩ 长驱：指军队迅速地向远方挺进。

⑪ 反顾：回头看，义无反顾之意。

⑫ 中流誓：引东晋祖逖"击楫而誓"典故。《晋书·祖逖传》载，祖逖中流击楫而誓曰："祖逖不能清中原而复济者，有如大江！"

⑬ 小儿破贼：引东晋谢安语。淝水大战后，有客人问战果，谢安答道："小儿辈大破贼。"

【词译】

我登上多景楼眺望山河，心中涌起无限感慨，不知道有几人能领会？镇江这么险要的地势，却只被当成天然的南北疆界。一面独占长江天险，三面群山相连，仿佛在互相争雄斗秀。可叹六朝统治者个个划江而治，只顾着为自己的利益打算。

东晋那些南渡而来的士大夫们真是可笑，也学英雄登高怀远，却只懂空流眼泪而没有任何行动。他们凭借着长江天险苟安一方，哪里还想得到被胡人占领的广大北方地区？要我说，正应该凭借这样的天然屏障义无反顾地向北方迅速挺进，像祖逖那样，不收复中原誓不回还。到时大破敌兵，何必去问对手是弱还是强呢？

【评析】

1188 年，陈亮到建康（南京）京口（镇江）观察地形，写了这首词，并再次上疏朝廷，建议由太子监军，驻守建康，以表明收复中原的决心。但是他坚持抗金的主张触怒了当朝的一些官僚，最后再次被诬入狱。从这首词中可以看出，陈亮登楼览景的目的是考察形势，陈述政见。全词通篇以议论为主，批判南宋朝廷苟安一方的求和政策，抒发了词人的爱国主义情怀。

上阕描写镇江三面环山一面临水的险要地势，借对六朝的批判，笔锋直指当朝统治者，指责他们只顾自己的私利，丝毫不顾北方百姓陷于金人统治下水深火热的生活。起句"危楼还望，叹此意、今古几人曾会"点明词题，统领全词。"此意"指的正是词人一心想要收复中原的理想，"今古"表明了全词以古论今的感情基调，"几人曾会"则写出了词人一再遭受排挤打击的苦闷之情。"鬼设神施，浑认作、天限南疆北界"三句议论的是历史上六朝诸代放着天然的凭借不用，只把长江当作南北统治的边界，浪费了大自然的鬼斧神工，即"一水横陈，连冈三面，做出争雄势"所言。这样的地形原本是进可攻，退可守的军事要地，但"六朝何事，只成门户私计"，统治者只考虑自己的利益，最终造成了"五胡乱华"的局面。虽然上阕议论的都是六朝之事，实质上是词人在斥责南宋朝廷划江自守的苟安政策。

"因笑王谢诸人，登高怀远，也学英雄涕"三句过片，既承接上阕六朝事，又为下文"凭却长江，管不到、河洛腥膻无际"的议论埋下伏笔。"因笑"三句引东晋初期南渡诸人"新亭对泣"的典故，嘲笑他们只会空留泪水，却不采取实际行动；"凭却长江"三句紧承前三句发表议论，与上阕词尾"只成门户私计"相互呼应，"门户私计"是因，"河洛腥膻无际"为果。这几句辛辣讽刺至极，是对当朝统治阶级的深刻批判。在词人看来，凭借着长江天险，应该"正好长驱，不须反顾，寻取中流誓"。词人在这里用了东晋祖逖北伐"中流击楫而誓"的典故，意谓应该像祖逖北伐那样坚决抗金，不收复中原不回还。到了这里，前文愤懑抑郁的词情忽然为之一扬，充分展现出词人豪放的胸襟。最后词人以"小儿破贼，势成宁问强对"总结全词，铿锵有力，抒发了词人对抗金北伐必胜的信心和决心！

陈亮以收复中原为毕生理想，并为此多次上疏朝廷，提出北伐的建议和策略，只可惜他生不逢时，不但不得重用，而且多次遭诬下狱，年五十一岁就辞世了。

刘克庄

（1187—1269）

字潜夫，号后村，南宋词人、诗人。初名灼，师从著名理学家真德秀。二十二岁任靖安主簿，后官至工部尚书，获封龙图阁学士。诗属江湖派，江湖诗派是南宋末年兴起的一个诗派，因书商陈起刊刻的《江湖集》得名，风格平直古朴。词作深受辛弃疾影响，是辛派词人的重要代表，风格豪迈慷慨，多散句、议论。著有《后村先生大全集》，在南宋后期号称"一代文宗"。

沁园春·梦孚若

何处相逢？登宝钗楼①，访铜雀台②。唤厨人斫③就，东溟④鲸脍⑤；围人⑥呈罢，西极⑦龙媒⑧。天下英雄，使君⑨与操⑩，余子⑪谁堪共酒杯？车千乘⑫，载燕南赵北⑬，剑客奇才。

注

① 宝钗楼：酒楼名，汉武帝时所建，故址在今陕西咸阳市。

② 铜雀台：三国时曹操所建，位于今河北邯郸市临漳县城西。

③ 斫：用刀砍。

④ 东溟：东海。

⑤ 脍：细细切过的肉、鱼。

⑥ 围人：古代官名，掌管养马放牧等事宜，后泛指养马的人。

⑦ 西极：指西域，古代名马多来自西域。

⑧ 龙媒：《汉书》有"天马徕龙之媒"，意谓天马是龙来的媒介。后来泛称骏马为龙媒。

⑨ 使君：古代对州郡长官的称呼，这里指三国时刘备。

⑩ 操：曹操。

⑪ 余子：其他人。

⑫ 乘：音"胜"，古代一车四马叫乘。

⑬ 燕南赵北：指今河北山西一带。燕、赵，战国时的燕国、赵国。

饮酣画鼓①如雷，谁信②被晨鸡轻唤回。叹年光过尽，功名③未立；书生老去，机会方来。使④李将军⑤，遇高皇帝⑥，万户侯何足道哉！披衣起，但凄凉感旧，慷慨生哀。

【词译】

我们在哪里相逢呢？不如一起登上宝钗楼，再一起去寻访铜雀台。唤来楼中的厨子，叫他把东海里的鲸鱼切碎做成美味；叫来台前的马夫，让他把西域的骏马牵到我们面前。天下的英雄，除了你我二人，还有谁值得与之把酒言欢呢？让我们准备好千辆马车，一起迎接五湖四海的文武奇才。

痛饮醉卧，仿佛听见北方传来轰然作响的军鼓声，哪知道一声雄鸡的打鸣声将一切变成梦境。梦醒辗转，叹一声年华已逝，收复中原的理想却未实现。难道非要等到我垂老之日，建立功名的机会才会到来吗？假使当年英勇的李广将军能够遇到善用人才的高祖皇帝刘邦，封一个区区万户侯又算得了什么！披衣下床，只觉得心情凄凉，倍感哀伤。

【评析】

方孚若，名信孺，字孚若。南宋诗人、词人，性格豪爽，能言善辩，1206年曾出使金国谈判"和议"之事，坚持寸土不让，后英年早逝，为刘克庄挚友。这首《梦孚若》创作于1243年，其时方信儒已逝世二十一年，而北方依然沦陷于金人之手，刘克庄一腔报国无门的愤懑，只能倾诉给曾经共同战斗过的挚友。

上阕描写了词人梦中与挚友相逢的情景，其中多有对南宋朝廷的讽刺之语。开篇"何处相逢？登宝钗楼，访铜雀台"笔锋直逼现实。宝钗楼与铜雀台两地皆位于

注
----

① 画鼓：一作"鼻息"。

② 谁信：谁想，谁料。

③ 功名：指收复北方之事。

④ 使：假使。

⑤ 李将军：指汉代名将李广。

⑥ 高皇帝：指汉高祖刘邦。

金人占领的北方地区，实际上两人都没有去过，但词人却故意用这两处入词，是表明自己念念不忘收复失地的决心，同时也是对无作为的南宋朝廷的批判。"唤厨人斫就，东溟鲸脍；圉人呈罢，西极龙媒"四句，词人展开了极为雄奇的想象，笔落间横贯西东，表现出词人博大的胸襟，极具楚辞式的浪漫主义色彩。"天下英雄，使君与操，余子谁堪共酒杯"三句，词人以刘备与曹操比喻挚友与自己，意谓二人志同道合，共有雄心壮志。末三句"车千乘，载燕南赵北，剑客奇才"紧承前文"使君与操"意，言既然你我同为君主式的英雄，自然要广揽南北人才，争取早日收复失地。"燕南赵北"与开篇"登宝钗楼，访铜雀台"遥相呼应，点明了词人创作此词的主旨。

下阕写梦醒后的现实景象，流露出词人不受重用、报国无门的重重忧愤之情。过片"饮酣画鼓如雷，谁信被晨鸡轻唤回"承上阕梦境，启下文现实：词人在梦中听见北方传来的军鼓阵阵，谁料收复失地的美梦却被一只雄鸡唤醒了。醒后是何景象呢？"叹年光过尽，功名未立；书生老去，机会方来"，现实非常残酷，词人不受重用，无法实现心中理想，只能眼睁睁看着自己年华逝去，渐渐苍老。是什么导致了这种局面呢？词人接下来引用汉代将军李广的典故进行了说明。"使李将军，遇高皇帝，万户侯何足道哉"，这三句出自《史记·李广传》中汉文帝刘恒对李广所说："惜乎，子不遇时！如令子当高帝时，万户侯岂足道哉！"词人用在这里几乎无甚变动，但用得却相当贴切自然，既流露出词人怀才不遇的悲凉慨叹，又指责了南宋朝廷埋没人才的黑暗政治。而且还另有一层深意，即词人强烈地渴望能像李广一样建功立业，完成国家统一的理想。只可惜现实与理想差得十万八千里，这种无奈、愁闷、失望交织的复杂感情怎不能让词人"披衣起，但凄凉感旧，慷慨生哀"呢？末三句可说是鲜明地表达了全词的感情基调。

全词采用虚实对比的艺术手法，表达了词人对挚友的无限思念之情以及对自身报国无门的愤懑之情。现代文学家俞平伯曾在《唐宋词选释》中评价说"观其通篇不用实笔，似粗豪奔放，仍细腻熨贴，正如脱缰之马，驰骤不失尺寸也"。

贺新郎·送陈真州子华

北望神州路，试平章^①、这场公事^②，怎生分付^③？记得太行山^④百万，曾入宗爷^⑤驾驭。今把作^⑥握蛇骑虎。君去京东豪杰喜，想投戈下拜真吾父^⑦。谈笑里，定齐鲁。

两河^⑧萧瑟惟狐兔。问当年、祖生^⑨去后，有人来否？多少新亭挥泪客^⑩，谁梦中原块土^⑪？算事业须由人做。应笑书生心胆怯，向车中、闭置如新妇^⑫。空目送，塞鸿去。

【词译】

向北眺望中原，我试着谋划这场北伐抗金的硬仗该怎样打才好。记得靖康之乱过

注

① 平章：商酌，筹划。

② 公事：指北伐抗金的国家大事。

③ 分付：分别付与，交给。

④ 太行山：山名，位于山西省与华北平原之间，这里代指河北、山西等地。

⑤ 宗爷：指宋朝名将宗泽，力主抗金。

⑥ 把作：当作。

⑦ 真吾父：出自《新唐书列传第六十二郭子仪》。郭子仪曾仅率数十骑入回纥大营见其大酋，回纥舍兵下马拜曰："果吾父也。"

⑧ 两河：指河北东路、西路，当时为金占领区。

⑨ 祖生：指东晋著名将领祖逖。这里代指南宋初年的抗金名将宗泽、岳飞等。

⑩ 新亭挥泪客：用东晋初年"新亭对泣"典故。

⑪ 块土：国土。

⑫ 新妇：新娘子。

后，北方抗金义军大举集结，百万大军皆入东京留守宗泽麾下，为收复国土共同奋斗。可惜现在朝廷却把义军当成蛇、虎一样的威胁，不肯善加任用。你这次到真州去英雄豪杰一定非常欢喜，想来他们会十分乐意投入你的麾下，谈笑之间，就平定了齐鲁大地，收复我中原土地。

北方落入金人之手已久，早已是遍地荒凉，成了狐兔们的天堂。我想问一问，自从当年宗将军、岳将军曾率兵收复过中原土地后，还有谁曾去过那里呢？那些装模作样的朝臣们，有谁还记得中原这片国土？这么一想，收复中原这样的大事还是得要有能人来做才行啊，像我这样百无一用的书生，整日里闭门家中，好似轿中的新嫁妇，只能徒劳地看着你奔赴疆场，作这首词相送。

【评析】

1227 年，刘克庄在建阳县（今属福建省）任职，他的朋友陈鞾（字子华）在被朝廷调往真州（今江苏省仪征市）的途中路过建阳。当时的真州是靠近宋金对峙前线的要地，刘克庄在送别陈鞾时创作了这首词。全词气势磅礴，立意高远，反映了词人正确对待义军的先进思想，同时也表现了词人期望友人此去能为抗金事业做出贡献的勉励之情。

开篇"北望神州路，试平章、这场公事，怎生分付"以问句造势，径直将读者引至收复中原的北伐大业中去，"这场公事，怎生分付"将词人忧心国事又迫于现实无奈的心情渲染得淋漓尽致，让人不知不觉中与词人产生了共鸣。"记得太行山百万，曾入宗爷驾驭。今把作握蛇骑虎"三句以对比的手法批判现今的南宋朝廷目光狭隘，不能知人善用。前两句是写百年前靖康之变后，东京留守宗泽亲自招降当时的大盗山贼头子王善和杨进，得百万大军相助抗金之事；后一句则写现在的朝廷把义军视作蛇、虎般畏惧，将其当成威胁，而不是当作助力。前后强烈的对比，鲜明地表达了词人的态度，对宗泽的敬仰，对当朝的痛心。末四句转入送别主题，"君去京东豪杰喜，想投戈下拜真吾父。谈笑里，定齐鲁"，词人引唐代名将郭子仪被回纥族人尊称为"吾父"的故事，表达了词人期望友人赴任真州后能招安义军，与之共同完成收复中原大业的拳拳真情。

下阕词人连用两个反问，抒发了对朝廷偏安一隅，罔顾北方国土的悲愤之情。"两河萧瑟惟狐兔"首先描写了北方地区惨遭金兵铁骑践踏的情景，化用自张元幹"聚万落千村狐兔"（贺新郎·送胡邦衡待制）词意；紧接着词人连用两个反问，

"问当年、祖生去后，有人来否？多少新亭挥泪客，谁梦中原块土？算事业须由人做"，前三句写自宗泽、岳飞之后，再没有人带领宋军征战过北方，中间三句则嘲讽那些嘴上空谈故土却从没有付诸行动的朝臣大夫，最后一句充满对友人的勉励与希冀。词人期望友人前往真州后，要奋起北伐抗金，像以前的宗泽、岳飞等名将一样勇往直前，而不是空谈复国，却不采取行动。字里行间可见词人渴望收复中原的急切心情以及勉励友人奋发的深情厚谊。"应笑书生心胆怯，向车中、闭置如新妇。空目送，塞鸿去"是词人的自嘲之语。面对国土被侵占朝廷却软弱无力的局面，词人痛感自己是百无一用的书生，不能像友人一样前往抗金前线，上场杀敌，只能眼睁睁看着友人奔赴疆场，写这首词为他送别。"塞鸿"原指边塞的鸿雁，这里指的即是陈子华。与前文激昂士气的感情基调不同，词意到了这里显得沉郁悲凉了许多，尽显词人报国无门的苦闷之情。

玉楼春·戏林推

年年跃马长安①市，客舍似家家似寄②。青钱③换酒日无何④，红烛呼卢⑤宵不寐。

易挑锦妇机中字⑥，难得玉人⑦心下事。男儿西北有神州，莫滴水西桥⑧畔泪。

注

① 长安：今陕西西安市，曾为汉、唐都城。这里代指南宋都城临安。

② 寄：寄居。

③ 青钱：古代一种钱币，另有一种黄钱。

④ 无何：没什么重要的事情。

⑤ 红烛呼卢：晚上点蜡烛赌博。

⑥ 锦妇机中字：织锦中的文字。

⑦ 玉人：美人。这里指青楼女子。

⑧ 水西桥：桥名，位于今福建省建瓯市。这里泛指青楼女子所在之地。

【词译】

年年见你骑着高头大马在临安城里东游西逛，竟把青楼酒馆当成家一般夜夜住宿，把家当成客栈一般偶尔回去一下。整日里无所事事，只知道拿钱买酒，胡天胡地狂喝滥饮；到了晚上就点着蜡烛豪赌不休，整夜不睡直到天亮。

我想你应该明白，你能够轻易地得到妻子的真心，却难搞清楚那些青楼女子的心思。如今国家山河破碎，北方土地还沦陷在金人手中，好男儿应该以收复国土为己任，奔赴疆场为国效力，怎能整日流连在脂粉堆中，为了儿女情长而白白流下男儿泪？

【评析】

词题中的林推是一名姓林的推官，也是词人刘克庄的同乡。这名林推官有点儿纨绔子弟的做派，整日里流连花丛，狂赌滥饮。刘克庄便以这首《玉楼春》规劝他，虽题为"戏林推"，口吻也极为诙谐风趣，但字里行间流露出的劝勉之意却极为沉重，寄寓了词人期望收复国土的志向。

上阕四句描写林推官的浪荡生活，用笔颇为雄健豪放，似是夸奖实则惋惜。"年年跃马长安市，客舍似家家似寄"说的是这名推官整日鬼混于青楼酒馆夜不归家的荒唐生活。他每天都干些什么呢？"青钱换酒日无何，红烛呼卢宵不寐"，说的是他每天不是拿钱买醉，就是通宵豪赌，十分堕落。前一句化用自唐代诗人杜甫《逼侧行赠毕四曜》"速宜相就饮一斗，恰有三百青铜钱"，后一句化用自北宋词人晏几道《浣溪沙》"户外绿杨春系马，床前红烛夜呼卢"。"呼卢"是古时一种赌博的方式，又叫樗蒲，有五个子，类似于现代的掷骰子，只不过当时是以颜色论输赢，掷到五子全黑叫卢，得头彩。因而赌客们在掷子时总是"卢"啊"卢"地大呼小叫，所以叫呼卢。这几句从多方面反映了林推官生活的放荡和空虚，为下阕的规劝之语奠定基础。

"易挑锦妇机中字，难得玉人心下事"两句采用对比手法，委婉地批评了林推官流连青楼而疏远妻子的错误。"锦妇机中字"化用了前秦才女苏惠织诗文锦以寄其夫的典故。苏惠与丈夫窦滔原本琴瑟相和，哪知丈夫在发配外地时遇到了一名歌姬，并娶作偏房。苏惠对此非常气愤，因为在窦滔外出为官时拒绝同往，但又思念非常，只好用吟诗作文来排遣。后来她把所写诗词暗藏在29行、29列的文字里，织成八寸锦缎寄给丈夫。窦滔读懂之后，立即派人来接她，自从两人恩爱偕老。词人引用这一典故，是规劝林推官要好好对待结发妻子，因为只有妻子对他是真心实意。词末"男儿西北有神州，莫滴水西桥畔泪"再用对比，热切地期望林推官以收复中原大事为己任，奔赴疆场建立功业，而不是每日流连花丛，虚度年华。"男儿西北有神州"极具唐代鬼才李贺"男儿何不带吴钩，收取关山五十州"的韵味，豪气万丈，极为雄壮，可说既是对同乡的规劝，也是对自己的自勉，是全词的中心思想所在。全词上阕写人，下阕抒意，充满着一种爱国情怀，立意甚高。

赵秉文

（1159—1232）

字周臣，号闲闲居士，金代文学家、理学家、书法家。1185年进士及第，历任平定州刺史、礼部尚书、翰林学士等职，为政简朴宽容。生性好学，无一日不读书，诗、文、书、画俱佳。诗歌多描写自然景物；散文多表现程朱理学；书法则工草书，与同时代的党怀英、王庭筠、赵沨齐名。晚年自号闲闲老人，著有《闲闲老人滏水文集》。

大江东去·用东坡先生韵

秋光一片，问苍苍①桂影②，其中何物？一叶扁舟波万顷，四顾粘天无壁③。叩枻④长歌⑤，嫦娥⑥欲下，万里挥冰雪⑦。京尘千丈⑧，可能容此人杰⑨？

注

① 苍苍：形容迷茫貌。

② 桂影：传说中月宫里的桂树，这里代指月亮。

③ 四顾粘天无壁：形容水天浑然一体，无边际可寻。出自唐韩愈《祭河南张员外文》"洞庭汗漫，粘天无壁"。

④ 叩枻：敲打船舷。叩，敲打；枻，音"易"，船桨，借指船。

⑤ 长歌：放声高歌。

⑥ 嫦娥：传说中的月宫仙子。

⑦ 万里挥冰雪：形容月光皎洁明亮。

⑧ 京尘千丈：指京都尘事，即错综复杂的官场。

⑨ 人杰：指苏轼。

回首赤壁矶①边，骑鲸人去②，几度山花发。澹澹③长空今古梦，只有归鸿明灭。我欲从公，乘风归去④，散此麒麟发⑤。三山安在，玉箫吹断明月。

【词译】

一片萧瑟的秋日光景，不知道茫茫的月亮里面，究竟会有些什么？秋水连绵万里，与天空融为一体，分不出边际，只有一叶小舟正随波逐流。敲打着船舷放声高歌，歌声惊动了月中仙子嫦娥，她也想飞下凡间，令月光更为皎洁明亮，洒遍万里河山。这险恶的俗世红尘，怎可能容得下像苏轼这样的人中豪杰呢？

想来自东坡先生仙去之后，山花开了又谢、谢了又开，已是好多个年头了。时空广漠而辽远，人世间古往今来不过是一场大梦，最后剩下的只有大雁杳杳归去的影子。我真想和东坡先生一样，散发乘风回去天上。海上的三座仙山还在吗？我不知道，也无从寻找，只好在月下吹着玉箫，寄我一片远离红尘之意。

【评析】

这是一首从头至尾都在向大文豪苏轼致敬的词。词牌"大京东去"即"念奴娇"，缘自苏轼《念奴娇·赤壁怀古》首句"大江东去"；词题"用东坡先生韵"指的是这首词采用了苏轼《念奴娇·赤壁怀古》的原韵。上阕化用了苏轼《赤壁赋》的内容，表现了词人对苏轼的敬仰之情；下阕感叹人生苦短，世事无常，表达了词人想要远离尘世的思想。

"秋光一片，问苍苍桂影，其中何物"，全词以问月开篇，沿用苏轼《水调歌头》"明月几时有，把酒问青天"的意境。"秋光"点明时间，"苍苍"则写月亮的迷茫之貌，更准确地说，这是词人自身迷茫心态的投射。"一叶扁舟波万顷，四顾

注
- ① 赤壁矶：指苏轼《赤壁赋》所写的赤壁，位于今湖北省黄冈市。
- ② 骑鲸人去：传说李白曾在安徽当涂采石矶骑鲸仙去。这里指苏轼。
- ③ 澹澹：广漠的样子。澹，音"但"。
- ④ 我欲从公，乘风归去：引苏轼《水调歌头》"我欲乘风归去"语。
- ⑤ 散此麒麟发：语出唐韩愈《杂诗》"翩然下大荒，被发骑麒麟"句。

粘天无壁。叩枻长歌，嫦娥欲下，万里挥冰雪"五句隐括苏轼《赤壁赋》文意。《赤壁赋》中有"纵一苇之所如，凌万顷之茫然""扣舷而歌之"等语。虽是隐括前人作品，但词人用得十分贴切自然，围绕着月下泛舟之景，塑造了一名超然世外的人物形象——苏轼：他随意坐在小舟之上，扣舷高歌，四周水天茫茫，无边无际，只有皎洁的月光荡漾在水面之上。这样一名世外高人的形象正是词人心里所向往的，但却是繁杂的现实所容不下的，故而词人有"京尘千丈，可能容此人杰"的慨叹。这两句既是词人对苏轼的崇敬和敬仰，又是词人对现实的批判和指责，谓像苏轼这样的人中豪杰，却在现实之中备受不公待遇，暗讽北宋朝廷不懂知人善用，有借古说今的意味，表达了词人对金朝埋没人才致使国无能人的忧心之情。

过片"回首赤壁矶边，骑鲸人去，几度山花发"三句承上启下，从描写苏轼过渡到描写自身。"骑鲸人去"与上阕词尾"京尘千丈，可能容此人杰"紧密呼应，因为不容于世，故而就回到天上去了。"骑鲸人"原指唐代大诗人李白，他晚年寓居在安徽当涂，传说他在采石矶骑着鲸鱼到仙界去了。词人用此指代苏轼，充分表现了对他的崇敬之情。"澹澹长空今古梦，只有归鸿明灭。我欲从公，乘风归去，散此麒麟发"五句写词人的心境感受，比较消极。所谓"大江东去，浪淘尽，千古风流人物"，在词人看来，时空辽远没有尽头，人生在世不过是大梦一场，因而他想要像苏轼一样"乘风归去"，远离尘世，做一个什么都不管的世外之人。"澹澹长空今古梦，只有归鸿明灭"两句化用自唐代诗人杜牧《登乐游原》"长空澹澹孤鸟没，万古销沉向此中"句意。不过，虽然词人有出世的想法，却并不能实现，可能是现实情况不允许，也可能是词人难以找到一片净土，因而只能寄情玉箫，在月下独自悲戚。词末"三山安在，玉箫吹断明月"即写此意，余韵悠长。

水调歌头

　　四明有狂客^①，呼我谪仙人^②。俗缘^③千劫^④不尽，回首落红尘。我欲骑鲸归去，只恐神仙官府，嫌我醉时真。笑拍群仙手，几度梦中身。

　　倚长松，聊^⑤拂^⑥石，坐看云。忽然黑霓^⑦落手，醉舞紫毫^⑧春。寄语沧浪流水，曾识闲闲居士^⑨，好为濯^⑩冠巾。却返天台去，华发散麒麟^⑪。

【词译】

　　就像四明狂客贺知章称呼李白一样，朋友们也都把我叫作谪仙人，只因尘世未了劫难未尽，故而回头落在这尘世之间。我想要骑着鲸鱼回到天上去，又担心天上条条框框太多，嫌弃我酒后吐真言，倒不如在这世间快活，虽然只能在梦中与天上

注

① 四明有狂客：指唐代诗人贺知章，其性格放纵旷达，自号"四明狂客"。

② 谪仙人：指唐代诗人李白。

③ 俗缘：佛教语，指尘世之事。

④ 千劫：佛教语，现多指无数的灾难。

⑤ 聊：姑且。

⑥ 拂：拭，轻轻擦过。

⑦ 黑霓：黑色的霓虹，这里借喻书写用的墨。

⑧ 紫毫：一种毛笔，笔锋用深紫色的细而硬的兔毛做成。

⑨ 闲闲居士：词人自指。

⑩ 濯：洗。

⑪ 华发散麒麟：化用自唐代韩愈《杂诗》"翩然下大荒，被发骑麒麟"句意。

的仙友相聚。

　　背倚高高的青松，姑且轻拂玉石，坐观天边云卷云舒。谁知忽然天上落下黑霓，正好让我以之为墨，挥毫狂书：沧浪之水啊，我这个闲闲居士最喜爱在水中洗净冠巾了，真希望整个人间都能被你洗净！可惜这只是难以实现的理想罢了，我还是回天台做我的谪仙去吧，自由自在，逍遥快活！

【评析】

　　游仙词是词史上一种十分特别的体裁，源于早期的游仙诗，多描写仙界情景，借以表达词人的高洁追求。由于内容多出于丰富的想象，故极具浪漫主义色彩。这类词比较小众，大多数时候是被归在豪放词里的。宋、金词史上也有游仙词的创作，其中较为突出的两首皆以"水调歌头"为词牌，一为黄庭坚的"瑶草一何碧"，一为赵秉文的这首"四明有狂客"，且后者明显受前者的影响。

　　开篇"四明有狂客，呼我谪仙人"笔力狂纵，极为自负。词人喜学李白，处世颇有太白遗风，因此他的朋友们经常以仙人相喻。这里以"四明狂客"贺知章喻友人，以"谪仙"李白自喻，同时运用了"谪仙人"由来的典故：传说贺知章初见李白文章，即惊为天人之作，因称李白为"谪仙人"。词两句，意三层，可说是意味隽永。所谓"谪仙"，指的就是天上的神仙被贬落凡间的状态，因而后文用"俗缘千劫不尽，回首落红尘"两句解释了"谪"落凡间的原因。"我欲骑鲸归去，只恐神仙官府，嫌我醉时真"三句，写词人虽想回天上去，但又担心天上的条条框框会束缚自己的真实性情，与苏轼的"我欲乘风归去，又恐琼楼玉宇，高处不胜寒"有异曲同工之妙。"骑鲸人"仍指李白，传说他在采石矶骑鲸仙去；"神仙官府"意谓天上规矩也多，只怕会"嫌我醉时真"，不如谪落凡间自在快活。最后"笑拍群仙手，几度梦中身"是说自己已是谪仙的身份，与神仙是天上地下的区别，只能在梦中与他们诉说自己在凡间的感受了。

　　过片三句"倚长松，聊拂石，坐看云"写自己逍遥自在的谪仙生活，紧承上阕"笑拍"之语，意谓自己在凡间拂石观云十分悠闲。但紧接着的"忽然黑霓落手，醉舞紫毫春"两句，瞬间将这种舒适的静态画面给打破了，反而充满狂放的动感之美。词人以紫毫笔，蘸天上墨，挥毫泼墨，何其恣意！紧接着"寄语沧浪流水，曾识闲闲居士，好为濯冠巾"三句为前文书写之内容，化用了春秋战国时期流传的一首民歌"沧浪之水清兮，可以濯我缨；沧浪之水浊兮，可以濯我足"之意，"闲闲居士"是词人自号，意思是说自己最爱在沧浪之水里洗涤冠巾，隐隐流露了词人希望沧浪之水可以涤清一切的精神理想。不过，由于词人的人生态度是出世的，因而这也只能停留在理想层面，词末"却返天台去，华发散麒麟"明显地表明了词人的这种倾向，他最终还是选择了做一个远离尘世，逍遥自在的凡间谪仙，反映出词人一种超然世外、清明高远的人生追求。全词写得颇有气势，语言生动，极具艺术感染力。

王予可

（？—1232）

字南云，金代隐士。出身军人家庭，三十出头的时候大病了一场，之后行为就变得怪异，不但能吟诗作文，而且喜谈世外玄幻之事。长相奇特，装扮古怪，好在两颊涂绿粉，并裸露小腿。落魄嗜酒，每到城里，人们都争相以酒、食相送；给他纸笔的话，他下笔就是数百言，或诗或文，散漫碎杂，遇宋皇帝名讳时即避之。字画颇有水准，用笔峭劲有力。

生查子

夜色明河①静，好风来千里。水殿②谪仙③人，皓齿④清歌起。
前声金罍⑤中，后声银河底。一夜岭头云，绕遍楼前水。

【词译】

美妙的乐声响起，婉转悠扬，令人沉醉。我仿佛看见夜色中一条银河静静在空中流淌，徐徐的凉风从千里之外轻轻吹佛而来。银河边耸立着一座宫殿，谪居在这里的仙人轻启朱唇，清脆的歌声就响彻天地，缭绕不去。歌声如此迷人悠远，前一声仿佛还在手中的美酒里泛着涟漪，后一声已经婉转飘落于银河水底，渐有渐无，

注

① 明河：即银河。

② 水殿：临水的殿堂。

③ 谪仙：被贬落凡间的仙人。

④ 皓齿：雪白的牙齿。

⑤ 金罍：罍的美称。罍，音"甲"，古时一种酒器，似爵而大。

真是令人回味悠长啊，好似岭上柔绵的云朵在一夜之间融入了楼前潺潺的流水。

【评析】

　　这是一首描写美妙歌声的词，极具浪漫主义美感。一般来说这类诗词的表现手法通常有两种，一是直接描写声音，如白居易的名篇《琵琶行》中"大弦嘈嘈如急雨，小弦切切如私语"句；二是描写听声的感受，如李贺的《李凭箜篌引》中"昆山玉碎凤凰叫，芙蓉泣露香兰笑"句。这首《生查子》运用的基本都是第二种表现手法。

　　起首"夜色明河静，好风来千里"两句即入乐声之境，词人沉醉于美妙当中，情不自禁开始了一番脑海中的神游。他仿佛看见夜色中闪闪一条银河，感受到千里之外吹来的清风。在这一想象之中，清歌的不再是现实中的歌女，而成为了银河边谪居的仙人。"水殿谪仙人，皓齿清歌起"，词人由远及近，慢慢靠近银河边的宫殿，于是见到了正在放声歌唱的谪仙，只见她轻启朱唇，微露皓齿，清亮的歌声缭绕在殿堂之间，绕梁不绝。"前声金罍中，后声银河底"两句是对歌声不绝于耳的细节描写，前一声刚刚落于手中的酒杯之中，后一声已经飞到殿外的银河之底了，意谓歌声萦绕在天地之间，余味悠长。最后两句"一夜岭头云，绕遍楼前水"则是描写歌声给词人带来的特别感受，即歌声仿佛岭上的白云，一夜之间与楼前潺潺的流水相融相和，给人一种融化般的舒服感受。全词意境开阔，笔势灵动，如行云流水，非常具有艺术感染力。

　　可以说，词人成功地营造了一种超然世外、空灵平和的音乐境界。不过，要再深入挖掘一下的话，我们会发现从词人的人生经历来看，这首词显然是他内心世界的某种映射。《金史》卷一百二十七把词人王予可归为"隐逸"类，这说明王予可此人应该算是隐士一类的存在。根据记载，他三十多岁病后发狂，然后才通诗文，装扮怪异，常说一些疯言疯语，但他的朋友、文人麻九畴却认为他思想极为深邃，"言其诗以百分为率，可晓者才二三耳"。可见，词人未必是我们通常意义上所说的疯子，十之八九是被战火弥漫的现实给搞得抑郁了，外在表现虽然怪异，但内心仍然有着文人的清高追求。这从词中的"谪仙人"一词就可窥见一斑。从词境词景来看，这里即便是一名真正的仙人在歌唱也是说得通的，不一定非得要是"谪仙人"。但词人偏偏用"谪仙人"，实际上是意有所指，指的是他自己。也就是说，这首词除了描写词人从歌声获得的美妙感受之外，还映射出了词人高洁辽远的内心世界。

折元礼

（？—1221）

字安上，金代词人。出身世家，祖上曾做过经略使之类的官。1194年，进士、明经两科及第，官至延安治中。学识广博，作文中规中矩。1221年，西夏举兵进攻葭州（今陕西省境内），史称"葭州之难"，折元礼在任上丧生于难中。《金史》没有对其人的记载，事迹仅见于金末文学家元好问所编《中州乐府》，此书同时收录了他唯一存世的《望海潮》词一首。

望海潮·从军舟中作

地雄①河岳，疆分韩晋②，潼关③高压秦④头。山倚断霞，江吞绝壁，野烟萦带⑤沧州⑥。虎旆⑦拥貔貅⑧，看阵云截岸，霜气横秋。千

注

① 雄：称雄，优胜。

② 韩晋：春秋末年，曾经的中原霸主晋国大权旁落，结果被韩、赵、魏三家瓜分。赵、魏占晋黄河以北土地，韩占晋黄河以南土地。韩与赵、魏以黄河为界，故有"疆分韩晋"之说。

③ 潼关：位于今陕西省渭南市潼关县北，雄踞陕西、山西、河南三省要冲之地，地势险要，南有秦岭，北临黄河，周围山高崖险，历来为兵家必争之地。

④ 秦：秦地，指秦国所辖地域，这里泛指陕西一带。

⑤ 萦带：环绕。

⑥ 沧州：指水边的沙洲。

⑦ 虎旆：威风凛凛的旌旗。旆，音"佩"，旌旗。

⑧ 貔貅：传说中的一种凶猛瑞兽，有驱邪招吉的作用，古时人们常用貔貅来作为军队的称呼。

雉^①严城，五更残角^②月如钩。

西风晓^③入貂裘，恨儒冠^④误我，却羡兜鍪^⑤。六郡^⑥少年，三明^⑦老将，贺兰^⑧烽火新收。天外岳莲^⑨楼。想断云横晓，谁识归舟？剩著黄金换酒，羯鼓^⑩醉凉州^⑪。

【词译】

潼关地势险要，高高雄踞在秦地之上。这里北临黄河，南近秦岭，不知比其他那些山河强出多少。春秋末年，韩国与赵、魏两国便是以这里为界。断崖绝壁，山高直入云霄，好似将云霞也一斩两断；黄河咆哮，河水翻滚不休，湍急得仿佛要将挡路的山壁都给吞下。半空中有霭霭的烟气环绕着河边沙洲。雄壮威武的军队旌旗猎猎，像一阵云笼罩住河岸，寒意凛然，气势盛大，就像是铜墙铁壁，严密地守卫国土。凌晨时分，残月如钩，高亮的号角响彻天地。

天亮了，料峭的西风吹起，让人精神振奋。此时此刻，我是多么痛恨自己读书人的身份，心中羡慕起那些威风凛凛的将士，他们个个精悍无比，刚刚打了胜仗归来。极目远眺，西面华山莲花峰上的楼阁好像远在天外，空中飘着絮絮云团，儿郎们个个志在千里，没有谁想要乘舟归家。我要剩着黄金换酒喝，豪饮大醉中听一曲壮歌《凉州》。

注
_____

① 雉：音"至"，城墙。

② 角：号角声。

③ 晓：天刚亮时。

④ 儒冠：古代儒生戴的帽子，借指读书人。

⑤ 兜鍪：古代一种头盔，借指士兵。

⑥ 六郡：指汉时陇西、天水、安定、北地、上郡、西河六地，多出名将。

⑦ 三明：指晋朝诸葛恢、荀阘、蔡襄三人，他们均以"道明"为字。

⑧ 贺兰：山名，位于今宁夏回族自治区与内蒙古自治区交界处。金时为西夏领土。

⑨ 岳莲：指华山中峰莲花峰。华山在潼关之西。

⑩ 羯鼓：一种少数民族乐器，细腰，两面蒙皮。

⑪ 凉州：唐代曲名。

【评析】

1161 年至 1200 年左右，金国处于金世宗、金章宗统治之下，两人治国有方，金国的政治、经济、文化等方面都十分发达。折元礼正是生活在这一盛世之下，从这首《望海潮》可以看出，他对国家的强大、军队的威武感到十分自豪，并十分向往军旅生活，表现了他一种雄浑壮阔的大丈夫气概。词题虽然为"从军舟中作"，但从词的内容来看，描写的应是大军凯旋而归的情景。

上阕以景色烘托人物，传神地表现了金军的雄壮强盛。词人开篇以潼关起兴，"地雄河岳，疆分韩晋，潼关高压秦头"三句高度概括了潼关的地理特征，它位置险要，比其他山川都要来得奇雄，曾是国家之间的重要分界。接下来三句写词人在潼关下黄河上所看见的景色，"山倚断霞，江吞绝壁，野烟萦带沧州"，分别就山高、水急、野旷进行了描写，动静结合，远近交替，与开头三句共同绘就了一幅潼关雄伟、逼人的气势图，为金国军队的登场营造出宏大的背景环境。"虎旃拥貔貅，看阵云截岸，霜气横秋。千雉严城，五更残角月如钩"五句由景到人，写出了金军整齐、威武的行军场面。"虎旃""阵云截岸"言金军队伍整齐划一、绵延岸边，军容十分壮阔；"霜气""残角"则谓金军队伍严厉肃杀之感，好似铜墙铁壁一般。"五更月如钩"则点明了此次行军的时间，当在即将拂晓之际。

过片三句"西风晓入貂裘，恨儒冠误我，却羡兜鍪"承上启下，"西风晓入"紧承"五更"这一时间点，"却羡兜鍪"句则引领下文。词人以进士、明经两科中举出仕，也算得上是事业有成，他为何要羡慕那些身披盔甲的将士呢？"六郡少年，三明老将，贺兰烽火新收"，原来是将士们刚刚打败了西夏立功而返，个个威风凛凛，气势滂沱，词人见状不由心生艳羡，恨自己只是个读书人，不能上沙场杀敌。"六郡少年""三明老将"皆引历史典故，以表明金军将士个个精悍，军队中人才济济。"贺兰烽火新收"一句为虚写，事实上当时金国与西夏之间并无战争，词人是借此表现金军大败敌人的胜利之状。"天外岳莲楼。想断云横晓，谁识归舟"三句，词人将视线从将士们身上远投到天外。此时，词人站在船头，极目眺望远方的山峰楼阁，看到天空中的片云，不由涌起一些文人式的感想，"谁识归舟"为反用，意谓儿郎们都一心想着建功立业，没有人想要回家。最后两句"剩著黄金换酒，羯鼓醉凉州"是词人豪情壮志的自我舒展，他想到回去后要听着雄壮的音乐，好好痛饮一番。虽然不能真正从军，但不妨碍词人一展军人般的豪气。全词写得极为雄浑豪迈，气势昂扬，充满振奋人心的力量。

王 渥

（？—1232）

字仲泽，金代政治家、外交家、文学家。1218年中进士，调管州司侯一职，未赴任。后辗转于寿州、商州、武胜三地都元帅府任经历官一职，在军中十年。1230年，出使南宋议和，才思敏捷，有"中州豪士"之称，回国后入尚书省任职。1232年，在与蒙古军对敌的战场上阵亡。同期著名文学家元好问评论他"博通经史，有文采，善谈论，工书法，妙于琴事"。遗作一首《水龙吟》，收于元好问选编的《中州乐府》中。

水龙吟

从商帅国器猎，同裕之赋。

短衣匹马清秋①，惯曾射虎南山②下。西风白水，石鲸③鳞甲，山川图画。千古神州，一时胜事④，宾僚⑤儒雅。快⑥长堤万弩，平冈千骑，波涛卷，鱼龙夜。

落日孤城鼓角，笑归来、长围⑦初罢。风云惨淡，貔貅⑧得意，

注

① 清秋：秋季，特指深秋。

② 射虎南山：引汉代名将李广南山射虎事。

③ 石鲸：石刻的鲸鱼。

④ 胜事：美好的事情，这里指从商帅狩猎之事。

⑤ 宾僚：宾客幕僚。

⑥ 快：快意，高兴。

⑦ 围：指围猎。

⑧ 貔貅：代指军队。

旌旗闲暇。万里天河，更须一洗，中原兵马。看鞬櫜①呜咽，咸阳道左，拜西还驾。

【词译】

正是深秋，商帅一身劲装，驾马飞奔，豪气干云，勇猛无敌。秋风猎猎，一水白练，石刻的鲸鱼身批鳞甲，似摇还动，好一个江山如画！天地千古壮阔，随商帅出猎实在是一件快意的事情，宾客、幕僚各展风雅。长堤上早就布下了无数弓弩，平原上骏马如风驰电掣，马蹄踏过，尘土如波涛狂卷，真是一个令鱼龙都惧怕的傍晚。

日落西沉，城中鼓角齐鸣，白日的围猎结束了，商帅率领众人满载而归，人人喜笑颜开。军队里旌旗飘扬，将士们个个意气风发，让天上的变幻的风云都相形见绌，淡了颜色。真希望天上的银河之水能一洗兵马，使商帅的军队更加兵强马壮，为朝廷一统天下，到了那一天，再向都城的方向朝拜，班师回朝。

【评析】

完颜鼎，金代名将，字国器，因曾镇商州，故称"商帅"。王渥在军中辗转十年，曾在完颜鼎手下任职。这首词是他跟随完颜鼎至南阳围猎时所创作的，同行的还有当时的大文豪元好问（字裕之），两人酬答应和，同作了描写出猎场景的《水龙吟》词，各有千秋。王渥的这首多从侧面描写，角度独特，写得雄伟壮观，展现了商帅的威猛姿态及其所统领军队的强大实力，抒发了自己渴望国家统一的壮志豪情。

开篇两句"短衣匹马清秋，惯曾射虎南山下"盛赞商帅的胆略雄壮、武艺高强。词人引汉代名将李广南山射虎的典故，以李广比商帅，表现其英勇之态，一个"惯"字言商帅向来如此，高度概括了其平日的英武形象。接下来"西风白水，石鲸鳞甲，山川图画。千古神州，一时胜事，宾僚儒雅"六句为背景描写，前三句写山川环境，后三句写围猎气氛，分别从侧面衬托出围猎场面的壮观气势。"西风白水，石鲸鳞甲，山川图画"写山川的壮阔辽远，化用自杜甫《秋兴》诗中"石鲸鳞甲动秋风"句。"石鲸"出自古代地理志《三辅黄图》的记载，言"昆明池中有豫章台及石鲸，刻石

注

① 鞬櫜：古代马上用来盛弓箭的器具。鞬，音"建"；櫜，音"驮"。

为鲸，长三丈，每至雷雨，常鸣吼，尾皆动"。"千古神州，一时胜事，宾僚儒雅"写围猎的高昂气氛，"千古"与"一时"的对比更突出了此时的恢宏场面。"快长堤万弩，平冈千骑，波涛卷，鱼龙夜"四句则从正面描写围猎队伍千军万马般浩大声势和壮观气象。

过片"落日孤城鼓角，笑归来、长围初罢"三句换境，转笔至猎罢归来。"笑"字为点睛之笔，将商帅众人的志得意满展现得酣畅淋漓。猎罢回城，满载而归，以商帅为首的军士们自然是意气风发。"风云惨淡，貔貅得意，旌旗闲暇"三句赞扬队伍士气高昂，就连天上变幻的风云在这一气场之下都显得惨淡无光，前后对比，极有张力。接下来三句"万里天河，更须一洗，中原兵马"从围猎一笔荡开，借武王伐纣路遇风雨的典故来抒发自己的远大理想。西汉刘向所著《说苑·权谋》载，武王伐纣，途中遇狂风暴雨，散宜生就担忧地谏言问会不会是妖异之象？武王答曰："非也，天洗兵也。"这里词人是借武王之语来表达自己渴望统一国家的理想。末三句"看鞬橐鸣咽，咸阳道左，拜西还驾"承上文"洗兵马"意，谓马背上的鞬橐都在迫不及待发声，想要奔赴疆场。咸阳是秦朝都城所在，这里代指金都，谓等到统一天下那天再班师回朝。从"咸阳道左，拜西还驾"推测，词人所指应是金与西夏之间的战事。

元好问

（1190—1257）

　　字裕之，号遗山，金末元初北方文学的重要代表，文学家、历史学家。出身书香名门，相传为北魏太武帝拓跋焘后人，天资聪颖，幼时有"神童"之称。青年时科考屡试不中，三十一岁时进士及第。蒙古兵灭金后被俘，虽得蒙古国重臣耶律楚材青睐，但无意做官，潜心研究学问。诗、词、散曲俱佳。诗歌以"丧乱诗"著名；词作众多，题材丰富，多怀古词，描绘壮丽山河，抒发爱国豪情。诗词皆为现实主义风格。著有《中州集》《唐诗鼓吹》《遗山乐府》等，被尊为"一代文宗"。

水调歌头·赋三门津

　　黄河九天上，人鬼①瞰重关。长风怒卷高浪，飞洒日光寒。峻似吕梁②千仞③，壮似钱塘八月④，直下洗尘寰⑤。万象入横溃⑥，依旧一峰闲。

注
① 人鬼：指三峡中的南鬼门，北人门。词题中的"三门津"即三门峡；"三门"指中神门，南鬼门，北人门。
② 吕梁：指《列子》中《黄帝》篇提及的吕梁山，"悬水三十仞，流沫四十里"，位于今山西省西部。
③ 千仞：形容极高或极深。
④ 钱塘八月：指八月最盛的钱塘江大潮。
⑤ 尘寰：人世间。寰，音"环"。
⑥ 溃：大水冲开堤岸。

仰危巢^①，双鹄^②过，杳^③难攀。人间此险何用，万古秘^④神奸^⑤。不用燃犀下照^⑥，未必伏飞^⑦强射，有力障^⑧狂澜。唤取骑鲸客^⑨，挝^⑩鼓过银山^⑪。

【词译】

黄河之水天上来，浪急涛险卷地起。三门峡关卡重重，人门与鬼门相对而立。狂风起时，浪高千尺，怒卷滔天，白色的浪花飞溅，在阳光下发出寒光。浪高千尺，高过那千仞的吕梁山；怒卷滔天，胜过那八月钱塘江大潮，波涛汹涌冲天而下，似要洗净世间一切尘土。然而，纵使黄河之水狂击两岸，水中的砥柱却一力擎天，依旧气定神闲。

仰望砥柱如天上危巢难以攀援，只有天鹅才能飞过。人间要这样险峻的地方有什么用呢？自古以来都只是些鬼怪的藏身之所罢了。不用点燃犀角去看水下是否有怪物，也不用伏飞那样的勇士用力拉弓射箭，能力挽狂澜的只有中流砥柱啊，就让我们这些豪杰勇士们，一边敲着鼓一边越过高扬的浪头吧！

【评析】

词题中的"三门津"即今河南省西部黄河中的三门峡，因峡中有三门山而得名。

注
-----

① 危巢：指高处的鸟巢。

② 鹄：天鹅。

③ 杳：高远貌。

④ 秘：隐藏。

⑤ 神奸：能害人的鬼神怪异之物。

⑥ 燃犀下照：引晋代温峤燃犀牛角照见怪物的典故。

⑦ 伏飞：即伏非，春秋时楚国勇士，后泛指勇士。

⑧ 障：阻隔，遮挡。

⑨ 骑鲸客：指豪杰勇士。

⑩ 挝：音"抓"，敲击。

⑪ 银山：银色的山头，这里代指涛头。

据《陕州志》记载，所谓"三门"，指的是中神门，南鬼门，北人门，皆凶险异常，只有人门尚可行舟。历史上的三门峡以雄伟奇险著称，很多文人墨客为之吟诗作赋。元好问的这首《水调歌头》可说是其中的翘楚之作，笔力雄浑，气象宏伟，想象丰富，极富艺术感。

上阕写景，以雄健的笔力描摹了三门峡黄河之水凶险奇绝的景色。开篇"黄河九天上，人鬼瞰重关"取李白"黄河之水天上来"之境，首先写出黄河水由远至近、由高及低的奔流之态，接着改换视线，由仰视变为俯瞰，写黄河之水汹涌澎湃，扑向人门、鬼门，凶险之状尽显。接下来"长风怒卷高浪，飞洒日光寒。峻似吕梁千仞，壮似钱塘八月，直下洗尘寰"五句是对黄河波涛的具体描写：狂风卷起高浪，浪花飞溅闪着寒光，场面好比钱塘江大潮一般震撼人心。"峻似吕梁千仞，壮似钱塘八月"分别表现出巨浪的高峻和雄壮。"吕梁"，指的是今山西省西部的吕梁山，山势险峻奇伟，此处以吕梁山的高峻来比喻黄河之浪高；"八月钱塘"指的是八月十八的钱塘江大潮，势如万马奔腾，场面十分壮观，此处以钱塘江大潮的气势来比喻黄河之汹涌。一高一雄，淋漓尽致。"直下洗尘寰"则突出了黄河水凌空直下的豪放气概。在"万象入横溃"如此奇险的场景下，词人注意到河中尚有中流砥柱"一峰闲"，词境忽然一改之前汹涌奔腾之态，变得平和起来，一张一弛，层次丰富。根据词意，这里的"一峰"指的应是三门峡中的神门。

过片三句"仰危巢，双鹄过，杳难攀"承上启下，既具体描写上阕"一峰闲"的高险，又开启了下文的抒情议论之语。"人间此险何用，万古秘神奸"两句，词人大发感慨，从反面写神门虽然高险，但庇护的都是些妖魔鬼怪，对人间毫无益处。联系词末来看，这里可能还暗指词人在现实生活中遇到的困难。紧接着词人又说"不用燃犀下照，未必冯飞强射，有力障狂澜"，意为"燃犀下照"和"冯飞强射"都未必能力挽狂澜，能阻挡狂涛怒浪的只有中流砥柱般的"一峰"。这里词人连用了两个典故，一为晋代温峤"至牛渚矶，水深不可测。世云其下多怪物"，所以温峤就"燃犀角而照之"，果然看见水下有许多怪物；一为春秋时楚国勇士冯飞得宝剑而斩长蛟的故事。李白有《观冯飞斩蛟龙图赞》诗云："冯飞斩长蛟，遗图画中见。"这三句中，词人认为温峤、冯飞都不是能够力挽狂澜的豪杰，因而在词末"唤取骑鲸客，挝鼓过银山"抒发了自己的豪情壮志，谓只有顺应时势的"骑鲸客"才能轻松越过银山般的三门峡滔天巨浪，表现了其雄阔的胸襟和豪放的气概。

水龙吟

从商帅国器猎于南阳，同仲泽、鼎玉赋此。

少年射虎①名豪，等闲②赤羽千夫膳③。金铃锦领④，平原千骑，星流电转。路断飞潜⑤，雾随腾⑥沸，长围高卷。看川空谷静，旌旗动色，得意似，平生战。

城月迢迢⑦鼓角，夜如何，军中高宴。江淮草木，中原狐兔，先声自远。盖世韩彭⑧，可能只办，寻常鹰犬。问元戎⑨早晚，鸣鞭⑩径去，解天山箭⑪。

【词译】

商帅年轻有为，威猛非常，麾下更是兵强马壮。看他一马当先，威风凛凛，率

注
---

① 射虎：引汉代名将李广南山射虎事。

② 等闲：平常，寻常。

③ 赤羽千夫膳：出自唐杜甫《故武卫将军挽歌》诗其二。赤羽，红色羽旗；千夫，很多的人，这里指军士。此句意为军旗之下有很多的军士一起吃饭，谓兵强马壮，实力强劲。

④ 金铃锦领：金铃、锦领皆为马上装饰，这里代指骏马。

⑤ 飞潜：天上飞的，水里游的，指飞禽和游鱼。

⑥ 腾：指马蹄奔腾。

⑦ 迢迢：形容遥远。

⑧ 韩彭：指韩信和彭越，皆为汉高祖刘邦手下的名将。

⑨ 元戎：主将，统帅。

⑩ 鸣鞭：抖动鞭子使出声。

⑪ 天山箭：引唐代将军薛仁贵"三箭定天山"之事。

众将士前往南阳围猎：但见骏马奔腾，千骑如流星闪电般席卷平原。别说山林中的那些猎物，就连天上的飞禽与水中的游鱼都无路可逃，只能束手就擒。林间的白雾围绕着飞奔的马蹄，好似腾云驾雾，将士们驰骋向前，渐成合围之势。静谧的川谷中，旌旗翻飞，只闻马嘶人喝，好似向来战胜般意气风发。

古城上空一弯残月，隐隐约约中似有鼓角之声传向四方。这是怎样一个夜晚呢？原来商帅与众人白日里满载而归，此刻正在军中大宴兵士，豪情万丈。有如此主帅，将士们怎不个个奋勇杀敌？敌人一听到商帅的旗号就自己先逃走了。就算是汉代的盖世英雄韩信和彭越，和他比起来干的也不过是寻常小事罢了，因为商帅早晚有一天会消灭敌军，统一天下！

【评析】

这首词虽说是写围猎场景，但通读下来，更像是一名骨灰级粉丝为偶像"商帅国器"所作的赞美诗。这位商帅，指的是金代有名的大将完颜鼎。1225 年至 1226 年前后，元好问供职于完颜鼎幕府，一次随完颜鼎在南阳（今河南省辖内）围猎，同行的还有王渥（字仲泽）等人，场面蔚为壮观，众人豪兴大发。元好问和王渥同作《水龙吟》词，以抒发自己的豪迈激情。这首"少年射虎名豪"写得豪气干云，极为雄伟潇洒，不遗余力地赞美了完颜鼎的威猛身姿，进而盛赞金兵军威，含蓄表达了词人渴望统一国家的理想。

开头两句"少年射虎名豪，等闲赤羽千夫膳"以典故起兴，用汉代名将李广及杜甫笔下的武卫将军作比，突出商帅的威猛无敌。前一句应是虚指，不论李广射虎或是商帅狩猎皆不是少年时事，词人以"少年"入词应是借此赞扬商帅年轻有为之意；后一句"赤羽千夫膳"出自杜甫《故武卫将军挽歌》诗，原意为赞美将军领兵有方，麾下兵强马壮，词人在句前加"等闲"，谓"赤羽千夫膳"在商帅面前实在是太寻常了，突出商帅统领的军队规模很大。紧接着"金铃锦领，平原千骑，星流电转。路断飞潜，雾随腾沸，长围高卷"六句描写的才是真正的狩猎场面：骏马奔腾，如流星闪电，将猎物团团围在中央，令其无路可逃。这几句短促有力，铿锵顿挫，传神地写出了围猎时紧张、紧急的场面，透过字词仿佛能看到当时尘土飞扬、马嘶人喝的喧闹景象。末四句"看川空谷静，旌旗动色，得意似，平生战"则忽然笔锋一转，以静显动，从围猎荡开出去，写旌旗猎猎，队伍志得意满好似平时打了胜仗一般。由围猎场面写到军队英勇善战，词境更上一层。

下阕开始，词人跳出围猎场景，结合议论与抒情，殷切表达了对商帅建功立业的期待。"城月迢迢鼓角，夜如何，军中高宴"三句起换境之用，商帅与众人白日满载而归，于是晚上在军中大宴将士，鼓角阵阵，大块吃肉，大碗喝酒，端的是豪情勃发。"江淮草木，中原狐兔，先声自远"三句从"军中"直贯而下，盛赞金军军威。"江淮草木"取前秦苻坚八公山"草木皆兵"之意，"中原狐兔"则代指中原地区的敌军，"先声自远"谓这些敌军一听到商帅的旗号和兵马的声音就先远远逃走了，表现出金兵的勇猛无敌。"盖世韩彭，可能只办，寻常鹰犬"以汉代的盖世名将韩信和彭越作比，言和商帅相比，这两位英雄所做的也不过是寻常的鹰犬罢了，可说是极尽夸张之能事，将商帅推到了"天上有地上无"的位置。为何如此推崇商帅？词人在末尾给出了答案："问元戎早晚，鸣鞭径去，解天山箭"，意谓商帅早晚有一天要统一国家。这里运用了唐代名将薛仁贵"三箭定天山"的典故，借此表现商帅武艺高强，有一颗统一国家的壮志雄心。虽然词中处处有夸张之语，但却十分威武雄壮，格调颇高。

刘秉忠

（1216—1274）

字仲晦，号藏春散人，元代杰出政治家、文学家。初名侃，因信佛改名子聪，出仕后名秉忠。自幼聪敏，少有大志，位至太保。上知天文，下通地理，无所不精，为元代建立了一系列政治制度，规划修建多个重要城市，被誉为"大元帝国的设计师"；文学功底深厚，是当时知名的学者、诗人和散曲家，著有《诗集》、《文集》、《藏春集》和《藏春词》，词风豪壮沉郁。五十八岁时无疾而终，赠太傅，封赵国公，谥号文贞；后又被追赠太师，追封常山王，是元代唯一一位封三公的汉人。

木兰花慢·混一后赋

望乾坤①浩荡，曾际会②、好风云。想汉鼎③初成，唐基④始建，生物如春。东风吹遍原野，但无言、红绿自纷纷。花月流连醉客，江山憔悴醒人。

龙蛇⑤一曲还一伸，未信丧斯文⑥。复上古⑦淳风，先王大典⑧，不

注

① 乾坤：指天地。乾、坤皆为《周易》中的卦名，乾之象为天，坤之象为地。

② 际会：自然遇合。

③ 汉鼎：汉代的基业。鼎，一种三足两耳的容器，古代多把它作为王位、帝业的象征。

④ 唐基：唐代的基业。

⑤ 龙蛇：比喻英雄豪杰，尤其是帝王将相。

⑥ 斯文：这里指古代的礼乐教化、典章制度。

⑦ 上古：远古，指文字记载出现以前的历史时代。

⑧ 典：典章、制度。

贵经纶^①。天君几时挥手，倒银河、直下洗嚣尘^②？鼓舞五华鸑鷟^③，讴歌一角麒麟^④。

【词译】

天地浩大，风云际会。遥想当年，汉唐鼎盛，天下一统，世间万物焕发出勃勃生机。如今，东风吹遍原野，新王朝即将兴起，红花绿叶各自蓬发，就仿佛我们这些走上不同道路的人，有的整日流连花丛、醉生梦死，有的则为国家憔悴忧心、鞠躬尽瘁。

帝王将相就该懂得审时度势、能屈能伸，相信新王朝不会放弃礼乐教化，应当恢复上古时代淳朴的作风，继承古代明君的重要典章制度，做好殚精竭虑谋划国家大事的准备。不知道上天什么时候能下令将银河之水倾倒凡间，洗尽人世间的战火征尘？到那天，五彩华丽的鸑鷟将翩翩起舞，祥瑞的独角麒麟将讴歌不止，共同赞美这繁华盛世。

【评析】

刘秉忠是元代一位非常杰出的政治家。他出身世家，早年跟随天宁寺虚照禅师修佛，后来为元世祖忽必烈信赖。他以天下为己任，但凡国家大小事务，都知无不言，言无不尽，"元"朝的命名也是由他建议提出的。这首《木兰花慢》词题为"混一后赋"，意思就是国家统一之后所作，实际上当时元代虽然已经消灭了金、西夏、大理等国，但南宋尚存，算不上真正的统一。但词人对天下统一的兴奋和自信令这首词充满振奋人心的力量，感情基调极为激昂，同时表现了词人面对胜利时清醒的头脑以及对新王朝应如何稳定的谏言。

注

① 经纶：原意为整理丝缕，引申为处理国家大事。

② 嚣尘：嚣，喧闹；尘，尘土。指纷扰的尘世。

③ 鸑鷟：古代民间传说中的五凤之一，黑色或紫色，为坚贞不屈的象征。鸑，音"岳"；鷟，音"卓"。

④ 麒麟：古代神话传说中的瑞兽，性情温和。

"望乾坤浩荡，曾际会、好风云"三句，是词人对自身境遇的感慨之词。"曾际会、好风云"即我们今日常说的"风云际会"，比喻有才华的人遇到了好机会。这里是词人指自己遇到了元世祖忽必烈这位伯乐，君臣相知相得，自己得以在国家统一的过程中发挥才能。"想汉鼎初成，唐基始建，生物如春"三句是借历史上强盛的汉代和唐代来比喻新建立的元代，谓其开国建业，万物如春，焕发出蓬勃生机。紧接着以"东风吹遍原野，但无言、红绿自纷纷"三句详细描写"生物如春"的状态，比喻国家统一后的欣欣向荣。"但无言、红绿自纷纷"化用了古谚语"桃李无言，下自成蹊"，意谓元代统一天下是人心所向、实至名归。末两句"花月流连醉客，江山憔悴醒人"是词人对新王朝统治者的劝诫之语，更是词人自勉之语，化用了屈原《楚辞·渔父》中"众人皆醉我独醒"之意，说的是虽然新王朝蓬勃兴起，但打江山易守江山难，切不可像那些醉生梦死之人一般只知道流连花丛，而是要保持清醒的头脑，更用心地治理国家。

　　过片两句"龙蛇一曲还一伸，未信丧斯文"紧承上阕词末"醒人"之意，表明了自己经天纬地的壮志豪情。"龙蛇一曲还一伸"原指英雄豪杰能伸能屈之意，这里重在"伸"，词人作此词时已是久受重用，正是意气风发，施展抱负的时候。"未信丧斯文"启下文三句"复上古淳风，先王大典，不贵经纶"，意谓要整顿朝纲，恢复历代重要的典章制度，重现远古的淳朴之风，不惜殚精竭虑也要治理好国家。接下来几句表现了词人对天下太平、国家繁荣昌盛的渴切之情。"天君几时挥手，倒银河、直下洗嚣尘"是词人希望世间战火征尘早日结束，天下一统，人间太平。"鼓舞五华鸳鸯，讴歌一角麒麟"是由上文"几时"承接而来，意谓到了天下统一这天，天上的鸳鸯鸟和麒麟兽都会现身庆贺。鸳鸯、麒麟都是古代传说中的瑞兽，若是太平盛世或帝王有德之时就会作为吉祥的象征而出现。

　　全词气象雄伟，用语生机勃勃，议论与抒情相结合，充分表达了词人对元朝统一的歌颂之情，同时表达了词人以天下为己任，要守好社稷江山的宏伟政治抱负。

白 朴

（1226—约1306）

元代著名戏曲作家。原名恒，字仁甫，后改名朴，字太素，号兰谷。出身官僚士大夫家庭，与元好问家为世交。出生后不久即遭战祸，幸得元好问收留，悉心教养。成年后寄情诗文，终身未仕。与关汉卿、马致远、王实甫并称元曲四大家，代表作品有《梧桐雨》《墙头马上》等。词作风格承袭元好问，古朴典雅，沉郁悠远；词作内容多为咏怀词和应酬词，约有一百多首存世。

沁园春·金陵凤凰台眺望

独上遗台①，目断清秋，凤兮不还。怅吴宫幽径，埋深花草；晋时高冢，销尽衣冠。横吹声沉，骑鲸人去，月满空江雁影寒。登临处，且摩挲石刻，徒倚阑干。

青天半落三山，更白鹭洲横二水间。问谁能心比，秋来水净？渐教身似，岭上云闲。扰扰人生，纷纷世事，就里何常不强颜②。重回首，怕浮云蔽日，不见长安③。

【词译】

我独自登上凤凰台，眺望深秋的高空，却看不见曾经在此悠游的凤凰了。时光

注

① 遗台：即词题中金陵凤凰台，故址在今江苏省南京市辖内。

② "问谁能心比"七句：化用北宋王安石《赠僧》"纷纷扰扰十年间，世事何常不强颜。亦欲心如秋水静，应许身似岭云闲"诗意。

③ "重回首"三句：化用李白《登金陵凤凰台》"总为浮云能蔽日，长安不见使人愁"意。

好似流水，往昔繁华昌盛之地如今只剩土丘高立，草木深深。不知从何处出来哀凄的竹笛声，想来就连为凤凰台赋下千古名诗的李白也已经仙去了。清冷的月光笼罩着江面，隐见三两只大雁掠过天际，我凭栏而望，摩挲着刻着诗的石栏，思绪翻涌。

江边三峰相连，遥遥隐没在青天之中，白鹭洲横隔住秦淮河，两条水道蜿蜒流淌。问一声，谁的心能比秋水更加明净呢？我如今已是渐渐看淡，这世事纷纷扰扰，活在其间的人何尝不是在强作欢颜呢？不如放开心怀，像那岭上的闲云一般，悠悠然然自由自在，又何必再去回头看，担忧浮云蔽日，望不见心里的长安？

【评析】

白朴这首《沁园春》是一首比较有趣味的登临怀古词，可以说通篇都是化用前人诗意，一为唐代大诗人李白的《登金陵凤凰台》，再有为北宋大文豪王安石的《赠僧》，但化用得十分流畅自然，很有一番吊古伤今、惆怅遗恨的味道。这种剪裁前人诗句的写法，称之为"隐括词"，北宋词人中间就已有先例，可说是取前人精华，融自身情感，感染力很强。

起句"独上遗台，目断清秋，凤兮不还"点明词题，用李白"凤凰台上凤凰游，凤去台空江自流"意。一个"独"字写孤身登台的寂寥，一个"秋"字写独自登台的时令，并与"独"字呼应，表明文人一贯"悲秋"的传统，为下文埋下铺垫。接下来"怅吴宫幽径，埋深花草；晋时高冢，销尽衣冠"四句用李白"吴宫花草埋幽径，晋代衣冠成古丘"意，表现词人一种怅惘遗恨之情。词人生于金末，不久蒙古大军就兵临城下，金国灭亡，他也在战乱中颠沛流离。这几句实是借六朝往事抒亡国之痛。"横吹声沉，骑鲸人去，月满空江雁影寒"三句继续书写词人的愁绪与伤怀，"横吹声沉"引魏晋七贤之一向秀经过好友嵇康旧居听到邻人笛声而怀念故交作《思旧赋》的典故，表达了词人对故友的怀念之情；"骑鲸人去"说的则是曾经在凤凰台高咏作诗的李白也早已不在了，伤感之情溢于言表；"月满空江"句则从思绪重回眼前之景，与末三句"登临处，且摩挲石刻，徒倚阑干"照应。

下阕"青天半落三山，更白鹭洲横二水间"用李白"三山半落青天外，二水中分白鹭洲"意，是对上阕"目断清秋"的具体描写，确有一种寥落高远的秋日感伤，暗藏词人怅然唏嘘之叹。下文"问谁能心比，秋来水净？渐教身似，岭上云闲。扰扰人生，纷纷世事，就里何常不强颜"化用自王安石《赠僧》一诗："纷纷扰扰十年间，世事何常不强颜。亦欲心如秋水静，应许身似岭云闲。"据传宋高宗曾经手书此诗，并石刻御书，上阕"且摩挲石刻"指的即是此意。当然，这首诗事实上并不是刻在凤凰台上的，词人如此写是为了表明自己与王安石、宋高宗心灵相通之意，亦即词人对世事无常、风云变幻的感慨，渴望脱离俗世去过闲云野鹤般的生活而不能的复杂心情。末三句"重回首，怕浮云蔽日，不见长安"用李白"总为浮云能蔽日，长安不见使人愁"意，此处的"长安"应是代指金国，词人伤怀于国破家亡，江山易主，心中仍牵挂国家天下，是以不能完全超然世外，其中无奈、无力、无法的感情交织，悲凉异常。

鲜于枢

（1246—1302）

> 字伯机，元代书法家。出身官宦家庭，先后辗转于汴梁、扬州、杭州等地任地方小官，为政正直公义、是非分明，百姓爱称其"我鲜于公"。身形魁梧，为人豪迈、慷慨，因胡须浓重而被美称为"髯公"。工行书、草书，笔力遒劲，潇洒自然，与著名书法家赵孟頫并称为元代书坛"二杰"；亦善诗词，风格旷达豪放。晚年常在居所"困学斋"举行"雅集"，与赵孟頫、周密等友人论文、赏书、观画、听琴，自号"困学山民"，又号"寄直老人"。

念奴娇·八咏楼

　　长溪①西注，似延平双剑②，千年初合。溪上千峰明紫翠，放出群龙头角。潇洒云林，微茫烟草，极目春洲阔。城高楼迥，恍然身在寥廓③。

　　我来阴雨兼旬④，滩声怒起，日日东风恶。须待青天明月夜，一试严维佳作⑤。风景不殊⑥，溪山信美，处处堪行乐。休文何事？年年

注

① 长溪：这里指兰溪。

② 延平双剑：《晋书·张华传》载，丰城令雷焕在挖掘监狱屋基时挖到两柄宝剑，一柄自己佩戴，一柄送给了张华，后来这两把剑跳入延平津，化为双龙。

③ 寥廓：指虚无之境。

④ 兼旬：一旬为十天，兼旬谓两旬，为二十天。这里是虚指。

⑤ 严维佳作：指唐代诗人严维《送人入金华》，诗曰："明月双溪水，清风八咏楼。昔年为客处，今日送君游。"

⑥ 风景不殊：借用东晋周顗语，见"新亭对泣"典故。殊，不同。

多病如削^①。

【词译】

　　两条大河在这里交汇成兰溪西流，好似延平津里的双剑千年才相遇化龙。溪上千峰争翠，巍峨耸立，好似群龙头上的龙角，气势逼人。白云悠悠，草木深深，烟雨茫茫，极目眺望，远处的沙洲宽广无边。城墙高耸，楼廊曲折，此情此景仿佛身入虚无之境。

　　我来金华这些时日，日日阴雨绵绵，东风呼啸，溪滩惊涛拍岸，声如怒喝，只好等到天气晴朗、明月高悬的夜晚才能体会严维诗中"明月双溪水，清风八咏楼"的意境了。其实风景没什么不同，兰溪与青山皆十分美好，处处都有乐趣可寻。面对如此好景，真不知沈约是为了何事把自己搞得病瘦如削？

【评析】

　　词题中的八咏楼，故址在今浙江省金华市，原名元畅楼，因南朝文学家沈约作八首诗题于楼上，后人故改称"八咏楼"。鲜于枢（复姓鲜于）曾在金华任职，这首《念奴娇》即为金华任上所作。全词描写了兰溪的美丽风光，表现出词人一种悠游闲适的人生态度。据记载，鲜于枢性格耿直，常常与上司发生冲突，仕途发展并不如意，故而经常寄情山水，这首词中就可见一斑。

　　开篇三句"长溪西注，似延平双剑，千年初合"由八咏楼俯瞰而下，写兰溪地理形貌。《兰溪县志》载，"婺、衢两江在兰阴山麓汇成兰江"，故词人称之"似延平双剑，千年初合"。这里用西晋两剑于水中化龙的传说，写兰溪的浩大气势，笔锋奇绝。接下来写词人楼上远眺之景，"溪上千峰明紫翠，放出群龙头角"将青山比作龙角，勾勒出一种群山争雄的态势，很有动感；"潇洒云林，微茫烟草，极目春洲阔"几句则将词人的感受融入风景，云、林、烟、草、沙洲，样样在词人眼中无不可爱，"潇洒""微茫""阔"实为词人自身心境的投射。末两句"城高楼迥，恍然身在寥廓"总结以上种种景致、心情，谓城墙高耸，楼廊曲折，风景如画，让人好似感到身处

注

① "休文何事"两句：出自《梁书·沈约传》，谓沈约多病腰瘦如削。休文，沈约的字。

虚幻之境。

　　下阕起首"我来阴雨兼旬，滩声怒起，日日东风恶"三句换境，一改上文静谧祥和之态，转而描写兰溪风雨交加的"恶景"，说的是词人来到金华这段时日，日日阴雨连绵，东风劲吹，难以赏到明月清风之景，"须待青天明月夜"，才能"一试严维佳作"。唐代诗人严维有诗云"明月双溪水，清风八咏楼"，"青天明月夜"语亦由此化出。虽然因天气原因不能体会到"明月清风"的意境，但词人却不以为意，反而发出"风景不殊，溪山信美，处处堪行乐"的赞美，意谓虽然意境不同，但风雨之中的兰溪景色并没什么不同，山川依然秀美，处处都是乐趣所在，这几句充分表现出了词人一种随遇而安的旷达态度。最后两句"休文何事？年年多病如削"将这种旷达推向极致，意谓明月清风与阴雨东风皆是景致，端看自己心态如何，何必为此烦恼不休。这里用了沈约多病的典故，非常巧妙，既契合八咏楼的词题，又表达了词人的人生态度。全词语言流畅，用典贴切，字里行间流露出一种潇洒快意，如果用现代鸡汤段子来归纳全词中心思想的话，那就是这句话了："人生就像一次旅行，在乎的不是目的地，而是沿途的风景，以及看风景的心情！"

虞　集

（1272—1348）

　　字伯生，号道园，世称邵庵先生，元代诗人。南宋丞相虞允文后人，祖辈皆负文名。自幼聪敏，少年时师从理学家吴澄。曾任大都路儒学教授、太常博士、奎章阁侍书学士、通奉大夫等职。学识渊博，精于理学，与揭傒斯、柳贯、黄溍并称"元儒四家"。诗风含蓄典雅，深沉雄健，与揭傒斯、范梈、杨载并称"元诗四家"。著有《道园学古录》《道园遗稿》等。

苏武慢

　　放棹①沧浪，落霞残照，聊倚岸回山转。乘雁双凫②，断芦飘苇，身在画图秋晚。雨送滩声，风摇烛影，深夜尚披吟卷③。算离情、何必天涯，咫尺路遥人远。

　　空自笑、洛下书生④，襄阳耆旧⑤，梦底几时曾见。老矣浮丘⑥，

注
① 放棹：乘船，行船。棹，划船的一种工具，形状似桨。
② 乘雁双凫：四只大雁两只水鸭。乘，音"胜"，古时计物以四为乘；凫，水鸟，俗称野鸭。
③ 披吟卷：意谓读书。披，开；吟卷，诗词，诗稿。
④ 洛下书生：典出《晋书》："安本能为洛下书生咏，有鼻疾，故其音浊，名流爱其咏而莫能及，或手掩鼻以斅之。"安，指东晋名士谢安。
⑤ 襄阳耆旧：指《襄阳耆旧记》，东晋习凿齿著，前载襄阳人物，中载山川城邑，后载牧守，是研究古代襄阳人文的重要文献。
⑥ 浮丘：浮丘公，神话传说中的仙人。

赋诗明月①，千仞碧天长剑。雪霁②琼楼，春生③瑶席，容我故山④高宴。待鸡鸣、日出罗浮，飞渡海波清浅。

【词译】

落霞满天，夕阳斜照。行船水上，姑且沿岸回环而下，转过叠叠青山。正是深秋季节，这里几只大雁，那里几只野鸭，枯萎的芦苇飘荡在水里，仿佛身在画图之中。深夜里下起了雨，哗啦啦打在沙滩上，夜风吹得烛火摇摆不停，我孤独难眠，只好以读书来消磨寂寂长夜。说起来，真是咫尺天涯，分别后不论远近都再难相见。

曾经的旧交故人，已是多年未见，即使在梦中也不曾相会，徒留自己苦笑不已。我已经老了，只能与明月相伴，看青天高远。雪停了，春天就要来了，就让我今夜在家乡华美的楼阁里摆下珍馐美酒，等到拂晓时分，太阳从罗浮山升起的时候，就飞越大海凌空而去。

【评析】

虞集的词现存二十余首，内容多写闲愁情思。这首《苏武慢》大体也是如此。从词的内容来看，该词应是创作于其晚年告病回乡之后。全词描写了词人深秋季节水上行船的所见所感所思，其中隐见道家"白日飞升"的思想。

上阕写深秋水上之景。开篇"放棹沧浪，落霞残照，聊倚岸回山转"三句写水上行船之事。词人独立船头，看山回岸转，晚霞满天。一个"聊"字写出了词人寂寥孤独之感。"乘雁双凫，断芦飘苇，身在画图秋晚"三句写深秋水上景色，这里几只大雁，那里几只野鸭，水面上漂浮着枯萎折断的芦苇，秋日萧瑟之感顿生。"身在画图秋晚"是对前文的总纳，词人看眼前景色，觉如入画中，故而用流畅自然的笔调，为读者寥寥勾出这一幅深秋枯败图。"雨送滩声，风摇烛影，深夜尚披吟卷"三

注

① 赋诗明月：用李白赋诗"举杯邀明月，对影成三人"意。

② 雪霁：雪停。

③ 春生：犹言春天到来。

④ 故山：旧山，比喻家乡。

句写词人夜间在船上的所见所闻所思。夜里下起了雨，哗啦啦打在沙滩上，夜风吹得烛火摇摆不停，营造出一种寂寞清冷的氛围。在这样的深夜里，词人并未安睡，而是以读书来消磨漫漫长夜。因何不睡？"算离情、何必天涯，咫尺路遥人远"，原来是思念故人，心潮起伏的缘故。这几句化用"咫尺天涯"意，谓离别之后，即使相距很近，却再难相见。

过片四句"空自笑、洛下书生，襄阳耆旧，梦底几时曾见"紧承上阕词末"咫尺路遥人远"语意，以梦中不见表达对故交的思念之情。"洛下书生"出自《晋书》载谢安典故：谢安为洛下书生咏诗，因鼻子有点儿毛病，因而咏诗的声音非常低沉，结果东晋名流非常喜欢这种声音，向他学习却达不到那种效果，有的人就用手掩住鼻子咏诗；"襄阳耆旧"指的则是《襄阳耆旧记》，书中记载了襄阳人物以及城市风貌等。这里两者都是指代词人的旧交故人。接下来"老矣浮丘，赋诗明月，千仞碧天长剑"三句描写了词人晚年时的生活状态，因为见不到故交而倍感孤独，只能像李白一样"举杯邀明月，对影成三人"。"浮丘"原为神话传说中的仙人，这里是词人自指。末六句"雪霁琼楼，春生瑶席，容我故山高宴。待鸡鸣、日出罗浮，飞渡海波清浅"为词人的想象之语，因前文以仙人浮丘公自居，故而这里写出了词人对飞升成仙的向往。前三句写雪停春至，词人在家乡的华美楼阁中备下酒宴，一边饮酒一边等待天亮，好白日飞升得道成仙。"罗浮"即广东博罗罗浮山，是道教名山之一，道教有"白日飞升"之说，故而词人说"待鸡鸣、日出罗浮，飞渡海波清浅"。全词情景交融，气象颇为宏大，表现了词人对世外的向往和追求。

张 雨

（1283—1350）

初名泽之，字伯雨，后名雨，字天雨，号句曲外史，元代文学家、书画家。少年时即有隐逸之志，年二十许拜入茅山派道士周大静门下，道名嗣真，道号贞居子。博学多闻，工诗文书画，风格清雅高峻，有晋、唐遗风，被当世文人学士称为"诗文字画，皆为当朝道品第一"。传世书法作品有《山居即事诗帖》《台仙阁记》等，著有《贞居集》，存词约五十余首。

太常引·题李仁仲画舫

莫将西子^①比西湖，千古一陶朱^②。生怕在楼居，也用着、风帆^③短蒲。

银瓶索酒，并刀^④斫^⑤脍^⑥，船背锦模糊^⑦。堤上早传呼^⑧，是那

注

① 西子：即西施，春秋时越国美女。

② 陶朱：即范蠡，春秋末年著名政治家、军事家、经济学家。传说他帮助勾践兴越国，灭吴国，功成名就后激流勇退，携西施泛舟五湖之中，自号陶朱公。

③ 风帆：船帆，借指船。

④ 并刀：并州出产的刀子。并州，古地名，今山西太原一带，其地精于冶炼，以制造锋利的刀剪闻名。

⑤ 斫：砍。

⑥ 脍：切细的鱼、肉。

⑦ 模糊：指覆盖。

⑧ 传呼：谓口语相传。

个①、烟波钓徒②。

【词译】

不要把西施和西湖拿来相比，毕竟千古以来也只有一个范蠡，功成身退后与美人泛舟五湖之间，逍遥于水上生活。只怕他们即使住在陆上的楼阁里，心里想着的也是水上的帆船和水边生长的蒲草。

想来范蠡与西施的水上生活应十分舒适：用银质的瓶子装酒，用并州的刀子切肉，船顶上覆盖着织锦。还不等帆船靠近，岸上的人们就在口口相传，互相问道："这又是哪位隐士高人呢？"

【评析】

从词题中可以看出，这首《太常引》小令是张雨题在一艘画舫之上的，而这艘画舫的主人则是一名叫李仁仲的人。元代著名杂剧家乔吉另有一首题为"水仙子赋李仁仲懒慢斋"的散曲小令，大意是劝李仁仲既然辞官归乡，不妨远离是非，安闲度日。从"懒慢斋"及小令内容看，李仁仲其人应是一名与黑暗官场格格不入，最后无奈归隐的愤世之人。这首《太常引》应是写于李仁仲退隐之后，词人将李与范蠡作比，紧扣画舫主题，描绘了其退隐之后的逍遥水上生活，表现出一种隐逸世外的高洁精神。

开篇以"莫将西子比西湖"起兴，意在引出"千古一陶朱"这一主要人物。"莫将西子比西湖"反用北宋大文豪苏轼"欲将西湖比西子"之意，说的是不要把西施比作西湖，因为西施有范蠡这样的人陪伴。"陶朱"即指范蠡，传说他在帮助勾践兴越灭吴之后，挂冠而去，携灭吴的大功臣美女西施泛舟五湖之间，过上了水上来往的生活，并因经商成巨富，自号陶朱公。"生怕在楼居，也用着、风帆短蒲"三句是词人在想象范蠡对水上生活的热爱之情，意思是说只怕范蠡住在陆上楼阁里的时候，也是用得到"风帆短蒲"的。"风帆"代指船，"短蒲"是一种植物，叶子可以编成

注

① 那个：哪个。

② 烟波钓徒：代指隐逸于渔的人。

席子、制成扇子，这里应是指代船上所用蒲制品。

下阕"银瓶索酒，并刀斫脍，船背锦模糊"三句皆是词人对船上生活的浪漫想象。"银瓶"就是银质的瓶子，是古代一种酒器，杜甫《少年行》中有"指点银瓶索酒尝"句。"并刀"则是并州出产的刀子，为当地名产。用银瓶装酒，用并刀切肉，船顶上覆盖着织锦，可见生活条件十分不错。"模糊"这里作"覆盖"解，杜甫《送蔡希鲁都尉还陇右》中有"马头金匼匝，驼背锦模糊"句。末三句"堤上早传呼，是那个、烟波钓徒"是全词主旨所在。"烟波钓徒"典出《新唐书》卷一百九十六《隐逸列传·张志和》。张志和去官之后，长居江湖之间，自称"烟波钓徒"，后世以此指代隐居江湖的人。这里词人是称颂李仁仲的隐居理想，赞美他像张志和一样"隐而有名，显而无事"。全词流畅自然，契合词题，以古喻今，颇有一种旷达的味道。

卢 挚

（1242—1314）

字处道（一字莘老），号疏斋，又号蒿翁，元代文学家。1268 年中进士，官至翰林学士。工诗，风格清朗峻立，通脱豪放，有魏晋遗风，与刘因并称"刘卢"；善曲，风格清新跳脱，明丽自然，有元代前期北方散曲清丽派的特色，与姚燧并称"姚卢"。今人有《卢书斋集辑存》，散曲如今仅存小令，约一百二十首。

六州歌头·题万里江山图

诗成雪岭①，画里见岷峨②。浮锦水③，历滟滪④，灭坡陀⑤，汇江沱⑥。唤醒高唐残梦⑦，动奇思，闻巴唱⑧，观楚舞⑨，邀宋玉，访巫娥⑩。拟赋招魂九辩⑪，空目断⑫云树烟萝。渺湘灵⑬不见，木落洞庭

注

① 成雪岭：取杜甫作诗"窗含西岭千秋雪，门泊东吴万里船"事。

② 岷峨：岷山和峨眉山，皆在四川境内。

③ 锦水：即锦江，岷江流经成都附近的一段。

④ 滟滪：即滟滪堆，俗称燕窝石，位于四川白帝城下瞿塘峡口，现巨石已被炸除。

⑤ 坡陀：山，山坡。

⑥ 沱：沱江，四川境内大河，为长江支流。

⑦ 高唐残梦：指宋玉《高唐赋》所写楚王梦见巫山神女之事。

⑧ 巴唱：巴国之歌。巴，古国名，在今重庆全境、四川东部、湖北西部一带。

⑨ 楚舞：楚国之舞。楚，古国名，在今重庆、湖北、湖南一带。顺江而下，可由巴入楚。

⑩ 巫娥：巫山神女。

⑪ 招魂九辩：招魂、九辩，文名，为宋玉所作。

⑫ 目断：犹望断，一直望到看不见。

⑬ 湘灵：湘水之神。

波①。抚卷长哦，重摩娑。

问南楼月，痴老子，兴不浅，意如何②。千载后，多少恨，付渔蓑，醉时歌。日暮天门③远，愁欲滴，两青蛾④。曾一舸⑤，奇绝处，半经过。万古金焦⑥伟观，鲸鳌背⑦，尽意婆娑。更乘槎欲就，织女看飞梭，直到银河⑧。

【词译】

万里江山如画，群峰中见西山、岷山与峨眉。锦江之水蜿蜒流淌，绕过滟滪堆，冲过山坡，汇入大沱江。画中奇山异水，不禁让我想起了《高唐赋》，突发奇想，想要顺江而下，听巴国之歌，观楚国之舞，邀请宋玉一起同访巫山神女。本打算吟咏一番《招魂》《九辩》，哪知最后只顾着看入云高树，烟聚萝缠。渺渺茫茫中不见湘水神女，只有树叶轻轻飘落在洞庭湖上。实在是一幅好画，我抚卷长叹，忍不住再次欣赏。

要说我这个老头子，赏画的兴致不减，心里想的却是千年以后，任它多少爱恨情仇，最后都成了渔人酒后哼唱的小调了。我也曾经坐着大船，去过那些奇妙至极的地方，比如傍晚时分远望天门，两旁的青山好似美人蛾眉深锁，愁意欲滴。金山、

注

① 木落洞庭波：化用屈原《湘夫人》"袅袅兮秋风，洞庭波兮木叶下"意。

② "问南楼月"四句：典出《晋书·庾亮传》，"在武昌，诸佐吏殷浩之徒，乘秋夜往，共登南楼。俄而不觉亮至，诸人将起避之，亮徐曰：'诸君少住，老子于此处兴复不浅。'"

③ 天门：指牛渚天门，在今安徽当涂，牛渚山西麓突入江中，是为采石矶。矶西两座梁山夹江对峙，好似门户，谓之天门。

④ 两青蛾：自采石矶望天门，两座梁山相对，犹如蛾眉。

⑤ 舸：大船。

⑥ 金焦：金山和焦山，在今江苏镇江。

⑦ 鲸鳌背：引李白于采石矶骑鲸仙去的传说。

⑧ "更乘槎欲就"三句：晋代张华《博物志》载，海边有人于八月乘槎达天河，见牛郎织女。槎，音"查"，木制的筏子。

焦山也是古来壮观之景，我想和大诗人李白一样骑鲸而去，逍遥自在，更想要乘着木筏往高处去，像织女手中飞梭般直上银河。

【评析】

这是卢挚为一幅名叫"万里江山图"的画卷所作题词。全词紧紧围绕"江山"二字，语言明丽，情思幽远，想象丰富，具有浓厚的浪漫主义色彩，同时借画卷发时势兴衰的感慨，感情沉郁。

上阕描写画中之景，神韵天成，让人如亲眼所见。起首"诗成雪岭，画里见岷峨"开门见山，点出词为题画所作。"诗成""画里"相应，暗言"诗中有画，画里有诗"，将"万里江山图"与这首《六州歌头》融为一体，赞人、自赞一举两得。"诗成雪岭"同时取杜甫"窗含西岭千秋雪"诗意，"雪岭"即西山，与岷山、峨眉山同在四川境内。结合下文，可知这幅"万里江山图"所绘主要是长江沿岸四川、湖北、湖南、安徽、江苏一带的山水景致。接下来"浮锦水，历滟滪，灭坡陀，汇江沱"四句由山到水，写一条江水蜿蜒而流，最终汇入沱江的情景。这条江水发源于岷山南麓，流经成都的部分被称为锦江，它绕过滟滪堆，冲破山坡的阻拦，最终汇入了沱江水系。这样一幅丹青妙笔，词人欣赏之余脑海中不觉生出了诸多想象，"唤醒高唐残梦，动奇思，闻巴唱，观楚舞，邀宋玉，访巫娥"。"残梦""奇思"说明是想象之景，以下四句则是词人从宋玉《高唐赋》里所获灵感，想要顺江而下寻访奇遇。接下来"拟赋招魂九辩，空目断云树烟萝。渺湘灵不见，木落洞庭波"几句笔触重又回到了眼前的画卷之上，词人巧妙地运用了宋玉作《招魂》《九辩》事，谓自己本打算吟咏一番好文章，但却观画观得难以自持，忘了吟咏，赞美该画出神入化，引人入胜。末两句"抚卷长哦，重摩娑"写词人对画作的由衷喜爱赞叹之情，"重摩娑"谓重又轻轻抚摩画卷，为再三欣赏之意，是下阕感情舒扬的铺垫之语。

过片四句"问南楼月，痴老子，兴不浅，意如何"承上启下，起换境的作用。这里运用了东晋名士庾亮登武昌南门城楼自称"老子兴复不浅"的典故，实则借庾亮自比，说自己兴致不浅，有话要说，并以"意如何"启下文兴衰感慨之叹。"千载后，多少恨，付渔蓑，醉时歌"四句是词人感叹在邈远广阔的时空中，一时的兴亡成败、爱恨情仇都只不过是沧海一粟，最终只不过是后人的谈资醉语罢了。"日暮天门远，愁欲滴，两青蛾"重又回到画中，描写安徽当涂天门之景，此处应是化用了南宋韩元吉"天际两蛾凝黛，愁与恨，几时极"意。"曾一舸，奇绝处，半经过"三句写词人赏画时想到自己曾经也乘着大船，去过那些奇绝惊险的地方，十分惬意潇洒。"万古金焦伟观，鲸鳌背，尽意婆娑"谓金山、焦山是万古积存而成，也是非常壮观的景色，词人想要像李白一样骑鲸而去，畅游山水之间，极尽逍遥。"婆娑"此处作"逍遥、闲散自得"解，南宋词人陆游有"数十年来一短蓑，死期未到且婆娑"语（《渔父》）。词末"更乘槎欲就，织女看飞梭，直到银河"三句将这种理想追求表达得更为直接鲜明。词人虽然身在官场，但却十分向往闲适的隐居生活，这种思想在其散曲小令中也多有体现，如《沉醉东风》："恰离了绿水青山那答，早来到竹篱茅舍人家。野花路畔开，村酒槽头榨，直吃的欠欠答答。醉了山童不劝咱，白发上黄花乱插。"这首词也表达了同样的隐居理想。

许有壬

（1286—1364）

> 字可用，元代文学家。自幼聪颖有悟性，读书一目五行。1315年进士及第，任过同知辽州事、中书左司员外郎、集贤大学士、中书左丞等职，为政有方，历七朝皇帝，在官场浮沉近五十年，"遇国家大事，无不尽言"。文章诗词位居元代文坛前列，风格雄浑深沉，著有《至正集》《圭塘小稿》等。1364年辞世于彰德（今河南省安阳市），谥号"文忠"。

沁园春·寿同馆虎贲百夫长邓仁甫

十载炎方①，同饮汉江②，同为转蓬③。恨寻常会面，当年无分④，三千余里，此地相逢。宇宙英奇⑤，幽并⑥慷慨，肯事⑦区区笔砚中。男儿志，要长枪大剑，谈笑成功。

辕门⑧醉卧秋风，看落日旌旗掩映红。爱朔云边雪⑨，一声寒角，

注

① 炎方：泛指南方炎热地区。

② 汉江：汉水，长江最大支流，发源于秦岭，在湖北省武汉市注入长江。

③ 转蓬：随风飘转的蓬草，比喻人生颠沛流离。

④ 无分：没有缘分。

⑤ 英奇：才智杰出的人才。

⑥ 幽并：幽州和并州的合称，约在今河北、山西、辽宁一带，其地多慷慨豪士。

⑦ 事：侍奉。

⑧ 辕门：古代军营大门。

⑨ 朔云边雪：指边塞的云、雪。朔，北方；边，边塞。

平沙细草，几点飞鸿。湖海情怀，金兰^①气谊^②，莫惜琼杯^③到手空。

君知否，怕明朝回首，渭北^④江东^⑤。

【词译】

你我在南方十年，同饮一条汉江水，如同随风流转的蓬草般漂泊不定。遗憾的是当年没有机会经常见面，直到今天才在相隔遥远的这里相逢。你是谋略杰出的英才，又身负慷慨豪气，怎么可能将自己埋没在区区的文书工作当中？好男儿志在四方，要投笔从戎，手握长枪宝剑，奔赴战场建立功勋。

秋风萧瑟，你醉卧在军营大门外，看天边的落日映红了营中大旗。你爱北方边疆的冷云寒雪，一声凄厉的号角响起，惊飞了几只落在戈壁沙草上的鸿雁。将士们个个心胸如湖海般宽广，在军营中结下了深厚的情谊。请你不要可惜杯中那很快被喝光的美酒，你可知道，一旦分别朋友间便再难相见，今日的豪情欢乐只能在回忆中再现。

【评析】

这是一首祝寿词，从"寿同馆虎贲百夫长邓仁甫"这一词题看，应是许有壬写给同学邓仁甫的。这位邓仁甫是一名武将。"虎贲"为勇士之意，"百夫长"则是古时军衔的名称，意谓手下带领有一百人。全词意境十分雄浑，既勾勒出一幅北方边塞寥落空远的画卷，又塑造了一位慷慨豪气的将领形象，时而柔婉，时而刚健，表现了词人与友人之间深厚的情谊。

开篇"十载炎方，同饮汉江，同为转蓬"点明了词人与友人之间深厚的关系，两人同在南方十年，且又都是在外漂泊之人，共同的人生境遇自然会生发出许多共鸣，

注

① 金兰：指深交契合的友情。

② 气谊：义气情谊。

③ 琼杯：玉制的酒杯，后为酒杯美称。

④ 渭北：古代地名，指渭水以北地区，在今陕西一带。

⑤ 江东：古代地名，指长江以东地区，在今苏南、皖南、浙江一带。

交情必定很深。"恨寻常会面，当年无分，三千余里，此地相逢"交代两人偶然相逢的之事，一个"恨"字极尽多年不见的遗憾和此地相逢的兴奋。接下来词人转笔至祝寿的主题，"宇宙英奇，幽并慷慨，肯事区区笔砚中"三句是对邓仁甫的称赞之语。前两句写邓仁甫杰出的才智和豪爽的性格，后一句以反语"肯事区区笔砚中"来表现他的雄心壮志。从这一句来推测，估计这位邓仁甫此前应是如词人一样是名文士，后来才投笔从戎，奔赴边疆的。末三句"男儿志，要长枪大剑，谈笑成功"直贯"区区笔砚"之意，谓邓仁甫志在远方，要在边疆战场建立功勋，表现了词人对邓仁甫的敬佩之情。

过片"辕门醉卧秋风，看落日旌旗掩映红"两句换境，军营门外，落日西沉，余晖满天，映红了秋风中猎猎的军旗，一名将领醉卧在军营大门之外，十分豪迈。这两句表面是写景，实际上是在赞美这位将领，因为只有边疆安定，敌人不敢来犯，他才可能有这个闲情雅致欣赏风景。两句上承"谈笑成功"意，下启边塞风光景色，韵味悠长。"爱朔云边雪，一声寒角，平沙细草，几点飞鸿"四句写边塞之景：天上冷云如团，地上雪堆如山，沙砾间长着几棵小草，凄厉的号角声响起，惊得几只鸿雁飞向天边。寥寥几笔，将边塞的苍凉、空阔、辽远勾勒得栩栩如生。虽然这里并不是好地方，但前头一个"爱"字将这种荒凉之感尽消，反而更加衬托出邓仁甫的豪放气概。"湖海情怀，金兰气谊，莫惜琼杯到手空"三句从写景转到写人，词人劝勉友人要珍惜在军中与战友结交下的金兰情谊。古时多以酒来代指人与人之间的交情，如"把酒言欢""酒逢知己千杯少"等。"莫惜琼杯到手空"亦即此意，谓性情相投的朋友聚在一起不易，欢聚之时一定要尽兴。末三句"君知否，怕明朝回首，渭北江东"是对前文的再次强调，说的是朋友一旦分别，天南海北再难相见。这其实是词人自身的有感而发，呼应上阕"恨寻常会面，当年无分，三千余里，此地相逢"意，表现了词人对友人深厚的情谊。

萨都剌

（1272—1355）

字天锡，号直斋，回族（一说为蒙古族）人，元代书画家、诗人。出身清贫，资质聪颖，1327 年进士及第，历任镇江录事司达鲁花赤、江南行御史台掾史、燕南河北道肃政廉访司经历等职，为官清廉，颇有政绩。生性好游，善绘画，精楷书。诗词题材内容丰富，风格雄健清朗，因出生于雁门（今山西代县），人称"雁门才子"。诗词编有《雁门集》，传世书画有《严陵钓台图》《梅画》等，现珍藏于北京故宫博物院。

满江红·金陵怀古

六代繁华①，春色去也，更无消息。空怅望山川形胜②，已非畴昔③。王谢堂前新燕子，乌衣巷口曾相识。听夜深，寂寞打空城，春潮急。

思往事，愁如织。怀故国，空陈迹④。但荒烟衰草，乱鸦红日。玉树歌⑤残秋露冷，胭脂井⑥坏寒螀⑦泣。到如今，惟有蒋山⑧青，秦淮碧。

注

① 六代繁华：金陵（今江苏南京）为六朝古都，三国时期的吴、东晋、南朝的宋、齐、梁、陈皆在此建都，故说"六代繁华"。

② 山川形胜：犹言山川壮美。

③ 畴昔：往日，从前。

④ 陈迹：旧迹，遗迹。

⑤ 玉树歌：指《玉树后庭花》歌，为南朝陈后主陈叔宝所作。

⑥ 胭脂井：井名，故址在今南京玄武湖侧。隋军南下灭陈，陈后主与妃子张丽华投入此井，夜里遭隋军搜捕，后人称此井为"辱井"。

⑦ 寒螀：即寒蝉。螀，音"江"。

⑧ 蒋山：即今南京市东北的钟山。

【词译】

以往六朝时的繁华景象，如今已经一去不返，就像春花凋零，再开之时遥遥无期。眼前这一片壮美山川，早已不是旧日模样，我心中感觉满是惆怅。王谢两家堂前的燕子生生不息，我曾在乌衣巷口看见它们飞来飞去。夜深时候，秦淮河波浪翻涌，拍打着寂静的城市，一阵又一阵，让人倍感孤寂。

我想起往事，不由愁绪如织，当年盛极一时的六朝，现在徒留一些遗迹，变得荒凉无比，只有枯草丛生，乌鸦乱飞，夕阳西沉，斜照着一点红光。再没有人去唱《玉树后庭花》了，连当年藏着陈后主的胭脂井也已经毁坏了，只剩下霜露满天，寒蝉哀鸣。人间过往好似流水，到如今，只有钟山依然青翠，秦淮河水依然碧绿。

【评析】

凭吊六朝古都金陵的怀古词中，萨都剌的这首《满江红》称得上是一首佳作。古往今来，人世变幻不断，但青山绿水却亘古长存，两相比照之下，不由让人思索人生真正的意义。萨都剌生性好游，他在任江南行御史台掾史期间，南至吴楚，西及荆楚，北到幽燕，可说是行遍大江南北，并写下了《满江红·金陵怀古》《念奴娇·登石头城》等多首登临怀古之作。这首《满江红》意境深远，苍凉豪迈，表现出词人一种人世易变，自然却能永存的思想认识。

起首"六代繁华，春色去也，更无消息"劈空而至，直入人心。历史上先后有六个朝代在金陵建都，金陵曾经的繁华景象不难想象，然而此时词人所见的金陵却早已不似当初的繁盛了，曾经的美好一去就再无消息。"春色"为春天的景色，此处也可作美好时光解。"空怅望山川形胜，已非畴昔"继续写时光变迁，谓词人望着眼前山川依旧壮美，但却已不似旧日模样，心中惆怅不已。一个"空"字极好地表达出词人面对时间流逝，沧桑变化的无奈之感。"王谢堂前新燕子，乌衣巷口曾相识。听夜深，寂寞打空城，春潮急"五句均化用自唐刘禹锡的诗作，前两句出自《乌衣巷》"旧时王谢堂前燕，飞入寻常百姓家"，后三句出自《石头城》"山围故国周遭在，潮打空城寂寞回"，这两首都是凭吊金陵的诗，用在这里近于无形，非常巧妙，一方面写出词人登临远眺时的心中所想，另一方面借前人诗意表达了词人对人世易逝，自然长存的慨叹。

过片两句"思往事，愁如织"换境，"思往事"契上阕怀古之意，"愁如织"则启下文陈迹之景。"怀故国，空陈迹"，词人登高远眺，不由想起了六朝过往，曾经的繁盛只剩下一点遗迹还未消失。接下来的"但荒烟衰草，乱鸦红日。玉树歌残秋露冷，胭脂井坏寒螀泣"四句具体描写陈迹的衰败景象，真正是"冷冷清清，凄凄惨惨戚戚"。玉树歌与胭脂井都与陈后主有关，他沉迷享乐，曾作《玉树后庭花》歌，国势日衰，等待隋朝军队打上门来的时候，只能躲到胭脂井中去，最终被隋军抓获，终于做了亡国之君。而从此之后，金陵就渐渐衰落，再不复曾经都城的兴盛之态了。全词行文到这里，词情十分压抑悲凉，然而末三句"到如今，惟有蒋山青，秦淮碧"却为之一扬，青山不老，绿水长存，和短暂的人世变幻相比，自然才是历史长河中永恒的存在。全词寓情于景，气象深远，让人读来回味悠长。

木兰花慢·彭城怀古

古徐州形胜^①，消磨尽几英雄。想铁甲重瞳^②，乌骓^③汗血^④，玉帐^⑤连空。楚歌八千兵散，料梦魂应不到江东^⑥。空有黄河^⑦如带，乱山回合云龙^⑧。

注

① 形胜：指地理位置优越，地势险要。

② 铁甲重瞳：指西楚霸王项羽，传说他一只眼睛里有两个瞳孔，古时认为这是圣人的象征。

③ 乌骓：项羽所骑战马名。骓，音"追"，青白杂色的马。

④ 汗血：汗血马，古代西域骏马名，传说流汗如血，故称。后多指骏马。

⑤ 玉帐：主帅所居的帐幕，取如玉之坚的意思。

⑥ 江东：指长江以东地区。

⑦ 黄河：历史上黄河曾流经徐州，后因多次改道，在城区留下了一条黄河故道，徐州人称之为"古黄河"。

⑧ 云龙：指云龙山，位于徐州古彭南部。

汉家陵阙起秋风，禾黍①满关中。更戏马台②荒，画眉人③远，燕子楼④空。人生百年如寄⑤，且开怀，一饮尽千钟⑥。回首荒城斜日，倚栏目送飞鸿。

【词译】

徐州地势险要，自古以来为兵家必争之地，多少英雄埋骨于此。想当年，项羽自立为王，征战南北，无数军帐与天空连成一片。谁料到被困垓下，听楚歌四起，人心涣散，兵败如山难逆转。可叹一代霸王，自刎于乌江边，恐怕他的魂魄也回不到故乡。英雄已逝，徒留眼前黄河故道绕城而过，群山环绕与云龙相接。

那些曾见证了汉朝繁华的山陵城阙，如今都再无踪影，只有一片片的庄稼遍布关中大地。而且项羽当年所建的戏马台也已荒废，每日为妻子画眉的张敞随风而去，金屋藏娇的燕子楼也早就空空如也了。想来人生不过百年，如白驹过隙，倒不如开开心心，尽情享受。夕阳西下，斜照着这荒凉的古城，我回首眺望，倚栏目送大雁飞向天边。

【评析】

1331 年，二十三岁的萨都剌调任江南行御史台掾史，赴任途中经过徐州，写下这首《木兰花慢》词。全词苍凉悲壮、雄美厚重，极具历史底蕴。

注

① 禾黍：禾与黍，泛指黍稷稻麦等粮食作物。

② 戏马台：徐州古迹，项羽自立为西楚霸王，定都彭城所建，用以观看士兵操练战马。

③ 画眉人：典出《汉书·张敞传》，张敞为官正直，据说他与妻子是同村，小时候调皮扔石块玩，结果误伤其妻眉角。长大做官后，听家人说起其妻因此一直未能出嫁，便上门提亲，后每日为妻子画眉。

④ 燕子楼：徐州五大名楼之一，位于云龙公园知春岛上。原楼为唐武宁节度使张愔为其爱妾关盼盼所建，后世多次重建。现址为1985年重建。

⑤ 如寄：好像暂时居住，比喻人生短促。

⑥ 千钟：千杯，千盅。钟，古代的一种酒器。

开头两句"古徐州形胜，消磨尽几英雄"与苏轼《念奴娇·赤壁怀古》起句"大江东去，浪淘尽，千古风流人物"的意境有异曲同工之妙，谓在徐州这片险要之地，埋葬了多少英雄人物的一生。这两句为总起句，接下来则取历史上徐州最具代表性的英雄项羽为例，虚写千年前的战争风云。"想铁甲重瞳，乌骓汗血，玉帐连空"三句写项羽征战南北时的鼎盛之态，战马奔腾，军帐多得和天空连成一片，可谓兵强马壮。然而风云变幻，转眼英雄沦落。"楚歌八千兵散，料梦魂应不到江东"两句写的是垓下之围。《史记·项羽本记》载："项王军壁垓下，兵少食尽，汉军及诸侯兵围之数重，夜闻汉军四面皆楚歌，项王乃大惊曰：'汉皆已得楚乎？是何楚人之多也！'"兵败后，项羽自刎于乌江边，留遗言说："江东子弟八千人渡江而西，今无一人还，纵江东父兄怜而王我，我何面目见之？"宋代女词人李清照就有"生当作人杰，死亦为鬼雄。至今思项羽，不肯过江东"诗赞其风骨。"空有黄河如带，乱山回合云龙"回到眼前实景，写硝烟散尽，英雄已逝，空留黄河、乱山遗迹，时光难留的无奈之感顿生。

"汉家陵阙起秋风，禾黍满关中"两句，化用了唐李白《忆秦娥》"西风残照，汉家陵阙"句及《诗经·王风》中的《黍离》一诗。周朝东迁不久，朝中一位大夫行役至西周旧都，见城阙宫殿早已荒废，只有禾苗遍地生长，后人即以"黍离之悲"喻亡国之痛。词人用"汉家陵阙"及"禾黍满关中"句，是以表明"是非成败转头空"之意。"更戏马台荒，画眉人远，燕子楼空"三句进一步说人世沧桑，人生短暂，以往那些爱恨情仇最后都烟消云散。一个"更"字让人尤感苍凉悲壮。眼见历史如长河，后浪推前浪，词人终于放开了胸怀，大呼"人生百年如寄，且开怀，一饮尽千钟"，谓人生短促，不若高高兴兴，享受现在，表现出一种豪气洒脱的气概。"人生百年如寄"化用自三国魏曹丕《善哉行》"人生如寄，多忧何为"句。词末两句"回首荒城斜日，倚栏目送飞鸿"重回眼前景物，描写了词人在夕阳余晖中回望荒城，目送大雁飞向天边的场景，慨叹于繁华易逝、物是人非，余味悠长。

卜算子·泊吴江夜见孤雁

明月丽长空，水净秋宵永。悄无踪、乌鹊南飞，但见孤鸿影。

自离边塞路，偏耐①江波静。西风鸣、宿梦魂单，霜落蒹葭②冷。

【词译】

明月高悬，皎洁的月光为整个夜空增添了秀美风情；吴江水一片澄净，孤寂中秋天的夜晚格外漫长。到处都是静悄悄的，乌鸦向南方飞去不见踪影，只有孤单的大雁从天际掠过。它从北方的边塞飞来，在江河上空孤独地飞着，忍受着长远的寂寞。秋风吹起，猎猎作响，不知道大雁夜里做梦是否会感到孤单，更不知道大雁栖息的芦苇丛是不是也落满秋霜，寒冷非常？

【评析】

这首小令创作背景不详，但从全词内容来看，应是作于被贬南行的途中，词人停船在吴江（即吴淞江，发源于苏州太湖瓜泾口，经江南运河汇入黄浦江）过夜，难以入睡，借孤鸿抒发失落之情，语言自然明丽，风格清新委婉，是萨都剌清丽词的代表作之一。

起首"明月丽长空，水净秋宵永"二句交代时间及环境背景，前一句点明时间，与词题中"泊吴江夜"相契合，后一句描写环境，将"见孤雁"事置入到月光遍洒，水波澄净，天地一片高远的背景中去。虽然明月清波很美丽，但词人却感到这秋天的夜晚格外漫长，"秋宵永"三字写出了词人满怀心事，夜不成眠的情

注
① 耐：承受得住，经受得起。
② 蒹葭：指芦苇。

状，正因如此，词人才会深夜伫立船头，远眺夜空，从而引出了下文的"孤鸿"。"悄无踪、乌鹊南飞，但见孤鸿影"三句说的是在这秋夜，乌鹊早已南飞不见踪影，只有孤单的鸿雁低低掠过天际。"乌鹊南飞"引自曹操《短歌行》中的"月明星稀，乌鹊南飞。绕树三匝，何枝可依"句，意思是说乌鹊南飞，却找不到枝头落脚，谓游子无所依托之意。这里与"但见孤鸿影"连起来用，表现出词人在南行途中的苍凉孤寂之感及对前途难以预料的忐忑之情。

过片"自离边塞路，偏耐江波静"二句接上阕"孤鸿影"，写鸿雁孤飞，从北方边塞飞到南方长空，忍受着漫漫长途中的孤单寂寞。大雁是出色的空中旅行家，每到秋冬季节，它们就从北方飞到南方过冬，等到春天来临再从南方飞回北方。这首小令作于秋季，正是大雁从北往南之际，古时边塞多在苦寒之地，故而词人说大雁"自离边塞路"。这两句虽是写雁，但也是词人自身境遇的写照，他独身一人被贬南放，可不就像那孤雁一样，要忍受住寂寞孤苦的滋味。"西风鸣、宿梦魂单，霜落兼葭冷"三句用拟人手法，继续写雁，谓夜里秋风吹起，大雁夜里做梦，深感孤单，等到秋霜落下，它栖息其间的芦苇丛也变得更加寒冷了。这三句虽然是词人在为大雁的未来担忧，实际上却是词人内心忧虑的体现。他年少得意，曾是一名颇有政绩的臣子，现在却被贬外放，不知道将来会是什么情形，心中怎能不忐忑难安，忧思难解？

这首小令意境开阔，借写孤雁寄托情怀，流畅朴实，是写雁词中较为成功的一首。

陶宗仪

（1329—约1412）

字九成，号南村，元末明初文学家、史学家、藏书家。学识渊博，诗、文、书、画俱佳，终身未仕，客居松江（今上海辖内）泗泾南村，筑草堂开馆授课。课余垦田躬耕，休息时即坐在田埂上读书，将心得体会随手记录在树叶之上，天长日久积累了数十瓮树叶，著成《辍耕录》一书。这也是成语"积叶成书"的由来。另有《书史会要》《南村诗集》《四书备遗》等数十种著作，史料价值和学术价值都很高。

南浦

如此好溪山，羡云屏①九叠，波影涵素②。暖翠③隔红尘，空明④里、著我扁舟容与⑤。高歌鼓枻⑥，鸥边长是寻盟去。头白江南，看不了，何况几番风雨。

画图依约天开⑦，荡清晖⑧、别有越中真趣。孤啸拓⑨篷窗，幽情远、

注

① 云屏：原意指有云形彩绘的屏风或用云母作装饰的屏风，这里比喻九山林立。

② 涵素：这里指山在水中的倒影。涵，包容；素，本色。

③ 暖翠：天气晴和时青翠的山色。

④ 空明：空旷澄澈之境。

⑤ 容与：随水波起伏波动的样子。

⑥ 鼓枻：指划桨泛舟。枻，船桨。

⑦ 天开：谓山水出自天然。

⑧ 清晖：代指山水。

⑨ 拓：推。

都在酒瓢茶具。水荭①摇晚，月明一笛潮生浦。欲问渔郎无恙否，回首武陵何许。

【词译】

好山好水好风景。青山层叠，倒映在粼粼水波之中，犹如仙境。正是晴和之日，青翠的群山隔开尘世，天地一片澄净，我同友人一起泛舟水上，随波逐浪，高兴之余不觉放声高歌，流连在鸥鹭翱翔的水边。我避乱江南，今已白发，又饱经人生风雨，只愿自在度日，哪里还管得了其他？

山水好似自然而作的图卷，荡漾其中，别有一番渔家生活的趣味。长啸一声推开船窗，但见水色山光，心中顿生高远情思，只愿一生徜徉于此，与知交饮酒品茶，共享逍遥。快乐的时光飞逝，不知不觉间天色已晚，水草摇动，月光明净，笛声之中夜潮涌起。想问一问误入桃花源的渔郎怎么样了，却不记得武陵到底是在何处了。

【评析】

陶宗仪在这首《南浦》词前作了长序交代创作背景，曰："会波村，在松江城北三十里。其西九山离立，若幽人冠带拱揖状。一水兼九山南过村外，以入于海。而沟塍畎浍，隐翳竹树间。春时桃花盛开，鸡犬之声相闻，殊有武陵风。聚隐者停云子居焉。一舟曰水光山色，时放乎中流，或投竿或弹琴或呼酒独酌或哦咏陶谢韦柳诗，殆将与功名相忘。尝坐余舟中作茗供，襟抱清旷，不觉度成此曲。主人即谱入中吕调，命洞箫吹之，与童子棹歌相答，极鸥波缥缈之思。"

从序中可以看出，这首词是陶宗仪到会波村友人家里做客，与友人泛舟水上，胸怀清旷之余创作而成的。全词清丽自然，意境高远，表现了词人徜徉山水，隐居田园，不与俗世同流的高洁精神。

上阕以"如此好溪山，羡云屏九叠，波影涵素"开篇，写山水相映之美，一个"羡"字传神地表达出词人对山水的热爱之情。"暖翠隔红尘，空明里、著我扁舟容与"三句，写词人于山光水色间的逍遥之态，"暖翠隔红尘"谓这里山环水绕，

注

① 水荭：即水葓，一种水草。

远离纷扰尘世，是桃花源般的所在。因而词人同友人一起，一边高歌一边划桨而行，流连不去。"鸥边长是寻盟去"暗用"鸥盟"之意，谓与鸥鸟为友，隐居不仕。这既是词人的毕生追求，也是词人的一生写照。末三句"头白江南，看不了，何况几番风雨"进一步诠释了"鸥边长是寻盟去"之意。

过片三句"画图依约天开，荡清晖、别有越中真趣"承上启下，既续写山水之美，又将词意引至水上渔人生活。松江是江南有名的鱼米之乡，春秋末年为越国辖境，居民多以捕鱼为生，故词人言"别有越中真趣"。"孤啸拓篷窗，幽情远、都在酒瓢茶具"三句写词人安于隐居生活的平和心境，"幽情远、都在酒瓢茶具"将情落于物，以小见大，极有韵味。"水茫摇晚，月明一笛潮生浦"两句写月下风情，词人与友人泛舟，从白日直到夜间，既可见词人对山水的热爱，又可见词人与友人的志趣合拍。末两句"欲问渔郎无恙否，回首武陵何许"贯前文"潮生浦"之意，谓潮水涌动，不知道误入桃花源的武陵渔郎是否无恙。此处用东晋陶潜《桃花源记》典故，其实是借武陵渔郎自比，"回首武陵何许"意谓自己久居山水之间，隐耕田园之中，逍遥自在，早已不记得来时路了，再次表明自己无意出仕的理想。

刘 昺

（今作刘炳，生卒年不详）

字彦昺，号懒云翁，明代诗人。洪武初年，向明太祖献书进言国事，得朱元璋任用，历任中书典签、大都督府掌记、东阿知县等职。今江西省鄱阳县鱼山镇义城村人，据传村中有一座朱元璋御笔亲题的"开国功臣刘彦昺"木牌坊。出身书香家庭，工诗，为明代江西诗派代表人物之一，著有《春雨轩集》，收录在《鄱阳五家集》（另有黎廷瑞《芳洲集》、吴存《乐庵遗稿》、徐瑞《松巢漫稿》及叶兰《寓斋诗集》）中。

满江红·寄水北山人涂宗周

抱柴门①、一溪寒玉②。山万叠、青林当户，白云连谷。乳燕落红春又晚，柴桑③三径多松菊。喜新晴、布谷又催耕，秋分绿。

床头酒，何时熟。谋诸妇，明朝漉④。谩⑤黄鸡炊黍，共邀邻曲⑥。旧梦风云销侠气，繁华看破知荣辱。系扁舟、罢钓晚归来，书还读。

【词译】

一条溪水环绕着柴门，水波粼粼，清凉可人。门外树林葱翠，远处群山叠嶂，

注
① 柴门：用零碎木条或树枝做成的门。

② 寒玉：比喻溪水的清冷雅洁。

③ 柴桑：故里、故乡之意。

④ 漉：这里指过滤新酒。

⑤ 谩：通"漫"，随意，散漫。

⑥ 邻曲：邻居，邻人。

天上的白云连绵不断。暮春时分，林下的乳燕已破壳而出，山间落英缤纷，故乡的小道遍布青松与秋菊。天气放晴，让人心中欢喜，在布谷鸟的叫声中忙碌地耕作，田中的秧苗绿得分外喜人。

不知道床头坛中的美酒什么时候才能酿成，等不及与家中的女眷商量，请她们明天就滤出一点尝上一尝，再随意烹一点酒菜黍饭，邀请邻居共享。往昔经历过的那些人生风雨已经把我的豪侠气概消磨殆尽了，看破了繁华之后我更懂得什么是荣耀什么是耻辱。天色渐晚，我垂钓归来，悠悠闲闲捧书细读。

【评析】

这首《满江红》是刘昂的代表作，从词意来看当为刘昂因病归隐故乡之后所作。词题中提到的徐宗周（水北山人应是其号或别称），是刘昂的同乡友人，这首词便是刘昂写了送给他的。全词描写了一幅悠闲自在、新鲜自然的田园生活画卷，传达出词人一种厌倦俗世纷争，但求平淡安逸生活的人生态度，词情轻快，语言跳跃，令人读之如入画卷，心生欢喜。

上阕以写景为主，山水林木，白云落花，乳燕布谷，松菊稻秧，词人调以青、白、红、绿诸色，将田园景致描写得十分清新怡人。起句"抱柴门，一溪寒玉"以词人居所为视觉中心，先从近处一条绕屋流淌的小溪写起，"抱"字用拟人手法，将溪水写得脉脉含情，十分可爱；"寒玉"则将溪水比喻成清冷莹润的美玉，写出了溪水的美丽姿态。接下来视线逐渐外移，"山万叠、青林当户，白云连谷"写户外林木茂盛、群山滴翠的自然风光，再加上空中绵延不绝的朵朵白云，好一处青山绿水的世外桃源。"乳燕落红春又晚，柴桑三径多松菊"二句视线继续外移，落到了词人故里的林间、山上，"春又晚"点明时节，"乳燕""落红""松菊"皆是"春又晚"的具体表征，由于古人是以农历计算日期的，结合下文推测，此时大约为阳历五月。鄱阳是江南有名的"鱼米之乡"，早稻四月中旬播种，五月初插秧，而天气是影响农人耕作的重要因素，故而词末三句说"喜新晴、布谷又催耕，秧分绿"，谓天公作美，插秧顺利，洋溢着浓浓的欢喜之情，表现了词人对劳动的喜爱与赞美。

下阕词人从写景转到了写人。"床头酒，何时熟。谋诸妇，明朝漉。谩黄鸡炊黍，共邀邻曲"几句写自给自足、平和快乐的农家生活。古人所饮之酒都是用粮食自酿而成，酒新酿成的时候，酒面会浮起酒渣，因色绿细小而称"绿蚁"，故饮酒之前还需要处理杂质，即滤酒，亦"床头酒……明朝漉"所指。有了酒自然不能没有下酒菜，独乐乐不如众乐乐，于是词人邀请邻居共享美酒美食，言笑晏晏，其乐融融。然而，词人出身不俗，胸富诗书，又曾得皇帝青眼，怎么会甘愿守在田野间过农家生活呢？"旧梦风云销侠气，繁华看破知荣辱"两句给了读者答案。这两句是词人对自己往昔官宦生涯的感伤慨叹之词。从中可以看出，词人曾历尽风雨，饱受磨难，如履薄冰的官场生涯磨尽了他的锐气雄心，回头再看，词人明白了繁华只是一场空，与其卑躬屈膝换得所谓的荣耀，不如在田间做一名自由自在、自力更生的农人来得快乐。词末"系扁舟、罢钓晚归来，书还读"三句重回田园生活，但"书还读"隐隐流露出词人并未完全脱离世事，仍有心怀天下之意，表现出一种纠结复杂的思想感情，不过这并不影响词人对田园生活的热爱以及其旷达豁然的人生追求。

杨 慎

（1488—1559）

字用修，号升庵，明代博学家。出身书香门第，自幼聪慧好学，十三岁时以《黄叶诗》轰动京城。1511年金榜题名，高中状元，历任翰林院修撰、经筵讲官等职，后因皇统争议遭流放云南戍边，自号博南山人、金马碧鸡老兵。文学创作范围极广，对文、词、赋、散曲、杂剧、弹词、书画、天文、地理等均有涉猎，著述多达一百多种，是明代著名的博学家，也是明代三才子（另两人为解缙、徐渭）之首。

临江仙

滚滚长江东逝水①，浪花淘尽英雄。是非成败转头空。青山依旧在，几度②夕阳红。

白发渔樵江渚上，惯看秋月春风③。一壶浊酒④喜相逢，古今多少事，都付笑谈中。

【词译】

长江水滚滚向东奔流，一去不复返，历史上有多少英雄豪杰最终都像浪花般消逝在滚滚水流中。说什么错与对，说什么成功与失败，转眼都是一场空。千古以来，只有青山依然巍峨耸立，山头的太阳升了又落、落了又升。

注
① 东逝水：指江水向东流逝，这里以江水比喻时光。
② 几度：几次，这里是虚指。
③ 秋月春风：秋夜的月，春日的风，指美好时光。
④ 浊酒：古人用粮食自酿的酒，酒液较为浑浊。

隐居在江边山上的人，以打渔和砍柴为生，他们悠然度日，仰看秋夜的明月，感受春日的微风，享受着美好时光。难得与老友见面，就温一壶浊酒，边饮边聊，古往今来多少纷扰世事，都不过是酒中助兴的笑谈。

【评析】

这首词大家一定很熟悉，估计一边读一边都要忍不住唱起来。当年94版《三国演义》播出的时候，造成的轰动不说是万人空巷，也称得上是红透半边天了，到现在人们还在津津乐道唐国强版的诸葛亮和鲍国安版的曹孟德。而这部电视剧的主题歌就是这首词，由谷建芬老师谱曲，至今仍然是不可逾越的经典。这首词虽给人一种轻松自在的感觉，但实际上杨慎创作这首词的时候境遇是十分凄惨的。1524年，杨慎因为得罪了皇帝，于是被发配到云南去戍边，他在被解送的途中正巧目睹江边一个渔夫和一个樵夫在煮酒谈笑，联想到自己的境况，不由大发感慨，写下了这首《临江仙》。

开篇"滚滚长江东逝水，浪花淘尽英雄"两句，化用了苏轼"大江东去，浪淘尽、千古风流人物"词意，以一去不复返的江水比喻时光，气势雄浑，悲壮豪迈。"是非成败转头空"是对前两句表达主旨的继续推进，意谓在漫长的历史时空中，任何人都不过是沧海一粟，更何况那些所谓的成王败寇，最终也不过是一场空罢了，表现出词人一种超脱旷达的人生态度。末两句"青山依旧在，几度夕阳红"接上文人生易逝意，谓只有自然界和宇宙才能亘古长存，两相对比，人生苦短的悲凉感顿生。

"白发渔樵江渚上，惯看秋月春风"两句为换境之语，从上阕慷慨悲壮的氛围转换到隐居江湖之人闲逸度日的氛围。时光易逝，人生易老，与其去争那些终将消逝的虚幻之物，不如徜徉山水之间，过一种自然平淡的生活。这里的"渔樵"从字面上看是渔夫、樵夫的意思，但结合这首词的创作背景，指的应是隐居之人，"惯看"一词既表现了良辰美景的寻常，又带着一股孤独苍凉的感慨，将末三句"一壶浊酒喜相逢，古今多少事，都付笑谈中"朋友相见的欢喜开怀烘托得极为到位。正所谓酒逢知己千杯少，老友再逢，不需要什么美食珍馐，只一杯浊酒就足够表达金兰情谊，而那些古往今来的纷纷扰扰，也不过是两人酒中助兴的谈资罢了。

这首词借历史兴衰抒发人生感慨，从悲叹时光到超然世外，展现了词人一种"淡泊以明志，宁静以致远"的高洁精神追求，其所述人生况味正是只能意会不能言传。

卢象升

（1600—1639）

字建斗、斗瞻、介瞻，号九台，明末著名将领。少时爱读兵书，喜习骑射，1622年中进士，1627年任大名知府，为官刚正不阿。1629年金兵犯境，起兵勤王，统兵有方，人称"天雄军"。清军攻明时力主抗清，守卫京师，连获大胜，1639年战死疆场，时年三十九岁，死后追赠兵部尚书，南明时追赠"忠烈"，清朝时追赠"忠肃"。著有《卢忠烈公集》《卢象升疏牍》。

渔家傲

搔首问天①摩巨阙②，平生③有恨何时雪？天柱④孤危疑欲折。空有舌，悲来独洒忧时血。

画角⑤一声天地裂，熊虎⑥蠢动惊魂掣。绝影骄骢看并逐，真捷足⑦，将军应取燕然勒⑧。

注

① 搔首问天：以手搔头，诘问苍天，以表达一种忧抑悲愤的情绪，多为悲国之慨。

② 巨阙：古代宝剑名，传为春秋时期铸剑名师欧冶子所铸。这里代指宝剑。

③ 平生：一生，终身。

④ 天柱：古代神话中的撑天之柱。这里代指明朝。

⑤ 画角：古代乐器名，发音哀厉高亢，古代军中常用作警报声。

⑥ 熊虎：借喻勇猛的将士。

⑦ 捷足：脚步快，谓行动迅速。

【词译】

手抚长剑，仰问苍天，何时才能一雪心中遗恨？国家正值危急存亡之秋，就好比支天的神柱就要折断。可叹我空有一腔壮志，却不能征战沙场，心中既是悲痛又是担忧，怕只怕大厦将倾只在转瞬之间。

吹响进军的号角，高亢的声音撕裂平静的天地，如狼似虎的军队整装待发，凶猛的气势让敌人心惊。生死存亡之际，将士们当跨上骏马，齐头并进，奋勇杀敌，要学那东汉窦宪将军，行动迅速地将敌人赶出国土，凯旋而回。

【评析】

近代思想家康有为曾为卢象升题词曰："卢忠肃公以奇才大节殿晚明，读其诗章，沉雄哀激，书法亦极高妙宕逸，后人当共珍之。"评价不可谓不高。从这首《渔家傲》小令，我们也可窥见卢象升文武双全的一面。早期卢象升是比较得崇祯帝信任的，曾三次获赠尚方宝剑，可惜崇祯帝生性多疑，后期君臣间渐生嫌隙。1638 年，卢象升遭太监高起潜陷害，1639 年遭清军围困，高起潜拥兵不救，卢象升战死沙场。从内容来看，这首词大概是其后期所作。

"搔首问天摩巨阙，平生有恨何时雪"一开篇，即塑造了一名精忠报国的将军形象：他心中充满国仇家恨，手抚长剑，仰问苍天，悲愤之情溢于言表。"搔首问天"即搔着头发问苍天之意，亦是古琴曲名（即《秋塞吟》），表达的是一种忧抑悲愤的情绪。"天柱孤危疑欲折"句则是对前文忧抑悲愤情绪产生原因的解答。"天柱"原是神话传说中支撑在天地之间的神柱，词人这里将之比喻为正遭受战火而飘摇欲倾的明朝。该句写出了将军对现实情况的清醒认知，国家已是强弩之末，将军已经感觉到其"欲折"的命运，而自己却不能做些什么，无法挽救一二，因而心中愈加悲愤，发出"空有舌，悲来独洒忧时血"的痛呼。一个"空"字写出了将军空有抱负却不得施展的无奈与悲凉。一心精忠报国，却落得被猜忌诬陷的下场，这也是明末不少抗清将领的共同遭遇。

上阕虽然情感低落，但是将军并没有因此就颓丧消沉。下阕词情为之一扬，情感变得激烈，将军心中想着的仍然是征战沙场，奋勇杀敌，保卫国家。两相对比，更能表现出将军高尚的爱国主义情怀。"画角一声天地裂，熊虎蠢动惊魂掣"两句写战争已经开场，进军的号角吹响，撕破天地的平静，将士们个个如狼似虎，整装待发，气势凶猛。"熊虎"借喻勇猛的将士，汉代陈琳《武军赋》有"衝钩竟进，熊虎争先"语。末三句"绝影骄骢看并逐，真捷足，将军应取燕然勒"写的是将军深藏于心的壮志豪情。"绝影骄骢"代指战马。"绝影"传为三国时曹操的战马名，谓跑起来快得连影子都看不见；"骄骢"指的则是雄健的青白色相间的马。面对战争，将军心里想的是跨上战马，与军士们齐头并进，将敌人杀得片甲不留。"将军应取燕然勒"典出《后汉书》，东汉窦宪曾大破北匈奴，将之一路驱赶至燕然山，于是在燕然山上刻石记功，表现了词人心中驱逐敌人，保家卫国的壮志豪情。全词先抑后扬，感情激昂，自有一种将军百战不畏死的冲天豪气。

吴 易

（ ？—1646）

满江红

斗大江山①，经几度、兴亡事业②？瞥眼③处、称王说霸，战争不息。香水④锦帆歌舞罢，虎丘鹤市⑤精灵歇。漫筒残⑥、吴越旧春秋，伤心切。

伍胥耻，荆城雪⑦。申胥恨，秦庭咽⑧。更比肩种蠡⑨，一时英杰。花月烟横西子⑩黛，鱼龙水喷鸱夷⑪血。到而今，薪胆⑫向谁论？冲冠发⑬。

注

① 斗大江山：谓江山很小，指吴越一带。斗大，这里用于对大的物体，形容其小。

② 事业：功业，成就。

③ 瞥眼：犹转眼，极言时间之短。

④ 香水：这里指发源于苏州太湖瓜泾口的吴江。香水，江水的美称。

⑤ 虎丘鹤市：指代苏州。虎丘位于苏州城西北郊，为西山余脉；鹤市，苏州的别称。

⑥ 漫筒残：谓江山破败，残破不堪。漫，遍，充满；筒，竹管，借指江山。

⑦ 伍胥耻，荆城雪：引春秋伍子胥助吴破楚，于楚都荆州鞭尸楚平王复仇之事。

⑧ 申胥恨，秦庭咽：引春秋申包胥因楚都被吴军所占，前往秦国哭求救楚之事。

⑨ 种蠡：指春秋时越国大夫文种和范蠡。

⑩ 西子：春秋时越国美女西施。

⑪ 鸱夷：借指伍子胥。

⑫ 薪胆：卧薪尝胆，比喻刻苦自励，发奋图强。典出《史记·越王勾践世家》。

⑬ 冲冠发：怒发冲冠之意，用岳飞《满江红》语。

【词译】

小小吴越一带的江山，经历了多少兴衰往事？短短几十年间，两国之间为了争王称霸而战争不断。然而时光如水，吴江上锦绣帆船中的歌舞早已散去，吴国都城虎丘曾经的兴盛也已消散，遍地都是残败景象，对比吴越时候的繁华，怎不让人伤心悲切？

那时的英雄豪杰也多，伍子胥助吴军攻破楚都，一血前耻；申包胥为救楚国在秦国城墙外痛哭搬来救兵。更别提越国那两位良臣文种与范蠡，共同辅佐君王成就大业。只可叹世事难料，君臣终生嫌隙，范蠡携西施归隐五湖之间，看花月风景；伍子胥却落得被逼自尽抛尸江中的下场。到如今，我这一腔肝胆还能去和谁说呢？心中一口恶气难出，但觉怒发冲冠。

【评析】

1644年，李自成攻破明都城北京，崇祯帝自缢于煤山，清军入主中国北方。同年，明朝宗室在南方建立南明政权，欲与清军对抗，其间涌现出许多杰出的抗清将领，这首《满江红》的作者吴易即是其中之一。他先是投在扬州史可法麾下，扬州失陷后率船队开赴吴江，吴江失陷后扎营于太湖，与同乡组"白腰党"继续抵抗清军，曾三次占领吴江城（今苏州地区）。从内容来推测，这首词应是作于驻军吴江城期间。全词抚昔伤今，追忆了吴越两国争霸的历史，借范蠡、伍子胥的遭遇抒发了世事无常的感慨，表达了词人对国家颠覆，无人可依凭的痛心疾首，字里行间洋溢着浓厚的爱国精神。

上阕追忆吴越争霸之事，并与眼前景象对比，是为怀古伤今之意。开篇"斗大江山，经几度、兴亡事业"总领全词，谓苏州这个小地方曾经历过多少兴衰往事。这里的"斗大江山"专指苏州地区。"瞥眼处、称王说霸，战争不息"三句写历史上吴越两国争霸之事。吴国首都即位于苏州。"香水锦帆歌舞罢，虎丘鹤市精灵歇"二句，词人借吴国繁盛之景的消逝抒发历史兴亡之叹。"香水""锦帆""歌舞"皆为奢华生活的意象，然而一个"罢"字将这些统统打散。虎丘位于苏州城西北郊，相传吴王夫差葬其父阖闾于此；"鹤市"则为苏州别称，出自汉代赵晔的《吴越春秋·阖闾内传》，说阖闾的女儿自杀，下葬之日，阖闾命令白鹤在城中起舞，杀鹤送女。后世即以"鹤市"别称苏州。末三句"漫筒残、吴越旧春秋，伤心切"总结前文，以"漫筒残"概括苏州现今的景象，谓山河残破，与吴越当年的苏州不能相比，令人悲痛。苏州因何而"残"，是清军燃起的战火所致，这三句实际上表现了词人对清军的痛恨之情。

　　下阕写春秋时在吴越争霸中涌出的英雄豪杰，借他们的不同遭遇暗示自己坚定的抗清决心。"伍胥耻，荆城雪。申胥恨，秦庭咽"四句，写伍子胥与申包胥两名人物。伍子胥初为楚国人，其父与长子被楚平王杀害，于是他从楚国逃往吴国，助吴攻楚，掘楚平王尸体鞭尸复仇。伍子胥昔日好友申包胥为楚国大夫，逃往秦国求助，在秦城墙外哭了七天七夜，终于感动秦国君臣，派兵救楚。"更比肩种蠡，一时英杰"写越国大夫文种与范蠡，并以"一时英杰"总结前文。但是，接下来词人却笔锋一转，以"花月烟横西子黛，鱼龙水喷鸱夷血"两句写范蠡与伍子胥的不同遭遇。据《史记·伍子胥列传》记载，伍子胥死后，吴王"乃取子胥尸盛以鸱夷革，浮之江中"，故后世以"鸱夷"借指伍子胥。这两句虽是写历史人物，但其间隐隐流露出词人对南明朝的不满之情，也许词人当时并不为南明所重视。词末三句"到而今，薪胆向谁论? 冲冠发"表达的感情就激烈多了，以岳飞"怒发冲冠"自比，从中可看出词人一腔肝胆无处安放，心中非常愤怒。据此推测，一心坚持抗清的词人当时恐怕也是孤立无援。

张煌言

（1620—1664）

> 字玄著，号苍水，南明儒将、抗清英雄，官至兵部尚书。出身明末官僚家庭，少有大志，为人慷慨，喜论兵法。1645年，清军大举南下，张煌言投笔从戎，走上抗清道路，坚持斗争近二十年，三入长江，攻打南京，克复芜湖。1664年，见复明无望，解散义军，隐居海岛，遭叛徒出卖被俘，坐而就义，年仅四十四岁。遗体葬于杭州南屏山北麓荔枝峰下，成为与岳飞、于谦一同埋葬在杭州的第三位英雄，后人称之"西湖三杰"。诗文多作于战斗生涯中，风格悲壮质朴，豪放雄伟，满是爱国热情，有《张苍水集》行世，一度为清代禁书。

满江红·示同难宾从罗子慕于武陵狱邸

萧瑟风云①，埋没②尽、英雄本色。最发指③，酡酥羊酪④，故宫旧阙⑤。青山未筑祁连冢⑥，沧海犹衔精卫石⑦。又谁知，铁马⑧

注

① 萧索风云：喻时势凄凉。

② 埋没：谓使人不能尽其才。

③ 发指：毛发竖起貌，形容极度愤怒。

④ 酡酥羊酪：代指建立清朝的女真人。酡酥、羊酪皆以马、羊等乳汁炼制而成，为女真人食品。

⑤ 故宫旧阙：旧时的官殿楼阙，言物是人非之意。

⑥ 青山未筑祁连冢：引西汉骠骑将军霍去病破匈奴封狼胥，病逝后修墓如祁连山事。

⑦ 沧海犹衔精卫石：引"精卫填海"事，典出《山海经》，旧时比喻仇恨极深，立志报复；后比喻意志坚决，不畏艰难。

⑧ 铁马：配有铁甲的战马。

也郎当^①，琱弓^②折。

谁讨贼？颜卿檄^③；谁抗虏？苏武节^④。拼三台坠紫、九京藏碧^⑤。燕语呢喃新旧雨，雁声嘹呖^⑥兴亡月。怕他年，西台^⑦恸哭，人泪成血。

【词译】

风云变幻，时势难料，你我曾胸怀壮志，如今却颓败在狱中。最令人愤怒的是，旧时的宫阙已经易主，大明的江山落入敌手。虽然我未曾像霍去病般大破清军，将之驱逐，但心中却常怀坚定的志向，在抗清复明的道路上从不畏艰难。又有谁能料到，最后竟要与你一起在狱中度过最后的日子了。

想当年，颜真卿率二十万众讨伐叛将安禄山，苏武手持汉节在匈奴牧羊十九年，他们有担当而意志坚，正是我学习的榜样，我又怎会怕什么流血牺牲。时光易逝，燕语低喃，雁声嘹亮，一场又一场雨过后，岁月兴衰不定。我只担心以后亲朋好友在我墓前痛哭，流泪成血。

【评析】

1664 年，张煌言解散抗清义军，携随从罗纶等人隐居于浙江象山南面一个名叫悬嶴的荒僻海岛。同年七月，清军提督张杰偷袭小岛，张煌言及罗纶等部属被抓捕入狱。这首《满江红》便是张煌言在狱中写给罗纶的。词题中的"同难宾从

注

① 郎当：颓败，破败。

② 琱弓：即雕弓。

③ 谁讨贼？颜卿檄：引唐代名臣颜真卿多次讨伐叛军，最后因捍卫国家而死之事。

④ 谁抗虏？苏武节：引汉苏武出使匈奴被困，坚贞不屈，持汉符节牧羊于北海畔之事。

⑤ 拼三台坠紫、九京藏碧：谓不怕流血牺牲之意。拼，音"盼"，豁出去争斗。

⑥ 嘹呖：形容声音响亮凄清。

⑦ 西台：台名，位于今浙江桐庐县南富春山，为宋谢翱哭文天祥处。这里借指词人自己的墓碑处。

罗子慕"指的即是共同罹难的随从罗纶，子慕应是罗纶的字。全词既有对大势已去的无奈，又有对大业未成的不甘，其间所表露的壮烈成仁、宁死不屈的精神动人心魄，是一首气象宏大、壮阔雄伟的爱国豪放词。

开篇三句"萧瑟风云，埋没尽、英雄本色"写大势已去、英雄末路之感，读之十分悲凉。"埋没尽"三字不禁让人想到那些在抗清道路上牺牲的义军将士，所谓"一将功成万骨枯"，何况复明大业未成，怎不让人痛心疾首？"最发指，酡酥羊酪，故宫旧阙"三句仍旧写天下时势，前文从正面写复明大业失败，这里则是从反面衬托抗清之路未成。"酡酥羊酪，故宫旧阙"犹言江山易主，清廷已占据明朝宫殿。"最发指"则表现了词人对清军抢夺明朝江山的愤怒之情。"青山未筑祁连冢，沧海犹衔精卫石"两句用典，是词人内心的剖析之语。前一句出自《史记·霍去病列传》。霍去病是汉代著名将领，二十岁上下就率军大破匈奴，将他们远远驱赶出去。病逝后，葬于茂陵东面，陵墓形如祁连山，以纪念其军功。词人这里以"青山未筑祁连冢"来借喻自己反清大业没有成功。后一句出自《山海经》，也就是我们常说的"精卫填海"的故事，说的是炎帝的小女儿女娃去东海玩耍，结果溺水而亡，于是化为"精卫"鸟，每日衔石头填海以报丧命之仇，后多用以比喻意志坚决，不畏艰难。词人这里亦是表明自己抗清意志的坚决和不畏艰难。"又谁知，铁马也郎当，珊弓折"三句由发散的思绪转回现实，谓马退弓折，自己被俘入狱，"又谁知"三字尤为辛酸满腹，谁能料到最后竟是被自己人出卖呢？

下阕起首"谁讨贼？颜卿檄；谁抗虏？苏武节"六句，引用了历史上两位为国尽忠、不怕牺牲的人物事迹。前者为唐代名臣颜真卿，他在安禄山起兵造反时曾亲率二十万大军讨伐叛军，后又在李希烈谋反时前去谈判，并以生命捍卫了国家的尊严；后者是西汉大臣苏武，他奉命出使匈奴，结果被匈奴王扣留，多次威胁利诱，但他坚贞不屈，留居匈奴十九年而未变节。这里是词人借这两位榜样人物自比，表现自己绝不屈服于清廷的坚定意志。"拚三台坠紫、九京藏碧"紧承前意，谓无论生死绝不屈服之意。"三台"为古时官制，以尚书为中台，御史为宪台，谒者为外台，合称"三台"，也可借喻"三公"（太师、太傅、太保），这里是指代官职，即词人生前种种事。"九京"犹九泉，即词人死后种种。"坠紫""藏碧"借喻鲜血，谓一腔热血，生死不计。"燕语呢喃"以下是词人对自己死后种种的联想。"燕语呢喃新旧雨，雁声嘹呖兴亡月"两句抒发时光易逝、历史兴衰不定之叹。

春天燕子低语，秋天大雁哀鸣。一场又一场雨过后，无论是兴是衰，岁月都会很快远去。正所谓"是非成败转头空"，自己死后，留给亲人的是永远的伤痛。词末"怕他年，西台恸哭，人泪成血"三句可谓是铁汉柔情，展现了词人豪雄之中温情的一面，在其即将赴死的背景下，读来尤其催人泪下，令人黯然神伤。

曹 溶

（1613—1685）

字秋岳，号倦圃、鉏菜翁。初为明代进士，任御史；清军入关后转投清廷，历任河南道监察御史、太仆寺少卿等职，制定了一系列规章制度，为清入关初期的社会稳定做出了重要贡献。工诗词，爱藏书。诗学杜甫，与合肥龚鼎孳齐名，人称"龚曹"；词学两宋，以婉约为正宗，开浙西词派先河。于别馆建筑书楼，藏书千余种。著有《静惕堂诗集》《倦圃莳植记》等。

满江红·钱塘观潮

浪涌蓬莱①，高飞撼、宋家宫阙②。谁荡激，灵胥③一怒，惹冠冲发④。点点征帆都卸了，海门⑤急鼓声初发⑥。似万群、风马⑦骤银鞍，争超越。

江妃⑧笑，堆成雪；鲛人⑨舞，圆如月。正危楼湍转⑩，晚来愁

注

① 蓬莱：传说中的海上三仙山（另有方丈、瀛洲）之一，这里是比喻潮头。

② 宋家宫阙：指代杭州城。钱塘是杭州古称，杭州曾是南宋都城。

③ 灵胥：指春秋吴国的伍子胥，传说伍子胥死后为潮神。

④ 惹冠冲发：谓怒发冲冠。

⑤ 海门：指杭州湾，因其临东海，如门户大开，故称。

⑥ 初发：指第一次击鼓，取意自"一鼓作气，再而衰，三而竭"。

⑦ 风马：疾驰如风的马。

⑧ 江妃：传说中的水中女神。

⑨ 鲛人：传说中的人鱼。

⑩ 危楼湍转：意指高楼正处于潮水湍急转折之处。

绝^①。城上吴山^②遮不住，乱涛穿到严滩^③歇。是英雄^④、未死报仇
心，秋时节。

【词译】

钱塘江大潮波涛汹涌，浪高如山，潮水高高飞起，狂猛的声势震撼着杭州城。
是谁让这大潮激荡不止？只因潮神伍子胥冲冠一怒，潮水便铺天盖地群涌而来。江
上再看不见来往船只的影子，只听见入海处传来急鼓般轰鸣作响的潮声，刹那间潮
水就扑到眼前，好似无数身披银鞍的骏马，疾驰如风，争先恐后，骤然而来。

潮水飞溅翻涌，仿佛水中女神在肆意欢笑，挥手间将浪花堆成一堆又一堆的白
雪；又仿佛水中鲛人在狂放起舞，旋转着将浪花高高抛起，好似圆月。傍晚时分，
高楼之下的潮水湍急流转，我在楼上却满腹愁情，神思远飞。潮水撼天动地，奔涌
不息，连高高的吴山都阻挡不住，直到严陵濑才停歇下来。这仿佛冤死的伍子胥在
怒吼，在这秋日为自己一报旧仇。

【评析】

写钱塘江大潮的词作很多，曹溶的这首《满江红》却别有特色。他将传说与
潮景融为一体，赋予了潮水狂放威猛的人格化特征，使得潮水仿佛也有了思想，
有了感情，全词读来十分激荡人心。曹溶先仕明，后仕清，说好听点是"良禽择
木而栖"，说难听点就是变节投降之徒。有这样的身份，即使曹溶在政治上有所作
为，人前背后恐怕少不了被非议，其中的屈辱心酸大概也不是常人能体会的。这
首词虽然是写钱塘江大潮，但文字背后隐藏的感情却是极为激烈的。

起首"浪涌蓬莱，高飞撼、宋家宫阙"三句用比喻，将潮水涌起之态比作海

注

① 愁绝：极端忧愁。

② 吴山：山名，位于杭州西湖东南，左带钱塘江，右瞰西湖。

③ 严滩：即严陵濑，在浙江桐庐县南富春江畔，相传是东汉著名隐士严光（字子陵）垂钓
之处。

④ 英雄：指伍子胥。

上的蓬莱仙山，浪头之高、波涛之壮令人惊叹，其汹涌奔流的浩大声势震撼着杭州城。接下来"谁荡激，灵胥一怒，惹冠冲发"三句用设问，是谁引起了这滔天巨浪呢，原来是潮神伍子胥正在发怒。伍子胥是春秋时期著名的军事家，他辅佐吴王夫差成诸侯一霸，夫差却听信谗言逼他自尽。伍子胥死前对门客说："请把我的眼睛挖出来放在东门上，我要看着吴国灭亡。"夫差大怒，将他的尸体用皮口袋装着扔进了江里。吴国百姓很同情他的遭遇，就在江边为他立祠，每当潮水汹涌激荡，便认为是伍子胥在兴风作浪，要向吴王报仇，以致后来人们都称他为"潮神"。词人这里便是运用了这一传说。"点点征帆都卸了，海门急鼓声初发。似万群、风马骤银鞍，争超越"五句从声音、颜色、气势细写潮水涌动之态，谓潮声轰然如初发急鼓，潮水奔涌如万马如风疾驰，水色洁白如银，场景十分壮观宏伟。

下阕开始"江妃笑，堆成雪；鲛人舞，圆如月"四句，写潮水涨落间翻涌滚动的气势，以雪堆、圆月喻浪花翻卷、高飞之态，极为夸张，想象奇绝。这里词人用了两个典故，一是周朝人郑交甫汉江遇江妃事（出自汉代刘向《列仙传》），二是古代神话志怪小说集《博物志》（西晋张华编撰）载南海之中居鲛人事。接下来两句"正危楼湍转，晚来愁绝"一改前文惊天动地的氛围，转而写起了愁思。为何？原来是潮水转瞬即退，且退势凶猛，"城上吴山遮不住，乱涛穿到严滩歇"。面对此情此景，词人再一次想起了潮神伍子胥，词末"是英雄、未死报仇心，秋时节"三句赋予了将潮水拟人化，与上阕"谁荡激，灵胥一怒，惹冠冲发"一起尽吐词人胸中愤懑之气，真正是情景交融，蔚为高壮。

宋 琬

（1614—1673）

字玉叔，号荔堂，清代著名诗人。出生书香门第、官宦世家。自幼聪敏好学，才华出众。1647年进士及第入仕途，廉洁奉公，精明能干。1661年，被同族诬告入狱，全家被抄，出狱后无家可归，漂泊江南。1672年，冤情得以昭雪，起用为四川按察使，深受百姓爱戴。诗风雄健磊落，用语奇丽，比喻清新，与施闰章齐名，有南施北宋之称，著有《安雅堂全集》十六卷。

贺新郎·登燕子矶阁望大江作

绝壁衔飞阁。倚寒空、嶒泫窈窕①，是谁雕琢。六代兴亡如逝水，烟冷千寻②铁索。梦不到、乌衣帘箔③。结绮临春④歌舞散，大江流、尚绕青山郭⑤。悲自语，檐边铎⑥。

注

① 嶒泫窈窕：形容绝壁高耸突兀，壁下江水回旋幽深的样子。嶒，峻嶒，高耸突兀；泫，水流回旋的样子；窈窕，幽深的样子。

② 寻：古代长度单位，一寻为八尺。

③ 帘箔：帘子，多以竹、苇编成。

④ 结绮临春：南朝陈后主至德二年，起临春、结绮、望仙三阁，阁高数丈，极其奢靡。后主自居临春阁，宠妃张丽华居结绮阁。

⑤ 郭：城外围着城的墙。

⑥ 铎：大铃铛。

滔滔东下风涛作。俯层阑^①、鼋鼍^②出没，雪山喷薄^③。况是清秋明月夜，何处船楼吹角。早惊起、南飞乌鹊。估客船从巴蜀下，看帆樯、半向青天落。吾欲醉，骑黄鹤。

【词译】

燕子矶阁凌空飞嵌在陡峭的石壁之上，背靠着清冷的天空，高耸突兀，居高临下地正对山崖下回旋幽深的江水。看上去如此壮观雄奇，真不知是谁于绝壁上雕琢而成的。过往的六朝兴衰就好像这不断滚滚流逝的江水，只剩下寒冷的青烟笼罩着江上的千丈铁索。乌衣巷里曾繁盛一时的王谢两家已随风而去，结绮阁与临春阁中的歌舞享乐也如流云般消散，而大江却依旧环绕着城墙外的青山奔流向前。想到这里，怎能不让人悲叹，只能空听檐下的铃铛随风轻响。

站在阁上俯瞰江面，只见狂风劲吹，巨浪滔天，好似传说中的水怪鼋鼍在江水中出没，喷涌起雪山般的高高浪头。更何况正是清冷秋夜，明月高悬，不知是何处的船楼上吹响了号角，惊得南飞的乌鹊仓惶不已。我想大概是从巴蜀而来的客船吧，转眼间已经驶向了遥远的天际。放眼望去，但见江天一片，星野垂阔，不觉沉醉，真想骑鹤登仙，畅游天地，再不管那些凡尘俗世。

【评析】

燕子矶位于江苏南京郊外的直渎山上，因石峰突兀江上，三面临空，势如燕子展翅欲飞而得名。燕子矶总扼大江，地势险要，矶下惊涛拍石，汹涌澎湃，是古代重要的长江渡口和军事重地，有"万里长江第一矶"的称号。这首《贺新郎》即是宋琬登燕子矶远望长江时所作，描写了词人在矶上远望大江时的所见所想所感，风格雄奇清丽，抒发了对人生短促、兴衰易逝的感慨，表现出词人一种想要

注

① 层阑：层层叠叠的栏杆。

② 鼋鼍：神话传说中的动物。鼋，音"原"，指巨鳖；鼍，音"驼"，指猪婆龙，即今扬子鳄。

③ 雪山喷薄：形容江水回旋汹涌，浪花高卷如雪山。

超脱人世的向往和追求。

起首"绝壁衔飞阁"气势逼人，劈空而至，点出燕子矶阁的险要之势。一个"衔"字用得极为雄奇，谓悬崖峭壁张口衔着燕子矶，摇摇欲坠之感顿生。"倚寒空、嶒泫窈窕，是谁雕琢"三句继续描写燕子矶的地貌特征，高耸突兀，上倚青空，下临深江，以反问"是谁雕琢"来赞叹大自然的鬼斧神工。接下来"六代兴亡如逝水，烟冷千寻铁索。梦不到、乌衣帘箔"四句为词人望大江之感。南京旧称金陵，曾为三国吴、东晋、南朝宋、齐、梁、陈的都城，有"六朝古都"之称。词人在燕子矶上眺望长江，自然会想起这里的旧朝往事，然而那些繁华兴盛都如流水般逝去，早就烟消云散了。"六代兴亡如逝水"明显受王安石"六朝旧事随流水"的影响，"乌衣"指的是乌衣巷，曾是东晋王、谢两大世家的所居之处。"结绮临春歌舞散，大江流、尚绕青山郭"三句从过去回到现在，结绮、临春是南朝陈后主所筑楼阁。末两句"悲自语，檐边铎"总括前文情感，写词人悲古之情，同时以"檐边铎"重回词题"燕子矶阁"。

下阕"滔滔东下风涛作"写词人俯瞰江水翻涌的情景，燕子矶下巨浪滔天，惊涛拍岸。紧接着"俯层阑、鼋鼍出没，雪山喷薄"则是具体描写。这里词人运用了比喻的手法，将江水汹涌的态势比作"鼋鼍出没，雪山喷薄"，鼋和鼍都是古代传说中巨大的水怪，它们在江中起伏出没，导致江水波涛滚滚，高高溅起的浪花堆得像雪山一般。两句写江水写得大气磅礴，极具气势。紧接着词人从视觉写到听觉，"况是清秋明月夜，何处船楼吹角。早惊起、南飞乌鹊"写江上夜空之景，明月高悬，洁白的月光照耀大江，不知道是哪里的船上传来了吹着号角的声音。寂静的夜里，这号角声显得异常响亮，远远传来，惊动了南飞的乌鹊。究竟是"何处船楼"呢？词人自己作了猜测，"估客船从巴蜀下，看帆樯、半向青天落"。面对这样一片寥落空旷的场景，词人不由发出了"吾欲醉，骑黄鹤"的感叹。"骑黄鹤"出自唐崔颢《黄鹤楼》一诗，"昔人已乘黄鹤去，此地空余黄鹤楼"，传说三国蜀臣费祎成仙后曾在武昌江边的一座酒楼骑鹤飞天，后来这座酒楼就被改建为黄鹤楼。词人以这两句结尾，抒发了一种想要超脱世间的渴望和追求。

金 堡

(1614—1681)

字卫公，一字道隐，书画家。出生于明万历年间，卒于清康熙年间。1640 年中进士，任临清（今山东省西北部）知县，深受百姓爱戴。1645 年，清军南下，金堡起兵抗清，兵败后辗转于南明小政权间，1650 年末削发为僧，初名性因，后改名澹归，之后于广东韶州（今韶关）丹霞山寺任主持，名今释，号舵石翁，深受四方僧众敬重。著有《遍行堂集》《千山剩人禅师语录》等。

满江红·大风泊黄巢矶下

激浪输风，偏绝分、乘风破浪。滩声战，冰霜竞冷，雷霆失壮。鹿角狼头①休地险，龙蟠虎踞②无天相。问何人、唤汝③作黄巢，真还谤。

雨欲退，云不放。海欲进，江不让。早堆块④一笑，万机俱丧。老去已忘行止计，病来莫算安危帐。是铁衣著尽著僧衣，堪相傍⑤。

【词译】

巨浪滔天，狂风吹卷，江上犹如龙蛇相斗，翻天覆地。这番场面，我只能放弃

注

① 鹿角狼头：鹿角、狼头皆为古时很险要的滩名，位于今湖北省辖内。这里借喻山势凶险。

② 龙蟠虎踞：像龙盘着，像虎蹲着，形容地势雄伟险要。

③ 汝：即指词题中的黄巢矶。

④ 堆块：犹堆兀，独坐貌。

⑤ 傍：相互依靠之意。

乘风破浪的打算，停船在这黄巢矶下。浪头撞击着江滩，好似金戈铁马；寒冷的水花飞溅，好似冰霜竞冷；波涛涌动间的巨大声响比雷声还要响亮。江边的悬崖峭壁再险峻又能如何呢？在这翻天巨浪面前也只能黯然失魂。也不知道这黄巢矶的叫法是假还是真。

天上乌云密布，大雨倾盆。江水狂奔入海，潮涌如山。想来，世间万物都喜争斗，倒不如早早静心打坐，把一切看透，带着微笑旁观人生起落。我已经老了，早就忘记了那些来来去去的红尘往事，也不再去计算那些安危得失。如今我已脱下铁甲换上僧衣，冥冥中停泊在这里，不如正好与黄巢做个伴。

【评析】

金堡的这首《满江红》写得可谓是战性十足，充满斗气。从词题来看，这是一首怀古伤今的作品，词人行水路时遭遇风浪，恰好泊船于传说中的黄巢矶下，故而以唐末农民起义领袖黄巢自比，借景抒情，回顾历史的无情变迁，隐括了词人抗清失败，最终落发为僧的悲壮生涯。全词气魄宏伟，情调激昂，颇有一种"抬望眼、仰天长啸，壮怀激烈"的境界。

上阕前六句写江上风起浪涌的情景。"激浪输风，偏绝分、乘风破浪"三句气势雄壮，想象奇诡，将大风卷浪的景象想象成风、浪之间的激战，最后巨浪输给了狂风，任风将其卷起又扔下。一个"输"字使得整幅画面动感十足，充满战斗气息。"偏绝分、乘风破浪"扣词题"泊"字，意谓词人与乘风破浪之事没有缘分，只能将船停泊在黄巢矶下。"乘风破浪"典出《宋书·宗悫传》，宗悫是南朝宋名将，年少时即有"愿乘长风破万里浪"的志向。"滩声战，冰霜竞冷，雷霆失壮"继续写浪涛翻涌之态，巧妙使用了比喻和比较的手法，将巨浪翻涌的声音比作战场中呐喊拼杀之声，又将飞溅的白色浪花比作竞相争冷的冰霜，而风浪互相冲击的巨大声响比雷声还要响亮。这六句以水写风，以风衬水，极为形象传神。"鹿角狼头休地险，龙蟠虎踞无天相"两句从风浪转至周边环境，并借此抒发了词人的亡国之痛。鹿角、狼头皆为古代的险滩之名，"龙蟠虎踞"则出自三国著名的军事家诸葛亮之口，原为赞叹建业（今南京）的地势险要，这里词人用"鹿角狼头""龙蟠虎踞"来形容江边山势的陡峭高险之态，但词人紧接着又以"休地险""无天相"来否定了地势的作用，意谓地势再好，没有天助也不能成功，此中暗藏词人对抗清复明无望的愤懑与无奈。最后"问何人、唤汝作黄巢，真还谤"三句点题，表现了词人对黄巢矶的真伪心存怀疑。

下阕开端"雨欲退，云不放。海欲进，江不让"四句呼应词首，继续写风浪激战之态。两个"欲"字与两个"不"字充满战斗气氛，将天气与江浪一体相融、难分难舍的情态写得入木三分，读上去铿锵有力，充满节奏感。这几句虽是写眼前的自然，实则暗指世间各种争斗，故而词人紧接着发出"早堆堆一笑，万机俱丧"的慨叹。"堆堆"意为独坐的样子，这两句意思是说要看破一切，达到无我的空灵境界，亦即佛家所说的"四大皆空"。词人作此词时已然遁入空门，有这样的思想不足为奇。"老去已忘行止计，病来莫算安危帐"两句，词人将笔触转到自身境遇，意思是说自己已经老了，行走还是停止，安全还是危险，自己都已经不去计较了，暗含之意是说抗清复明无望，自己老病缠身，早已放弃这条路了。其中隐隐流露出国家消亡而自己无力挽救的悲愤之意。词末两句"是铁衣著尽著僧衣，堪相傍"重回词题，借黄巢抒发了词人心中长存的抗清之志。传说黄巢起义失败后落发为僧，并写下了"记得当年草上飞，铁衣著尽著僧衣"的诗句。而词人自己也和黄巢一样，抗清失败后遁入空门，故而有"堪相傍"的感叹，意谓自己可以与黄巢做个伴，同时也重新回到词人泊船黄巢矶的现实。这里明显表现出词人对黄巢的向往之情，反映出词人心中长久不灭的抗清思想。

八声甘州

卧疴初起，将还丹霞，谒别孝山。

算军持^①频挂到于今^②，已是十三年。便龙钟^③如许，过头拄杖，缓步难前。若个^④唤春归去，高柳足啼鹃。有得^⑤相留恋，也合

注

① 军持：一种盛水器，又叫君迟、军墀、净瓶等。。

② 于今：如今。

③ 龙钟：形容身体衰老，行动不便的样子。

④ 若个：哪个。

⑤ 有得：表示程度深或时间长。

倏然^①。

　　况复^②吟笺寄兴，似风吹萍聚，欲碎仍圆。只使君青鬓，霜雪又勾连。叹人间，支新收故^③，尽飞尘赴海不能填。重相惜，后来还得，几度相连？

【词译】

　　算起来我皈依佛门至今已经十三年了。现在我老态龙钟，拄着比人还高的拐杖，就算是走得再慢也很难行动了。时光飞逝，不知是谁把春天唤回家去了，高高的柳树足以让杜鹃啼鸣不已，只可惜就算它再怎么留恋，这温暖的时光仍然飞速地流逝了。

　　何况每日里吟咏诗文以寄情思，日子快得就好似风吹着浮萍，虽然看上去碎了一般，但不知不觉仍然挤在一起，转瞬即逝。这飞逝的光阴让你从少年变作老人，青丝变成白发。可叹这人世间，总是如此这般老少更替，新旧交迭，就好像是浩瀚无边的大海，不管多少飞尘都难以填满。要好好珍惜相见的日子，谁知道以后是不是还有机会再见面呢？

【评析】

　　从词序来看，金堡的这首《八声甘州》应是一首赠别词。词人大病初愈，将要离开孝山，回到丹霞山寺去。虽然词中并未指明和什么人告别，但从全词内容来看，明显表现出一种时光易逝，世事变迁，与友人相别后不知何日再见的感慨。不过，虽然词情有沧桑之感，但词境颇为大气，隐约可见"青山依旧在，几度夕阳红"的历史观。

　　开篇"算军持频挂到于今，已是十三年"两句写词人自身境遇。"军持"是云游僧人、伊斯兰教徒用来盛水洗手的用具，大约于隋唐时期从外国传入我国。从词意来看，僧人是将这种盛水器挂在杖头上携带的。这两句是词人说自己皈依佛门至今

注

① 倏然：迅疾貌。倏，音"消"。

② 况复：何况，况且。

③ 支新收故：新旧更替之意。

已经十三年了，谓光阴飞逝之意。接下来三句"便龙钟如许，过头挂杖，缓步难前"写词人如今的状态，老态龙钟，拄着拐杖，走路都很艰难。这几句均为实写，下四句"若个唤春归去，高柳足啼鹃。有得相留恋，也合倏然"则为虚写，以杜鹃留恋柳树比喻人们留恋青春时光，但末尾"倏然"二字则将这种留恋无情打破，"倏然"为迅疾貌，意谓虽然杜鹃留恋高柳，但美好时光终究飞逝而去，表现出词人一种时光易逝而自己却无力挽留的苍凉感受。

过片"况复吟笺寄兴，似风吹萍聚，欲碎仍圆"紧承上阕时间迅疾飞逝之意，以风吹萍聚来比喻和友人一起吟诗寄兴的日子，虽然即将要分开，但深交的友情仍然是圆满的，可惜的只是相聚的时光短暂，转瞬即逝。"只使君青鬓，霜雪又勾连"两句言时间让友人青丝变成白发，仍旧是慨叹光阴无情流逝之意。"叹人间，支新收故，尽飞尘赴海不能填"三句从自己与友人身上荡开，放眼人间，莫不是新人催老旧人，绵绵不息，犹如飞尘永远填不满大海。这里将人世间新老交替的自然规律比作大海，将个体之人比作飞尘，写尽了人之一生在自然规律下的渺小，表现出词人博大高远的宇宙观和人生观。词末"重相惜，后来还得，几度相连"重回现实，呼应词序"谒别"主题，流露出词人与友人之间真切的深情厚谊。

余 怀
（1616—1696）

　　字澹心，一字无怀，号曼翁、广霞，晚年号鬘持老人，清初文学家。博览群书，腹有经纶，著作等身，与杜浚、白梦鼐齐名，时称"余杜白"。明亡后，辗转南京、苏州、嘉兴等地，欲图抗清复明，希望破灭后隐居吴门（今苏州辖内），以卖文为生，拒不出仕，且作品多不用清朝年号，有《余子说史》《东山谈苑》等二十四种著作，诗词、歌赋、评论、游记、历史研究等无所不包。诗词风格细腻，境界悠远。

桂枝香 · 和王介甫

　　江山依旧，怪卷地西风，忽然吹透。只有上阳白发，江南红豆①。繁华往事空流水，最飘零，酒狂诗瘦。六朝花鸟，五湖②烟月，几人消受。

　　问千古英雄谁又，况伯业③消沉，故园倾覆。四十余年，收拾舞衫歌袖。莫愁艇子桓伊笛，正落叶，乌啼时候。草堂人倦，画屏斜倚，盈盈清昼④。

【词译】

　　江山依旧，风景如故，怪只怪忽来一阵卷地西风，吹得万物凋零，寒意袭人，

注

① 江南红豆：语出唐代王维《相思》诗"红豆生南国，此物最相思"句。

② 五湖：此指太湖。

③ 伯业：即霸业，"伯"通"霸"。

④ 清昼：白天。

只有那白发苍苍的宫女还在思念着家乡，空唱着相思红豆。往日繁华如流水东逝，不留一点痕迹，可叹我一生颠沛流离，终究只是个落魄诗人，每日里饮酒消愁。鸟语花香，轻烟明月，这样的良辰美景又有几人能享受到呢？

千古以来，英雄豪杰辈出，但如今他们还有谁存在呢，更可况国破家亡，百年基业尽毁。曾经歌舞升平的盛景我已经有四十多年没有见过了，只能在回忆中找寻一点蛛丝马迹。小舟依旧荡漾在莫愁湖上，笛声仍然飘荡在山川上空，此时落叶纷纷，乌鸦啼鸣，草堂中的我倍感困乏，只好倚着屏风而坐，打发这漫漫白昼。

【评析】

北宋王安石（字介甫）曾作了一首《桂枝香·金陵怀古》的词，描写了金陵壮丽的江山，以六朝旧事寄忧国忧民之情，是北宋早期流传甚广的名作。余怀的这首《桂枝香》同样是写金陵景物，为王安石词的和韵之作。全词以"江山依旧"与"故国倾覆"为词眼，抒发了词人对历史兴衰、世事无情的感慨以及对故国的怀念之情。

开篇"江山依旧，怪卷地西风，忽然吹透"即发山水如故、物是人非之叹。"江山依旧"所指，是词人将眼前金陵景色与王安石词中所写相比，既呼应了词题中"和王介甫"意，又突出"怪"字以下凄寒景象。"怪卷地西风，忽然吹透"明面上是写景，实际上说的是明亡清兴之事，"西风"二字颇为冷寒凄厉。"只有上阳白发，江南红豆"两句写明灭后眷念故土之人的思怀之情。"上阳白发"出自白居易《上阳白发人》诗，原指被拘禁在宫中虚耗了青春的宫女；"江南红豆"出自王维《相思》诗歌，原指对友人的思念之情。这里词人用白发宫女自指，以相思之情喻对故国的眷念，其间自有一种无奈孤独之感。"繁华往事空流水，最飘零，酒狂诗瘦"三句是词人感叹时光流转，明代曾经创造的辉煌如今已成一场空梦，就连曾胸怀大志的自己，也成了一名落魄潦倒的卖文人。"酒狂"出自西汉盖宽饶之口，言"无多酌我，我乃酒狂"（《汉书·盖宽饶传》）；"诗瘦"出自李白《戏赠杜甫》诗："饭颗山头逢杜甫，顶戴笠子日卓午。借问别来太瘦生，总为从前作诗苦"，意谓作诗太苦，使得人也瘦了。末三句"六朝花鸟，五湖烟月，几人消受"重回金陵景物，只可惜物是人非，词人根本无心欣赏了。

过片三句"问千古英雄谁又，况伯业消沉，故园倾覆"承上阕"繁华往事空流水"之意，叹息风云变幻，人世种种转瞬即逝。"伯业消沉，故园倾覆"是词人哀叹明朝近三百年基业一朝被毁，鼎盛时期的辉煌景象一去不返，再也不可能见到了。

"四十余年，收拾舞衫歌袖"是前文"消沉""倾覆"的具象化描写。感慨过后，词人重又回到了眼前的景色，"莫愁艇子桓伊笛，正落叶，乌啼时候"。"莫愁艇子"出自古乐府《莫愁乐》："莫愁在何处？莫愁在城西。艇子打两桨，催送莫愁来。"桓伊则是东晋时的名士，笛子吹得十分美妙，有"笛圣"之称，著名的古琴曲《梅花三弄》就是根据他的笛谱改编的。此处词人写景，用"落叶""乌啼"意象，词境苍凉，有日暮西山之感。词末三句"草堂人倦，画屏斜倚，盈盈清昼"，勾画出一名潦倒、倦懒、失意的文人形象，故国破灭，家园破碎，再无复兴可能，他不禁心灰意冷，哀情满腹，只能斜倚着屏风打发时间，个中滋味，旁人绝难体会。

王夫之

（1619—1692）

字而农，号姜斋、夕堂，明末清初思想家。生于明万历年间，自幼随父兄学习，青年时期积极参加反清起义，晚年隐居于石船山"湘西草堂"（今湖南衡阳县辖内），著书立说，自署船山病叟、南岳遗民，后世称船山先生。著有《周易外传》《尚书引义》等七十三种书籍，多达四百卷。诗词创作讲究真实情感，反对无病呻吟。病逝于草堂，终身未剃发，遗命墓铭自称"明遗臣行人"。

更漏子

斜月横，疏星炯①，不道秋宵真永②。声缓缓，滴泠泠③，双眸未易扃④。

霜叶坠，幽虫絮⑤，薄酒⑥何曾得醉。天下事，少年心，分明点点深。

【词译】

一轮明月斜挂夜空，稀疏的星子闪烁着光芒。夜深人静之时，只听见滴漏之声，

注

① 炯：光明，明亮。

② 永：长，兼指时间或空间。

③ 声缓缓，滴泠泠：形容漏壶滴水声。

④ 扃：原为关门之意，引申为闭上、合上。

⑤ 絮：絮絮叨叨，形容秋虫鸣叫的声音。

⑥ 薄酒：淡酒。

轻轻缓缓，连绵不断。这秋日的漫漫长夜，我却心忧天下，难以成眠。不知道有多少个夜晚，我的双眼从未曾闭合，辗转反侧，焦虑着复兴大明。

秋霜寒冽，枯黄的秋叶片片飘落，一片萧索。小小的秋虫躲在幽暗的角落，唧唧叫个不停，让人倍感凄清，三杯两盏淡酒又怎能让我有丝毫醉意呢？少年时一颗关怀天下的赤子之心，到如今不但并未改变，反而越发分明了。叹只叹江山倾倒，不知何日才能重振国势。

【评析】

"更漏"是古代夜间一种计时工具，也叫漏壶，人们在壶中装上一枝有刻度的木箭，当水从壶底的小孔漏出时，壶中水位下降，木箭会随之下沉，观测箭上的刻度便可知道是什么时间了。因此，古人也常以"更漏"来称呼夜晚的时间。王夫之的这首《更漏子》描写的正是夜间难眠的情景。

"斜月横，疏星炯，不道秋宵真永"写词人辗转反侧，长夜不能入睡之状。月亮横挂夜空，稀疏的星光闪烁，此时夜已经很深了，然而词人却还未睡着，辗转反侧，觉得这秋夜实在是漫长。"声缓缓，滴泠泠，双眸未易扃"，偏偏在这寂静之时，更漏声还要跟来凑热闹，让本已睡不着的词人更加苦恼。"霜叶坠，幽虫絮，薄酒何曾得醉"三句写词人在长夜难眠时的所闻所想。万籁俱寂中，他听见了外面秋叶簌簌飘落的声音，听见了秋虫躲在幽暗角落里唧唧鸣叫，虽然睡前也喝了几杯薄酒，却浇不灭他心中热火。短短几句之中，词人先后描摹了漏壶滴水声、霜叶坠落声以及秋虫的鸣叫声，以这些轻微的声音衬托秋夜的漫长和寂静，表达了词人心中一种孤寂忧抑之情。那么词人到底是因何事难以入睡呢？词末三句"天下事，少年心，分明点点深"给出了解答。词人是为了天下事而辗转难眠。这三句说的是从少年时候起，词人就有一颗关切天下大事的雄心，到如今这雄心不但没有改变，反而更加鲜明了。结合词人的身世境遇看，这里抒发的是词人对反清复明大业未成的感慨之情。词人出生于明万历年间，清军入关后辗转多地积极参加反清起义，终身没有剃发，且以"明遗臣"自称，可以说自始自终都没有屈服于清廷。

词人借"更漏"抒发自己忧国忧民的情怀，写得情真意切，意蕴悠长。近代学者叶恭绰评价王夫之的词说："船山词言皆有物，与并时批风抹露者迥殊，知此言可以言词旨。"这首《更漏子》虽是小令，但其中蕴含着深沉的情感，"天下事"、"少年心"与"点点深"可谓力透纸背，极具沉郁豪雄之气。

陈维崧

（1625—1682）

字其年，号迦陵，明末清初词人，阳羡词派领袖。出身文学世家，祖父陈于廷是明末东林党的中坚人物，父亲陈贞慧乃明末四公子之一。年少时即负文名，十七岁时拔得童子试头筹。明亡后未得官职，飘零四方，与名流吴伟业、朱彝尊等交好。词属豪放派，风格豪迈奔放，与苏轼、辛弃疾相近，情感爆发更强。著有《湖海楼诗文词全集》五十四卷，其中词占三十卷。

点绛唇·夜宿临洺驿

晴髻离离^①，太行山势如蝌蚪^①。稗花^③盈亩，一寸霜皮厚^④。
赵魏燕韩^⑤，历历堪回首。悲风吼，临洺驿^⑥口，黄叶中原走。

【词译】

从临洺驿西眺太行山，晴空之下，群峰起伏，如女子头上的发髻，密密挤在一起；山势逶迤连绵，好似蝌蚪不停游动，充满勃发的生气。到了夜晚，稗草遍地，

注
①　晴髻离离：形容晴空之下，群峰起伏，犹如女子的发髻。离离，盛多貌。
②　太行山势如蝌蚪：把山岭之势比作蝌蚪游动，形容山势连绵，逶迤雄阔。太行山，山名，位于山西省与华北平原之间，纵跨北京、河北、山西、河南四地。
③　稗花：稗，音"败"，形状似稻的一种杂草。稗花，指稗子抽穗，远望如花开。
④　一寸霜皮厚：指月光照着稗草，表面泛起如霜般清冷的光芒。
⑤　赵魏燕韩：古国名，为战国七雄之四国，位于河北、河南、山西一带。
⑥　临洺驿：古时在临洺关设置的驿站，在今河北省永年县西。由临洺驿西眺可见太行山。

正值抽穗时候，远望如花开，月光照耀之下，仿佛泛起如霜般清冷的光芒。

想当年，这里群雄争霸，繁华兴盛。赵魏燕韩，哪一个不是一时的霸主。可叹时过境迁，如今这里竟然荒败到杂草遍地的地步。狂风呼啸，黄叶纷飞，中原大地满目疮痍，我站在临洺驿口，望故国河山破碎，心中悲愤难言。

【评析】

陈维崧是位比较全面的词人，不仅擅写长调，也擅写小令和慢词。特别是他笔下的小令，突破了篇幅短小带来的桎梏，写得波澜壮阔，慷慨沉雄，展现了他杰出的才华和绝艳的艺术创造力。这首《点绛唇》便是其中翘楚，为《湖海楼全集》中的经典名作。这首词作于 1668 年 10 月，此时明朝灭亡已二十多年，陈维崧辗转入京谋职，虽然得到龚鼎慈等名士的赏识，但最终仍是失意而返，遂前往河南商丘探望四弟陈宗石，途径临洺驿投宿，有感而发作下此词，词情吊古伤今，表现了词人面对故国消亡与身世飘零的悲愤之情。

上阕写眼前之景，开篇"晴髻离离，太行山势如蜂蚪"连用两个比喻，前者将山峰簇拥之态比作女子的发髻，后者将山岭逶迤绵延之势比作蜂蚪游动，想象奇绝，尤其是"太行山势"句，气象宏大，境界雄阔，足见词人胸怀之宽广。此两句先写白日远眺之景。紧接着"稗花盈亩，一寸霜皮厚"两句则续写夜间近景。清冷的月光照射在大片的稗草之上，泛起冷霜般的光芒。"盈亩"用来形容稗草遍地之态，其实词人这里是以遍地稗草来暗指中原大地今日的荒凉破败之态，为下阕回首"赵魏燕韩"时的兴盛埋下伏笔。这两句与《诗经》中悲悼故国的代表作《黍离》有异曲同工之妙，表现了词人面对国家残破，今不如昔的哀叹。"一寸霜皮厚"比喻奇特，字间满是凄凉悲怆之意。

下阕抒胸中情思。"赵魏燕韩，历历堪回首"两句与上文紧密呼应。赵、魏、燕、韩均位列战国七雄，曾是中原大地上兴盛繁荣的存在，故而词人说"历历堪回首"，意思是指过往的繁华还清楚地刻印在记忆之中，从而反衬出如今中原大地稗草遍地的荒凉情景。结合词人的身世来看，这两句虽然是吊古，实际上字字不离"故国"，也就是已经灭亡二十多年的明朝。词人如同那位行役至西周故都的大夫一样，看到埋没在荒草中的旧时故土，伤悲难耐，不由哀叹于故国的倾覆，悲痛于自己的飘零。面对此番情景，词人痛心、悲愤，但最终归于无奈、苍凉，除了发出无声的悲鸣，在人世间踽踽独行外又有什么办法呢？词末"悲风吼，临洺驿口，黄叶中原走"

三句可说是全词的点睛之笔，悲风怒号、黄叶纷飞的场景完全是词人悲怆心境的投射，苍凉悲愤、孤独寂寥之情溢于笔端。近现代词曲大家卢前论陈维崧时专门点到了"黄叶中原走"句，原文曰"中原走，黄叶称豪风。小令已参青兕意，慢词千首尽能雄。哀乐不言中"，足见此词的重要地位。

清平乐

夜饮友人别馆，听年少弹三弦限韵三首。（此处选一）

檐前雨罢，一阵凄凉话。城上老乌啼哑哑①，街鼓已经三打②。
漫劳③醉墨纱笼④，且娱别院歌钟⑤。怪底⑥烛花怒裂，小楼吼起霜风。

【词译】

屋檐下滴滴答答的雨声渐止，深夜里顿感一阵孤寂冷落。苍老嘶哑的乌鸦啼鸣远远从城墙方向传来，伴随着寂静的街道上不时响起的点点更鼓之声，让人倍感沧桑悲凉。想我这一生漂泊无依，何必再去费心于那些飞黄腾达之事，不若就在这别院之中赏歌听声，暂时沉醉于歌钟的乐趣。听，激越的三弦声如银瓶乍破、刀枪齐鸣，好似在小楼中抛出一片风刀霜剑，只逼得烛火摇曳不停，烛花劈啪爆裂。可叹我心中大

注

① 哑哑：指乌鸦啼叫的声音。

② 三打：打了三次，谓夜深之意。

③ 漫劳：空劳，何必费力。

④ 醉墨纱笼：以碧纱笼罩墨迹，使不至毁坏。醉墨，指酒酣时所作书画。

⑤ 歌钟：歌即歌唱；钟为敲击乐器，歌唱时打节拍之用。

⑥ 怪底：怪得，怪来，表示惊讶疑惑之意。

志，如今只能在这乐曲中寻找寄托了。

【评析】

这首《清平乐》词前有序云"夜饮友人别馆，听年少弹三弦限韵三首"，"年少"即少年。这里交代了此词的创作背景，词人夜晚与友人相聚在别院之中，一边饮酒一边听少年弹奏三弦，既是文人雅士，酒宴间不免要吟诗作词。不知是谁提出了规定好韵脚作词，于是词人以此韵脚作了三首词。这就是所谓的"限韵"。这首"檐前雨罢"写得质朴自然，以景入词完全是信手拈来，篇幅虽小，其中蕴藏的情感却极为激烈。

上阕"檐前雨罢，一阵凄凉话。城上老乌啼哑哑，街鼓已经三打"四句，全为写景，押a韵，气韵与词意浑然天成，展现出词人高超的炼字水准。前两句写眼前情景，词人在雨后向友人吐苦水诉衷肠，越说越是苦闷，思绪渐渐飘去了别处。于是词人便听到了城墙上传来的乌鸦啼鸣，街道上传来的更鼓之声。"城上老乌啼哑哑，街鼓已经三打"两句是从听觉的角度来写夜深寂寥之意。这四句由近及远，由视觉及听觉，既是写景，亦是写词人心绪。

下阕"漫劳醉墨纱笼，且娱别院歌钟。怪底烛花怒裂，小楼吼起霜风"四句，乃是词人心境的剖白。"漫劳醉墨纱笼，且娱别院歌钟"两句运用了唐朝人王播的典故。王播年少时孤苦无依，寄居在扬州惠昭寺木兰院，跟着僧人吃斋饭。僧人轻视戏弄他，故意斋饭后才敲钟，于是王播在墙上题下"上堂已了各西东，惭愧阇黎饭后钟"之句。多年后，王播当了大官，再到木兰院，发现之前所题诗句已被寺僧以碧纱笼盖护，大感人情冷暖，于是在两句之后续以"二十年来尘扑面，如今始得碧纱笼"句。词人以"漫劳"言"纱笼"，实则是用反语表达自己怀才不遇、壮志难酬的一种无以宣泄的苦闷之情。这种情绪在词末"怪底烛花怒裂，小楼吼起霜风"句中表现得尤为鲜明激烈。一个"怒"字与一个"吼"字迸发出激荡的情感，反映出词人抑郁难平的心绪，可说是全词的中心主旨所在。除表达激情之外，这两句也是描写乐曲声的惊艳之语，词人将三弦声比作霜风，这霜风严寒萧肃，吹得烛花爆裂，既淋漓尽致地写出了乐曲的杀伐之气，又呼应了词序中"听年少弹三弦"的由头，可谓是一举三得的绝妙之句。

南乡子·邢州道上作

秋色冷并刀，一派酸风①卷怒涛。并马三河年少客②，粗豪，皂栎林中醉射雕。

残酒忆荆高，燕赵悲歌事未消。忆昨车声寒易水③，今朝，慷慨还过豫让桥。

【词译】

秋意凛然，如并刀锋寒。一阵狂风席卷，吹得人睁不开眼。宽阔的大道上，马蹄阵阵，一群少年侠士来到这长满了皂树与栎树的树林中。只见他们席地而坐，粗放豪迈，高谈阔论，兴致起时大碗喝酒，趁着醉意在林中拉弓射雕。

我在座中与他们同饮，酒酣之际不由想起了悲剧英雄荆轲和高渐离。燕赵大地多慷慨悲歌之士，这块土地自古就英雄辈出，这种任侠重义的精神一直流传至今，我一边回首往日的悲壮之士，一边与同行的任侠少年骑马踏过了豫让桥。

【评析】

唐代文学大家韩愈有句名言："燕赵多慷慨悲歌之士。"燕赵，多指今天的河北。这首《南乡子》词题为"邢州道上作"，邢州即今天的河北邢台，也就是说这首词是词人在邢州赶路的途中作的。上阕记事，下阕抒怀，反映出词人文雅外表掩盖下的

注

① 一派酸风：一阵辛辣刺眼之风。

② 三河年少客：指豪气任侠的少年。三河，指古时河东、河内、河南三郡，在今河南、山西一带。

③ 易水：河流名，在今河北省西部。

一腔慷慨豪迈的气概。

　　起首"秋色冷并刀，一派酸风卷怒涛"两句，气魄雄奇，如出鞘宝剑，泛着森冷的寒意。并刀是古代并州出产的刀具，以锋利著称。这里词人以并刀的森寒比喻秋色的萧索，又以"一派酸风卷怒涛"写狂风呼啸之态，"酸风"即刺眼之风，"卷怒涛"形容狂风卷地，如怒涛翻涌，极为形象传神。就是在这样一个飞沙走石的天气里，词人与一群少年侠士相遇在邢州道上，并辔而行。"并马三河年少客，粗豪，皂栎林中醉射雕"三句写"三河年少客"的豪侠之气。词人与他们并辔而行，随后在道旁的树林中歇脚，大家高谈阔论，饮酒射雕，颇为雄健豪迈。

　　下阕"残酒忆荆高，燕赵悲歌事未消"呼应上文"醉射"之意。在这块自古"俗重气侠""悲歌慷慨"的燕赵大地上，词人目睹了少年侠士们"醉射雕"的"粗豪"气概，酒酣耳热之际，不由想起了从前那些悲壮的历史人物，荆轲、高渐离的事迹便是其中代表。荆轲受燕太子丹所托，抱着必死之心赴秦刺杀嬴政，高渐离为他击筑送行，荆轲和而歌曰："风萧萧兮易水寒，壮士一去兮不复还"，失败身亡；秦灭燕后，高渐离被熏瞎双眼，他在筑内藏铅，欲寻机击杀嬴政，未中被杀。后文提到的豫让，是晋智伯家臣，韩赵魏三家分晋后，智伯为赵襄子所灭，他为了替智伯报仇，隐姓埋名，吞炭弄哑嗓子，用黑漆涂身，多次刺杀赵襄子不成，最后自刎身亡。他们虽然都是悲剧英雄，但展现出来的重义、无畏、勇敢等高贵品质却流传千古，故而词人感叹说"事未消"。词末三句"忆昨车声寒易水，今朝，慷慨还过豫让桥"则具体描写了"未消"之事：词人一边回忆着从前"风萧萧兮易水寒"的悲壮，一边和同行的少年侠士们骑马踏过了豫让桥。"慷慨还过"，谓燕赵大地的这种慷慨悲歌精神悠远流长之意，也是词人自身豪迈雄壮胸怀的反映。

醉落魄·咏鹰

寒山几堵^①，风低削碎中原路。秋空一碧无今古。醉袒^②貂裘，略记^③寻呼处。

男儿身手和谁赌^④？老来猛气还轩举^⑤。人间多少闲狐兔？月黑沙黄，此际偏思汝^⑥。

【词译】

秋寒料峭，几座青山横亘眼前。刺骨的秋风卷地，吹得中原大地沙石飞走，蓝色的天空却仍如过去一般明净高远。酒酣耳热之际，我敞开貂裘大衣，在寒风里裸露着胸膛，朦胧间似乎想起了曾经呼鹰逐猎的地方。

一身本领的好猎手是想和谁一较高下呢？雄鹰虽老，却仍然一身猛气，高高飞扬在天空之上。说起来人世间不知有多少东游西荡的狐兔？在这个黄沙漫天的月黑之夜，我偏偏想念起老鹰的雄姿。

【评析】

陈维崧出身世家名流，成长于江南鱼米之乡，明灭之时年仅二十岁，此后长期

注

① 堵：量词，一般用于墙。

② 袒：裸露。

③ 略记：大约记得。

④ 赌：较量输赢之意。

⑤ 轩举：高扬，飞扬。

⑥ 汝：你，这里指鹰。

漂泊无依，奔波四方。这种从天堂掉落尘埃的经历使其思想发生巨变，胸中常怀慷慨之气，性格也日趋豪迈粗放，在作品中常以鹰自比，这首《醉落魄》即是一例。

开篇"寒山几堵，风低削碎中原路"两句写深秋寒景：几座山峰横亘，狂风卷地，飞沙走石，中原大地一片萧瑟寥落。山用"堵"，风用"削"，与秋寒料峭的图景极为相合，新颖传神，似一抹凌厉笔锋扫过中原大地。接下来"秋空一碧无今古"句，词人视角自然转换，从下到上，从地面到天空。"无今古"三字尤显气魄宏大，传达出一种纵横捭阖的时空观。在这一由寒山、狂风、碧空绘就的深秋背景上，词人"醉袒貂裘，略记寻呼处"，回忆起了曾经呼鹰逐猎的日子。"醉袒"二字用得极具魏晋风度，展现出词人无拘无束、豪迈雄健的一面。

下阕"男儿身手和谁赌？老来猛气还轩举。人间多少闲狐兔"紧紧呼应上文"寻呼处"意，转入"咏鹰"主题。这三句笔调虽豪迈雄奇，情感却悲愤难平。"男儿身手和谁赌"句，意谓一身本领的男儿却找不到可以一较高下的人。这一句实质上是词人对自身怀才不遇、壮志难酬的愤懑之语。"老来猛气还轩举"正面咏鹰，赞扬雄鹰虽老，但仍然凶猛如常，高高飞翔在天空之上。此句也可看作是词人的自勉之语，谓自己仍怀"烈士暮年，壮心不已"之志。"人间多少闲狐兔"句则从侧面咏鹰，谓地上还有那么多狐狸、兔子，正是雄鹰逐猎的对象，怎么能随随便便就自认老了呢？前文已经说过，词人喜以鹰自比，看中的正是鹰的"猛气"，这也表现出词人疾恶如仇的个性特征。因此再深入一点理解此句，实是词人对世间多宵小的嘲讽与愤怒，希望自己能化身如鹰，将这些藏身黑暗的小人一扫而光。这种人生理想在词末"月黑沙黄，此际偏思汝"句中可明显窥到迹象，这里词人并未大开大合，仅以"思汝"含蓄表达了心中所想，尤显曲折积郁，引人深思。

这首词虽题为"咏鹰"，但更多的是抒发词人自身的胸襟情怀，可归为借物咏怀的题材。晚清词学名家陈廷焯评价这首词说"声色俱厉"，一语中的。

贺新郎·纤夫词

战舰排江口。正天边、真王拜印①，蛟螭蟠钮②。征发棹船郎③十万，列郡④风驰雨骤。叹闾左⑤、骚然⑥鸡狗。里正⑦前囤催后保，尽垒垒⑧、锁系空仓后。捽⑨头去，敢摇手？

稻花恰趁霜天秀。有丁男、临歧⑩诀绝⑪，草间病妇。此去三江⑫牵百丈，雪浪排樯⑬夜吼。背耐得、土牛鞭否？好倚后园枫树

注

① 真王拜印：指吴三桂自立反清之事，用西汉开国功臣韩信典故。楚汉相争，刘邦被困，朝夕希望韩信来救。韩信此时却要求刘邦封他为代理齐王，刘邦大怒。谋士张良、陈平分析利弊，劝其答应韩信的要求。刘邦想通后遂拍案曰："大丈夫定诸侯，即为真王耳，何以假为！"乃拜韩信为齐国国王。

② 蛟螭蟠钮：指王印上雕刻着蛟龙、螭龙、蟠龙等纹样的印钮。

③ 棹船郎：划船郎，这里指纤夫。棹，通"棹"；棹船，划船。

④ 列郡：诸郡，这里为各地之意。

⑤ 闾左：古代二十五家为一闾，贫者居闾左，富者居闾右。这里指代贫民。

⑥ 骚然：骚动的样子。

⑦ 里正：古代一种基层官职。

⑧ 垒垒：重积貌。

⑨ 捽：音"昨"，抓，揪。

⑩ 临歧：本意为面临歧路，后引申为赠别之辞。

⑪ 诀绝：诀别，长别。

⑫ 三江：这里指流经江苏、安徽、江西境内的三段长江。

⑬ 樯：指船上的桅杆。

下，向丛祠^①、巫倩^②巫浇酒。神佑我，归田亩。

【词译】

江口排列着战舰，远在云南的吴三桂起兵造反，朝廷即将发兵镇压，因此下令征十万纤夫拉动战船，各地风声鹤唳，人人自危。可怜那些贫苦百姓，被征兵之事闹得鸡飞狗跳，家中不宁。里正横行，急急催促各家各户出男丁入伍，壮丁们挤作一团，被锁系在空仓之中，要用时就抓着头发拖走，谁敢说个"不"字？

稻子已经开花，收获季节近在眼前，而一名被征作纤夫的男子却不得不与自己病中的妻子诀别。妻子哀哀哭泣："你这次去长江拉纤，夜里波浪滔天，不知道你能不能经受住种种艰苦？"男子却不回答，只安慰妻子说："你要好好地供奉神祠，请巫女祭酒，但愿神灵保佑我平安回家。"

【评析】

陈维崧年二十经家国之破，此后常年于各地辗转漂泊，目睹了大量底层百姓的悲惨生活。这首《贺新郎·纤夫词》写的便是兵祸之乱给平民百姓带来的痛苦，是一首现实主义风格词作。这首词的创作背景，目前有两种说法：一是认为创作于1652年。是时，南明大将李定国、孙可望率军东出广西，下桂林，攻入湖南、广东，清廷任命爱新觉罗·尼堪为定远大将军，领兵讨伐，故而大举征兵。另一说认为此词创作于1673年后，清廷下令撤藩，平西王吴三桂起兵造反，清廷征发壮丁前往平叛。从"正天边、真王拜印，蛟螭蟠钮"句意来看，后一种说法似更具说服力。

开篇"战舰排江口"气势凛然，显露紧张气氛，谓战船满江，战争即将开场。"正天边、真王拜印，蛟螭蟠钮"三句解释了战船满江的原因。"天边"此指云南，为吴三桂割据所在。"真王拜印"运用了刘邦被困期望韩信来救，韩信却趁机要求封代理齐王，刘邦遂封其为齐王的典故，这里借代平西王吴三桂借撤藩事发难，起兵造反，自立为周王之事。为此，清廷大举征发壮丁，派兵讨伐，于是导致了"征发

注

① 丛祠：乡野林间的神祠。

② 倩：请，借。

櫂船郎十万，列郡风驰雨骤。叹闾左、骚然鸡狗"。"櫂船郎"谓划船郎，即词题中所言纤夫。"风驰雨骤"形容征发壮丁急、重之态，并因之搅得底层百姓鸡犬不宁。"里正前团催后保，尽垒垒、锁系空仓后"言征发壮丁范围之广，数量之多。"里正"是古时基层官职，"团""保"皆为户口建制。末两句"捽头去，敢摇手"为议论之语，反映了暴力横征下百姓不敢反抗的悲惨境遇。

上阕词人从宏观上表现百姓的兵祸之苦，下阕则截取了一个贫民夫妻诀别的镜头，从微观上描写贫民的凄惨遭遇。起首"稻花恰趁霜天秀"一句，谓正是稻子开花的时节，本应很快迎来粮食的丰收，现实却是家家户户男丁尽出，只剩老弱妇孺，对比之下，尤其让人心酸。在这一背景下，"有丁男、临歧诀绝，草间病妇"，被强拉壮丁的男子与患病的妻子诀别。"此去三江牵百丈，雪浪排樯夜吼。背耐得、土牛鞭否"四句是妻子的问话，她担忧丈夫此去拉纤，面临翻涌滔天的江浪，能否耐得住艰苦。"背耐得、土牛鞭否"出自《魏书·甄琛传》"背似土牛，殊耐鞭杖"，谓背厚如牛耐鞭打之意。妻子这般发问，是担忧丈夫耐不住拉纤的折磨，恐其丢了性命。"好倚后园枫树下，向丛祠、亟倩巫浇酒。神佑我，归田亩"五句是丁男嘱咐妻子的话，望其保重身体，好好供奉神祠，以保佑自己平安回家。·

全词以叙事为主，但场面紧张，情节曲折，塑造了一对被迫分离的贫民夫妻形象，通过两者的对话反映高压环境下百姓无力反抗、被迫分离的惨境，平铺直叙当中蕴藏着词人对底层百姓的同情，对清廷横征暴敛的斥责，极具乐府民歌"感于哀乐，缘事而发"的现实主义精神。

朱彝尊

（1629—1709）

字锡鬯，号竹垞，清代词人、藏书家。出身明末官宦世家，曾祖官至户部尚书兼武英殿大学士。博通经史，1679年以布衣举博学鸿词科，入翰林院当职，参修《明史》，后曾任江南乡试主考。擅诗，与清初杰出诗人王士禛并称"南朱北王"；工词，风格醇雅清丽，为浙西词派创始人，与阳羡词派领袖陈维崧并称"朱陈"；精通金石文史，为清初著名藏书家。著有《曝书亭集》《日下旧闻》等，辑有《明诗综》《词综》。

满江红·吴大帝庙

　　玉座苔衣，拜遗像、紫髯如乍①。想当日、周郎陆弟②，一时声价③。乞食肯从张子布④？举杯但属甘兴霸⑤。看寻常、谈笑敌曹刘⑥，分区夏⑦。

　　南北限，长江跨。楼橹动，降旗诈。叹六朝割据，后来谁亚⑧？原庙尚存龙虎地⑨，春秋未辍鸡豚社。剩山围、衰草女墙

注

① "玉座苔衣"三句：写吴大帝孙权塑像，传说他方颐大口，紫髯，目有精光。乍，起初。

② 周郎陆弟：指东吴两位杰出的年轻将领周瑜和陆逊。

③ 声价：指名声和社会地位。

④ 张子布：即东吴老臣张昭，字子布。曹军南下时，他十分惊恐，主张投降。

⑤ 甘兴霸：指甘宁，字兴霸，原为黄祖旧部，后归吴。

⑥ 曹刘：指曹操和刘备。

⑦ 区夏：诸夏之地，指华夏、中国。

⑧ 亚：次一等。

⑨ 龙虎地：指南京。诸葛亮曾评价南京地势："钟山龙蟠，石城虎踞。"

空，寒潮打。

【词译】

多少年来，吴大帝孙权的遗像仍端坐在玉座之上，紫髯飘飘，风采仿如当年。回想起东吴鼎盛的时日，孙权知人善用，手下人才济济，周瑜、陆逊声名显赫；孙权多谋善断，不肯听从张昭投降的建议，又疑人不用，用人不疑，十分信任归降的甘宁。这些特质看起来稀松平常，却让孙权能与曹操、刘备争雄，最终三分天下。

凭借着长江天险，孙权取得了赤壁之战的胜利，重击曹操，守住了家园，最终自立为王，称霸一方。后来定都此地的各朝君主，再没有哪个能与他一较高下的了。即使到了现在，孙权的神庙仍然矗立在南京这块龙虎之地上，一年四季祭祀不绝，香火鼎盛。可叹南京这个六朝古都如今早已荒废，只有群山、淮水还记得当年的繁华景象了。

【评析】

这是一首凭吊孙权庙的词。吴大帝即孙权，死后谥号大皇帝，其庙在今南京清凉寺西。词中赞誉了孙权坚持抗击曹操，大胆任用周瑜、陆逊、甘宁等年轻将领，最终三分天下、称霸一方的伟业。

开篇"玉座苔衣，拜遗像、紫髯如乍"交代词人入庙拜谒的情景，写孙权塑像紫髯如初，风采不减当年。"玉座""苔衣"一指帝王之尊，一指时间之久，一开始便写出了古庙庄严肃穆的气氛。"想当日、周郎陆弟，一时声价"三句紧接前文"如乍"之意，写东吴鼎盛之时，孙权手下人才济济。孙权统领江东之时年仅十八岁，虽然年纪轻轻，但他知人善用，积极招揽人才，坚持抗击曹操，最终赢得了赤壁之战的胜利，称霸一方。这两句是以周瑜、陆逊的显赫声名来衬托孙权善于用人的特点。"乞食肯从张子布？举杯但属甘兴霸"两句用历史掌故。张子布，即张昭，是孙策托付辅助孙权的钦命大臣。赤壁大战前曹军南下，张昭十分惊恐，主张投降。孙权在经周瑜、鲁肃的劝说之后才决心抗敌，取得胜利之后孙权就对张昭说："如张公之计，如今乞食矣。"甘兴霸即甘宁，原为黄祖旧部，后归东吴。他建议孙权讨伐黄祖，孙权就举着酒杯叮嘱他说："兴霸，今年行讨，如此酒矣，决心付卿。"这两句用对比的手法，突出了孙权不偏听偏信、善于决断的大略雄才。句中提到的两件事都极小，若不是有深厚的历史功底，是很难成词的。末三句"看寻常、谈笑敌曹刘，分区夏"总结上阕，写孙权称霸一方，最终成就了与曹操、刘备三分天下的功业，"谈笑敌曹刘"将苏轼"谈笑间，樯橹灰飞烟灭"与辛弃疾"天下英雄谁敌手？曹刘"混用，突出孙权的英雄气概。

过片"南北限，长江跨。楼橹动，降旗诈"四句与上阕末尾连成一片，写赤壁之战中孙权联合刘备，使计诈降大败曹操之事。这场大战为孙权与曹操、刘备三分天下奠定了坚实的基础。"叹六朝割据，后来谁亚"两句为议论之语，"亚"即次一等之意。南京有"六朝古都"之称，东吴、东晋、宋、齐、梁、陈都曾在这里建都立国，但之后的五朝君主再没有谁能比得上孙权的雄才大略了。词人这里用比较的手法充分表达了对吴大帝孙权的赞扬和敬仰之情。接下来词人将笔触重新转回吴大帝庙，"原庙尚存龙虎地，春秋未辍鸡豚社"两句写孙权死后犹荣，英雄形象流传千古。全词行文到这里，表达的情感都是激越飞扬的，偏偏末三句"剩山围、衰草女墙空，寒潮打"词情为之一抑，奔泻的情感顿收，让人兴起"大江东去，浪淘尽，千古风流人物"之感。这三句化用了唐代诗人刘禹锡的《石头城》一诗："山围故国周遭在，潮打空城寂寞回。淮水东边旧时月，夜深还过女墙来"，意味深长，余兴不尽。

消息·度雁门关

千里重关，凭谁踏遍，雁衔芦处？乱水滹沱①，层霄②冰雪，鸟道连勾注③。画角吹愁，黄沙拂面，犹有行人来去。问长途，斜阳

注

① 滹沱：河名，发源于山西繁峙县孤山村一带。滹，音"乎"。

② 层霄：指高空。

③ 鸟道连勾注：形容山势高峻。鸟道，只有鸟才能飞越的路，比喻狭窄陡峻；勾注，雁门山别名，因山形勾转，水势流注而得名。

瘦马，又穿入离亭①树。

猿臂将军②，鸦儿节度③，说尽英雄难据。窃国真王，论功醉
尉，世事都如许。有限春衣，无多山店，酹酒④徒成虚语。垂杨
老，东风不管，雨丝烟絮。

【词译】

重重关隘绵延千里，哪一个比得上雁门来得凶险？下有滹沱河急水乱注，上有
经年不化的层层冰雪，高峻凶险。到如今，雁门关仍有行人来去，只是黄沙漫天，
号角凄厉，让人倍感苍凉。斜阳西下，我骑着一匹瘦马，离开暂时歇脚的驿亭，重
又踏上漫漫长路。

想当年，西汉名将曾在这里镇守，唐末军阀李克用曾在这里领兵。可叹"英雄"
二字难书写，这世间诸事向来就是变幻无常。背叛国家的小人被封作王，军功赫赫
的将军却被小小一个醉酒亭尉轻慢。正是春寒料峭时候，一路行来也不见山间酒店，
无以消解寂寥，我只有在烟雨迷蒙中作别了雁门关。

【评析】

这首词大约创作于 1665 年。1664 年朱彝尊前往山西大同投奔时任山西按察司副
使的曹溶，次年二月随同曹溶西出雁门关，作此词。词牌"消息"即"永遇乐"。词
题中的雁门关位于山西省忻州市代县以北的雁门山中，是长城上的重要关隘。雁门关
以"险"著称，有"天下九塞，雁门为首"之说。

上阕写景。开篇"千里重关，凭谁踏遍，雁衔芦处"写雁门关的高险之势，起
笔即力拔千斤，雄壮尽显。虽然朱彝尊引领的浙西词派以婉约为正宗，但这句"千
里重关"显然是近苏轼、辛弃疾的格调了。"雁衔芦处"形容雁门山高峻凶险。按

注

① 离亭：即驿亭。

② 猿臂将军：指西汉名将李广，传说其臂长如猿，曾任雁门等地太守。

③ 鸦儿节度：指唐末军阀李克用，别号"李鸦儿"，曾任雁门以北行营节度使，故称。

④ 酹酒：以酒浇地，表示祭奠。

《代州志》记载，"雁门山岭高峻，鸟飞不过。惟有一缺，雁来往向此中过，号雁门。山中多鹰。雁至此皆相待，两两随行，衔芦一枝，鹰惧芦，不敢捉"。"凭谁踏遍"以反问入词，强调了雁门山无人能越的险峻。"乱水滹沱，层霄冰雪，鸟道连勾注"三句，写雁门关奇险地势。下有滹沱河流水湍急，上有层层冰雪覆盖，雄踞勾注山上，睥睨四面八方。"滹沱"即滹沱河，发源于山西繁峙县，流经雁门东南。"勾注"为雁门山别称。"乱水""冰雪""鸟道"三个意象的出现，已经流露出荒寒意味，接下来"画角吹愁，黄沙拂面，犹有行人来去"三句则坐实了此时雁门关的荒凉景象。号角凄厉，黄沙漫天，不时有三两个行人艰难赶路。而词人也正是这行人中的一员。末三句"问长途，斜阳瘦马，又穿入离亭树"点出全词度雁门关的主题。只不过长途、斜阳、瘦马、离亭等字眼传递出来的是一种荒凉颓废之意，与之前雁门关高雄险峻的描写形成鲜明对比，昔盛今衰，让人顿生沧桑变化之慨。

下阕怀古。"猿臂将军，鸦儿节度，说尽英雄难据"，词人选取了两名与雁门关有关的历史人物，一为西汉名将李广，一为唐末军阀李克用。传说李广臂长如猿，善于骑射。他曾任雁门、云中等地太守。后因罪被贬，居南山时以夜行遭到醉酒亭尉的斥责。李克用，别号"李鸦儿"，他曾任雁门以北行营节度使，后以讨伐李茂贞为名，进兵长安，唐昭宗被迫封其为晋王。这也就是后文"窃国真王，论功醉尉，世事都如许"所指。此处"真王"尚用了刘邦封韩信为齐王的典故。起兵造反的封了王，军功赫赫的反而遭轻慢，怎不让人感慨世事无常，感叹一句"世事都如许"。凭吊了历史人物过后，词人的目光重新回到了现实中来。"有限春衣，无多山店，酹酒徒成虚语"三句言身上春衣有限，山间也没有酒馆，自己想以酒祭奠都不行。"有限春衣"从侧面表现出了天气寒冷之意，写得极富趣味，与上阕的"层霄冰雪"呼应。"酹酒"谓以酒浇地，是古时一种祭奠仪式。这里指词人旅途寂寥无以消解之意，其中隐含了词人诸多落寞心绪，不但无人可以言说，就连以酒浇愁都不可能，结合词人身世境遇来看，当是心里苦闷至极。词末"垂杨老，东风不管，雨丝烟絮"三句以水墨画卷作结，谓在烟雨迷蒙中，在垂杨老树旁告别了雁门关，这几句用婉约词写作手法，有缠绵不尽之感。

迈陂塘·题其丰填词图

擅词场^①、飞扬跋扈，前身可是青兕^②？风烟一壑家阳羡^③，最好竹山^④乡里。携砚几，坐罨画溪^⑤阴，袅袅珠藤翠。人生快意，但紫笋烹泉^⑥，银筝侑^⑦酒，此外总闲事。

空中语^⑧，想出空中姝丽，图来菱角双髻^⑨。乐章琴趣三千调，作者古今能几？团扇底，也直得^⑩尊前，记曲呼娘子。旗亭药市，听江北江南，歌尘到处，柳下井华水^⑪。

注

① 词场：犹文坛。

② 前身可是青兕：谓有辛弃疾遗风。《宋史·辛弃疾传》载，辛弃疾在军中时，僧人义端偷了军印逃跑，辛弃疾追击之。义端曰："我识君真相，乃青兕也，力能杀人，幸勿杀我。"辛弃疾斩其首而归。后世遂以"青兕"称辛弃疾。青兕，古代传说中的一种凶猛瑞兽，形貌似青牛。兕，音"四"。

③ 风烟一壑家阳羡：化用唐杜牧《正初奉酬歙州刺史刑群》诗"一壑风烟阳羡里"句。

④ 竹山：指南宋词人蒋捷，人称"竹山先生"，阳羡人（今江苏宜兴）。

⑤ 罨画溪：指宜兴南面的画溪河。

⑥ 紫笋烹泉：谓用泉水煮茶。紫笋，"笋"通"笋"，指宜兴出产的紫笋茶。

⑦ 侑：在筵席旁助兴。

⑧ 空中语：北宋惠洪《冷斋夜话》载，"师尝谓鲁直（黄庭坚）曰：'诗多作无害，艳歌小词可罢之。'鲁直笑曰：'空中语耳（即我的小词写的都不是真的）。'"

⑨ 菱角双髻：古代的一种发髻名，形如菱角。

⑩ 直得：直到，直待。

⑪ 井华水：犹"井花水"，指早晨第一次汲取的井水。

【词译】

你擅于作词，词风意态狂豪，威武霸气，有大词人辛弃疾的雄风。你隐居于风光秀丽的家乡阳羡，如同乡竹山先生般高风亮节。闲暇时候，你便带上笔墨纸砚，来到画溪河南面挥毫泼墨，柔软的珠藤随风摆动，一片青翠。人生最快意的事情，莫过于以山泉烹一盏紫笋茶，细细品味；或是饮酒时来一曲古筝助兴，更添豪情。至于其他，不过都是闲事。

在我想象之中，你纵横词坛，一身风流。创作之际，身边总有红袖添香。自古以来，有多少人能像你一样写下成千的词作呢？不管是手持团扇的佳人，还是楼中记曲的小娘子，都能唱上一两句。大江南北，酒楼药市，处处能听见他的歌词，风靡程度堪比柳三变。

【评析】

所谓"填词图"，是指以现实词作为主题的绘画作品，肇始于清初诗画名僧大汕的《迦陵填词图》，即词题中所指"其年填词图"。迦陵、其年指的是明末清初词坛第一人陈维崧，迦陵是其号，其年是其字。按清代藏书家沈初《陈检讨填词图序》的描述，《迦陵填词图》所绘为陈维崧席地作词的场景，"髯敷地衣坐，手执管伸纸欲书若沉吟者，意象洒如。旁一蕉叶，坐丽人按箫将倚声，云鬟铁衣，神仙中人也"。此图自诞生之日起，不断有文人题咏。这首《迈陂塘》将陈维崧词的风格、地位、影响形象地写了出来，是其中的经典之作。

开篇"擅词场、飞扬跋扈，前身可是青兕"三句陡起，霸道之气扑面而来。陈维崧乃阳羡词派领袖，阳羡词派尊崇苏轼、辛弃疾，词风豪放雄奇，慷慨悲壮。因而词人谓其词风"飞扬跋扈"，可与"词中之龙"辛弃疾比肩。这里的"飞扬跋扈"用的是原义，意态狂豪不受拘束之意，以之形容陈词的风格，新颖贴近。"青兕"原指创说中一种凶猛的瑞兽，这里代指辛弃疾（见《宋史·辛弃疾传》）。"风烟一壑家阳羡，最好竹山乡里"两句写陈维崧的身世。陈维崧是阳羡（今江苏宜兴）人，与南宋词人蒋捷（号竹山，人称"竹山先生"，终生隐居不仕）是同乡。这两句写的是陈维崧隐居田园乡间逍遥度日，"风烟一壑家阳羡"化用唐杜牧"一壑风烟阳羡里"句，用在这里浑然天成。接下来"携砚几，坐罨画溪阴，袅袅珠藤翠"三句应为描述图中场景：陈维崧于罨画溪南而坐，面前小几上几张宣纸一方砚台，他手持笔管沉神思索，正欲落笔。周围一片苍翠，柔软的珠藤随风轻轻摆动。末四句"人生快意，但紫笋烹泉，银筝侑酒，此外总闲事"为词人抒怀之语，谓人生快意，当做些自己喜欢做的事，至于其他，统统都是闲事。这几句隐隐表露出词人对陈维崧的羡慕敬佩之意。这里巧妙嵌入了阳羡名产紫笋茶，据传茶圣陆羽曾以金沙泉水烹紫笋茶。

下阕以"空中语"统领，意谓所言乃是空中之语，用现代文来说就是这些都是词人自己脑补的。"想出空中姝丽，图来菱角双髻"两句是从图中丽人想象而出，大意是要表现陈维崧逍遥风流的生活，姝丽环绕，红袖添香。"乐章琴趣三千调，作者古今能几"两句则是赞美陈维崧创作丰富，无人能比。现代人所谓的"词"实际上是古人口中的歌词。每一种词牌都代表一支曲子，词人只需根据曲调"填词"即可。这里的"乐章琴趣"即是此意，"乐章"指配乐的诗词，"琴趣"自然指的就是曲调了。陈维崧一生，词作数量极多，现今留存于世的就有一千六百多首，放眼词坛，不管是横向还是纵向，确实是少有人能企及。这两句是说陈词的数量之多，接下来的"团扇底，也直得尊前，记曲呼娘子。旗亭药市，听江北江南，歌尘到处，柳下井华水"则是写陈词的流传范围之广，意谓大江南北，城里乡间，酒楼药肆，处处都能听见团扇佳人、记曲娘子歌唱陈词。从这几句中可以看出，就词的流传范围和影响力，词人是将陈维崧与北宋著名词人柳永相提并论的。不过，陈词与柳词风格殊为不同，美人佳丽恐怕难以歌出陈词的豪放气概和霸道气势。大约词人也很清楚，才会有"空中语"一说了。

顾贞观

（1637—1714）

字远平，号梁汾，清代文学家。出身世家名流，曾祖顾宪成是明末东林学派领袖，祖父顾与淳官至四川夔州知府，父亲顾枢为东林学派另一领袖高攀龙的门生。自幼聪颖好学，精通古诗词，词风质朴自然、情感真挚，与陈维崧、朱彝尊并称明末清初"词家三绝"，与纳兰性德、曹贞吉并称"京华三绝"。著有《弹指词》《积书岩集》等。

夜行船·郁孤台

为问郁然孤峙者，有谁来、雪天月夜？五岭①南横，七闽②东距，终古江山如画。

百感茫茫交集也！憺③忘归、夕阳西挂。尔许④雄心，无端客泪⑤，一十八滩⑥流下。

注

① 五岭：又称南岭，由大庾岭、骑田岭、都庞岭、萌渚岭、越城岭组成，岭南为广东、广西，岭北为江西、湖南。

② 七闽：指今福建。

③ 憺：安然。

④ 尔许：若此，如许。尔，此也；许，助词。

⑤ 客泪：指离乡游子的眼泪。

⑥ 一十八滩：古时认为赣江中有十八个险滩。

【词译】

行船赣江之上，正是斜阳西照之时，晚霞满天，夜风渐起。放眼望去，郁孤台高高耸立在山顶，南边横亘着巍峨的五岭，东边俯卧着福建大地。江山如画，想来这里自古便是灵秀之地。怀古思今，我百感交集，茫茫不知前路。真想问一问见证古今的郁孤台，一弯勾月淡照的雪夜，是否还会有人像我这般溯江而行。曾经怀着雄心壮志离家，如今却依然在奔波于行途，只看见苦闷的泪水滴落江中，顺着十八滩流去。

【评析】

顾贞观虽然惊才绝艳，但仕途却并不得意。他于二十九岁时中举入仕，任国史院典籍，五年之后便遭同僚排挤，不得不去职回乡，又过了五年才在内阁大学士明珠府中谋得一个塾师的职位。怀才不遇，壮志未酬，心中自然苦闷抑郁至极，这首《夜行船》便反映了这种情绪。某一年某一日，词人很可能在为前程奔波，行船赣江之上，途经郁孤台下，空茫天地唯己一人，有感而发写下此词。

全词以问句起首，"为问郁然孤峙者，有谁来、雪天月夜"开篇即营造出天地苍茫，形单只影的孤寂场景。"郁然孤峙者"即郁孤台。按清同治《赣县志》载，"郁孤台，在文笔山，一名贺兰山，其山隆阜，郁然孤峙，故名"。"为问"二字尤显意味，词人行船于赣江之上，形单只影，心中纵有千言万语也无人可诉，只好将郁孤台当作诉说对象，向其发问，何其寥落孤寂！"五岭南横，七闽东距，终古江山如画"三句写郁孤台所处地理环境：南面横亘五岭，东面俯卧福建，自古以来就是江山如画的灵秀之地。这种历史观照下的宏大与个人身世机遇的渺小两相对照，更加凸显出词人此刻复杂难言的心境。

下阕"百感茫茫交集也"直抒胸臆，化自南朝宋刘义庆《世说新语》"见此茫茫，不觉百端交集，苟未免有情，亦复谁能遣此"。"百感交集"已言尽心情之复杂，"茫茫"更显茫然无措之感。身负才华而无处施展，前途茫茫怎不让词人愁情满腹。"憺忘归、夕阳西挂"两句，词情稍为扬起，可视为词人的自我安慰之语。憺，安也。屈原《九歌·山鬼》有"留灵修兮憺忘归，岁既晏兮孰华予"句。"憺忘归"意味安然而忘返的样子，实际上词人心中正百感交集，并不安然。前后对比更加反衬出词人一种无奈的心情。末三句"尔许雄心，无端客泪，一十八滩流下"是全词精华所在，一改前文沉郁笔调，如大江奔腾，迸发出激烈的情感。"尔许"谓如此，"无端"

谓无缘无故。既是怀有如此雄心，又为何无缘无故落泪呢？正所谓理想是丰满的，现实是骨感的。这里表现出的正是词人心中志向与现实遭遇的矛盾，这种矛盾令词人心中感到莫大的悲哀，故而在行途中泪落如雨，尽数滴入赣江。赣江自赣州城流至万安县的一段，河道曲折，河床中多处怪石交错，形成了十八个险滩。词人的泪水顺着"一十八滩流下"，用的正是南宋词人辛弃疾《菩萨蛮·书江西造口壁》"郁孤台下清江水，中间多少行人泪"之意境，如此前后相承也别有意趣。

金缕曲二首

寄吴汉槎宁古塔，以词代书，丙辰冬寓京师千佛寺，冰雪中作。

之一

季子①平安否？便归来，平生万事，那堪回首！行路②悠悠③谁慰藉，母老家贫子幼。记不起，从前杯酒④。魑魅博人⑤应见惯，总输他、覆雨翻云手⑥。冰与雪，周旋久。

泪痕莫滴牛衣⑦透。数天涯，依然骨肉，几家能够？比似红颜多薄命，更不如今还有。只绝塞⑧，苦寒难受。廿载⑨包胥承一

注

① 季子：春秋时吴王寿梦的儿子季札，号延陵季子，是贤能之人。这里代指吴兆骞。

② 行路：过路人。

③ 悠悠：谓关系很远。

④ 杯酒：即杯酒言欢的缩语。

⑤ 魑魅博人：魑魅，传说中山林里害人的妖怪。博人，打人、抓人。因吴兆骞"为仇家所中，遂遣戍宁古"，词人故称。

⑥ 覆雨翻云手：翻手为云，覆手为雨，指陷害好人的小人。

⑦ 牛衣：乱麻编织的给牛保暖的披盖物。

⑧ 绝塞：极远的边塞。

⑨ 廿载：二十年。廿，音"念"。

诺^①，盼乌头马角^②终相救。置此札，君怀袖。

【词译】

　　最近你过得还平安吗？即使你回来，那些让人悲愤的往事也是不堪回首！过去那些所谓的朋友如今形同陌路，又有谁还会来安慰你呢？你家境贫寒，上有老母，下有幼子，恐怕已经不记得曾经那些杯酒言欢的滋味了。这世上，魑魅害人的事情你我早就司空见惯，正直的人常被翻云覆雨的小人所害。我们与寒冷的冰雪打交道也已经很久了。

　　希望你现在不要伤心流泪。说起来，天下戍边的人那么多，能像你一样仍和家人团聚的却没有几个。虽然边塞的生活苦寒艰难，但幸好性命犹在，比起那些薄命之人已是好了许多。二十年了，我时刻没有忘记当时的诺言，总有一天要将你救出，就以这首词代替书信，望你妥善保存不要熄灭希望之火。

【评析】

　　吴汉槎，名兆骞，与顾贞观相识于"慎交社"，结为生死之交。1658 年，吴兆骞因科场舞弊案遭人陷害，次年被流放至东北边疆重镇宁古塔（今黑龙江省宁安市）戍边。顾贞观为此奔走呼喊，尝尽人情淡薄。1676 年，顾贞观时在北京，收到吴兆骞从边塞寄来的书信，得知其在边塞生活艰苦至极，心中哀痛，以词代书，字里行间满含深情厚谊，被称为"千古绝调"。

　　上阕以问句"季子平安否"领起，同书信开头的问好之语。这里以春秋时有名的贤能之人季子代指吴兆骞，已经表明了词人深信好友无辜受累的态度。"便归来，平生万事，那堪回首"三句，是以假设的语气表达词人对好友痛苦经历的同

注

① 包胥承一诺：用春秋时楚国大夫申包胥典故。据《左传》载："初，伍员（伍子胥）与申包胥友。其亡也，谓申包胥曰：'我必复（通"覆"）楚国。'申包胥曰：'勉之！子能复之，我必能兴之。'"后伍子胥助吴破楚，申包胥果然从秦国搬来援兵救楚。

② 乌头马角：用燕太子丹典故。《史记·刺客列传》载："丹求归，秦王曰：'乌头白，马生角，乃许耳。'"燕太子丹仰天长叹，上感于天，果然乌头变白，马也生角。

情。即使回到了故乡，在边塞经历的千辛万苦，回想起来也不堪承受。言外之意即痛心于吴兆骞如今仍在边塞受苦受难。"行路悠悠谁慰藉，母老家贫子幼。记不起，从前杯酒"四句贯"那堪回首"而下，详写吴在戍边时的凄惨境遇：举目无亲，四顾茫然，身边人都是陌路，有谁能够加以安慰呢？更何况上有老下有小，家中贫苦至极，日日为生存奔波，哪里还想得起曾经和朋友杯酒言欢的滋味。两相对比，怎不让人伤心流泪？"魑魅搏人应见惯，总输他，覆雨翻云手"三句，意味极其深长。"魑魅搏人"原指山林中的妖怪打人、抓人，这里是比喻小人以阴毒的手段害人。从中可明显看出词人对吴兆骞蒙冤的愤愤不平。"总输他，翻云覆雨手"用杜甫《贫交行》"翻手为云覆手为雨，纷纷轻薄何须数。君不见管鲍贫时交，此道今人弃如土"诗意。顾贞观为营救吴兆骞，曾多方奔走，希望那些曾与吴有过交往的官员权贵能够顾念旧情，助其一臂之力，谁知世态炎凉，人情淡薄，这些人根本不肯帮忙。顾贞观一筹莫展，只能在词中一吐心中怨气。末尾"冰与雪，周旋久"两句，一谓好友在边塞苦寒之地艰苦生活，二契词序"冰雪中作"，三喻词人为救人而四处奔走之困。

过片"泪痕莫滴牛衣透"句，词人跳出上阕所写的种种苦痛，劝慰好友不要过于伤心，因为"数天涯，依然骨肉，几家能够？比似红颜多薄命，更不如今还有"。"泪痕莫滴牛衣透"用西汉大臣王章典故。据《汉书·王章传》载，王章起初在长安求学时，贫病交加，连被子也没有，只能睡在牛衣里和妻子相对而泣。词人这里反用其意，劝好友不要伤心流泪，起码性命还在，家庭团圆。如此这般，也是稍有宽慰。接下来"只绝塞，苦寒难受"两句，词人为好友的遭遇难受，担心他耐不住边塞的苦寒气候。"廿载包胥承一诺，盼乌头马角终相救"巧妙化用两个历史典故，表明了词人不管遇到多大困难，都会将好友救回的坚定决心。包胥，即春秋时楚国大夫申包胥，他与伍子胥是好朋友，伍子胥立誓灭楚，包胥则立誓救楚，后果然实现了诺言。"廿载"即二十年，自1658年吴兆骞受难至1676年词人作此词将近二十年。"乌头马角"用燕太子丹质于秦而后得归的典故，谓奇迹终会出现之意。词末"置此札，君怀袖"：这封信就是凭证，请你好好保存，再次表达了词人救回好友的坚定信念。这种生死不渝的金兰情谊让人十分感动。全词真情流露，对患难之友"悲之深，慰之至"，无一不是出于肺腑，实为至情至性之作。

之二

　　我亦飘零①久！十年来，深恩负尽，死生师友。宿昔②齐名非忝窃③，只看杜陵消瘦④。曾不减，夜郎僝僽⑤。薄命长辞知己别，问人生、到此凄凉否？千万恨，为君剖。

　　兄生辛未吾丁丑。共些时，冰霜摧折，早衰蒲柳⑥。诗赋从今须少作，留取心魄相守⑦。但愿得，河清人寿⑧！归日急翻行戍稿⑨，把空名料理传身后。言不尽，观顿首。

【词译】

　　我也漂泊许久了。你我是生死之交，亦师亦友，而我自中举至今已经十年，却

注

① 飘零：漂泊。

② 宿昔：书面语，从前，往常。

③ 忝窃：谦语，意指辱居其位或愧得其名。忝，音"舔"。

④ 杜陵消瘦：出自李白《戏杜甫》："借问别来太瘦生，总为从前作诗苦。"杜陵，杜甫曾自称"杜陵野老""杜陵布衣"。

⑤ 夜郎僝僽：李白曾被流放夜郎（今贵州西南部），受到折磨。僝僽，音"缠皱"，折磨。

⑥ 蒲柳：即水杨，秋天早凋，比喻身体衰弱。

⑦ "诗赋"两句：古人认为创作诗文损伤人的心魄。

⑧ 但愿得，河清人寿：河，即黄河。黄河水浊，古人认为黄河清就天下太平。又有古谚说"俟河之清，人寿几何"，认为黄河终有变清的一天，而人的寿命却有限。这里是希望一切好转的意思。

⑨ 行戍稿：指在戍边时所写的书稿。

辜负了你的深厚恩情，不曾报答一丝一毫。从前你我齐名并非虚言，我们相交慎笃，好比那李白和杜甫，相互挂牵。可叹我如今，妻子离世，又与你天涯相隔。人生至此，岂止是"凄凉"二字可以形容？我心中千愁万绪，只想向你细细诉说。

你生于辛未年，我生于丁丑年。人生之路走到此刻，都已经饱受冰霜摧残，成了早衰的蒲柳。但愿你从今以后少作词赋，建康体魄，与我把酒言欢长相知。想来等你归来之后，你会急忙翻阅戍边时的书稿，将之整理成册传给后世，这不是为了那些空名，而是为了让真相大白天下。心里的话怎么也说不完，就让我以跪拜之礼向你问候。

【评析】

上一首《金缕曲》是词人从吴兆骞的角度出发写成的，全词哀怨情深，至情至性。这一首《金缕曲》则换了角度，写自己的身世遭遇和所思所想。开篇"我亦飘零久"沉郁伤痛，以厚重的笔力总括自己的人生际遇。一个"亦"用得极为巧妙，将两首词连为一体。"十年来，深恩负尽，死生师友"三句表达了词人对好友的愧疚之情。顾贞观与吴兆骞少年相交，因吴兆骞比他大六岁，对他而言是亦师亦友的存在。1658 年吴兆骞卷入科场舞弊案，遭小人陷害被流放至东北戍边，顾贞观立誓要救他回来。1666 年，顾贞观中举走上仕途。1676 年，顾贞观收到吴兆骞来信，救人之事却毫无头绪，因而词人说是"十年来，深恩负尽，死生师友"。"宿昔齐名非忝窃，只看杜陵消瘦。曾不减，夜郎僝僽"四句是以李白与杜甫之间的友情来比喻词人与好友之间的关系。杜甫《长沙送李十一衔》有"李杜齐名真忝窃，朔云寒菊倍离忧"句，这里是反用其意。这几句词人以杜甫自比，以李白比吴兆骞，用"消瘦""僝僽"表达了自己对好友的深深牵挂之情。李白曾被流放夜郎，吴兆骞则被流放戍边，两相作比极为相契。"薄命长辞知己别，问人生、到此凄凉否"三句，写词人自身的凄苦境遇。"薄命长辞"指的是词人的妻子不幸离世之事，"知己别"指的则是词人与好友吴兆骞分别之事。"千万恨，为君剖"总结上文，之前所言种种皆是恨事，词人只有在给好友的信中才会如此倾吐。

下阕从两人的相同遭遇说起。"兄生辛未吾丁丑"，吴兆骞生于 1631 年，即天干地支纪年的辛未年；词人则生于 1637 年，即天干地中纪年的丁丑年。如此算来，词人作此词之时，两人都已经年过四十，按照当时的寿命来看，人生已经是过了大半辈子，可说是饱经风吹雨打了。"共此时，冰霜摧折，早衰蒲柳"三句所言即是此意。

"冰霜摧折"借喻一生经受种种苦难折磨,"早衰蒲柳"则借喻身体因摧残而变得衰弱。《世说新语》载:"顾悦与简文帝同年,而发早白。简文曰:'卿何以先白?'对曰:'蒲柳之姿,望秋而落。松柏之质,经霜犹茂。'"有了"早衰",接下来"诗赋从今须少作,留取心魄相守"就顺理成章,自然而然了。身体早衰,自然就要注意保养。古人认为创作诗文会损伤人的心魄,因而词人劝好友少作诗赋,"留取心魄",好长命百岁,两人继续相守。"但愿得,河清人寿"是词人对好友的忠心祝愿。古人有"圣人出黄河清"的说法,意思是说黄河之水常年浑浊,如果变得清澈则是祥瑞的征兆。这里是词人希望政治清明,好友能洗刷冤屈平安归来,得以终其天年。"归日急翻行戍稿,把空名料理传身后",吴兆骞是文人才子中的翘楚,与陈维崧、彭师度合称"江左三凤凰",留下了不少名作。但当他受难之时,这种文名并没有给他带来些许帮助,曾经与他交往过的文人在得势之后却没人肯施以援手,故而词人以"空名"言之,有为其抱不平之意。词末"言不尽,观顿首"是古时书信格式。

这两首《金缕曲》写得情真意切,催人泪下。当时顾贞观正在权臣纳兰明珠府上当幕客,与明珠长子纳兰容若相交。容若读过这两首词后,怆然泪下,谓:"河梁生别之诗,山阳死友之传,得此而三!"后在容若的帮助下,吴兆骞终于在五年后获赎还乡。后人遂以"赎命词"称之。

郑 燮

（1693—1765）

字克柔，号板桥，又号理庵，清代书画家。幼时起即家道中落，至三十岁后生活愈加困苦，遂在扬州以卖画为生。1732年中举人，1736年中进士。先后任河南范县、山东潍县县令，治理有方，百姓安居乐业。多才多艺，其诗、书、画世称"三绝"。擅画兰、竹、石，书法亦别致有画意，列"扬州八怪"之一。诗词喜用白话，不屑陈旧熟语，著有《板桥全集》。

沁园春·恨

花亦无知，月亦无聊，酒亦无灵。把夭桃^①斫断，煞他风景^②；鹦哥煮熟，佐我杯羹。焚砚烧书，椎^③琴裂画，毁尽文章抹尽名。荥阳郑，有慕歌家世，乞食风情。

单寒骨相^④难更，笑席帽青衫^⑤太瘦生^⑥。看蓬门秋草，年年破巷，疏窗细雨，夜夜孤灯。难道天公，还箝^⑦恨口，不许长吁一两声？癫狂甚，取乌丝^⑧百幅，细写凄清。

注

① 夭桃：出自《诗经·桃夭》"逃之夭夭，灼灼其华"，后以"夭桃"称艳丽的桃花。

② 煞他风景：即煞风景，指损坏美好的景物。煞，通"杀"，破坏，削弱。

③ 椎：捶。

④ 骨相：指人的骨骼相貌。古时认为骨相的好坏将决定人一生的命运。

⑤ 席帽青衫：明清科举时儒生的服装。

⑥ 太瘦生：即太瘦。生，语气助词。

⑦ 箝：通"钳"，钳制。

⑧ 乌丝：全称乌丝栏，一种专供书写用的带黑格的绢纸。

【词译】

摇曳的花枝不明了我的心事，天上的月亮解不了我心中的烦闷，就连醇厚的美酒也浇不了我心中块垒，恨不得砍断繁花妖艳的桃树当柴，煮了聒噪不停的鹦鹉下酒。砚台、书册统统烧掉，古琴、书画统统撕裂，把那些个文章虚名统统丢掉。我郑家自古就不畏礼法，即便是卖唱乞食，也照样活得潇洒自如。

我的骨相单薄寒酸已是难改，身着青衫瘦骨伶仃，说不得要被人嘲笑几句。你看我住在破巷蓬门之中，门前杂草丛生，窗户挡不住风雨，夜夜伴着孤灯难眠。落到这步田地，难道老天还不让我长吁短叹，发发牢骚吗？恨极狂极，挥毫泼墨，细细写下心中凄清感受。

【评析】

郑燮其人，颇具魏晋遗风。日日与诗酒书画为伴，性格放荡不羁，不屑于礼法约束。这首题为"恨"的长调即是一例，全词如决堤洪水一泻而下，发泄心中种种愁恨，纵情恣意，狂放之至。

起首"花亦无知，月亦无聊，酒亦无灵"三句排比，连绵不绝，极有韵味。说的是，花也不知道他的心事，月也解不了心中愁闷，就连平日能解忧的酒也不灵了。花前月下，把酒言欢，是古时文人非常风雅的举动。但词人却上来就说这些对消愁解恨都无济于事，可见这愁恨之强烈，且强烈到词人要"把夭桃斫断，煞他风景；鹦哥煮熟，佐我杯羹。焚砚烧书，椎琴裂画，毁尽文章抹尽名"的地步了。古人常以"焚琴煮鹤"形容糟蹋美好的事物，这里词人可是大大超过了。几乎所有文人雅士认为是美好的东西都被毁掉，以发泄词人心中的恨意。这当然是夸张的写法，但极具艺术张力，感染力很强。接下来三句"荥阳郑，有慕歌家世，乞食风情"引用了唐代状元郑元和的传说。郑元和祖籍颍阳，乃官宦之子，天资聪慧。有一年上京赶考，误入花街柳巷，与烟花女子李亚仙相恋，误了考期，资财耗尽后被老鸨赶走。其父得知后大怒，将其毒打一顿后赶出家门。郑元和遂流落街头，唱"莲花落"乞食街头。后李亚仙辗转找到他，自己赎身后与他同居，帮助他"浪子回头"，终于高中状元做了大官，李亚仙也被封为国夫人。词人以郑元和后人自称，实则是对封建礼法的蔑视，谓自己本就是"慕歌家世"，即使是乞食于人，也必然活得潇洒自在，可谓不羁之至。

下阕词人将笔锋转至自己的人生际遇。"单寒骨相难更，笑席帽青衫太瘦生"言自己天生反骨，为白丁之相，受了多少人的嘲笑。古人认为，骨相可以决定人的命运，九骨（颧骨、驿马骨、将军骨、日角骨、月角骨、龙宫骨、伏羲骨、臣鳌骨、龙角骨）丰隆耸起者为贵相之人。西汉开国皇帝刘秀就是"身长七尺三寸，美须目，大口，隆准，日角"（《后汉书·光武帝纪》）。反之，骨相"单寒"自然不是什么好命之人，穿着青衫，瘦骨伶仃，实在是寒酸得很。这是词人的自嘲之语。"看蓬门秋草，年年破巷，疏窗细雨，夜夜孤灯"四句描写词人简陋的居住环境：蓬门破巷，杂草丛生，破落的窗户挡不住风雨，每夜里只有一盏孤灯，贫寒交困。这几句纯为白描，隐约流露出词人对世道不公埋没自己一身才华的不平之意。这可从下文"难道天公，还箝恨口，不许长吁一两声"中明显看出。词人对所遭不平心怀怨怼，只能借诗词发泄愤懑。"恨口"紧扣词题，全词皆是围绕"恨口"而书，可称得上是词眼。末三句"癫狂甚，取乌丝百幅，细写凄清"，词人个性狂放，心有不忿怎肯忍而不发，于是取出乌丝百幅，细细写出心中悲凉恨意。乌丝即乌丝栏，是古时一种印有格线的绢素或纸张。这首词便是词人"细写凄清"之下的产物。全词用白描手法，语言质朴自然，形式严谨优美，是一首范本之作。

洪亮吉

（1746—1809）

字君直，一字稚存，号北江，晚年号更生居士，清代诗人、学者。自幼丧父，刻苦读书，得袁枚、蒋士铨赏识。1790 年进士及第，受翰林院编修，走上仕途。1796 年因言获罪，充军伊犁，五年后赦还，从此居家著书而终。精于史学、地理学、训诂学、经学等，其对人口增长之害的学说开近代人口学说先河。善于写诗与骈体文，与大诗人张问陶齐名，代表作品为《北江诗话》。

木兰花慢 · 太湖纵眺

眼中何所有？三万顷，太湖①宽。纵蛟虎纵横，龙鱼出没，也把纶竿。龙威丈人②何在？约空中同凭玉阑干。薄醉正愁消渴，洞庭山③橘都酸。

更残④，黑雾杳漫漫，激电⑤闪流丸。有上界神仙，乘风来往，问我平安。思量要栽黄竹，只平铺海水几时干？归路欲寻铁瓮⑥，望中陡落银盘⑦。

注

① 太湖：湖名，横跨江、浙两省，北临无锡，南濒湖州，西依宜兴，东靠苏州。

② 龙威丈人：传说中的仙人名。相传吴王阖闾间游禹山，遇龙威丈人入洞庭取大禹所藏修仙书卷。

③ 洞庭山：位于太湖东南部，由东、西二山组成。

④ 更残：指天将亮。

⑤ 激电：即闪电。

⑥ 铁瓮：即铁瓮洞，传说中的仙人洞府。

⑦ 银盘：代指满月。

【词译】

见到了太湖，眼中再容不下他物。三万顷湖水，无边无际，波澜壮阔。纵然有蛟虎纵横，龙鱼出没，我仍持一支钓竿，温一壶小酒，安然独坐。也不知道龙威丈人去哪儿了。本是约他去仙界一游，凭阑观景的。小酌微醉，正口渴难耐，只可惜洞庭山的橘子太酸，解不了渴。

天快亮了，黑雾茫茫，幽暗深广，闪电如流丸般从空中滚过。天上的神仙乘风而来，问我是否平安。想在海上种许多竹子，又不知辽阔的海水几时能干。回去的路上我想寻找一下仙人的铁瓮洞，眺望中却发现月亮陡然掉落下来。

【评析】

这虽是一首写景词，但写得超然物外，气象万千，极富浪漫主义色彩，是洪亮吉的一首代表作品。词中汇神仙、水怪于一处，又将身为凡人的自己代入，构思奇巧，想象独特，跳出了一般写景词的窠臼。

起首"眼中何所有？三万顷，太湖宽"气象磅礴，用一个设问将太湖的浩瀚渺茫表现得酣畅淋漓。当然，词人眼中的太湖并不平静，相反正掀起滔天巨澜，然而就在波涛汹涌的湖水旁边，却安坐着一位静静垂钓的渔翁，这正是"纵蛟虎纵横，龙鱼出没，也把纶竿"刻画出的意象。动与静，大与小，对比出一种浩瀚气势，令太湖显得尤为壮阔。"龙威丈人何在？约空中同凭玉阑干"两句顺前意而下，这位渔翁为何安坐于此呢？原来是约了神仙要去仙界凭阑观景的，只不过这名叫作龙威丈人的神仙失约了。渔翁边等边喝起小酒，感觉口渴，于是他就到洞庭山上摘了橘子解渴，谁知橘子太酸根本不能解渴。"薄醉正愁消渴，洞庭山橘都酸"这两句写得趣味十足，令人眼前不觉出现一张酸得皱成一团的搞笑面孔。

过片"更残，黑雾杳漫漫，激电闪流丸"换境，从上阕的小酌垂钓的悠闲场景转换到电闪雷鸣的激烈场景。"更残"指到了最后的五更天，意味着天快亮了。这时黑雾茫茫，闪电如流丸般从天空滚过，正是风云变幻之势。"流丸"即滚动的丸子。"有上界神仙，乘风来往，问我平安"三句呼应上阕"龙威丈人"句，从中可见词中的"我"与上界神仙非常熟悉亲密，塑造出一位谪仙人的形象。"思量要栽黄竹，只平铺海水几时干"两句继续丰满谪仙形象，电闪雷鸣之时，连天上神仙都在担心他的安危，他自己却不以为意，反而在思量着要种些黄竹在海上，不过这种想法显然是不切实际的，因为无边无际的海水不知道哪天才能干呢。末两句"归路欲寻铁瓮，望中陡落银盘"回归现实，词人沉迷在想象当中，不知不觉间月亮西落，他猛抬头才发现，故而说是"望中陡落银盘"。天快亮了，词人也该回去了，归途中还不忘寻找一下神仙的洞府，使整首词从头到尾都笼罩在浩然仙气当中，可说是一首才情飞扬的作品。

黄景仁

（1749—1783）

字汉镛，一字仲则，号鹿菲子，清代诗人，宋代诗人黄庭坚后裔。四岁丧父，少有诗名，十六岁应童子试，三千人中名列第一，但此后屡应乡试不中。一生穷困潦倒，为生计四处奔波，于三十四岁时病逝。诗学李白，负有盛名，列"毗陵七子"之首，所作多抒发穷愁不遇、悲凉寂寥之情。也能写词，擅用白描，风格质朴直接。著有《两当轩全集》。

贺新郎·太白墓和稚存韵

何事催人老？是几处、残山剩水，闲凭闲吊。此是青莲①埋骨地，宅近谢家之眺。总一样，文人宿草②。只为先生名在上，问青天、有句何能好？打一幅，思君稿。

梦中昨来逢君笑。把千年、蓬莱清浅③，旧游相告。更问后来谁似我，我道：才如君少。有亦是，寒郊瘦岛。语罢看君长揖④去，顿身轻、一叶如飞鸟。残梦醒，鸡鸣了。

【词译】

世间何物催人老？半是鸡声半马蹄。四处奔波，难得来到这片历史遗迹，偷闲

注
----

① 青莲：李白，字太白，号青莲居士。

② 宿草：指墓地上隔年的草，为悼念之词。

③ 蓬莱清浅：犹"沧海桑田"，喻世事的巨大变化。出自晋葛洪《神仙传·王远》。

④ 揖：古代的一种拱手礼。揖，音"衣"。

凭吊一番。这里是李白的埋骨之地，靠近谢朓故宅，墓前早就长满了野草。只是先生诗名在上，我写的这几句凭吊诗词实在是班门弄斧了，就让我好好思量，书一幅缅怀词稿。

昨夜梦中你与我笑语相见，把千年来的沧桑变化细细相告，问我说："后世还有没有谁像我这般才华出众？"我回答说："像你这么有才的人很少，就算有，也都是些郊寒岛瘦般的孤峭风格，再没有人像你这般浪漫豪纵了。"说完话后，我看着你拱手离去，如一只飞鸟般轻盈起落，倏忽不见。于是，我便在鸡鸣声中醒来了。

【评析】

太白墓，即李白墓，在安徽当涂青山西麓。稚存即洪亮吉，是黄景仁的好友。1771 年，黄景仁与洪亮吉同游太白墓，洪亮吉作《金缕曲·清风亭梦李白》，黄景仁依照其词原韵作这首《贺新郎》，是为"和韵"。

上阕实写凭吊之事。起句"何事催人老"凄怆辛酸至极。联系词人生平，可知其一生潦倒，日日为生计奔波劳碌，难有空闲的时候。岁月便在这奔波当中飞快消逝了，而词人也老去了。"是几处、残山剩水，闲凭闲吊"交代凭吊事，语含萧索之意。"残山剩水"出自杜甫"剩水沧江破，残山碣石开"句，原指国土沦丧后残余的部分，也比喻未被消除而剩下来的事物。"此是青莲埋骨地，宅近谢家之朓。总一样，文人宿草"几句转入凭吊主题。"谢家之朓"即谢朓，南朝齐人，任宣城太守时曾在青山筑室，而李白墓在青山西麓，故称。"宿草"，墓地所生隔年之草，意指墓前荒凉无人扫墓之意。"总一样，文人宿草"说的是不管是李白，还是谢朓，最终都逃不过世事无常，黄土埋骨的命运，暗含了词人对文人遭遇的不平之意。李白空有壮志豪情，却孤寂地病死当涂；谢朓文采出众，却被诬下狱冤死。正是这样的遭遇让词人感同身受，深为哀伤。"只为先生名在上，问青天、有句何能好？打一幅，思君稿"表达了词人对李白的深深敬仰之情。据南宋计有功《唐诗纪事》记载，李白游黄鹤楼，欲作诗，见上有崔颢题诗，极为佩服，曰："眼前有景道不得，崔颢题诗在上头。"这里是借用其意，谓李白诗名显赫，自己在太白墓前写诗简直是班门弄斧，须得好好思量才可。

下阕虚写梦中之境。"梦中昨来逢君笑"承上阕末尾"思君"意，正所谓"日有所思夜有所梦"。"把千年、蓬莱清浅，旧游相告。更问后来谁似我，我道：才如君少。有亦是，寒郊瘦岛"几句乃词人虚构的与李白之间的对话。先是李白把千年来沧桑变化细细相告，紧接着又问起身后有无似他一般的人才。蓬莱是传说中的海上仙山，《神仙传·王远》篇中曾载仙人麻姑所言："接待以来，已见东海三为桑田。向到蓬莱，水又浅于往者，会时略半也。"后常以"蓬莱清浅"谓沧桑变化。"寒郊瘦岛"指的是唐代诗人孟郊和贾岛，以冷寒孤峭的诗风著称。李白问"后来谁似我"，词人回答说像你这样有文采的很少，即使有也只能与孟郊、贾岛相比，与李白的成就不能相提并论。结合词人诗学李白的特征，其中显然带有一些自负和狂气。"语罢看君长揖去，顿身轻、一叶如飞鸟"写谈话结束后，李白拱手道别，如一只飞鸟轻盈而去。至此，奇特的想象告一段落，词人以"残梦醒，鸡鸣了"回到现实，呼应上阕，令全词成一整体。

邓廷桢
（1776—1846）

字维周，又字嶰筠，晚年号刚木老人、妙吉祥室老人，清代民族英雄。二十五岁进士及第，历任知府、按察使、布政使等职，1826年升安徽巡抚，1835年官至两广总督。主张严禁鸦片，1839年协助林则徐虎门销烟，成为林的亲密同僚。1840年英军进犯厦门，亲率水军击退侵略者。公开反对割让香港，曾在西北大力组织垦荒。擅诗文，所著笔记与诗词并行于世；工书法，尤以小篆为精，笔力刚劲。著有《石观斋诗抄》《双砚斋词话》等。

买陂塘 · 赎裘

悔残春、炉边买醉，豪情脱与将去。云烟过眼寻常事，怎奈天寒岁暮！寒且住！待积取叉头^①，还尔绨袍^②故。喜馀^③又恕。怅子母频权^④，皮毛细相，斗擞^⑤已微蛀。

铜斗熨，皱似春波无数，酒痕襟上犹涴^⑥。归来未负三年约，死死生生漫诉。凝睇处，叹毳幕毡庐^⑦，久把文姬^⑧误。花风^⑨几

注
① 叉头：即叉头钱，出自宋苏轼《答秦太虚七首》之四。
② 绨袍：厚缯制成的袍子，这里指词题中所言之"裘"。绨，音"提"。
③ 馀：通"余"。
④ 子母频权：谓频繁典当赎回。子母，古代称钱币重的为母，轻的为子。权，估计、衡量。
⑤ 斗擞：通"斗薮"，摇动。
⑥ 涴：音"卧"，弄脏。
⑦ 毳幕毡庐：即毳幕和毡庐，均指游牧民族所居毡帐。毳，音"翠"；毡，通"毡"。
⑧ 文姬：指蔡琰，字文姬，东汉人，曾被匈奴左贤王掳走，被困匈奴十二年。这里是词人自比。
⑨ 花风：即花信风，指带有开花音讯的风候，古代有"二十四番花信风"之说。

度？怕白裕①新翻，青蚨②欲化，重赋赠行③句。

【词译】

真后悔暮春时分，我喝醉酒之后把皮衣脱了当掉。原本以为只是件小事，转眼就随风而逝，无奈天气一天天寒冷，每到夜晚冻人如冰。寒冷你等一等！待我取点儿积蓄钱，把皮衣给赎回。赎回细细一瞧，欢喜之余又感到愤怒：几经转手过后，皮衣已经长了许多蛀眼。

唉，看它皱得好像春天的水纹，上面还留有不知哪来的污痕，只好赶紧熨上一熨。说好了三年把它赎回，我也算并未违约，哪知道它已经生生死死好几回了呢。都怪边塞苦寒，整日住在毡帐之中，我已不知道现在是什么时候了。只怕马上要翻新白色夹衣，手上钱也快用完了，大概又要把它当出去了。

【评析】

虎门销烟后，邓廷桢遭陷害被革职。1841年，他被发配到新疆伊犁效力赎罪，直到1843年才被召回，被派到西北垦荒。这首《买陂塘》应是作于邓廷桢被召回之后。近代学者、词人谭献谓之"姿态横生"。表面上，词人花费大量笔墨描绘了"赎裘"的前因后果，趣味十足，内里却暗藏际遇之悲，深沉苍凉。

开篇"悔残春、炉边买醉，豪情脱与将去"交代裘衣被当的经过，词人酒醉而豪性大发，随手将其当掉。当得的银钱做什么用？估计是拿去买酒喝了，可见是一时冲动，故词人曰"悔"。"云烟过眼寻常事，怎奈天寒岁暮"，当了就当了吧，原本也只是件过眼云烟的小事，结果天气寒冷，冻得词人扛不住了。从这里可见当时词人的生活非常困苦，裘衣当掉之后竟然就没有寒衣可穿了。"寒且住！待积取叉头，还尔绨袍故"三句写词人赎衣过程，将"寒"拟人化，大喝一声"且住"，写得豪情勃发，富有情趣。"叉头"即"叉头钱"，出自苏轼《答秦太虚七首》

注
----

① 白裕：白色夹衣。裕，音"英"。

② 青蚨：虫名。传说青蚨生子，母与子分离后仍会聚回一处，人们用青蚨母子血各涂在钱上，涂母血的钱或涂子血的钱用出后必会飞回，所以有"青蚨还钱"之说。后世遂以"青蚨"称钱。蚨，音"服"。

③ 赠行：即送别。

之四："……每月朔便取四千五百钱，断为三十块，挂屋梁卜，平日用画叉挑取一块，即藏去叉……"比喻节俭或清贫。"喜馀又怒。怅子母频权，皮毛细相，斗擞已微蛀"写裘衣赎回后的形态，由于几经周转，导致裘衣保养不当，被蛀坏了不少，词人在欢喜之余又感到惆怅、恼怒。

　　过片"铜斗熨，皱似春波无数，酒痕襟上犹浣"顺接前意，谓赎回的裘衣不但生了蛀眼，而且皱皱巴巴，衣襟上还留着不知哪来的污痕，词人一边用铜斗熨烫，一边在心里暗自嗟叹。嗟叹什么呢？"归来未负三年约，死死生生漫诉"，意味自己在三年约定之日赎回了裘衣，却不想裘衣已经兜兜转转被糟蹋得不成样子了。当然，这是字面上的意思。邓廷桢1841年被发配，1843年闰七月才被召回，将近三年。这两句暗里其实是词人对自己不平遭遇以及所受苦难的辛酸总结。"凝睇处，叹毳幕毡庐，久把文姬误。花风几度"贯前意而下，诉说词人在伊犁三年，不知世事，言外之意是离开官场太久，即使回归也看不清时事状况了。末三句"怕白裌新翻，青蚨欲化，重赋赠行句"重又回到裘衣主题，暗示了裘衣将来不幸的命运。

　　全词以裘衣被当——赎回——将当的戏剧性转折来暗喻词人被陷害发配——被召回——可能再遭陷害的仕途际遇，表现出清政府对任用人才反复无常的态度，寓意深刻，格调苍凉。

水龙吟·雪中登大观亭

　　关河冻合梨云，冲寒犹试连钱①骑。思量旧梦，黄梅听雨，危阑倦倚。披氅重来，不分明处，可怜烟水。算夔巫②万里，金焦③两

注
① 连钱：马名，一种颜色深浅斑驳的良马。
② 夔巫：指夔州和巫峡，长江经此奔流东下。
③ 金焦：指金山和焦山，镇江名胜，两者当时皆屹立于长江之中，1903年金山始与陆地连成一片。

点，谁说与，苍茫意？

却忆蛟台往事^①，耀弓刀、舳舻^②天际。而今剩了，低迷鱼艇，模粘^③雁字。我辈登临，残山送暝，远江延醉。折梅花去也，城西炬火，照琼瑶^④碎。

【词译】

大雪纷飞，山河冻成一片，我冒着严寒策马飞奔。想当年来到这里，正是黄梅季节，阴雨绵绵，整日慵懒无比。如今身披大氅再来，举目间但见烟水茫茫，混沌一片。长江从夔州、巫峡东流而下，金山、焦山屹然挺立江中，此中种种苍茫，我又能说给谁听呢？

回想起当年阻击敌人的日子，战船列阵水上，弓箭和大刀闪着寒光。到如今，却只剩下几艘渔船，几行飞雁。登上大观亭远眺，模糊的远山送走了黄昏，不尽的长江令人沉醉，一片大好河山！可叹我只是一个闲人，只好去折上一枝梅花消磨时间。城西灯火正亮，照着雪花碎碎飞扬。

【评析】

1840年，邓廷桢遭陷害而被革职，随即回到了家乡江宁（今南京）。冬天，他登上了大观亭，远望长江，触景生情，写下这首《水龙吟》。大观亭即瓜洲大观楼，故址位于今扬州瓜洲镇，与镇江隔江相望。古大观楼濒临长江，可远眺大江及金山、焦山，1895年坍塌入江。

上阕写雪中策马，登楼远望大江和金、焦二山的情景，流露出词人四顾茫然的心绪。开篇"关河冻合梨云，冲寒犹试连钱骑"两句写词人雪中驰骋之态。"梨云"即"梨花云"，用以形容雪景，出自唐王建《梦看梨花云歌》"薄薄落落雾不分，梦

注

① 蛟台往事：指虎门销烟，击退英舰之事。

② 舳舻：指船只。舳舻，音"竹庐"。

③ 模粘：即模糊。

④ 琼瑶：比喻似玉的雪。

中唤作梨花云";"连钱"为良马名。千里冰封,万里雪飘,词人却在冒着严寒试骑战马。可见虽然遭革职,但他的内心深处时刻想着的仍然是保家卫国。"思量旧梦,黄梅听雨,危阑倦倚"三句转笔写过去来这里倚阑听雨之事,如今却是身披大氅,再来此地。"披氅重来,不分明处,可怜烟水",词人登高远望,但见烟水朦胧,看不分明。"算夔巫万里,金焦两点,谁说与,苍茫意"句由景转情,写长江经夔州和巫峡东流而下,金山、焦山在江中相对而望,此中苍茫之意,无人可诉,也无人明了。此处流露出词人一种茫然的心绪,这种茫然是对自己被革职的不解,是对清政府投降派的愤恨,虽情感浓烈如沸水,但却静默潜藏在"苍茫意"三字之中。

下阕对比过去的雄壮场面与现在的低迷景象,抒发了词人满腔热情报国无门的激愤之情。"却忆蛟台往事,耀弓刀、舳舻天际"写的是1839年虎门销烟后阻击英舰进犯的情景,接下来笔锋一转,写现在的情景:"而今剩了,低迷鱼艇,模粘雁字",两相对比,何其悲凉?"而今剩了"可谓是词人的无奈喟叹。事实上,这两个场景发生的地点并不相同,词人如此对比其实是借景抒情:过去他身负功名,为保家卫国而战斗,自然倍感豪气;而现在他被革职,再也不能为禁烟而努力,自然心情低落,看什么都不觉得如意。"我辈登临,残山送暝,远江延醉"转回登临主题,笔锋重指万里江山,传递出他一腔爱国之情。末三句"折梅花去也,城西炬火,照琼瑶碎"却突兀转折,面对大好河山本该要做出一番事业,但词人却转头踏雪寻梅去了,实在是让人大出意外。这自然是词人有意为之了,它其实是词人对自己报国无门的愤懑与抗议,是一种独特的对抗之举。

张惠言

（1761—1802）

字皋文，号茗柯，清代词人、学者。出身贫寒，年十四即以教学谋生。1786年中举人，次年考取景山宫官学教习，开始了长达八年的教学生涯；1799年中进士，任实录馆纂修官，1801年改翰林院编修。精于易学，与惠栋、焦循并称为"乾嘉易学三大家"。工骈文辞赋，开创散文流派阳湖派，又创立常州词派，提出"比兴寄托"的主张，反对无病呻吟。著有《茗柯文集》，辑有《词选》，现存词四十六首。

水调歌·春日赋示杨生子掞（之二）

百年复几许？慷慨一何多！子当为我击筑，我为子高歌。招手海边鸥鸟，看我胸中云梦，蒂芥①近如何？楚越等闲耳，肝胆有风波②。

生平事，天付与，且婆娑③。几人尘外相视，一笑醉颜酡④。看到浮云过了，又恐堂堂岁月，一掷去如梭。劝子且秉烛，为驻好春过。

【词译】

人生能有几个百年，想起来就满腹感慨，怎能不珍惜时光？你我应携手前行，

注

① 蒂芥：即芥蒂，指细小的梗塞物，比喻积在心中的不快或不满。

② "楚越"两句：出自《庄子·德充符》"自其异者视之，肝胆楚越也；自其同者视之，万物皆一也"。肝胆，比喻亲近；楚越，春秋时两个诸侯国，虽土地相连，但关系不好，比喻对立或疏远。

③ 婆娑：这里指闲散自得。

④ 酡：饮酒后脸色变红。

你为我击筑，我为你高歌。招手唤来海边的鸥鸟，虽然有许多不如意，但我却视之等闲，不妨让鸥鸟一观。想来这世间向来凶险，你看楚越两国靠得多近，却偏偏有如仇敌。

人生在世，诸事自有天定，倒不如潇洒生活，闲散自得。大家超然尘外，相视一笑同饮共醉，但求问心无愧。然而看到浮云飘过，又害怕岁月如梭，一去不再回头。劝你少壮时当思努力，免得老来空徒伤悲。只有这样，你才能留住春天的好时光。

【评析】

《水调歌头·春日赋示杨生子掞》共有五首，这是其中的第二首。从词题中可以看出，这组词是写来劝勉一名叫作杨子掞的学生的，所写内容则是与春日相关。当时正是1796年，张惠言尚未中进士，在安徽歙县开馆授徒，于春日创作了五首《水调歌头》，是其代表性作品。这首"百年复几许"写的是"为驻好春过"，劝勉杨生要珍惜时光，及时努力，表达了词人对青年后辈的拳拳爱护之情。

开篇"百年复几许？慷慨一何多"感慨人生短暂而人事纷扰，与曹操《短歌行》中"对酒当歌，人生几何？譬如朝露，去日苦多。慨当以慷，忧思难忘"的意境接近。正因为如此，胸怀抱负之人更应该相互帮助，携手共进，即"子当为我击筑，我为子高歌"。"击筑歌"典出《史记·刺客列传》，说的是荆轲与好友高渐离之间的故事。渐离善击筑，荆轲常相唱和。起初两人常常在热闹的街市击筑高歌，后来荆轲赴秦刺杀嬴政，渐离于易水边为其击筑送行，荆轲遂高歌"风萧萧兮易水寒，壮士一去兮不复还"，再后来荆轲被杀，渐离被熏瞎双眼，仍试图完成刺秦大业，失败身亡。词人这里是借此表明自己与杨生意气相投，志同道合。接下来"招手海边鸥鸟，看我胸中云梦，蒂芥近如何"三句，说的是词人对人生际遇看得很开，认为一切都是小事，无须过于纠结。"胸中云梦"两句出自汉代司马相如《子虚赋》"吞若云梦者八九于其胸中，曾不芥蒂"，意为人生种种不快不过是过眼云烟或是一场梦境，只要接纳于胸，就不会再有怨言了。这三句写得意境深远，将人生不如意视作芥蒂小事，表现出词人旷达的胸襟。词人为何能如此？末两句"楚越等闲耳，肝胆有风波"给出了解释，以楚越两国作比，谓关系再近犹起风波，不必过于看重计较。"肝胆楚越"出自《庄子·德充符》，比喻虽近犹远的关系。

过片"生平事，天付与，且婆娑"三句，以现代文来解释，就是：谋事在人，成事在天，与其汲汲营营，不如闲散自得地生活。其中意味与上阕结尾"楚越等闲耳，肝胆有风波"是一脉相承的。"几人尘外相视，一笑醉颜酡"是词人心中怀有的一种出世的想法：大伙儿超脱尘世，相视一笑，相饮而醉，忘却一切纷纷扰扰。但这只是一种想法，到"看到浮云过了，又恐堂堂岁月，一掷去如梭"这里，词人的态度就变了：他看到云卷云舒，反而害怕时光飞逝如梭，青春岁月一去不返。唐代薛能《春日使府寓怀》诗中有"青春背我堂堂去，白发欺人故故生"句，这里词人截其意，表达的潜台词是青春易逝，人生易老，年轻人要抓紧时间建功立业。词末两句"劝子且秉烛，为驻好春过"总结全文，表明全篇主旨。"秉烛"谓抓紧时间努力进取之意。《古诗十九首》有"昼短苦夜长，何不秉烛游"，曹丕《与吴质书》言"少壮当努力，年一过往，何可攀援？古人思秉烛夜游，良有以也"。只有这样才能留住春天，不让好时光匆匆浪费。这也正是词人要"示"于杨生所知的道理。

林则徐

（1785—1850）

字元抚、少穆、石麟，晚号俟村老人、俟村退叟、瓶泉居士等，清代政治家，禁烟英雄。出身贫寒，1804 年中举人；1806 年任厦门海防同知书记，得福建巡抚张师诚赏识；1811 年中进士，正式走上官宦仕途，曾任湖广总督、陕甘总督、云贵总督等职，官至一品。主张严禁鸦片，于 1839 年领导"虎门销烟"，有"民族英雄"之称。通英语、葡萄牙语，曾着力于翻译西方报刊和书籍，晚清思想家魏源将其及幕僚翻译的文书合编为《海国图志》。

高阳台·和嶰筠尚书韵

玉粟收余，金丝种后，蕃航别有蛮烟。双管横陈，何人对拥无眠。不知呼吸成滋味，爱挑灯、夜永如年。最堪怜，是一泥丸，捐万缗①钱。

春雷欻②破零丁穴③，笑蜃楼气尽，无复灰燃。沙角④台高，乱帆收向天边。浮槎漫许陪霓节，看澄波、似镜长圆。更应传，绝岛重洋，取次回舷⑤。

注

① 缗：音"民"，古代穿铜钱的绳子，一千文铜钱穿成一串为一缗，也称一贯。

② 欻：音"虚"，忽然。

③ 零丁穴：即零丁洋，在广东省珠江口。

④ 沙角：广东东莞虎门海口外一山名。

⑤ 取次回舷：谓依次回航。舷，指代船。

英国人从水路向中国贩卖鸦片，毒害了多少中国同胞。他们躺在床上，夜夜抽着鸦片，渐渐成瘾，每抽一口更具滋味，浑不知自己中了烟毒，早已是身心俱损，成了废物。最可怜的是，这一个小小泥丸要万贯钱财，多少人倾家荡产，妻离子散。如此有害之物，怎能不将之消除！

销烟的火焰熊熊燃烧，隆隆的炮声响起在零丁洋，打得英国舰船落花流水。沙角炮台连发，敌舰匆匆向远处逃去，气数已尽，再不可能卷土重来。胜利的喜悦难掩，我陪你乘船巡视海湾，看水面如镜，一片安宁。我们的海防固若金汤，那些企图往中国贩运鸦片的船只在听到销烟成功的消息后，聪明的就该早早回航了。

【评析】

18世纪末期，英国为扭转对华贸易逆差，开始向中国大规模走私鸦片，获取暴利。许多中国人深受其害，成了西方人口中的"东亚病夫"。林则徐深知鸦片对中国的毒害，力主禁烟，曾上奏说："此祸不除，十年之后，不惟无可筹之饷，且无可用之兵。"1838年冬，林则徐任钦差大臣赴广东查禁鸦片。在两广总督邓廷桢的协助下，缴获鸦片两万多余箱，在虎门海口悉数销毁，并多次击退英舰的袭扰。这首《高阳台》即作于这段期间，是与邓廷桢（字嶰筠）的唱和之作，抒发了词人在取得禁烟胜利后的欣喜心情。

上阕写鸦片给国人造成的危害。起首"玉粟收余，金丝种后，蕃航别有蛮烟"交代了鸦片的来历。"玉粟""金丝"指的即是罂粟和烟草，都是让人上瘾的有害之物；"蕃航""蛮烟"则指出这些鸦片是从外国船偷运走私而来的洋烟。接下来"双管横陈，何人对拥无眠。不知呼吸成滋味，爱挑灯、夜永如年"五句描写了人们抽鸦片烟时的情景：两人相对躺在床上，一人一杆烟枪，吞云吐雾，整夜不眠。起初还没有什么，渐渐地却越抽越有滋味，最终染上毒瘾，恨不得日日夜夜都在抽鸦片烟中度过。这样的人，终日沉迷毒瘾，不事生产，不会劳作，无论是身体还是精神，都被鸦片摧残得一无所有，早就成了废人一个。更何况，这些鸦片还需钱财购买，小小一块，动辄万贯。染上烟瘾的人，最终逃不过倾家荡产，妻离子散的悲惨命运。这便是"最堪怜，是一泥丸，捐万缗钱"背后的未尽之意。人废了，钱没了，自然也就无饷可筹无人可用了。鸦片危害如此之大，怎能不禁！

下阕写禁烟胜利后的欣喜之情。开头"春雷欻破零丁穴，笑蜃楼气尽，无复灰燃"三句是说，炮声像春雷一样突然响起在零丁洋上空，英国的舰队如海市蜃楼般气数已尽，就算死灰复燃也再不可能了。这几句写得颇为雄健潇洒，以"春雷"喻炮声，暗含新生之意，而一个"笑"字则表现出了词人的自信、从容之态。"沙角台高，乱帆收向天边"对前文加以补充，谓在沙角炮台的炮轰之下，敌舰散乱溃败，匆匆逃向远方去了，与开始"春雷欻破零丁穴"恰成呼应之态。敌人被打跑了，词人自然而然转写胜利后的自豪和喜悦。"浮槎漫许陪霓节，看澄波、似镜长圆"，词人陪着邓廷桢乘船出巡，一同远望澄净如镜子一般的海面。"浮槎"指船只，"霓节"原指玉帝的仪仗，后代指使臣所持的符节，这里指的是邓廷桢。末三句"更应传，绝岛重洋，取次回舷"意思是说虎门销烟、击退敌舰的消息必然会很快传递开去，那些从遥远地方想要贩毒来中国的船只应该已经调头回去了。经此一役，词人可谓是信心满满，豪气干云。

龚自珍

（1792—1841）

字璱人，号定庵，清代思想家、文学家。出身官宦家庭，自幼好读诗文，博览群书。1818 年中举人，1829 年中进士，曾任内阁中书、宗人府主事、礼部主事等职，主张"更法""改图"，是林则徐禁烟的全力支持者。诗文具有深刻的思想性和独创的艺术性，被近现代诗人柳亚子誉为"三百年来第一流"。著有《定庵文集》，以《己亥杂诗》最有著名，共三百五十首，多咏怀和讽喻之作。

湘月

壬申夏泛舟西湖，述怀有赋，时予别杭州，盖十年矣。

天风吹我，堕湖山一角，果然清丽。曾是东华生小客，回首苍茫无际。屠狗功名，雕龙文卷，岂是平生意？乡亲苏小，定应笑我非计^①。

才见一抹斜阳，半堤香草，顿惹清愁起。罗袜音尘何处觅，渺渺予怀孤寄。怨去吹箫，狂来说剑，两样销魂味。两般春梦，橹声荡入水云。

【词译】

天上的风把我吹到了西湖，眼前果然是一派清丽景色。我曾经从小客居京城，人生路上饱经风雨，如今回想起来恍如隔世。建功立业，写书著文，这些都不是我平生的志向。要是同乡苏小小知道了，恐怕也要笑话我没个人生打算。

空中一抹斜阳垂挂，堤上数丛青草横生，独立风中，愁情满腹。心中的理想难

注

① 计：谋划，打算。

以实现，胸中的情怀无处寄托，只留下深深的孤寂感受。幽怨的时候吹箫，狂放的时候舞剑，这两样都是排忧解愁的好物件。可叹不管如何文才武略，到最后都如春梦了无痕，随着桨声消失在水天之际。

【评析】

1812 年，龚自珍时年二十，回到阔别十年的故乡杭州，泛舟西湖之上，有感而发，写下这首《湘月》。全词跳脱豪纵，充分表现了词人恃才傲物、不可一世的少年豪情与怀才不遇、壮志未酬的愁闷之怨，是龚自珍的一首代表作品。

起首"天风吹我，堕湖山一角，果然清丽"三句，想象奇特，别有气魄。词人泛舟西湖之上，不说是自己来的，而说是被天上的风吹来的，掉落在湖山一角，待看清眼前景色，又说是"果然清丽"，似乎是特意前来巡查的"仙人"，狂放之态尽显。接下来"曾是东华生小客，回首苍茫无际"呼应词序中别杭州十年之语，意味自己从小客居京城，再回首已是十年，往事早已如风消逝，茫然不可追了。"屠狗功名，雕龙文卷，岂是平生意"三句以反语来写十年来的理想追求。"屠狗功名"用西汉樊哙典故。《史记·樊哙列传》载："舞阳侯樊哙者，沛人也。以屠狗为事，与高祖俱隐。""雕龙文卷"用战国驺奭典故。《史记·孟子荀卿列传》记载，战国时，齐国的阴阳家驺衍非常善于辩论，驺奭就用驺衍的学说来写文章，并且写得精雕细琢。因此齐人赞扬他们说"谈天衍，雕龙奭"。引这两个典故的意思是说，屠狗者樊哙最终建立了功名，精雕细琢写文章的驺奭也博得了名声，但词人又以"岂是平生意"否定了两人的人生道路，谓建功立业，写书著文都不是他的平生志向，这种对功名不屑一顾的姿态充分展露出词人心比天高、狂放不羁的一面。"乡亲苏小，定应笑我非计"自然收束上阕。苏小，即苏小小，是南朝齐时钱塘名妓，故词人以"乡亲"称之。这两句字面上是说苏小小笑话词人没个人生打算，暗里则流露出词人孤身自傲而知音难觅的寂寥之情。

下阕"才见一抹斜阳，半堤香草，顿惹清愁起"呼应上文"果然清丽"之句。虽然着墨不多，仅是"一抹""半堤"，但"顿惹清愁起"的哀婉氛围却营造得十分贴切，这三句若是单拎出来看，愁肠婉转不输李清照。词人少年意气，才华满腹，哪里来的"清愁"呢？原来是"罗袜音尘何处觅，渺渺予怀孤寄"。"罗袜音尘"出自曹植《洛神赋》："凌波微步，罗袜生尘"，原本用来形容洛神步履轻盈之态，这里是代指自己的心中理想；"渺渺予怀"出自苏轼《赤壁赋》："渺渺兮予怀，望美人兮天一方"。其实这两句是苏轼借用了屈原《九章》中的句子，以"美人"谓君主，抒发自己怀才不遇的感慨。这么一联系，这两句的用意就很明显了，写的是词人追求理想无望，情怀无处寄托的孤独寂寥之感。"怨去吹箫，狂来说剑，两样销魂味"三句，既然心中有愁，自然得想法排解，词人用来排忧解愁的方法便是吹箫说剑（庄子有《说剑》一文）。吹箫可抒怨气，说剑可发豪情。词末两句"两般春梦，橹声荡入水云"，意思是"屠狗功名"与"雕龙文卷"两样最终都像春梦一样了无痕迹，随着桨声消逝在水云之中，可谓是余韵袅袅，荡气回肠。

蒋春霖

（1818—1868）

字鹿潭，晚清词人。自幼聪颖灵敏，天资过人，少年时所作词赋就强于前人，有"乳虎"之称。成年后屡试不中，只在苏北两淮地区当过盐官。一生落拓潦倒，年过四十后，母亲与妻子相继亡故，生活更加困苦。1868 年，离开苏北前往浙江投靠友人，途经吴江时投水而亡，年仅五十岁。其词婉约多姿、抑郁悲凉，有"词史"之称。其人与清代大词人纳兰性德、项鸿祚齐名。所作《水云楼词》多已散佚，存词辑为《水云楼剩稿》。

唐多令

枫老树流丹①，芦花②吹又残。系扁舟、同倚朱栏。还似少年歌舞地，听落叶，忆长安③。

哀角起重关，霜深楚水④寒。背西风、归雁声酸。一片石头城⑤上月，浑⑥怕照，旧江山。

注

① 流丹：流动着红色，形容色彩鲜艳灵动。

② 芦花：即芦苇花，通常开于夏秋。

③ 长安：古代都城，即今陕西西安，历史上曾有周、秦、汉、隋、唐等十三个朝代在此建都。这里指代南京。

④ 楚水：泛指古代楚国辖地的江河湖泽。

⑤ 石头城：东吴时期的遗迹，遗址位于今南京市清凉山一带。南京的别称"石头城"亦由此而来。

⑥ 浑：全，都。

【词译】

深秋的枫树一片红艳，风吹芦花漫天飞扬，正是秋景萧瑟。溯水而上，将小舟系在树下，登上高亭，倚栏而望。这里仿佛还是记忆中年少时恣意歌舞，纵情欢笑的地方。抬眼远眺，枯黄的落叶飘忽而下，脑海中不时回想着曾经繁华的景象。可叹繁华只如昙花一现。战乱四起，兵火连天，江山破败，落满了秋霜的山河寒冷非常。秋风吹过，空中归雁的叫声令人心酸。还是过去的石头城，还是过去的月亮，然而这月光下的河山却早已不是旧时模样了。

【评析】

这是一首凭吊古城南京的怀古词。作为六朝古都，曾经繁盛一时的南京不知激发了多少词人旧事随流水，一去不复返的兴衰之叹，几乎是古代文人怀古伤今，感叹世事的必到之处。蒋春霖也是这诸多文人中的一份子，这首《唐多令》以对比的手法，通过描写记忆中与现实中不同的南京城，抒发了词人对古城昔盛今衰的感慨以及对现实社会的不满。

上阕以写景起笔。"枫老树流丹，芦花吹又残"点出正是深秋季节，枫树流动着红色，芦花在风中摇颤。以"流丹"形容枫叶的红色，以"吹又残"形容芦花的萧素，不但抓住了深秋的特征景物，而且写得极为灵动传神，既交代了时间，又渲染出一种悲凉的氛围，展现出词人高超的艺术功底。一个"残"字奠定了全词的感情基调，可说是词人自身心境在外界的投射反映。接下来"系扁舟、同倚朱栏"句交代了事由，词人沿水路而行，来到石头城，将小舟系在树下，信步登上岸边的驿亭，倚靠着栏杆眺望古城全景。"同倚"说明有友人同行，两人一边小憩一边交谈，回忆着年少时的情景。"还似少年歌舞地，听落叶，忆长安"写回忆中的情景：繁华的古城，歌舞升平，人们纵情欢乐。这里的"长安"代指南京，两者皆为古都，颇有共通性。这三句运用了倒装的手法，按语言逻辑来看，应是"听落叶，忆长安"，"还似少年歌舞地"。

过片两句"哀角起重关，霜深楚水寒"换境，词人从美好的记忆中回到了现实。"哀角起重关"句谓战祸兵乱四起。"角"指的是古代军中的一种乐器，发音哀厉高亢；"哀角"既写出了角的声音特质，又刻画出了战争带来的悲剧。词人生逢乱世，亲身经历了太平天国运动和第二次鸦片战争带来的战乱之苦，故而有深刻的切身体会。"霜深楚水寒"则写战乱背景下石头城的萧素景象：秋霜厚重，山河寒冷，一片荒凉，再不似过去繁华模样。南京曾是古代楚国的辖地，故而词人称这里的河川为楚水，大约指的即是秦淮河。接下来"背西风、归雁声酸"续前文脉意，以"西风""归雁"两个常用意象表达词人天涯游子的伤感悲凉之情。末三句"一片石头城上月，浑怕照，旧江山"点出全词怀古主旨，有刘禹锡《石头城》诗"山围故国周遭在，潮打空城寂寞回。淮水东边旧时月，夜深还过女墙来"的意味。石头城还在，月光依然，但眼前的江山却早已不是旧时模样了。为什么呢？正是由于前文所说的"哀角起重关"，全词在抚今追昔的伤感之下隐隐流露出对战争的谴责和批判，表现出了词人对现实的关切之情。

满庭芳

秋水时至，海陵诸村落辄成湖荡。小舟来去，竟日在芦花中。余居此既久，亦忘岑寂。乡人偶至，话及兵革，咏"我亦有家归未得"之句，不觉怅然。

黄叶人家，芦花天气，到门秋水成湖。携尊①船过，帆小入菰蒲。谁识天涯倦客，野桥外、寒雀惊呼。还惆怅、霜前瘦影，人似柳萧疏②。

愁余③。空自把、乡心④寄雁，泛宅⑤依凫。任相逢一笑，不是吾庐。漫托鱼波万顷，便秋风、难问莼鲈。空江上，沉沉戍鼓，落日大旗孤。

注
① 尊：敬辞，称与对方有关的人或事物。
② 萧疏：清冷疏散，稀稀落落的。
③ 愁余：倒装，余愁，余即我。
④ 乡心：思念家乡的心情。
⑤ 泛宅：谓以船为家。

【词译】

　　树叶黄了，芦花开了，秋汛到来的季节村落就成了湖荡，只能划着小船来去。我漂泊在外多年，不想竟还能遇到同乡之人。荒郊野外，鸟雀惊飞，我撑篙而行，身影消瘦，简直和那掉光了叶子的柳树一般枯干萎缩，恐怕是过去的熟人见了都难以认出了。

　　离开家乡多年了，满腹乡愁无处可诉，只好把这思念之情托给大雁带走，而自己却以船为家，与水鸟为伴。纵然在这里与乡人相逢，也只有相视苦笑，因为这里不是我的家。虽是湖水浩瀚，碧波万顷，可惜秋风吹起的时候却寻不到莼菜鲈鱼。空茫茫的江上，落日的余晖辉映着孤独的大旗，沉沉的军鼓声响个不停。

【评析】

　　蒋春霖一生漂泊，四十岁后曾长期寄居泰州海陵。这首词便是写于这段时期的某个秋天。词前有词序，交代了大概的写作背景，即秋汛时所居村落成湖荡，词人只能整日划着小舟来去。某天，偶遇了一位同乡，两人谈起战乱之事，激起了词人的思乡之情，咏"我亦有家归不得"，有感而发，写下了此词，反映了战争给人们带来的乱离之苦。词序中"秋水"，即常说的秋汛，多发生在立秋到霜降这段时间，是由于秋雨连绵而发生的江河涨水现象。

　　开篇"黄叶人家，芦花天气，到门秋水成湖"三句交代时间及环境。黄叶、芦花、秋水都是秋季特有的景物。秋水时至，海陵诸村落辄成湖荡，这便是"到门秋水成湖"的景象，在这种情况下，村落里的居民只能靠小船出入，词人正是在水路上偶遇同乡的。"携尊船过，帆小入菰蒲"两句说的就是词人偶遇同乡，与其同行之事。"尊"是敬辞，"尊船"指的即同乡所乘之船；"菰蒲"即茭白和香蒲，两者都是水生植物，通常也代指湖泽。"谁识天涯倦客，野桥外、寒雀惊呼"三句通过描写所见苍茫寂寥的环境来衬托词人因见到同乡而激发的思乡之情，"天涯倦客"为词人自指，词人一生漂泊无依，一个"倦"字传神地表达了他厌倦飘零、渴望归乡的心情。末三句"还惆怅、霜前瘦影，人似柳萧疏"刻画了一名形销骨立的天涯游子形象，词人以深秋季节掉光叶子的柳树自比，生动地写出了他的落拓潦倒。

　　"愁余"承上启下，词人既为自己"人似柳萧疏"而愁，更为"有家归不得"而愁。"空自把、乡心寄雁，泛宅依凫"三句顺"愁余"而下，谓自己漂泊在外，只能将一片思乡之情托给南飞的大雁，虽然十分想要回去，但却无可奈何，最终只能继续以船为家，与水鸟作伴。"任相逢一笑，不是吾庐"紧承前意，续写飘零之感。"漫托鱼波万顷，便秋风、难问莼鲈"用西晋文学家张翰典故。据《世说新语》载，张翰在洛阳为官，某个秋日思念起家乡的莼菜羹和鲈鱼脍，说："人生贵得适意耳，何能羁宦数千里以要名爵"，然后他就回家去了。后人遂以"莼鲈之思"比喻怀念家乡的心情。这里是反用其意，表现词人"我亦有家归不得"的惆怅心情。词末"空江上，沉沉戍鼓，落日大旗孤"三句可谓全词词眼，为何有家归不得？归根到底都是战争惹的祸。"戍鼓"指边防驻军的鼓声，这三句将词情由思乡升华至反战，拓宽了全词词境。

况周颐
（1859—1926）

字夔笙，又字揆孙，号玉梅词人，晚号蕙风词隐，晚清词人。自幼聪颖过人，十一岁中秀才，十八岁中拔贡，二十一岁中举人。1895 年，入两江总督张之洞府；1898 年后，离京南下，执教于书院学堂。民国时寓居上海，以卖文为生，极为穷困。一生致力于词的创作、研究，精于词评，与王鹏运共创临桂词派；与王鹏运、朱孝臧、郑文焯合称"清末四大家"。著有《蕙风词》《蕙风词话》。

唐多令·甲午生日感赋

已误百年期，韶华①能几时？揽青铜②、漫③惜须眉。试看江潭④杨柳色，都不忍、更依依。

东望阵云迷，边城鼓角悲。我生初、弧矢何为？豪竹哀丝聊复尔，尘海阔，几男儿。

【词译】

人们总希望能活到百岁，可惜短暂的青春转眼即逝，苟延残喘在世上又有什么意义呢？所幸青铜镜里映照出的人影，尚是青丝满头，眼神清亮。虽然想要好好珍惜这青春的时光，但谁又能敌得过时间的流逝呢？你看，江边的杨柳都恋恋不舍枝上的新绿，在这深秋的季节不愿枯萎凋零。

注

① 韶华：指美好的时光。

② 青铜：指青铜镜。

③ 漫：徒然。

④ 江潭：即江边。《楚辞·渔父》："屈原既放，游於江潭，行吟泽畔。"

这一年战乱频频，无能的政府节节败退，可怜国土大片沦丧，百姓生灵涂炭。自从记事起，国家就频遭外敌侵略，软弱的统治者一让再让，一败再败，给百姓带来深重的磨难和痛苦。姑且就这样发发牢骚吧，这茫茫人海，相信总会有几名奋勇抗争的好男儿。

【评析】

19 世纪末期，新兴资本主义国家日本制定了以侵略中国为中心的"大陆政策"，并得到了西方列强的支持，而统治中国的清王朝却十分腐败，尔虞我诈，民不聊生。1894（即甲午年）年 7 月，日军突袭朝鲜（当时为中国属国）汉城王宫，解散朝鲜亲华政府，在朝鲜丰岛海面袭击了增援朝鲜的清军运兵船，引爆了甲午中日战争。从丰岛海战爆发到 1895 年 4 月丧权辱国的《马关条约》签订，这场战争最终以中国战败、北洋水师全军覆没而告终，给中国带来了空前的灾难。这首《唐多令》就是在这样的背景之下创作而成的，从词题"甲午生日感赋"中可以看出，这是词人三十五岁生日时所作的一首感怀伤时之词。

上阕契"生日"主题，发时光飞逝之叹，抒珍惜青春之感。开篇以反问句"已误百年期，韶华能几时"领起，开门见山，戳人心肺。《礼记·曲礼》中有"百年曰期颐"的说法，意思是说人生百年为期，所以称百岁为"期颐之年"。这里词人是反用其意，谓活上一百岁并不值得期待，因为美好的青春时光只有那么短暂的数十年。接下来"揽青铜、漫惜须眉"两句写词人对镜自照，想到自己虽然现在尚是壮年，但一年老过一年，虽然想要好好珍惜青春时光，但却无奈于时间的无情流逝，一个"漫"字将这种无能为力、徒劳无功的心态刻画得入木三分。"试看江潭杨柳色，都不忍、更依依"三句借杨柳依依之貌表达词人对时光的留恋不舍之情。"江潭"即江边。词人生于 1859 年农历九月初一，正是深秋时分，按照自然规律来说杨柳应是枯黄叶落的时候，但词人却说"都不忍、更依依"，意思是说江边的杨柳迟迟不愿变黄，对春日里的鲜嫩绿色依依不舍。这其实也正是词人对时光的态度。

下阕契"甲午"节点，感伤时事，表现出对国家屡遭摧残的哀痛和历史更迭的兴亡之感。"东望阵云迷，边城鼓角悲"两句写的即是甲午战争之状。词人作此词时，甲午战争爆发已近三个月，北洋水师损失惨重，日本已经夺得黄海制海权。这一时期，战争主要是在黄海北部及辽东半岛进行，故曰"东望"。"阵云""鼓角"

皆是描写战场硝烟四起、烽火连天的情景。一个"迷"字和一个"悲"字则将预示了这场战争的悲剧性结果。接下来"我生初、弧矢何为"两句化用自《诗经·兔爰》"我生之初，尚无为。我生之后，逢此百罹"句。"弧矢"即弓箭，借指兵事、战乱。这两句的原意是说我从生下来以后就不知道弓箭有什么用，实际上是词人以此谴责清政府软弱无能，屡吃败仗。事实上，从词人出生后，中国就屡遭西方列强侵犯，先是第二次鸦片战争，圆明园被烧；后是中法战争，法国取得越南宗主权；接着是甲午战争，北洋舰队损失惨重，清政府可说是一败再败，签下许多丧权辱国的条约。然而，词人毕竟只是一名小小文人，人微言轻，又能如何呢？顶多是发发牢骚，希望有好男儿能奋勇抗争罢了。词末"豪竹哀丝聊复尔，尘海阔，几男儿"，"豪竹哀丝"即管弦乐，这里指的是这首小令，"聊复尔"意为姑且就这样吧。，不过虽然这么说，词人仍心怀期望，发出了"尘海阔，几男儿"的呼喊。

梁启超

（1873—1929）

字卓如，又字任甫，号任公，又号饮冰室主人，近代优秀学者、思想家，被认为是一位百科全书式的人物。自幼接受传统教育，十六岁中举，次年结识康有为并投其门下。1895 年助康有为发起"公车上书"运动，1898 年和康有为发起"戊戌变法"，失败后逃亡日本，先后创办《清议报》和《新民丛报》，影响巨大。归国后一度在袁世凯政府任司法总长，后反对袁世凯称帝，加入段祺瑞政府。倡导新文化运动，著作颇丰，合编为《饮冰室合集》。

金缕曲

丁未五月归国，旋复东渡，却寄沪上诸子。

瀚海飘流燕。乍归来、依依难认，旧家庭院。惟有年时芳俦①在，一例差池双剪。相对向、斜阳凄怨。欲诉奇愁无可诉，算兴亡、已惯司空见②。忍抛得，泪如线。

故巢似与人留恋。最多情、欲黏还坠，落泥片片。我自殷勤衔来补，珍重断红③犹软。又生恐、重帘不卷。十二曲阑④春寂寂，隔蓬山⑤、何处窥人面？休更问，恨深浅。

注

① 俦：音"愁"，同伴，伴侣。

② 已惯司空见：即司空见惯之意。

③ 断红：飘零的花瓣。

④ 曲阑：弯曲的栏杆。阑，通"栏"。

⑤ 蓬山：指传说中的海上仙山蓬莱。

【词译】

我是浩瀚大海上一只随波漂流的燕子，乍一回来，已经认不出旧日筑巢的庭院。幸好当年的同伴还在，大家还能一起在天空飞翔。只可叹斜阳西下，夜幕将临，我们只有相对而看，说不出心中多少凄凉哀怨。到哪里去诉说愁情呢？算起来，我也是见惯兴亡衰败的了。然而心里却始终放不下，一想起来就泪如雨线。

旧巢穴总是让人留恋，尽管它已是千疮百孔，摇摇欲坠。我愿意殷勤地衔来泥草修补，如对飘零的花瓣一般珍惜爱护，怕只怕重重的帘幕不卷，隔断我深情注视的目光。寂寥的春天里，我立在弯曲的栏杆之上，只可惜前方蓬山阻挡，望不见我心中所盼。那么多的怅惘迷乱，又何必再问我愁有多浓恨有多深？

【评析】

这是一首托物言志、感伤时事的词。1898 年戊戌变法失败后，支持变法的光绪皇帝被以慈禧为首的守旧派幽禁在瀛台皇宫，变法领袖康有为、梁启超逃亡海外。九年后，也就是词序中所说的丁未年（1907 年），梁启超归国，次年再度东渡日本。这首词便是创作于东渡之后，寄送给上海诸位学子的。

起首"瀚海漂流燕"采用比兴手法，词人以漂流燕自喻，形象地写出了他三番两次被迫流亡海外的生涯。下文皆是从燕子的视角描写所见所感，借燕子难离故巢来表现自己的爱国情怀，极为生动传神。"乍归来、依依难认，旧家庭院"，时隔九年，祖国早已面目全非，词人几乎认不出它的模样了。这三句写得平淡，但其中蕴含的历史事实却惊心动魄：卖国条约签了一个又一个，广大国土被列强瓜分，百姓的生活水深火热，怎不让人悲哀？"惟有年时芳俦在，一例差池双剪"，幸好当年倡导变法的同伴还在，挽救国家的力量还在。"俦"即同伴，"芳俦"是一种美誉的说法。"差池"谓参差不齐，形容燕子飞时张开尾翼的样子，出自《诗经·燕燕》"燕燕于飞，差池其羽"；"双剪"形容燕子尾巴如剪刀，"双"为虚指，即谓许多燕子齐飞。"差池双剪"意指志同道合的伙伴聚在一起。聚在一起干什么呢？"相对向、斜阳凄怨"，"斜阳"即夕阳，暗喻国势衰微的清朝。大伙儿聚在一起，面对日薄西山的清朝国势，忧愁满腹。"欲诉奇愁无可诉，算兴亡、已惯司空见。忍抛得，泪如线"，变法失败后，朝政被守旧派把持，改革派备受摧残，根本没有说话的地方，故而词人说"奇愁无可诉"。"已惯司空见"即司空见惯，意思是说国土一再被瓜分，有些人早已麻木，认为是平常的事，但词人却痛心不已，兼之满腔抱负无处实施，不觉竟是哀伤得"泪如线"了。

"故巢似与人留恋"以"故巢"喻故国，表现出词人对祖国的热爱之情。"最多情、欲黏还坠，落泥片片"是对"故巢"的进一步补充。这里词人运用了移情的艺术手法，谓故巢多情，使得落泥留恋不去，欲坠还黏。实际上，多情而留恋的正是词人自己，他将自己对祖国的赤子深情移到了"故巢"之上，使得"故巢"仿佛也具有了人的感情。面对"落泥片片"的"故巢"，燕子没有一走了之，而是"我自殷勤衔来补，珍重断红犹软"，谓殷勤地衔来泥草修补巢穴，十分珍惜春天的时光。面对祖国危急存亡的时刻，有人漠不关心，有人卖国求荣，有人大发国难财，而词人却要"殷勤补"，相信希望还在。"殷勤"一词形象表达出了词人鲜明的政治态度，"补"字则传神地表明了改良派的政治主张；"断红"，即飘零的花朵，"珍重断红犹软"谓要珍惜尚有生机的落花，即只要努力还有希望之意。但是，虽然词人怀有救国理想，但现实却阻力重重，这也就是"又生恐、重帘不卷。十二曲阑春寂寂，隔蓬山、何处窥人面"的意思所在。"重帘不卷"影射垂帘听政，代指以慈禧为首的封建势力；"隔蓬山、何处窥人面"说的则是被幽禁在瀛台皇宫的光绪皇帝。正因为现实如此残忍，词人一腔爱国之情无处安放，末两句"休更问，恨深浅"收尾收得自然就水到渠成。

谭嗣同

（1865—1898）

字复生，号壮飞，近代思想家、政治家，"戊戌六君子"之一。少年时师从维新派涂启先，后在学者刘人熙的指导下研究著名思想家王夫之的著作。1895年参与"公车上书"运动，1898年参加领导"戊戌变法"，失败后英勇就义，年仅三十三岁，留下千古名句"我自横刀向天笑，去留肝胆两昆仑"。同时被害的维新人士还有林旭、杨深秀、刘光第、杨锐、康广仁，六人并称"戊戌六君子"。

望海潮·自题小影

曾经沧海，又来沙漠，四千里外关河①。骨相空谈，肠轮自转，回头十八年过。春梦醒来么？对春帆细雨，独自吟哦。惟有瓶花，数枝相伴不须多。

寒江才脱渔蓑。剩风尘面貌，自看如何？鉴不因人，形还问影，岂缘醉后颜酡②？拔剑欲高歌，有几根侠骨，禁得揉搓？忽说此人是我，睁眼细瞧科③。

【词译】

曾经在南方辗转了许多年，如今又来到这西北的沙漠，漂泊在这遥远的边塞之地。说什么骨相奇特必成大业，十八年过去仍是一事无成，满腹愁情无处可诉。往

注
---
① 关河：关山河川，指边塞地区。

② 颜酡：喝了酒脸红。

③ 科：古典戏剧中指示角色表演动作时的用词。

日的抱负好似一场春梦，对着春帆细雨独自幻想，梦醒后却只有数枝花朵相伴。

离开了水乡来到这里，看着镜子中的自己，只剩下风尘满面。那红通通的脸颊并非是醉酒导致，而是因高原上的风吹而成。我想要拔剑高歌，只可惜我身上这区区几根侠骨，哪里禁得起黑暗现实的折磨？这镜子里的人真的是我吗？我睁眼细瞧，简直都不认识自己了。

【评析】

这首词是一幅以文字绘就的自画像，创作于谭嗣同离家游历四方之时。1884年，谭嗣同十九岁，毅然离家出走，遍游甘肃、新疆、陕西、湖北、江苏等省，观察风土人情，结交仁人志士。这首《望海潮》应是他在甘肃兰州一带时所写，借自画像的描写抒发壮志难酬的愤懑之情，是他唯一留存下来的可见词作。

上阕写身世飘零之叹。开篇"曾经沧海，又来沙漠，四千里外关河"三句，先交代词人几年来的行踪。他出生于湖南浏阳，少时跟随浏阳"大围先生"涂启先学习，后至兰州，在父亲的道署中学习。随着年纪渐长，他渐渐不满足于蜗居一处，离家四处游历，再次来到西北沙漠，故而有"曾经沧海，又来沙漠"之语。"沧海"即东海的别称，此处代指南方地区；"四千里外关河"谓甘肃与湖南道路极为遥远，一路由南到北，故而感慨良多。"骨相空谈，肠轮自转，回头十八年过"三句，谓十八年转瞬即过，自己却事业未成，蹉跎岁月。古人认为人的形貌骨骼有贵贱之分，骨相贵者一生富贵荣华。词人想必年少时被赞有成大业的骨相，然而至今却一事无成，故曰"空谈"；"肠轮自转"出自《乐府诗集》古诗《悲歌》"欲归家无人，欲渡河无船。心思不能言，肠中车轮转"，谓愁情满腹，就像车轮在肠子里转动，万分痛苦，表现出词人对自己空有抱负无处施展的郁郁苦闷之情。回想起曾经的少年意气，恍如做了一场春梦，故而词人自嘲问"春梦醒来么"，梦里他"对春帆细雨，独自吟哦"，诉说心中理想，梦醒后却"惟有瓶花，数枝相伴不须多"，两相对比怎能不让他悲哀感伤？

下阕抒壮志未酬的感慨。"寒江才脱渔蓑"谓自己刚刚离开湖南水乡。南方水系发达，很多人以捕鱼为生，是以词人以"才脱渔蓑"喻离开南方。"剩风尘面貌，自看如何"，词人对镜自照，猛然发现自己风尘满面，皮肤粗糙干裂，与往日身在南方时意气风发的模样完全不同。"鉴不因人，形还问影，岂缘醉后颜酡"具体描写风尘之貌。"鉴"即镜子，"因"即根据，"鉴不因人"谓镜子没有根据人而照出影像，"形影"即人的形体和影子，唐代诗僧寒山有"此时迷径处，形问影何从"句。"形还问影"谓词人向镜中的影像发问，"岂缘醉后颜酡"，意思是说词人酡红的脸颊并非饮酒所致，而是慢慢长路上的风尘所造成的。"拔剑欲高歌，有几根侠骨，禁得揉搓"，词人虽然还想施展抱负，但现实却令他感到失望，觉得自己身上那"几根侠骨"，根本禁不起揉搓。词末两句"忽说此人是我，睁眼细瞧科"顺势收尾，从曾经的斗志高昂到如今的颓丧失望，再看看镜中人那风尘满面的模样，词人自己都不相信那是自己，郁郁不得志的神态尽显。

秋 瑾

(1875—1907)

近代民主革命战士，女权和女学思想的倡导者。1904年，自费东渡日本留学，积极参加留日学生的革命活动，主编《白话》月刊，以"鉴湖女侠"等笔名宣传女权主义，号召救国。1905年，归国加入同盟会，负责浙江革命发展。1906年，创办中国公学，大幅扩充同盟会会员。1907年，创办《中国女报》，同年7月因徐锡麟安庆起义失败受牵连，从容就义于绍兴轩亭口，年仅三十二岁。

满江红

小住京华①，早又是、中秋佳节。为篱下、黄花开遍，秋容如拭。四面歌残终破楚，八年风味徒思浙。苦将侬②、强派作蛾眉，殊未屑③！

身不得，男儿列；心却比，男儿烈。算平生肝胆④，因人常热。俗子胸襟谁识我？英雄末路当磨折。莽红尘、何处觅知音？青衫湿！

【词译】

在北京住了些时候，不知不觉已经到了中秋佳节，篱笆下黄菊盛开，在风中摇曳。天高气爽，秋日的风景仿佛被擦拭过一般，明净闪亮。八年来我一直思念着家

注

① 京华：京城的美称，这里指北京。

② 侬：我。

③ 殊未屑：很不情愿。殊，特别，很；未屑，不屑。

④ 肝胆：比喻真诚的心。

乡，痛恨这婚姻的牢笼。为何老天要让我生为女子呢？我想像男子一样闯出自己的一番天地，不愿被困在屋中，整日无所事事。

虽然我不是男儿身，但我的志向比男儿更远大。这一颗真挚的心，因为有了志同道合的同伴而热情常燃。见识浅陋的人哪里能理解我胸中的抱负？真正的英雄本就应该经历一番挫折磨砺。俗世红尘，茫茫人海，我要到哪里去寻找知音呢？满腹情绪无人可说，无处可诉，想起来就让人伤心流泪。

【评析】

秋瑾可说是一名奇女子，出身算不上大富大贵，可也是小康家庭，想来也是从小娇养的闺女。然而，她却不愿意走寻常女子的道路，即便早早嫁人生子，也从未放弃对心中理想的追求。这首《满江红》便是她心路历程的反映，激荡着浓烈的英雄气概。

起首"小住京华，早又是、中秋佳节"三句交代此词的创作时间和背景。据记载，1903年春，秋瑾随丈夫王廷钧赴京，同年中秋，遭王廷钧暴力相向，不堪其侮，愤而出走，随后创作了此词。中秋之时正值深秋季节，接下来"为篱下、黄花开遍，秋容如拭"三句紧承前意，详细描写秋天景致，眼前篱下黄菊盛开，远处秋色明净，碧空如洗。这本是令人赏心悦目的秋景，词人却没有一丝喜悦之情，反而是"四面歌残终破楚，八年风味徒思浙"。这两句说的是词人可悲的人生际遇。1896年，秋瑾奉父命与王廷钧成婚，离开了养育自己二十年的家，但王廷钧却非良人，秋瑾在婚姻中尝尽痛苦，倍加思念曾经的生活。这首词写于1903年中秋之后，离成婚之日恰是隔了近八年的时间，秋瑾祖籍浙江山阴（今绍兴市），故而要"思浙"来代指自己对家人的思念。"四面歌残终破楚"用"四面楚歌"的典故，指的是1902年秋家在湘潭破产之事，娘家的衰微更加恶化了她在婚姻中的处境。现实的逼仄令秋瑾对自己身为女子十分不满，故而激愤地表示"苦将侬、强派作蛾眉，殊未屑"，意谓不屑于当一名依附男人生存且毫无作为的女子。

过片"身不得，男儿列；心却比，男儿烈"四句短促有力，是呼号，是呐喊，是词人心声的回响。虽然身为一名女子，但词人的心却比男子汉还要刚烈。这位"巾帼英雄"短暂而不凡的一生，正是这首词最真实而深刻的写照。紧接着"算平生肝胆，因人常热"句写词人豁达、豪气的心胸。"肝胆"意谓词人一颗赤诚之心，只有在志同道合的人面前才能常热，表明了词人对待亲人朋友的态度。但凡是志同道合者，皆能甘苦与共，同生共死；而对于道不同不相为谋者，即使是自己的丈夫也如隔着千山万水，毫无共同语言。"俗子胸襟谁识我？英雄末路当磨折"两句自有一番傲骨，谓"燕雀安知鸿鹄之志"，凡夫俗子理解不了词人的雄心壮志，而实现大志的道路必然是曲折而充满磨难，"当磨折"三字体现了词人对此的清醒认识和坚定决心。词末"莽红尘、何处觅知音？青衫湿"三句自然收束全词，从理想回到现实，流露出知音难寻的伤感之情。"莽红尘"即茫茫人世间，这里应是代指词人当时身处的逼仄环境，因为写完这首词不久，词人便冲破封建礼教的束缚，东渡日本求学，寻觅到心目中的知音，干起了革命大事业。

李叔同

（1880—1942）

字息霜，晚清才子，近代艺坛大家，壮年之际皈依佛门，是为弘一大师。生于天津，幼年聪颖伶俐，有"神童"之称，后随生母迁居上海，二十上下才惊天下。在书法、绘画、音乐、戏剧、美术教育等方面都取得了极高成就，是 20 世纪中国十大书法家之一，又是中国话剧的开拓者之一，著名画家丰子恺是其弟子，一首"长亭外，古道边"的《送别》词流传至今。出家后，苦心钻研佛法，高风亮节，为一代高僧。

金缕曲 · 东渡留别祖国

披发佯狂走①。莽天涯，暮鸦②啼彻，几株衰柳。破碎河山谁收拾？零落西风依旧。便惹得、离人③消瘦。行矣临流④重太息⑤，说相思、刻骨双红豆。愁黯黯，浓于酒。

漾情⑥不断淞波⑦溜。恨年年、絮飘萍泊，遮⑧难回首。二十文

注

① 披发佯狂走：披头散发装作发狂的样子离开。《史记·屈原列传》中有屈原被流放至江滨"披发行吟"的记载，此处暗喻自己被迫离开祖国。佯，假装。

② 暮鸦：昏鸦。

③ 离人：远行的人。

④ 临流：面对江流之意。

⑤ 太息：叹息。

⑥ 漾情：满腔情感。漾，水满而溢出之意。

⑦ 淞波：此处有争议，详见评析。

⑧ 遮：同"这"。

章惊海内^①，毕竟空谈何有？听匣底、苍龙^②狂吼。长夜凄风眠不得，度^③群生、哪惜心肝剖？是祖国，忍辜负？

【词译】

天地苍茫，山河破碎，只余西风阵阵，一群昏鸦嘶哑啼叫，几株破败柳树在风中摇摆。我虽想装着发狂的样子离祖国而去，但面对着无人收拾的创伤大地，仍不免心痛难忍，憔悴担忧。临行之际，面对奔流的江水，不由一声又一声地叹息不止。我这一去，不知什么时候才能回转，对祖国的思念之情怕是拳拳难断，实在是愁思满腹。

满腔情感好比那吴淞江的波浪日夜流淌，可恨我如今国破家难全，只如柳絮浮萍般漂泊流浪，再难回到过去昌盛繁荣、母慈子孝的幸福时光。虽然我年纪轻轻就身负盛名，诗词书画无所不通，可惜都是纸上谈兵，不能为祖国强大做出丝毫贡献。一想到此，夜夜辗转反侧，无法成眠，若是能解救众生苦难，就算让我挖心剖肝也是甘愿！耳听得匣中宝剑铿锵作响，就好像我心底的狂吼，决不能辜负我的祖国！

【评析】

赏析这首词之前，需了解该词的创作背景。这首词写于 1905 年，彼时中国频遭外国列强侵略瓜分，而清政府昏庸无能，中国大地千疮百孔，景象荒凉；也是这一年，词人敬爱的母亲逝世，私人情感遭遇巨大打击。内外交困之际，词人想到要东渡日本留学，以寻求救国之道。临行之际，写下了这首刚柔相济、忧国忧民的爱国词。

起首"披发佯狂走"，感情热烈奔放，展现了一个放荡不羁、桀骜自负的狂士形象，也是词人自身的写照，与下阕"二十文章惊海内""苍龙狂吼"呼应，奠定了全词慷慨豪迈的基调。暮鸦、衰柳、西风、离人等是中国传统文学常用的几个意象，用以渲染凄切悲凉的氛围，"重太息"与"愁黯黯"则是词人内心情感的流露，

注
___

① 二十文章惊海内：词人作此词时年仅二十六岁，但诗文字画已名满天下。

② 苍龙：宝剑名。

③ 度：超度，这里有解救之意。

面对祖国"山河破碎谁收拾"的局面，报国无门，一腔忧愤，都化作了愁绪情思。"说相思、刻骨双红豆"化用了唐代诗人王维的《相思》诗意："红豆生南国，春来发几枝。愿君多采撷，此物最相思。"

下阕是词人爱国激情的爆发。"漾情不断淞波溜"用周星驰式的无厘头来解释，就是"我对你的热爱犹如滔滔江水连绵不绝，又如黄河泛滥一发不可收拾"。这里的"淞波"在理解上有些争议。从字面上看，淞波指的应是吴淞江的波浪，但吴淞江流经的是苏州上海，而词人当年却是从天津港口赴日的，两者有些矛盾。不过换个角度看，词人自十四岁起就一直与母亲在上海生活，不排除是特意以吴淞江入词，以怀念昔日母亲在世时的幸福时光。这与随后的"絮飘萍泊，遮难回首"也可说是暗中呼应，柳絮、浮萍也是传统文学中常用的"无依无靠"的意象。"二十文章惊海内"既是词人对自身才情的自负，又与"毕竟空谈何有"形成强烈对比，满腹锦绣文章却对强大国家毫无作用，无奈、孤愤，满腔爱国情不知该如何施展，恨不得"挖心剖肝"。最后一句是点睛之语，因为是祖国，怎忍心辜负？

李叔同一生都坚定爱国。留学归来后，除了投身话剧，他还一心栽培后辈，培养了夏丏尊、曹聚仁、黄寄慈、丰子恺等一批文艺大家，为我国的文化建设做出了杰出贡献。